Maria Lazar

Leben verboten!

Inhalt

Hingeweht wie ein Blatt im Wind..................7
Zwischenbemerkungen..................42
Dritter Klasse durch ein fremdes Land 58
... du sollst die Stadt meiner Träume sein 76
Zwischenbemerkungen..................112
Wer nicht arbeitet, soll auch nicht essen 138
Zwischenbemerkungen 175
Ach! töten könnt ihr, aber nicht lebendig machen...202
Unbefugten ist der Eintritt verboten!...............242
Wohin fliehst du, arbeitslose Seele?.............269
„Entartete Jugend"..................274
Schlussbemerkungen 306

Johann Sonnleitner
Kolportage und Wirklichkeit.
Zu Maria Lazars Roman *Leben verboten!*..............325

Maria Lazar

Leben verboten!

Ein Roman

Mit einem Nachwort
herausgegeben
von Johann Sonnleitner

das vergessene buch

Leben verboten!
ist bislang nur in einer gekürzten
englischen Exilausgabe
1934 bei Wishart & Co in London erschienen.

Das vorliegende Buch stellt die zum ersten Mal
veröffentlichte deutsche Erstausgabe des Romans dar
– in der Originalfassung von 1932.

Alle Rechte vorbehalten
Copyright © 2020 by DVB Verlag GmbH, Wien
Umschlaggestaltung: Gianluca Coscarelli, Hamburg
Druck und Bindung: CPI books, Leck
FSC® Mix Credit zertifiziert
ISBN 978-3-903244-03-0

www.dvb-verlag.at

Ach! töten könnt ihr, aber nicht lebendig machen, wenn es die Liebe nicht tut, die nicht von euch ist, die ihr nicht erfunden.

Hölderlin, *Hyperion oder der Eremit in Griechenland*

Hingeweht wie ein Blatt im Wind

Auf, auf und aus dem Bett heraus! Es muß doch gleich halb sieben sein. Keine Zeit mehr, in das Badezimmer zu stürzen, wo sind die Strümpfe, wo ist die Mappe mit den Schulbüchern, der Tee ist zu heiß, verbrennt die Lippen, nein, der Kakao, es klingelt schon, das Flugzeug steigt auf, schöner, schimmernder Aeroplan, es klingelt und die Klassenzimmertür schließt sich, nun hilft nichts mehr, es ist zu spät, nun ist man wieder einmal zu spät gekommen –

Ein Knabe Ernst fährt aus der Decke, starrt um sich. Die Radiumzeiger der Weckuhr strahlen auf dem Nachttisch: halb drei. Über dem Stuhl hängt eine entsetzlich lange erwachsene Männerhose, deutlich zu sehen, man muß sich nur an das Dunkel gewöhnen.

Ein Herr von Ufermann, Chef der Firma E. Ufermann & Co, streckt sich wieder aus und zieht die Decke über den Kopf so wie Kinder, die des nachts sich fürchten. Und dabei hat er noch so viel Zeit, darf stundenlang weiterschlafen. Diese ewige Nervosität vor jeder Abreise, ganz wie vor aufregenden Schultagen. Warum sollte er auch zu spät kommen. Katinka wird ihn wecken, sie ist ein sehr verläßliches Mädchen, und Gierke hält zur Minute mit dem Auto vor dem Haus. Es wäre also selbst dann noch Zeit, gesetzt den Fall, daß Katinka verschliefe. Was gar nicht zu erwarten ist. Abfahrt sieben Uhr fünfundvierzig. Tempelhofer Flugplatz. Mit Watte in den Ohren. Nicht zu vergessen. Watte in den Ohren ist nicht angenehm.

So eine Decke, in die man sich verkriecht, ganz allein in der Nacht, wird zu einem Riesenbeutel. Warm und stickig ist es in diesem Beutel. Herrgott, wenn man doch schlafen könnte. Vor spannenden Unterredungen sollte man wenigstens eine vernünftige Nachtruhe hinter sich haben. Schlafmittel? Die verdummen ja nur. Und morgen heißt es helle sein, morgen gilt es, den Herrschaften in Frankfurt zu beweisen, daß ihr eigenes, jawohl, ihr eigenes Schicksal daran hängt, wenn die Firma Ufermann ins Wackeln gerät, ach gar nicht nur ins Wackeln, ins Rutschen, und zwar in die Katastrophe hinein. Dann rutscht ihr alle mit, verstanden! Wir brauchen kein Mitleid, keine Güte, keine Wohltätigkeit, sondern einzig und allein ein bißchen Solidarität. Die Anleihe ist lächerlich gering, ihr denkt doch nicht ernstlich, daß –

Ja, wenn der Alte ihn nur verstehen wird. Mit den jungen Leuten ließe sich eher reden. Aber der würdige Hebenberth stammt noch aus den achtziger Jahren, der weiß überhaupt nicht, worum es heute geht, in der Wirtschaft, der gesamten Wirtschaft, der Weltwirtschaft nämlich. Stockungen, Krisen hat es schon immer gegeben, meint er. Aber daß die Wirtschaft sich inzwischen entwickelt hat, ins Kolossale, und mit ihr die Krisen, davon ahnt er nichts. Mein Herr, muß man ihm sagen, Sie leben nicht mehr 1887 oder 1888, Sie leben im Jahr 1931, falls Sie es noch nicht bemerkt haben sollten. Aber er hört nie zu. Nur Mut, lieber Freund, sagt er und schickt einen nachhause und sieht ganz ruhig zu, wie man in einen Sumpf hineingeht, nur Mut, lieber Freund und ersauf. Sein Bart ist weiß und weich wie der des Rektors, der einem vor dem Examen auf die Schulter zu klopfen pflegte. Nur Mut.

Es wird schon gehen, es wird auch dann noch weiter gehen mit der Firma, wenn alles schiefgeht. Paul sagt es auch, denn Paul ist fest davon überzeugt, daß nie etwas ganz schiefgehen kann, wo er dabei ist, und insofern ist es nicht schlecht, ihn zum Teilhaber zu haben, er hat ein sicheres Auftreten, auch gegenüber dem Personal. Und wenn es trotzdem schiefgehen sollte, muß man eben aus der Villa fort, in eine Etagenwohnung, heutzutage ist das keine Schande mehr, wie viele müssen das, obwohl es für Mama ganz furchtbar sein wird, alt wie sie ist, und Irmgard sollte im Winter nach Davos. Den Wagen müßte man aufgeben und eines von den Mädchen entlassen, vielleicht sogar beide, schad um Katinka, und wer weiß, ob man nicht in ein Hinterhaus muß, Irmgard im Hinterhaus, seine Frau, Frau von Ufermann –

Vor solchen Gedanken schützt auch der warme Riesenbeutel der Decke nichts, obwohl genau genommen nichts passieren kann, solange Herr von Ufermann, Chef der Firma Ufermann & Co, in ihm steckt mit beiden Fäusten vor den Augen und den Rücken gekrümmt. Heute Nacht darf er sich jedenfalls noch sicher fühlen. Das Haus schläft tief und fest. Irmgard wohl auch. Sie hatte wieder ihre 37,4 am Nachmittag. Wenn er doch auch nur 37,4 haben könnte, oder 38,4, 39,4. Kein Mensch könnte dann von ihm verlangen, nach Frankfurt zu fliegen, um eine unlösbare Aufgabe zu lösen, die Firma zu retten, die Ehre des Hauses, des Namens oder wie es sonst noch heißt. Einen kranken Jungen schickt man auch nicht zur Schule. Aspirin, kalte Wickel, Ärzte, immer mehr Ärzte, Lebensgefahr. Nun spricht niemand mehr von Geschäften, Irmgard weint und vergißt sogar ihre eigenen 37,4, und wenn er stirbt, so trägt sie einen schwarzen Schleier, steht gut zu blond, und außerdem, du lieber Himmel, daß ihm das jetzt erst einfällt, außerdem bekommt sie dann auch noch seine verrückte Lebensversicherung, sie wird reich, die Firma gerettet, das Auto, die Villa, die Mädchen. Ist das nicht einfach, unverschämt einfach?

Die Radiumzeiger der Weckuhr haben etwas Mahnendes an sich. Gegen Morgen werden sie langsam verblassen.

***

Verfluchtes Biest, reißt einen aus dem besten Schlaf heraus!

Katinka greift nach dem blauen Küchenwecker und steckt ihn unter das Kopfkissen, damit Grete nicht aufwacht, sie hat ihr ja so fest versprochen, alles allein zu machen, auch den Tee für den Herrn. Grete liegt mit offenem Mund, es ist zum Ersticken heiß in der Mansarde, das Fenster geschlossen, Grete tut es nicht anders, weil sie eben eine Bauerntochter ist und gewohnt, den ganzen Tag in der Küche zu stehen. Keine Spur von Kultur. Die gnädige Frau schläft überhaupt nur bei offenen Fenstern Tag und Nacht, bei der duftet es ordentlich nach frischer Luft. Während es auch hier duftet, aber nach Hühneraugen und zerlassener Butter, da kann man noch so viel Maiglöckchenparfum in die Bettwäsche spritzen. Ein Leben ist das!

Katinka spuckt sich vor dem Toilettespiegel auf die Fingerspitzen und streicht die Brauen glatt. Mit dem Taschenkamm noch rasch durch das Haar, etwas Puder auf die Nase, Häubchen, Schürzchen, fertig, Schluß, schön genug für diese Tageszeit. Der Herr sieht einen ohnehin kaum an. Was der wohl immer in seinem Kopf hat. Gierke meint, bei dem klappt auch nicht alles. Heutzutage haben eben auch die feinen Leute ihre Sorgen.

Und Ufermanns sind feine Leute, da gibt es wirklich nichts zu klagen. Tadelloses Zimmer, eingebaute Schränke sogar für die Mädchen, anständiger Gehalt, höfliche Behandlung und die freien Nachmittage ordentlich geregelt. Hin und wieder noch ein Abendkleid von der Frau oder ein Handtäschchen und mit dem Chauffeur gibt es auch manchmal Spaß. Was kann man mehr verlangen, wo andere auf dem Pflaster liegen.

***

Was fällt Ihnen denn ein, Katinka? Was bringen Sie mir da für eine Henkersmahlzeit.

– Es ist doch bitte nur das gewöhnliche Frühstück.

– Schon gut. Den Speck da nehmen Sie gleich wieder fort. Ich kann den Geruch nicht vertragen. Und wozu noch der heiße Toast. Der Tee ist zu schwach.

– Soll ich vielleicht –

– Nein, nein, lassen Sie nur. Ist Gierke schon da?

– Gierke frühstückt in der Küche.

Was hat denn das Mädchen? Was sieht sie ihn so neugierig an? Und hat sich dabei nicht einmal gekämmt, die Haare nur so unter das Häubchen gestopft. Wie blond sie ist. Beinahe wie Irmgard.

– Meine Frau noch nicht auf?

Katinka streicht sich die Schürze glatt. Bei ihrem Herrn rappelt es wohl. – Soll ich die gnädige Frau wecken?

– Was fällt Ihnen ein. Sorgen Sie, daß mein Gepäck ins Auto kommt. Es ist nicht schwer. Sie können es selbst holen.

Katinka läuft die Treppe in sein Schlafzimmer hinauf. Wie komisch er sie angesehen hat. Sollte er gemerkt haben, daß sie nicht mal gewaschen ist. Peinlich. Denn er ist wirklich kein so übler Mensch. Immer tiptop, wenn auch nicht eben schön, Nase zu lang, Mund verkniffen. Und die gnädige Frau – ja freilich, die wird aufstehen. Männer sind doch wirklich zu naiv. Die Handtasche wiegt so gut wie nichts, da wird er wohl kaum lange fortbleiben. Gierke hupt ungeduldig. Es ist Zeit. Herr von Ufermann tritt auf die weiße nebelnasse Straße. Die Ranken am Gartengitter sind dunkelrot, eigentlich hübsche Ranken, beinahe hätte er nach ihnen gegriffen. In der Villa schläft noch alles hinter den glatten verhangenen Fenstern, lohnt nicht, sich umzuwenden. Es winkt einem ja doch niemand nach.

***

Aus den Alleen ist das Herbstlaub weggefegt, nicht ein Papierschnitzel verunreinigt den Asphalt. Der ganze Villenvorort gleicht einer großen und bequemen Wohnung, frühmorgens aufgeräumt von einer wohlgeschulten Dienerschaft. Gierke schießt um Haaresbreite an einem Milchwagen vorbei, das tut er gerne, und schielt nachher auf seinen Herrn. Der aber merkt gar nichts, der merkt nicht mal, daß ihm die Zigarettenasche gleich auf die Hose fallen wird. Was ist mit ihm? Schläft er noch immer?

– Verdammt und zugenäht! Keine Augen im Kopf, alter Esel!

Gierke reißt den Wagen herum. Da hätte er beinahe jemand überfahren. Und der alte Mann, weißhaarig, ohne Hut, taumelt zurück, lehnt an einem Baumstamm, starrt dem langen blauen Auto nach. Also nicht mal um diese Tageszeit kann einer ruhig über die Straße gehen, auch der friedliche Gottesmorgen wird schon gefährlich. Wohin so eilig? Der Herr kommt sicher von seiner Puppe oder er fährt an die Bahn, um dann im Speisewagen zu sitzen und an der Riviera spazieren zu gehen. Die Leute habens ja. Da kann das Land verrecken und krepieren, die habens immer. Und was ein ehrbarer alter Oberpostrat ist mit Pension und Karlsbader Kur, den fahren sie ganz einfach übern Haufen. So sind sie eben, dieses reiche Pack. Und dazu hat man Revolution gemacht und den Krieg verloren. Eine schöne Revolution. Aber wartet nur, es wird noch anders kommen, es gärt im Volk, es gärt überall, und auch ein alter Oberpostrat weiß, daß das so gar nicht weitergehen kann, wenn sie ihm seine Pension noch einmal kürzen – Abzüge nennt man das, Ersparungsmaßnahmen, ja, fangt doch selber mal zu sparen an, mit euern Autos, unverschämte Bande.

Und das Auto schießt inzwischen vorbei an Stoppelfeldern und Siedlungsbauten. Eine Mühle taucht auf und verschwindet. Nun hängen sich die Häuser aneinander, werden zu unabsehbar langen steifen Reihen. Eine leere Straßenbahn. Ein einsames Paar auf der Bank neben der Haltestelle. Dem Mädchen guckt das hellblaue Kleid unter dem Mantel hervor. Der Nebel teilt sich, laue Sonne fällt auf einen Karren Äpfel. Im Fensterrahmen räkelt sich ein Mann im Nachthemd. Die schwimmend breite Straße saugt den Wagen ein, in langen Strahlen führen unzählige solcher saugender Straßen einem Mittelpunkt zu. Was für einem Mittelpunkt? Der müde Herr im Auto setzt sich auf mit einem Ruck. Geschäftshäuser, Radfahrer, der ferne Donner der Hochbahn, der Schutzmann steht in seinem Turm, unbeirrbar, rot grün, rot grün, man öffnet die Läden, Berlin ist fleißig, Berlin ist früh auf, Berlin schläft nie, Berlin ist unverwüstlich, Berlin verschlingt seine eigene Zeit, Stillstand? Stumme Verzweiflung? Arbeitslosigkeit? Es gibt Leute, die spüren ein Beben tief unter dem steinernen Häusermeer, unter den Kanälen, unter den Maulwurfsgängen der Untergrundbahn. Ihre Nervosität kann ansteckend wirken. Pessimisten. Wenn man aber auf weichen Pneus über den weichen schmeichlerischen Asphalt im weichen Herbstlicht durch die schaufensterspiegelnden Straßen fährt, so nimm doch nur, es ist ja alles da, greif zu, sei ein Kerl, hier sind die unbegrenzten Möglichkeiten, alles für dich, der du da tief in deinem Wagen lehnst und zuhause bist, zuhause in dieser hastenden, dieser jagenden, dieser sich selbst verzehrenden Millionenstadt – wenn man so durch die Straßen fährt, dann verschwinden alle die Schrecken einer kaum vergangenen Nacht wie ferner Spuk aus der Kinderzeit. Der alte Hebenberth wird selbstverständlich mit sich reden lassen. Die Firma Ufermann, gegründet 1863, wird nicht gerade 1931 untergehen, vorübergehende Verlegenheiten, wie jedes große alte Haus sie kennt, usw. usw. Was kann geschehen, was kann schon einem Herrn von Ufermann geschehen? Es wird ihm keiner seinen Kopf abreißen. Wie gut, daß es so windstill ist. Das wird bestimmt ein herrlicher Flug.

***

Schon recht, lieber Gierke. Das Köfferchen trage ich mir selbst. Sie können gleich nachhause fahren.
– Jawohl, Herr von Ufermann.
– Und melden Sie sich um halb elf bei meiner Frau.
– Jawohl, Herr von Ufermann.
– Und sehen Sie ein bißchen nach den Hunden. Katinka gibt ihnen sonst nichts als Brei.
– Jawohl, Herr von Ufermann.
– Und (ja, was denn noch, jetzt kommt er nochmals zurück, was will er seinem Chauffeur nur noch sagen?) – und, na lassen wir, und weiter nichts. Auf Wiedersehen!
Gierke steht stramm, legt die Hand an die Mütze. Und wäre wohl nachhause gefahren, wenn es nicht plötzlich vor dem Flugplatz ein solches Gedränge gegeben hätte. Erstens kommt man da nicht so rasch durch und zweitens ist man auch neugierig.
Was denn los? Was geschehen? Ach gar nichts. Wird irgend so ein Filmstar sein oder ein Boxer, der ankommt … Mich gehts nichts an … Was stehen Sie dann hier? … Und Sie? Haben Sie vielleicht ein Flugbillet? Was machen Sie da? Um eine Tageszeit, wo ein anständiger Mensch an die Arbeit geht … Arbeit! Habt Ihr gehört, von Arbeit redet der … Räumen Sie mal Ihren Ellbogen weg … Entschuldigen Sie, man wird wohl auch noch auf der Welt sein dürfen … Das ist gar nicht immer gesagt … Wenn Sie frech werden wollen …
Hier wird es ungemütlich. Gierke verzichtet darauf, den Filmstar zu sehen oder den Boxer oder wer sonst noch ankommen sollte, umso mehr, als Herr von Ufermann immer noch in der Eingangstür steht und plötzlich den Kopf wendet. Und er wundert sich auch. Was will denn sein Chauffeur noch hier?

Im selben Augenblick fällt jemand mit vollem Gewicht gegen seine Brust. – Pardon, Pardon. – Aber bitte sehr.

Es war ein blasser Herr mit einem Knebelbart.

In den weißen stillen Räumen, die immer an die Wartezimmer eines Sanatoriums erinnern, zerstreuen sich die Menschen. Frankfurt? Ja, dort. Nun aber rasch. Ufermann greift in die Brusttasche, greift nochmals in die Brusttasche. Leer. Paß, Geld, Papiere – das ist doch zum Lachen, kann überhaupt nicht möglich sein, gibt es ja gar nicht, so was darf einem nicht wirklich passieren.

– Wünschen Sie nicht einzusteigen? Ein livriertes Gesicht sieht ihn fragend an.

Gierke, Gierke war doch eben noch da. Vielleicht hat er Geld bei sich, vielleicht kann er bezeugen, daß –

Und dann steht er allein auf der Straße. Gierke ist fort, das Auto ist fort, die Leute ringsum sehen ihn so sonderbar an, sogar der Schutzmann. Ihm ist, als wäre er ganz nackt. Der blasse Herr mit dem Knebelbart steigt eben rasch in eine Autodroschke. Vielleicht, daß man ihn daran hindern sollte, daß man schreien sollte, haltet den Dieb, der Mensch hat meine Brieftasche, aber er muß es doch nicht unbedingt gewesen sein, wie soll man so was je beweisen. Und die Autodroschke verschwindet inzwischen. Es ist kalt. Am besten, man knöpft den Mantel zu. Aufsteigt ein schöner, schimmernder Aeroplan, der Himmel hängt in dünnen blauen Schleiern.

Ach was, der alte Hebenberth hätte ja doch bestimmt nicht nachgegeben.

***

Ufermann geht langsam ein paar Schritte. Wohin? Er geht ganz einfach, so wie Spaziergänger gehen. Der Vormittag gehört jetzt ihm, nicht dem Geschäft, da mögen noch so viele Leute im Kontor anklingeln, er ist verreist, bitte, er ist nicht da. Er muß sich nicht nach Irmgards Befinden erkundigen, er muß dem emsigen Fräulein Preisel keine Briefe diktieren, er muß dem alten Boß nicht ins Gesicht sehen, der alles weiß, was ein Prokurist nur wissen kann, und sich doch nichts zu sagen getraut. Er muß auch nicht darüber nachdenken, wann und wohin er Gierke bestellen soll, er braucht kein Auto, er geht ganz einfach spazieren so wie die Müßiggänger und die Arbeitslosen. Die Sonne scheint beinahe hell und warm. Es wäre schön, jetzt auf das Land hinaus zu fahren, an einen kleinen und versteckten See, wo ein paar Wildenten vorbeischnattern und die Kiefernadeln noch trocken nach dem Sommer duften.

Ein einziges Mal nur hat er die Schule geschwänzt und das an einem strahlend heißen Junitag. Auf ihren Rädern waren sie plötzlich durchgebrannt an so einen kleinen See, er und Paul, und spät abends erst nachhause gekommen, förmlich ausgelaugt von Sonne und Wasser. Die Folgen waren peinlich gewesen, Paul hatte nicht dichtgehalten und dann noch alle Schuld auf ihn geschoben. Nicht ganz mit Unrecht, denn von selbst wäre Paul niemals auf solch einen Einfall gekommen. Aber schön war es nicht von einem Freund. Einem Freund? War Paul denn je sein Freund? Ist Paul sein Freund? Paul ist sein Teilhaber und sein Berater, er muß ihm jedenfalls von seinem Mißgeschick erzählen. Und Paul wird große runde Augen machen: – Wo warst du denn den ganzen Vormittag?

Da winkt Ufermann einer Autodroschke. Denn man kann schließlich nicht nur spazieren gehen, wenn alles auf dem Spiel steht, Geld, Ehre, Firma und Frau. Wieso denn Frau? Ach, das hängt irgendwie zusammen.

Der Chauffeur fragt, wohin. Ins Zentrum einstweilen, sagen wir Potsdamer Platz. Für zuhause ist es unbedingt zu früh. Irmgard schläft noch. Es wird nicht leicht sein, ihr begreiflich zu machen, was heute passiert ist, sie ist so ordentlich, daß sie nie was verliert oder auch nur verlegt, sie wird entsetzt sein, ganz abgesehen davon, daß in der Brieftasche neunhundert Mark steckten – Herrgott, hat er denn überhaupt noch Geld bei sich, Geld genug für die Autodroschke?

Ja, in der Geldbörse ist einiges. Ein Zehnmarkschein, ein Dreimarkstück, eine Mark, noch eine Mark, zwanzig, vierzig, sechzig, nein achtzig, nein, doch nur sechzig Pfennig. Wenn man sie noch einmal zählt –

Da hält das Auto auf dem Potsdamer Platz vor einem Stand mit Blumen: Astern, Georginen und knallrot geschminktes Laub. Am klügsten wäre es, weiter zu fahren, zum Beispiel zu Paul, aber man könnte ihn auch erst anklingeln. Vielleicht aus einem Café. Wer weiß, ob er jetzt noch zuhause ist. Und außerdem wäre es gut, etwas Warmes und Ausgiebiges in den Magen zu bekommen, nach dem jämmerlichen dünnen Tee, den Katinka serviert hat.

In der Telefonzelle riecht es nach kaltem Rauch von vorvorgestern.

An die Wand gekritzelt ist ein windschiefes Herz, darin steht: Bavaria 2709. Ufermann verbindet sich erst einmal mit dem Amt Bavaria. Aber das ist ja Unsinn, was geht Bavaria ihn an, was geht das Herz ihn an. Nein, Paul hat ganz ein anderes Amt. Und jetzt stimmt die Verbindung.

– Hallo, Tag Frau Köhler. Herr Hennings noch zuhause?

– Nein, Herr Hennings ist eben fortgegangen.

– Ach, das ist aber schade. Da ist er wohl noch nicht im Kontor?

– Nein, sicher nicht. Wer spricht denn? Ist das Herr von Ufermann?

Knax. Ufermann hat abgehängt. Fehlte nur noch, daß er sich mit Frau Köhler in ein Gespräch einläßt. Am Ende weiß sie gar von seinem Frankfurter Flug und was damit zusammenhängt. Hausdamen wissen immer alles.

– Herr Ober, Kaffee und Rührei mit Schinken. Und Zeitungen.

Die großen Spiegelscheiben des Cafés gehen hinaus auf den Potsdamer Platz. Der Polizist im Verkehrsturm scheint durch sie herein zu sehen. Ufermann setzt sich mit dem Gesicht zu der karminroten Wand.

Dem Ober fällt es auf, daß der Herr mit der Handtasche (er kommt wohl von einer Reise, obwohl die Handtasche sehr klein ist) besonders nervös ist. Er liest gar nicht in den Zeitungen, durchblättert sie nur. Um dann plötzlich zusammen zu zucken. Was ist denn los? Er wird ja grün und gelb. Wenn er nur nicht gleich der Länge nach auf der Erde liegt, das gibt Betrieb und so was mögen die Frühstücksstammkunden nicht gern. Der Ober tritt jedenfalls einmal hinter den Stuhl des auffälligen Herrn und sieht ihm über die Schulter in die Zeitung hinein.

Industrieller erschießt sich und Frau. Das steht fett und groß als Überschrift. Und darunter – der Ober streckt den Hals vor: Zusammenbruch der Firma Ebel.

Oder heißt es Abel? Wenn das alles ist? So was passiert doch jeden Tag. Vielleicht ein Bekannter oder ein Geschäftsfreund, das geht einem dann immer etwas nahe, obwohl man sich in diesen Zeiten auch schon daran gewöhnt haben müßte. Oder sollte der Herr ein Angestellter von der Firma sein? Die großen Chefs erschießen sich gern, während ihre Angestellten eher unauffällig zu verrecken pflegen.

Ufermann starrt in den Teller mit Rührei. Wie Ebel wohl ausgesehen haben mochte, als er sich in den Mund hineingeschossen hatte, der große, der mächtige, der selbstbewußte Albert Ebel. Da springt ja der Kopf auseinander, da spritzt das Hirn heraus, Hirn und Blut, grauenhaft verstümmelte Leichen, steht gedruckt, bis zur Unkenntlichkeit entstellt, und Alice, die kleine Alice mit ihrem lustigen krausen Haar, aus Angst vor Not, steht gedruckt, ob sie wohl einverstanden war, aber natürlich, Doppelselbstmord steht gedruckt, Bankrott steht gedruckt, vollständiger Bankrott. Wenn einmal Ebel sich nicht mehr zu helfen wußte –

Und dabei war es vielleicht das Klügste gewesen. Alice hätte bestimmt nicht arm werden können, das hätte sie zu schlecht gekleidet. So hatte er ihr drei Kugeln durch die Schläfe geschossen.

Muß das denn sein? Kann man nicht in einen See gehen, einen kleinen Waldsee und so lange schwimmen, bis man nicht weiterkommt. Hinterläßt man keine Abschiedsbriefe, so braucht es gar kein Selbstmord gewesen zu sein, es gibt doch auch Unfälle, Herzschlag im Wasser oder dergleichen, und damit wäre alles erledigt, in Ordnung sozusagen. Ist das nicht einfach, unverschämt einfach? Er müßte Irmgard gar nicht mit sich nehmen,

so wie Ebel Alice, sie bliebe zurück als eine wahnsinnig reiche Frau, denn die Lebensversicherung –
– Ober, zahlen!
– Bitte sehr.

***

Und da er doch nicht allzu viel in der Geldbörse hat und deshalb sparen muß (sparen ist allerdings ein grässliches Wort), geht Ufermann einstweilen zu Fuß. Natürlich nicht nachhause, aber Lilos Atelier liegt um die Ecke. Und warum sollte er seine kleine Freundin nicht auch einmal am Vormittag besuchen.

Sie wird platt sein. Um diese Tageszeit hat sie ihn kaum je zu Gesicht bekommen. Wahrscheinlich schläft sie noch, nur gut, daß er die Schlüssel hat, da braucht er nicht zu klingeln.

Merkwürdig, wie grau und abgegriffen dieses Haus heut aussieht. Der Treppenläufer ist zerfetzt, abends war das nie zu bemerken. Es riecht nach Kraut und Sellerie, er bekommt förmlich Lust auf Lilos impertinentes Parfum, das sie sich absolut nicht abgewöhnen will, obwohl es ihm oft auf die Nerven geht. Dabei ist sie sonst ein wirklich nachgiebiges Mädchen, immer sanft und geduldig und zwitschernd vergnügt, niemals vorwurfsvoll oder gar schlecht gelaunt. Ihr kann er in Ruhe alles erzählen, sie wird ihn streicheln und sie wird ihn trösten, wenn er bei ihr ist, kennt er keine Angst und Anstrengung. Dabei ist sie ja selbst so unordentlich, daß sie imstande ist, den eigenen Strumpfbandgürtel zu verlieren. Sie wird sich auch nicht wundern, daß er nicht die Geistesgegenwart hatte, den blassen Herrn mit Knebelbart rechtzeitig hopp nehmen zu lassen, um sich nur ja nicht vor dem Schutzmann zu blamieren. Vielleicht war der blasse Herr gar nicht der Dieb, vielleicht war die Brieftasche gar nicht gestohlen, obwohl er sie doch ganz bestimmt auf der Fahrt in die Stadt bei sich gehabt hatte, er erinnert sich ganz genau, dreimal nach ihr gegriffen zu haben. Das Ganze war ja nur passiert, weil er auf keinen Fall nach Frankfurt wollte, und Lilo wird es auch verstehen oder zumindest tun, als ob sie es verstünde.

Ganz leise öffnet er die Tür. Auf dem Kleiderhaken hängt ein lachsrosa Schlafrock, im Badezimmer liegen Strümpfe und Handtücher herum und die Wanne ist voll mit grünlichem Wasser. Im Atelier hockt Nöcke, der Kater, zwischen ein paar verstreuten Kissen auf dem Sofa. Sonst ist niemand zuhause.

Ufermann hebt einen Augenblick den Kopf, als erwartete er, Lilo hinter dem geblümten Vorhang hervorspringen zu sehen. Dann setzt er sich neben den Kater und ist sehr müde. Der Vorhang hat ein Loch, auch ist das Muster viel zu grell, und auf dem Fußboden liegen Zigarettenstummel. Das Schüsselchen mit Milch ist wohl für Nöcke bestimmt, und Nöcke ist zu faul, sich bis dahin zu begeben, er rührt sich überhaupt kaum mehr, seit Lilo ihn kastrieren ließ. Wie abscheulich von ihr. Nun ist das Tier nichts anderes als ein Kissen, ein schwarzes Kissen mit grünen Augen.

Ufermann streckt sich aus auf dem Sofa und schiebt die Füße in die Ecke, um den armen Nöcke nicht zu stören. Dann zieht er noch die schottische Reisedecke heran, die er Lilo zum Geburtstag geschenkt hat. Das Tuch riecht nach ihrem impertinenten Parfüm. Wo sie wohl steckt? Wozu viel fragen, sie lügt ja immer. Solche Mädchen mit

Schlitzaugen und nassen Negerlippen lügen. Aber wenn sie sonst nett, freundlich und gefällig sind und einen vielbeschäftigten und sorgenvollen Mann nicht auch noch mit Verantwortung beladen, darf man nicht allzu viel von ihnen verlangen. Wie hätte denn die kleine Lilo ahnen sollen, daß er plötzlich an einem Vormittag in ihr kaltes und unaufgeräumtes Atelier kommen wird, voll Sehnsucht nach einer warmen und zärtlichen Hand. Es ist nicht ihre Schuld, daß sie jetzt nicht zuhause ist, wohl auch die Nacht durch nicht zuhause war, sie steht sonst nicht so zeitig auf, sie dachte wohl, wenn er nach Frankfurt fliegt –

Der Himmel hinter den verstaubten schiefen Fensterscheiben ist trüb und wollig. Ufermann zieht die Reisedecke über den Kopf trotz Lilos impertinentem Parfüm. Nun darf er schlafen ohne die Schrecken der vergangenen Nacht, niemand erwartet ihn, niemand verlangt etwas von ihm, er muß nicht auf sein zur Minute, auf dem Flugplatz Frankfurt werden sie sich allerdings wundern. Aber auch das ist jetzt einerlei.

Er läßt sich versinken in eine dumpfe gleichgiltige Bewußtlosigkeit und wäre wohl noch lang in ihr verblieben, wenn nicht ein wahres Trommelfeuer ihn plötzlich geweckt hätte. Gegen die schiefen Fensterscheiben prasselt der Herbstregen. Nöcke sitzt vor seinem Milchschüsselchen mitten im Zimmer. Es dämmert schon, es muß recht spät geworden sein, Lilo kommt wohl gar nicht nachhause. Vielleicht, daß es in ihrer Küche was zu essen gibt.

Ein Topf Marmelade, kein Brot, kein Zwieback, zwei Eier und eine halb verschimmelte Tomate. Sollte das alles sein? Ufermann zieht die Tischlade heraus, aber da liegen nur Bestecke (was Lilo doch für alte Blechlöffel besitzt), zwischen ihnen schwimmt ein Federstiel und hinten in der Ecke steht ein Fläschchen Tinte. Unter diesem Fläschchen liegt Geld. Vier Zwanzigmarkscheine. Ist das eine Art, sein Geld aufzubewahren. Lilo ist wirklich schon verboten unordentlich.

Es bleibt wohl nichts übrig, als nachhause zu fahren, um zu einer anständigen Mahlzeit zu kommen. Und dann ins Bett, sofort ins Bett, er fühlt sich elend, hungrig und erfroren, sein Anzug ist vermuddelt, als hätte er nicht auf einem Sofa gelegen, sondern auf einer Bank im Park, alle seine Glieder scheinen irgendwie zerbröckelt, und so soll er in den Regen hinaus, Schirm hat er auch keinen, vielleicht, daß er doch noch ein Taxi bestellt, so viel Geld hat er sicher noch, wo ist der Mantel, und wenn er ohnehin nachhause fährt –

Er greift nach dem Hörer. Da klingelt das Telefon.

– Hallo!

– Hallo! (Ach, das ist Lilos Stimme) Hallo, Harry, Gott sein Dank, daß Du da bist. Ich komme gleich, wollt es nur jedenfalls wissen. Du hast noch nicht davon gehört. Hallo, Harry, mir zittern die Beine, wart einen Augenblick, ich brauche einen Stuhl beim Apparat, ach Gott, ich kann kaum noch den Hörer halten. Es ist zu schauderhaft und zu entsetzlich. Hallo! Es ist ja gar nicht auszudenken. Hallo! Nicht wahr, du weißt es nicht. Also stell dir vor, Ufermann, du erinnerst dich, er wollte heute nach Frankfurt fliegen, Ufermann, stell dir vor, Ufermann ist abgestürzt, mit dem Flugzeug natürlich, das ganze Flugzeug ist abgestürzt und verbrannt. Ufermann ist tot, du, der ist noch viel mehr als tot, der ist nicht einmal eine Leiche mehr, alle Insassen verkohlt, steht in den Zeitungen. Hallo! Harry, hörst du mich noch?

– Ja.
– Also was sagst du. Hat man schon so was erlebt. Und ich sah ihn doch erst vor zwei Tagen, da war er wie immer, kein Mensch hätte auf die Idee kommen können. Hallo! Ich versichere dir, mir klappern die Zähne, daß du mir nie in so ein gräßliches Flugzeug steigst. Ich komme gleich, ich muß ja noch so viel mit dir besprechen, denn das beste, Harry, das beste kommt erst. Hallo!
– Hallo!
– Stell dir vor, Harry, der Mensch war reich, viel, viel reicher, als er je zugab. Es ist unerhört. Seine Frau hat eine Lebensversicherung in Dollar, Millionen, Harry, Millionen. Die ist jetzt fein raus. Was sagst du. Hallo! Was meinst du Harry, daß ich jetzt tun soll. Ich werde mich vielleicht an Hennings wenden, du weißt doch, Harry, Paul Hennings, sein Teilhaber. Oder was anderes. Es steht schon alles in den Zeitungen. Extraausgaben, selbstverständlich. Ich bring sie dir mit. Und sein Bild haben sie auch. Ich begreife gar nicht, wie die Leute so rasch – Hallo! Harry, Harry! Hallo!
– Bedaure Fräulein, Sie sind falsch verbunden.
Ufermann legt den Hörer auf. Er steht still. Jetzt ist er ganz allein auf der Welt. Das Atelier wird zu einer Schachtel ohne Luft, die sich loslöst und hinaus schwebt über das Häusermeer der Stadt in einen dunklen und unendlichen Raum. Langsam greift er mit der rechten Hand nach seinem linken Arm, er spürt diesen seinen Arm, er spürt sich selber, seinen Atem, sein Blut. Wie wunderbar das ist. Es ist nicht abgestürzt und er ist nicht verbrannt. Er lebt.
Das Telefon klingelt wieder, klingelt mehrmals. Nein, meine Liebe, hier ist niemand zuhause. Ich bin ja tot, nicht

einmal eine Leiche mehr. Läut du nur, bis dein Harry kommt.

Er wendet sich zur Tür, kehrt aber nochmals zurück, geht in die Küche, holt die vier Zwanzigmarkscheine aus der Lade (besser ein Dieb als ein verbranntes Knochenhäuflein) und läuft dann rasch die knarrenden Treppen hinunter. Im Haustor stößt er mit einem Mann zusammen. Ob das vielleicht Herr Harry ist?

※※※

Er muß nur um die nächste Ecke biegen durch Wind und Regen, da schreien schon die Kolporteure auf der Straße: Furchtbares Unglück bei Höflingen! Das Flugzeug Berlin-Frankfurt abgestürzt! Acht Passagiere verbrannt! Furchtbares Unglück –

Ufermann reißt dem nächsten Verkäufer beinahe das Blatt aus der Hand. – Furchtbares Unglück bei Höflingen! Zehn Pfennig, mein Herr! Das Flugzeug Berlin-Frankfurt abgestürzt! Acht Passagiere –

Die Stimme des jungen Burschen schnappt ab. Aber von der anderen Straßenecke grölt ein Bierbaß herüber: – Aeroplan verbrannt! Aeroplan verbrannt!

Diese Zeitungsverkäufer sollten nicht so tun, als ob sie sich Gott weiß wie aufregten. Doch das gehört wohl zu ihrem Geschäft, das heut nicht gut zu gehen scheint, die meisten Vorübergehenden stutzen nur einen Augenblick lang und eilen dann weiter. Am besten ist es, sich möglichst unauffällig zu benehmen, Ufermann faltet das Blatt unter der nächsten Laterne auseinander.

Da guckt ihm jemand über die Schulter: – Sie gestatten doch? Und ein anderer zupft ihn am Ärmel: – Nur einen

Blick, wenn Sie nichts dagegen haben. Ein Paar tiefliegende Augen sehen ihn aufmerksam an: – Ist es wirklich wahr, daß acht Passagiere –? Und eine Frauenstimme lispelt: – Man kann die Leichen gar nicht zählen.

Der kleine Menschenhaufen stiebt plötzlich wieder auseinander, denn der Herr mit der Extraausgabe hat sich losgerissen, rennt davon wie ein Besessener, die Schultern hoch, den Kopf gesenkt. Was ist mit ihm? Man sollte es nicht für möglich halten. Hat ihm doch keiner was getan. Um eine Gefälligkeit wird man noch bitten dürfen. So wie die Zeiten heute sind, hat nicht ein jeder gleich zehn Pfennige, um sie fürs nächste beste Flugzeugunglück auszugeben. Es passiert auch noch anderes auf der Welt. Schlimmeres. Aber die Leute sind eben so, keine Spur von sozialem Empfinden, jeder hält nur fest, was er gerade hat, und wenns nichts anderes ist als ein schäbiges Zeitungsblatt.

Ufermann drückt es an sich, dieses Zeitungsblatt, während er auf den nächstbesten Autobus springt. Man wird ihn doch nicht schon erkannt haben, sein Bild soll ja bereits veröffentlicht sein. Das alte Mütterchen, das ihm gegenüber mit einer großen Einkaufstasche sitzt, nickt ihm zu wie einem Bekannten. – Ja, ja, haben Sie es auch schon gelesen. Das kommt von den verrückten Erfindungen. Müssen gleich durch die Luft fliegen, die Leute, können nicht mehr auf ihren zwei Beinen gehen. Ja, ja. Nun sind sie kaputt, alle miteinander. Wie mein Mann immer sagt: hinterher kommt es sauer. Nun kann man nicht mal mehr die Knochen begraben. Und waren lauter feine Herrschaften dabei. Unsereiner kommt natürlich nicht zu solchen Späßen. Nun sind sie kaputt.

Spricht denn die ganze Stadt von nichts anderem?

Ufermann steigt nach einigen Haltestellen aus, er wendet sich gezwungen langsam, mit gemessenen Schritten einer dunklen Seitenstraße zu. Niemand soll ihm anmerken, daß er verbotenerweise hier geht. Wieso übrigens verbotenerweise? Er kann doch jederzeit hervortreten und sagen: Mein Name ist Ufermann. Ernst von Ufermann. Erlauben Sie, daß ich mich vorstelle? Gestatten Sie, daß ich noch lebe. Jawohl, noch lebe. Das ist nämlich mein gutes Recht. Die Leute würden Augen machen. Nicht acht Passagiere, sondern nur sieben? Jawohl, nur sieben. Hurra, ich lebe. Was, Sie leben?

Und da er fest entschlossen ist, sich das Leben nicht verbieten zu lassen, umso mehr, als er einen ganz infamen, einen mörderischen Hunger verspürt, tritt er wieder zurück auf die strahlend beleuchtete breite Straße. Der Regen hat ausgesetzt, im nassen Asphalt schwimmen rote und blaue Reflexe. Von weitem hört er: Furchtbares Unglück – Berlin – Frankfurt –Aeroplan – Passagiere ...

Und an ein besonders helles Schaufenster gelehnt, liest er nun endlich seine Zeitung mit einem Gesicht, als überflöge er die neuesten Devisenkurse.

Ja, da steht es: es ist Schluß mit ihm, aus und vorbei. Beinah zum Lachen. Aber die anderen alle sind wirklich tot und wirklich verbrannt. Der Direktor der I.G. Farben, der belgische Ingenieur, die beiden älteren Damen aus Philadelphia, Herr Kauder aus Frankfurt, ein junger Mann mit slawischem Namen und ein Fräulein Melzel. Zu denen allen gehört er und ihnen allen ist er entwischt.

Und da er der einzige Passagier aus Berlin ist, ein Mann, in seinen besten Jahren, Chef einer alten und hochangesehenen Firma (oder zweifelt jemand daran, daß die Firma alt ist, hoch angesehen, und als solche feststeht, unerschütterlich fest), da er ein Mensch nicht ohne Bedeutung im Finanzleben und auch im Gesellschaftsleben ist, bekommt er einen Zweispalter als Nachruf. Er ist zwar nicht am 22. Februar geboren, sondern am 23. und er hat nicht in Heidelberg studiert, sondern in Bonn, aber das sind Kleinigkeiten. Und sein Bruder Gerhard ist wirklich in Flandern gefallen. Was diese Journalisten alles wissen und noch dazu alles zusammenschreiben. Energisch, hochbegabt und zielbewußt, eine Persönlichkeit, wie man sie heute in der Wirtschaft braucht etc. etc. Über Albert Ebel hatte man sich anders ausgedrückt. Der war aber auch erst zugrunde gegangen. Und die gebrochene junge Witwe. Das soll wohl Irmgard sein. Die arme kleine Alice Ebel wurde zu keiner Witwe. Und das Photo rechts in der Ecke. Das soll er selber sein. Wie ein Falschmünzer sieht er aus. Und dann natürlich noch zum Schluß die Geschichte von der Lebensversicherung. Des Langen und Breiten. Wie, was, was steht da gedruckt? „In weiser Vorsorge ..."

Ufermann steckt die Zeitung in die Tasche und blickt in das Schaufenster vor sich. Pelzmäntel.

Wenn er jetzt nachhause kommt, so wird Irmgard natürlich sehr glücklich sein, sie kann ja gar nicht anders, sie wird nicht einmal was über die gestohlene Brieftasche sagen, heute nicht, vielleicht auch morgen nicht. Aber in einer Woche oder in zehn Tagen kommt es ja doch zum großen Krach. Da hilft kein Hebenberth, da hilft kein Herrgott mehr. Und Irmgards bester Pelz läßt auch schon Haare. Der graue dort würde ihr nicht schlecht stehen oder sogar noch besser der braune. Aber sie ist ja in Trauer, sie kann höchstens einen schwarzen haben, den Breitschwanz links, der ist gewiß ganz unermesslich teuer, auf dem steht überhaupt kein Preis, aber das macht jetzt nichts.

Irmgard in Trauer. Ist sie denn in Trauer?

Er hat sie einmal sehr geliebt und er liebt sie auch heute noch. Sie ist so zart, so schutzbedürftig und so mädchenhaft, und wenn sie fiebert, muß sie nach Davos, man kann sie nicht in eine Etagenwohnung bringen oder gar in ein Hinterhaus. Man müßte sich das alles zumindest erst rechtzeitig und ganz langsam überlegen, in weiser Vorsorge vernünftig überlegen, obwohl das nicht so einfach ist, wenn man frierend vor Nässe auf der Straße steht, die Pelzmäntel hängen plötzlich alle schief, die Lichter schwanken, ein Vorübergehender blickt erstaunt auf den Herrn, der an dem Schaufenster lehnt, und dieser erinnert sich eben noch, daß er hungrig ist.

***

In der nächsten Kneipe bestellt er Beefsteak und Bratkartoffeln und Reis und Kompott und Butter und Käse und Bier. Auf dem fleckigen Tischtuch liegt ein zerbrochener Zahnstocher, die Uhr tickt auffällig, noch sind nicht viele Gäste gekommen und das Eisenöfchen strahlt eine brütende Wärme aus. Er verschlingt die ersten Bissen, kaut nicht einmal, mit solcher Gier hat er noch nie gegessen, solche Gier gibt es eben nicht, wo das Tischtuch sauber ist und das Besteck aus Silber, wo Katinka ganz selbstverständlich zur Tür hereingetrippelt kommt mit vollen Schüsseln, die man nie beachtet hat. Ob sie auch heute Abend –

Ach, heute abend denkt in seinem Haus niemand an Essen. Gott weiß, ob überhaupt gekocht wurde. Katinka hat ihm auch das Bett nicht gerichtet, sie traut sich gar nicht in sein Zimmer, es steht leer wie eine Grabkammer. Alle sind um Irmgard bemüht und wohl auch um Mama. Sanitätsrat Jaksch ist da, der alte treue Freund der Familie, und Paul und irgendwelche überflüssige Verwandte, ganz so wie damals, als Gerhard gefallen war. Arme Mutter. Sie hat ja Gerhards Tod bis heut nicht überwunden, das Leben bedeutete ihr seitdem nichts mehr, sie hat es oft genug gesagt. Beinahe beleidigt war sie gewesen, als der andere Sohn dann später heil aus dem Kriege zurückkam. Gerhard war aber auch der Ältere und viel, viel tüchtiger, unter seiner Leitung wäre die Firma niemals zugrunde gegangen, er hätte immer Auswege gefunden trotz Krise, Überproduktion und Zwangswirtschaft, er hätte längst ein Bankguthaben in der Schweiz beschafft und schlimmstenfalls den alten Hebenberth um seinen kleinen Finger gewickelt. Wogegen er selbst, der jüngere Sohn, der unfähige, in „weiser Vorsorge" an nichts anderes gedacht hatte als an die amerikanische Lebensversicherung, und auch das nur, weil Paul so sehr dafür gewesen war. Die allerdings ist keine Kleinigkeit, zumindest jetzt, in diesem Augenblick, nun sind sie alle fein raus, um mit Lilos Mundwerk zu sprechen, nun sitzen sie alle in seiner schönen und behaglichen Villa und trauern, nun haben sie es alle einfach, unverschämt einfach.

Während er merkt, daß die stickige Kneipe sich füllt und der Kellner ungeduldig in seiner Nähe herumstreicht. Man kann nicht ewig in so einer Kneipe bleiben, auch andere Gäste wollen hier was essen, es ist zwar nicht gerade verboten, sich allzu lange aufzuhalten, aber da der Herr gegenüber nun auch eine Zeitung aus der Rocktasche zieht, in der vielleicht ein Photo abgebildet ist –

Also wieder hinaus in die dunkle und triefende Nässe. Aber wohin nur die Schritte wenden? Es ist ja ganz gleichgiltig, ob man nach rechts geht oder nach links, den Fahrdamm überquert oder um den kleinen Platz herumschlendert. Und es gibt viele solche Plätze, von denen ringsum schnurgerade Straßen ausstrahlen, sie sind sich alle gleich, diese Plätze, diese Straßen, so entsetzlich gleich, daß sie einen Dschungel bilden, in dem man sich verirren kann, ein geordnetes, einen geometrisches Dschungel, ohne Mittelpunkt und ohne Ziel. Wo ist der Herr, der sich heut Morgen in lauer Herbstsonne auf weichen Pneus von seinem Chauffeur der Millionenstadt zuführen ließ, tief in seinem Wagen lehnte und zuhause war im Trubel unbegrenzter Möglichkeiten – hier geht ein Ausgestoßener, ein Fremder, der sich bemüht, die Straßenschilder zu lesen, als ob er dadurch sich zurechtfinden könnte.

Heißt das jetzt Nolden- oder Neldenstraße? Den Namen hat er jedenfalls noch nie gehört. Da legt sich eine Hand auf seine Schulter.

– Wo wollen Sie hin?

Sicher ein Schutzmann. Nur um Gotteswillen das Gesicht nicht zeigen.

– Lassen Sie mich.

– Drehen Sie sich doch erst einmal um.

– Lassen Sie mich.

Die Hand drückt. Das ist eben eine feste, eine schwere Polizeihand.

– Sie haben kein Recht, mich zu belästigen.

– Sachte, sachte. Vielleicht wenden Sie mir endlich einmal Ihr edles Antlitz zu. Ich sah Sie schon an der Ecke dort drüben. Und da kam es mir gleich vor, als ob –

Ufermann fährt herum. Vor ihm steht ein hagerer Herr mit Vogelaugen und sehr roten Lippen.
– Was wünschen Sie von mir?
– Ich bin allein, ein einsamer Spaziergänger wie Sie. Das hat man in Berlin nicht notwendig. Sie sind wohl noch nicht lange in der Stadt mit Ihrem Köfferchen? Kommen vielleicht soeben von der Bahn?
Und der Herr blickt auf das Köfferchen.
– Wenn Sie mich vielleicht ein wenig jetzt begleiten wollten. Sehen Sie, wo das grüne Licht scheint, ist eine Weinstube, es gibt dort auch noch anderes als Wein.

Und der Herr verzieht seine roten Lippen, die sind ja geschminkt, die Zähne hinter ihnen stehen durcheinander wie dunkle Zaunpfähle, während die Wangen gepudert scheinen wie bei einem Clown.
– Falls Sie sich in einer augenblicklichen Verlegenheit befinden sollten, es kommt ja vor, besonders heutzutage –
Hat man schon je zu einem Herrn von Ufermann in solchem Ton gesprochen. Und dabei wagt der Kerl, ihm seine Spinnenhand vertraulich auf den Arm zu legen. Das ist ein Schwuler, wie sie jetzt zu Tausenden herumlaufen, an jeder Straßenecke finden sie ihr Opfer, man kennt sie auch aus den gewissen Lokalen, die man aus Neugier aufsucht, zwischendurch, zum Spaß. Man weiß von ihnen, aber man begegnet ihnen nicht, man verbittet sich jede Berührung.
– Darf ich Sie fragen, wo die nächste Untergrundbahn ist?
– Selbstverständlich, ich zeige Ihnen gern den Weg.
Und der hagere Herr geht neben Ufermann mit schleichenden Schritten. „Wenn dich ein fremder Mann anspricht, so folg ihm nie." Wie lange ist es her, daß man

ihm das zu sagen pflegte. „Nie, nie, nie. Und wenn er dir auch noch so viel verspricht." Sollten die Gouvernanten so etwas gemeint haben, während sie den Knaben im gepflegten Park behüteten. Gott weiß, was dieser fremde Mann im Schilde führt, wohin er ihn jetzt bringen will –
– Na, na, mein Junge, laufen Sie nicht so.
Der Hagere stützt sich auf seinen Stock und starrt hinter dem Fliehenden drein. So ein Dussel. Sicher ein Provinzler. Dabei ein hübscher Mensch. Schneidig. Mit Rasse. Man sollt nicht glauben, was es heutzutag für Männer gibt. Schlappschwänze sind sie, alle miteinander.

***

Dort leuchtet wirklich das blaue U der Untergrundbahn. Nur hinein in den nächsten Zug. Nach dem geometrischen Dschungel der Straßen und Plätze ist es angenehm hell zwischen dampfenden Mänteln, Regenschirmen, Aktentaschen und den dazugehörigen gleichgiltigen Gesichtern. Keiner hat hier Zeit für den andern, jeder denkt nur an sich, wie er am besten noch Platz finden könnte. – Das ist mein Fuß, mein Herr ... Verzeihen Sie ... Herrgott, ich muß heraus. Könnt ihr mich denn nicht durchlassen ... Nur nicht so eilig ... Unverschämt ... Drängen Sie nicht ... Was wollen Sie von mir. Ich habe mein Billet so gut wie Sie bezahlt ...

Eigentlich sind sie alle böse aufeinander, weil sie es eilig haben, abgehetzt und müde sind, nachhause kommen wollen, überarbeitet oder voll Sorgen, daß sie am nächsten Morgen keine Arbeit haben. Sie gönnen ja einander kaum die Luft zu atmen. Man darf sie nicht reizen und so lange man nur nicht beachtet wird –

– Erlauben Sie mal (jemand zupft Ufermann an seinem Ärmel), fahre ich hier recht zum Bahnhof Friedrichstraße?
– Das weiß ich nicht.
– Erlauben Sie – Sie wissen nicht, wohin Sie fahren?
Viele Augen sehen plötzlich auf ihn.
– Ich fahre nach Zehlendorf.
– Da sind Sie aber ganz falsch eingestiegen. Hören Sie nicht, falsch eingestiegen, hören Sie nicht, da fahren Sie ja ganz verkehrt. Sie müssen raus bei der nächsten Station, und dann die Treppe hinauf rechts. Der Herr fährt richtig, der Zug hier geht zum Bahnhof Friedrichstraße, der Herr kann bleiben, aber Sie müssen raus. Sie fahren falsch, so passen Sie doch auf ... Der Zug hier kommt von Zehlendorf. Sie müssen raus, die Treppe rechts ...

Alle reden sie jetzt durcheinander, sie sind bemüht um ihn, sie meinen es nicht schlecht, gewiß, er zieht den Hut, er dankt und er verbeugt sich, so gut es geht in dem Gedränge. Der Teufel soll sie alle holen, er kennt sie nicht, und wenn er zwischen ihnen jetzt verblutet wäre, sie hätten es wohl kaum bemerkt. Aber daß er in eine falsche Richtung fährt, das kümmert sie, weil das nun einmal nicht in Ordnung ist, da mengen sie sich ein, wegen der Ordnung, da werfen sie ihn gleich hinaus aus seiner letzten warmen Sicherheit, denn wohin soll er nun? Ach, danach wird ihn keiner fragen.

Er steht auf dem Perron, die Bahn fährt weiter und von den Überzähligen bekommt wenigstens einer seinen leeren Platz.

Kein Recht auf diesen Platz, er ist ja tot, verbrannt und abgestürzt, nicht einmal eine Leiche mehr, kein noch so armseliges Knochenhäuflein. Er hat kein Recht mehr auf sein gutes Bett, das unberührt in seinem Zimmer steht als wie in einer Grabkammer. Er hat kein Recht mehr auf sein Haus, sein Heim, was gibt es da noch viel zu überlegen, kein Recht auf seine Frau und auf sich selbst. Wie ein Eindringling irrt er herum in einer ihm plötzlich fremd gewordenen Stadt, wie einer, der hier nichts zu suchen hat. Hinaus mit dir, fort, weg, verschwinde, man braucht dich nicht.

So einsam können nur die Toten sein, die Vogelfreien und die Flüchtigen, die einst, in längst vergangenen grausamen Zeiten von Land zu Land gejagt wurden. Für solche gab es hin und wieder noch eine Klosterpforte, ein Asyl. Während er an düsteren Haustoren vorbei geht in Straßen, die er nie betreten hat, die er dem Namen nach nicht kennt, er weiß ja nicht einmal, wie die Untergrundstation hieß, an der auszusteigen er gezwungen war. Er weiß nur, daß es wieder zu regnen beginnt und daß er ein Dach suchen muß über seinem Kopf. Und da er ein moderner Mensch ist (sofern er überhaupt noch ein Mensch ist), ein Sohn des zwanzigsten Jahrhunderts, des Zeitalters der Technik und der Zivilisation, geht er in seinem Drang nach einem dunklen schützenden Versteck ins nächste Kino.

***

Natürlich kommt er mitten ins Programm hinein und das wirkt störend. Auch kann er seinen Platz nicht finden. Auch stößt er mit seiner Handtasche gegen ein empfindliches Knie.

– Möchten Sie sich nicht einmal setzen ... Ihr Rücken ist nicht gar so interessant ... daß die Leute nie zurechtkommen können ... rücksichtslos.

Eine schmale Hand (eine Kinderhand?) zieht ihn an sich heran. – Hier, neben mich ... Mensch, bist du ungeschickt ...

Endlich jemand, der sich seiner annimmt. Eine Frau, ein Mädchen, ein Kind? Die Leinwand flimmert in einer Sonne, die wohl südlich sein soll, halbnackte kostbare Frauenkörper wälzen sich an einem windigen Strand. Das Geschöpf neben ihm hat blondes Haar und riecht nach Pfefferminz und Seife. – Willst du auch? Ein Säckchen Bonbons wird ihm unter die Nase gehalten, während die Heldin des Films, ebenfalls blond, aber sicher ganz anders duftend, im Luxusauto zwischen Wolkenkratzern chauffiert. Ein kleiner Schuh stemmt sich gegen sein Bein. Das Auto hält vor einem Bankpalast. Der vornehme Herr ist wohl der Vater der Heldin. Runzelt die Stirn (Großaufnahme), scheint bedrückt. Er ist nicht einverstanden mit der Tochter, die vor ihm auf dem Schreibtisch sitzt und mit den Beinen baumelt, wunderbaren langen Beinen. Aber sonst kennt er wohl keine Sorgen, seine Bank steht fest, seine Firma, sein Haus, sollte es vielleicht gar eine Versicherungsgesellschaft sein, die Versicherungsgesellschaft, welche –

Ein blonder Kopf lehnt sich an seine Schulter: – Du, das wird spannend. Meinst du nicht? Er streichelt diesen Kopf, weil sich das so gehört, hier in diesem kleinen schmierigen Kino, wo die armen Mädchen mit den Reichen träumen und dabei nach Kavalieren suchen, wo hin und wieder in dem dumpfen Dunkel ein Seufzer laut wird oder unterdrücktes Kichern. Während der vornehme Herr, der Amerikaner mit seiner Tochter an der prunkvollen Brüstung einer Opernloge lehnt und es nicht der Mühe wert findet, auch nur einen Blick auf die

Bühne zu werfen. Sein Haar glänzt wie mit einer Drahtbürste gebürstet, er hat breite und selbstgefällige Achseln, er braucht sich nicht zu verstecken, sein Haus steht fest, seine Versicherungsgesellschaft, täglich strömen neue Prämien ein, irrsinnige Prämien, wer diese Prämien weiterzahlen kann, darf weiter leben, wer aber seinen Verpflichtungen weiter nicht nachkommen kann, der Frau, der Familie, den Gläubigern, der Firma gegenüber, der hat das Leben verwirkt, der hat es herzugeben. Dann kriegen die anderen sogar noch etwas, Millionen, das ist nicht so wenig, ein Ochse, der geschlachtet werden soll, ist billiger –

– Ja schläfst du denn? Das Mädchen hat ihm einen Puff gegeben, ihr Atem haucht ihm ins Gesicht. – Mensch, bist du doof.

Hat man schon je in solchem Ton zu einem Herrn von Ufermann gesprochen? Was will denn diese kleine Nutte? Ach, sie weiß sehr genau, was sie will, wohin sie will, sie führt ihn mit sich, so wie der Film zu Ende ist, auf die Straße hinaus, sie hängt sich ein in ihn. Ihm ist es recht, denn er weiß nicht, wohin er will. Und es regnet.

– Ich heiße Hede. Wie heißt denn du? ... Na, einen Namen wirst du wohl noch haben. Sie macht halt unter einer Laterne und sieht ihn aufmerksam an. Da lächelt er voll Anstrengung. Sie wird ihn jetzt doch nicht im Stich lassen, sie ist zwar um vieles kleiner als er, reicht ihm kaum über die Schulter und ihr verschmitztes Kindergesicht wäre traurig, wenn es nicht so neugierig wäre. Aber sie ist zuhause hier in der Gegend, sie kennt sich aus in dieser Wildnis düsterer und feindseliger Straßen. Und da er ihr seinen Namen doch nicht sagen kann (hat er denn überhaupt noch einen Namen?), legt er den Arm um sie und fragt beinahe zärtlich: – Was brauchst du das zu wissen? Hast du Angst?

– Ich? Nicht die Bohne. Aber du, du hast was ausgefressen?

– Was ausgefressen?

– Tu nur nicht so. Das merkt man gleich. Wie du dich duckst. Und im Kino hast du dir ja gar nichts angesehen. Wo kommst du her? Und was für feine Handschuhe du hast.

Sie nimmt die Handschuhe an sich und streichelt sie.

– Bringst du mir keine Grünen ins Quartier? Das fehlte noch. Kannst du mir schwören –

Was soll er ihr denn schwören?

– Na meinethalben, komm. Aber ich sag dir, wenn sie dich dann bei mir erwischen –

Sie schüttelt sich in ihrem armseligen Mäntelchen, der Wind peitscht ihnen aber auch eine wahre Regenwelle entgegen, sie geht voran und sucht nach ihrem Haustorschlüssel. Gott sei Dank.

Das Zimmer, das ihn bergen soll, riecht nach Schimmel. Auf dem Bett liegt eine gelbe Spitzendecke und in der Glasschüssel auf dem Buffet schwillt eine große künstliche Traube. Er sinkt in einen der roten Plüschsessel und betrachtet vor sich die riesige Photographie an der Wand: Ein junger Mann mit stierem Blick und eingequetschter Nase.

– Das ist nämlich mein Bräutigam, sagt Hede, während sie das Köfferchen öffnet und ganz ungeniert darin zu wühlen beginnt. – Na hör einmal, die Hemden sind ja prima. Ich versteh was davon, war auch mal bei der Konfektion, bis sie mich raussetzten. Wer bleibt heut schon bei seiner Arbeit. Und der Rasierapparat. Donnerwetter! Die

Seife ist auch nicht von schlechten Eltern. Die schenkst du mir. Wenn ich dich darum bitte. Du hast ja Geld?

Sie sieht ihn lauernd von der Seite an. Da legt er einen Zehnmarkschein auf den Tisch.

Schon hat sie den Pullover über den Kopf gezogen und auf den nächsten Stuhl geworfen. Das dünne rosa Hemdchen schimmert blau unter den Achselhöhlen. Nun fällt auch noch der Rock –

– Ich möchte eigentlich nur schlafen.

– Na hör einmal, was gehst du dann nicht gleich in ein Hotel. Oder bist du so einer, der Angst hat. Ich bin gesund. Oder kannst du nicht. Was liegt schon daran?

Sie schlägt die gelbe Spitzendecke zurück.

– Ich möchte lieber auf der Ottomane –

– Ja, willst du denn die Nacht durch bleiben. Das geht doch nicht. In einer Stunde kommt mein Bräutigam. (Sie weist auf die Photographie an der Wand.) Kennst du ihn nicht? Noch nie von ihm gehört? Der große Boxer. Sieh doch nur die Nase. Der schmeißt dich raus.

Der schmeißt ihn raus, der schmeißt den Herrn von Ufermann ganz einfach raus. Herrgott im Himmel, kann er nirgends bleiben, nicht einmal bei diesem bleichsüchtigen Straßenmädchen, nicht einmal diese eine kurze Nacht. Alles Übrige wird sich dann finden, später kann man noch Entschlüsse fassen, nur nicht gleich jetzt, in diesem Augenblick, aber wie soll man so etwas erklären –

Hede hat inzwischen den Zehnmarkschein an sich genommen und streicht ihn nachdenklich glatt. – Du scheinst ja schön im Dreck zu stecken. Ich will dich nicht gleich auf die Straße setzen. Leg dich einstweilen auf die Ottomane. Wenn mein Bräutigam kommt, vielleicht weiß der Rat.

Und sie wirft ihm eines ihrer Kissen hin, auf dem schon viele fremde Köpfe gelegen haben.

– Bist du auch sicher, daß sie dich bei mir nicht suchen werden?

– Wer soll mich suchen?

– Die Polente. Schwörst du es mir –

Zwischenbemerkungen

Nun ist es schon fünf nach halb acht und Boß kommt immer noch nicht nachhause. So was kann einen rasend machen, wenn man auch noch so geduldig ist, man kriegt es satt, nach dreiundzwanzig Jahren glücklicher Ehe kriegt man es auch einmal satt. Nicht daß sie dächte – Gott bewahre, Boß ist nicht so, war nie so einer, er nicht, nicht mal, als er noch jung war und nach was aussah. Aber da ist was los, da stimmt was nicht, da geht was vor. In der Nacht wirft er sich rum, daß die Betten krachen, man schrickt förmlich auf aus dem besten Schlaf, aber fragt man ihn was, so schnarcht er gleich künstlich. Sie kann sein Schnarchen unterscheiden – nach dreiundzwanzig Jahren glücklicher Ehe. Und er ißt ja nichts, der Mensch nimmt fast nichts mehr zu sich, stochert nur so herum in den Speisen, nichts will ihm schmecken. Heut Abend gibt es Schmorbraten, trotz aller Sparsamkeit, die Kartoffeln hier sind schon weich, sie hat es rausgewirtschaftet aus dem Wochengeld, ihn geht das nichts an, Schmorbraten ist sein Leibgericht, und das Bier steht auch schon unter der Wasserleitung. Den Tisch kann man einstweilen decken. Wo bleibt der Mensch? Daß einer auf seine alten Tage noch in die Nacht hinein arbeiten muß und nicht einmal Überstunden bekommt. Überstunden – Gott bewahre, sie braucht das Wort nur auszusprechen, da kriegt er seine blauen Adern und geht zur Tür hinaus, hast du nicht gesehen. Wenn er nur nichts mit dem Herzen hat. Oder mit der Galle, er ist jetzt immer so gelb. Oder ein Gewächs im Leib. Oder am Ende – das wäre das schlimmste, am Ende hat er seine Kündigung schon in der Tasche, er ist ja alt und heutzutage fliegen auch jüngere auf das Pflaster, jüngere und viel, viel tüchtigere. Aber vielleicht ist es doch was mit seiner Gesundheit. Jedenfalls, es stimmt was nicht. Sogar Lenchen hat das schon bemerkt. Ein Glück, daß sie heute in ihrer Tanzstunde ist. Hätte ohnehin nicht auf den Vater warten können. Und sah so süß aus in ihrem Grünen, obwohl das schon zum viertenmal geändert wurde und gar nicht mehr die rechte Farbe hat, weil sies doch auch im Sommer tragen mußte. Vielleicht, daß man zu Weihnachten – aber mit Boß ist ja von so was überhaupt nicht zu reden, der merkt es nicht und wenn die eigene Tochter splitternackt über die Straße läuft. Frau Raspe sagt immer, wenn die Männer erst in ein gewisses Alter kommen – Herrgott, da steht er ja!

– Tag. (Das ist alles.)

– Nun kann ich wohl mit dem Kochen beginnen.

– Brauchst du nicht. (Und er wirft Hut und Mantel auf das Kanapee. Man denke!)

– Wenn du schon wieder gar nicht essen willst –

– Schwatz nicht, Auguste. (Ganz gelb und klein und alt steht er vor ihr.) Hast denn noch keine Zeitung gelesen?

– Ich les sie nie, wenn du sie nicht nachhause bringst. Was ist denn los? So sprich doch schon. Putsch? Umsturz? Revolution? Ist die Mark kaputt? Haben sie schon wieder einen abgeschossen? Oder was in die Luft gesprengt? Oder ist bei euch was passiert? In der Firma? Seid ihr pleitegegangen? (Jetzt ist es raus, sie hat ihn ja schon immer fragen wollen, hat es sich kaum zu denken getraut) Mensch, so japp doch nicht wie ein Fisch. Das hält man nicht aus. Bist du abgebaut?

– Ufermann ist tot. Verbrannt. Abgestürzt mit dem Flugzeug.

– Herr, du Allmächtiger!

Frauenzimmer sind immer unmöglich bei Todesfällen. Daß sie jetzt nur nicht zu flennen beginnt. Man geniert sich dann so. Und die vielen Fragen.

Nun, abgestürzt, da verbrennt man gewöhnlich. Was gibt es da so viel zu reden. Es würgt einen, wenn man nur daran denkt.

– Schon gut, Auguste. (Schon gut ist auch nicht das richtige Wort) Wenn sie nur nicht gar so viel quasseln wollte und herumlaufen und die Türen zuschlagen und sich ein frisches Taschentuch holen. Warum deckt sie denn den Tisch nicht fertig? Die Gabeln fehlen. Und wo ist das Bier? Warum bringt sie es nicht? Warum kann sie nicht auf den Einfall kommen? „Und so ein netter Mensch und so ein lieber Mensch." Hat ihn ja gar nicht gekannt, diese Ente. Das hält man nicht aus, wenn man täglich mit einem zusammen war –

– Nun bringst du mir aber gleich was zu essen!

Männer haben wirklich kein Gefühl. Da denkt er an Essen.

– Sag mal, Boß, was macht denn nun die arme Frau?

– Die kriegt eine Million Dollar auf die Hand, Lebensversicherung.

– Arme Frau.

– Hör mal, so solltest du nicht sprechen. Du hast sie zwar nie leiden mögen und eine Million Dollar, das kann man gar nicht ausrechnen, aber in so einem schrecklichen Augenblick –

– Halt die Schnauze, Auguste.

– Bitte sehr, wenn du dein Abendbrot haben mußt.

Aber gleich darauf erscheint sie wieder, mit dem Kochlöffel in der Hand, in einer Wolke von fettigem Qualm.
– Und was wird nun mit eurer Firma sein?
– Die ist aus dem Wasser.
– Wie?
– Ich möchte Bier. Zwei Flaschen. Verstanden!
– Bekommst du weiter deinen Gehalt? Und werden sie dich auch bestimmt nicht abbauen?
Er antwortet nicht, es ist nichts mit ihm anzufangen. Er ißt die ganzen Schüsseln leer, kaum daß für Lenchen noch was übrigbleibt, er trinkt zwei Flaschen Bier und bietet seiner Frau nicht mal ein Gläschen an, dann legt er sich ins Bett und schläft und schnarcht, schnarcht ganz echt, wo er doch seit Wochen kein Auge mehr zugetan hat. Sie kann ganz gut auf ein paar Minuten zu Frau Raspe hinüber, dort gibt es immer ein Abendblatt. Zeiten sind das. Man hat kaum eine ruhige Stunde mehr, ohne daß was Entsetzliches passiert.

***

Nein, die Preisel hat nichts gesagt, nicht einmal mit der Wimper gezuckt, sie hat sogar alle Briefe zu Ende geschrieben, als wäre sie auch weiterhin noch seine Sekretärin und wartete auf seine Unterschrift, während alle anderen im Kontor sich die Zeitungen aus den Händen rissen und überhaupt zu nichts zu brauchen waren. Sie ging nur früher weg als für gewöhnlich, sie ging Punkt sechs, sonst war sie stets die letzte.

Unterwegs hält sie den Kopf gesenkt. Nur niemandem begegnen müssen, der einen kennt, der einen ausfragt, in die Augen sieht, ob man auch Tränen hat. Allein sein.

Allein sein ohne ihn? Das ist sie ja bis jetzt noch nie gewesen. Sie war doch immer nur mit ihm allein in ihrem zarten kleinen hellgrünen Zimmer, das er niemals betreten hat. Aber er hätte ja zu jeder Stunde kommen können, da ist man nicht allein, so lange das noch möglich ist. Jetzt ist es nicht mehr möglich.

Sie sieht sich um in ihrem Zimmer, es ist ihr fremd, gehört wohl einer anderen, einem jungen Mädchen voll Hoffnung und Erwartung. So wie sie selbst jetzt vor dem Spiegel steht, ist sie ganz alt und grau. Weinen? Oh Gott, sie kann es nicht, sie darf es nicht, sie hat kein Recht darauf, denn was geschehen ist, geht sie eigentlich nichts an. Lieber. Liebster. Den Namen müßte man über die Lippen bringen, endlich einmal seinen Namen. Warum gelingt das nicht. Es hört sie ja niemand. Ernst. Wie weh das tut. Ernst. Sie hat ihn nie beim Namen genannt, sie hat den Namen niemals ausgesprochen. Und nun ist es zu spät.

Wie wunderbar war doch das Leben gewesen, wie reich, wie voll, wie abenteuerlich, Tag für Tag, nur an den Sonntagen nicht, außer er bat sie zu sich, um Briefe zu diktieren. Sie durfte die Lehne seines Sessels berühren, seinen Schreibtisch in Ordnung halten, ihm hin und wieder sogar eine Tasse Tee bringen. Oder er nahm sie im Auto mit zu einer wichtigen Konferenz. Er bot ihr Zigaretten an. Oder er hob plötzlich den Kopf, er lächelte plötzlich, zerstreut. Und seine Stimme im Telefon, immer ein bißchen heiser, immer ein bißchen krank. Fräulein Preisel, sagte er, Fräulein Preisel, vielleicht sogar ab und zu auch liebes Fräulein Preisel. Ja, was wollte sie denn noch mehr. Herr von Ufermann. Ufermann. Ernst. Oh Gott.

Und dabei war sie unglücklich gewesen, weil er nicht bemerkte, daß sie jeden Tag eine andere furchtbar teure Hemdbluse trug. Dabei hatte sie sich gekränkt, weil er immer gleich höflich mit ihr blieb, nicht einmal ungeduldig werden konnte. Dabei hatte sie gemeint, ihr Leben sei verpfuscht. Wie wunderbar solch ein verpfuschtes Leben sein kann: Im gleichen Zimmer, im gleichen Haus, die gleichen Sorgen, die gleichen Kümmernisse. Sogar Sorgen können berauschend sein, wenn man sie nur mit jemand teilt, den man liebt. Nun brauchen Sie sich keine Sorgen mehr zu machen, Herr von Ufermann. Die Firma –

Nie mehr zurück zu dieser Firma. Soll sie vielleicht seine Stuhllehne berühren und es sitzt jemand anderer dort, Paul Hennings zum Beispiel. Und alles bleibt wie sonst. Das ist ja das Schlimmste am Tod, daß nachher alles wieder ganz wie sonst sein soll, daß man wieder sagt: Morgen, Herr Boß, schönes Wetter heute, und nebenan wartet sein Stuhl auf einen anderen, die Briefe kommen nicht mehr an ihn, und wenn sie für ihn den Hörer abnimmt, einen Augenblick, ich verbinde –

Unmöglich, nein, sie wird es nicht tun. Sie kündigt. Sie bringt ihm ihre Arbeit zum Opfer, ihr Leben, ihre Existenz. Man kann ja betteln gehen oder den Gasschlauch nehmen. Es wäre auch nichts anderes übriggeblieben, wenn der Bankrott gekommen wäre. Eine Frau in ihren Jahren findet bestimmt keine Stelle mehr, ein paar Monate geht es noch, dann muß sie heraus aus ihren vier Wänden, den hellgrünen Wänden, auf die sie plötzlich starrt, als sähe sie sie heut zum ersten Mal. Das Stilleben an der Wand, modern und doch diskret, die Blumen am Fenster, das Tischtuch in sanft abgetönten Farben, der edle Krug aus kostbarer Keramik, die Silberlöffelchen, das alles hat ja ihm gehört, sogar die Wäsche im Schrank, die nie benützten grobkörnigen Leinenbettücher – man müßte erröten, wenn es nicht zum Verzweifeln wäre. Das alles hat ihm gehört. Er hätte nur kommen müssen, irgendeinmal. Nun ist er tot. Nun hat er ihr das alles hinterlassen.

Und sie beginnt zu schluchzen so wie Trauernde schluchzen, wenn man ihnen ihr Erbgut zeigt. Sie wird das Erbgut sehr getreu verwahren.

***

Nein, danke lieber Sanitätsrat, ich glaube, es hat wirklich keinen Sinn.

– Aber Kindchen, Sie werden doch nicht die ganze Nacht wach sitzen wollen. Und nehmen Sie nur das Beruhigungsmittel.

– Herr Sanitätsrat, für mich gibt es heut kein Beruhigungsmittel. Und ich gehe ganz bestimmt zu Bett. Sie brauchen sich keine Sorgen zu machen.

Eine merkwürdig tapfere Frau. Aber sie ist wie versteinert und so etwas scheint immer bedenklich. Sitzt in ihrem Stuhl, als ob sie sich nicht rühren könnte, und hat doch alles ganz vernünftig angeordnet, mit dem Anwalt geredet, mit Hennings, dreiviertel Stunden hat sie sogar bei der alten Dame gesessen, hat ihr Trost zugesprochen, hat ihr die Hand gehalten, sie, die junge Frau, der Mutter. Es war erschütternd. Solche Leute haben eben wirklich Haltung, auch dem Tode gegenüber. Und Herr Sanitätsrat Jaksch küßt Frau Irmgard von Ufermann ehrfurchtsvoll die Hand.

– Gute Nacht und besten Dank für Ihre Anteilnahme, lieber Freund. Vielleicht sehen Sie auch nochmals nach Mama.

Kurz darauf hört man die unglückliche junge Frau in ihrem Zimmer auf- und abgehen. Dann tut sie etwas, was niemand hören kann und was sie seit ihren Backfischjahren sicherlich nie mehr getan hat: Sie setzt sich in den Kleidern auf das offene Bett, nachdem sie erst ein Taschentuch aus dem Schrank geholt hat. Langsam, beinahe vorsichtig beginnt sie zu weinen. Der Ärmste! Nicht einmal richtig verabschiedet hat sie sich von ihm. Als er gestern spät abends nachhause kam, hatte sie gebeten gehabt, nicht geweckt zu werden. Sie hatte ja schon wieder ihr Fieber, 37,4. Jaksch ist auch der Meinung, daß sie auf der Stelle fort muß, in ein Sanatorium in die Schweiz, und gar schon jetzt, nach diesen seelischen Erschütterungen. Wenn nur die Formalitäten erst einmal alle überstanden wären. Paul wird ihr da wohl vieles abnehmen. Wie sagte er doch – Sorgen brauchst du dir keine zu machen, Irmgard. Also keine Sorgen. Nur Trauer. In der Sonne auf einer offenen Veranda liegen, Schneeluft und vor sich die weißen Gipfel. Vielleicht wird sie bis dahin auch wieder lesen können, um sich zu zerstreuen, und nicht mehr immer nur dran denken müssen. Verbrannt, verkohlt – ein unerträglicher Gedanke. Aber nein, einstweilen kann und will sie ihrem Schmerz nicht aus dem Wege gehen. Keine Sorgen – es war was nicht in Ordnung mit der Firma, wenn man es ihr auch niemals sagen wollte, aber nun, die Lebensversicherung, Paul sprach ja gleich davon, eigentlich entsetzlich, an solch einem Tage auch von Geld zu sprechen. Ob man ihn noch in die Familiengruft bringen kann, ob man so etwas überhaupt noch begraben kann.

Er hat sie eigentlich schon lange nicht geküßt. Weil sie so krank war und er so beschäftigt. Aber sie war ihm trotz allem eine gute Frau gewesen, er saß gerne neben ihr in der Loge im Theater. Morgen kommen die schwarzen Kleider. Sie wird vielleicht überhaupt keine andere Farbe mehr tragen wollen, oder jedenfalls sehr lange nicht. Als sie ihm zum erstenmal als seine Braut durch den Park zuhause entgegeneilte, trug sie ein weißes Kleid und der weiße Flieder blühte. Vielleicht wäre alles leichter für sie, wenn sie jetzt ihr Kind hätte. Es könnte schon zehn Jahre sein, beinahe elf. Aber man hatte es ihr nehmen müssen wegen der Lunge. Furchtbare Wochen waren das gewesen. Und von da an immer die Angst, so etwas könnte sich noch einmal wiederholen. Damals war sie wohl auch etwas ungerecht gewesen gegen ihren Mann, nahm es ihm förmlich übel, sie ließ ihn eine Zeit lang kaum zur Tür herein, es war ganz merkwürdig, sie konnte ihn nicht riechen. Aber das ging vorbei. Und im Übrigen hatte sie immer alle ihre Pflichten erfüllt. Alle ihre Pflichten. Sofern sie nicht zu krank gewesen war. Und er war immer zart und rücksichtsvoll zu ihr gewesen. Der gute Junge. Sie braucht sich gar nichts vorzuwerfen, sie gab ihm alles, was eine Frau dem Manne, den sie liebt, nur opfern kann. Nun weilt der einzige, dem sie sich offenbart hat, nicht mehr auf dieser Erde. Sie wird sich in Schleier hüllen, Witwenschleier. Doch wie sie jetzt die Kleider ablegt und die eigenen zarten Arme betrachtet, fühlt sie sich plötzlich wieder wie ein Mädchen, so daß es ihr nur selbstverständlich scheint, daß sie kein Kind bekommen hat.

Ein Schauer überläuft sie. Ist das Fieber? Sein Bild wird groß und dunkel in ihrem Sanatoriumszimmer stehen. Und sie liegt auf der sonnigen Veranda. Voll Trauer. Nur voll Trauer. Wieso nur? Morgen bestellt sie einen Kranz von weißem Flieder, niemand wird ahnen dürfen, warum gerade weißer Flieder. Aber wohin kommt so ein Kranz? Gibt es denn wirklich keine Stelle für den Kranz? Sie starrt vor sich hin, die Tränen sind versiegt und alle Gegenstände des Zimmers schwimmen in einem kalten Dunst. Ob das nun eine Ohnmacht ist? Oder die gewisse bleierne Müdigkeit, die sich nach großen seelischen Erschütterungen oft einzustellen pflegt? Schritte im Haus. Warum geht man denn nicht auf Zehenspitzen. Katinka schreit ins Telefon hinein. Wer da schon wieder anruft. Ach Gott, sie will es gar nicht wissen. Sie ist erschöpft. Sie leidet.

***

Dann brauchen Sie die gnädige Frau jetzt nicht zu stören, Katinka. Aber Sie rufen sofort bei mir an, wenn es was mitzuteilen gibt. Und die Herren von den Zeitungen weisen Sie auch alle an mich. Frau von Ufermann muß Ruhe haben. Das ist die Hauptsache. Hallo, Katinka, hören Sie mich noch. Und Gierke soll mich Morgen um halb neun mit dem Wagen holen. Zuverlässig. Hallo! Haben Sie verstanden, Katinka?

– Gewiss, Herr Hennings.

– Na, geht in Ordnung. Und verliert mir jetzt nur nicht den Kopf. Der Haushalt muß wie alle Tage funktionieren. Sagen Sie das auch Grete, Gute Nacht.

Hennings legt den Hörer auf und wirft sich auf das Sofa. Vor seinen Augen tanzen rote Flecken, das Hemd klebt ihm am Leib. Die Köhler muß ihm gleich ein Bad einlassen. Wo bleibt sie mit dem Whisky? Verflucht, die Zigarettenschachtel schon wieder leer.

– Frau Köhler! Frau Köhler!
– Ich komm ja schon.
Hennings ist heut wieder unerträglich. Ein anderer Mensch weint, ein anderer Mensch wird sanft und mild, wenn er so nah am Tod vorbeirutscht, denn schließlich, warum ist er nicht selber nach Frankfurt geflogen, er pfiffe jetzt aus einem anderen Loch, würde nicht länger nörgeln und piesacken und siebenundzwanzig Wünsche auf einmal haben. Man kann kein vernünftiges Wort mit ihm reden.
– So, da bin ich.
Man sieht rein nichts vor Rauch in dem blauen Herrenzimmer, nicht einmal das schamlose Frauenzimmerbild an der Wand. – Was wünschen Sie noch?
(Da hat er Whisky mit Soda und Brötchen und Käse und kaltes Fleisch und Trauben und Birnen und Tee, das könnte genug sein.)
– Zigaretten, in der Lade dort.
– Ich wollt Ihnen nur etwas sagen, Herr Hennings –
– Mein Bad schon eingelassen? (Er hat die Backen voll)
– Möchten Sie mich nicht anhören, Herr Hennings?
– Nee. Ist das alles, was Sie für mich vorbereitet haben? (Und dabei zeigt der Mensch auf das Tablett.)
– Herr Hennings (und dabei setzt sich die Person ganz einfach auf den Klubsessel ihm gegenüber), Herr Hennings, ich muß Ihnen was erzählen.
Sie sind zwar ein Atheist, weil das jetzt so Mode ist auf der Welt, aber nun werden auch Sie das Grauen bekommen.
– Gibt es denn keine Zitrone zum Tee?
– Herr Hennings, Sie sollen alles haben, ich hole Ihnen auch den Mond vom Himmel runter, aber erst müssen

Sie mich anhören. So was hat kein Mensch noch erlebt, und wenn ich das in die Zeitung gebe, die schreiben ganze Spalten voll.

– In die Zeitung?

– Herr Hennings (sie richtet sich auf, Busen nach vorn, Kopf in die Höhe, als wollte sie eben ein Kirchenlied anstimmen), ob Sie es mir nun glauben oder nicht: Herr von Ufermann hat angerufen.

– Was! Was quatschen Sie da?

– Herr von Ufermann hat angerufen. Heute Morgen um neun oder so was, Sie waren eben ab ins Kontor.

– Unsinn. Flugzeug stieg ja schon vor acht Uhr auf.

– Und Herr von Ufermann hat trotzdem nachher angerufen.

– Bei Ihnen rappelts wohl. Was hat er denn gesagt?

– Er wollte nur Herrn Hennings sprechen. Vielleicht ist er gerade in der Sekunde abgestürzt. Er war am Apparat, es war seine Stimme. Es gibt eben Dinge zwischen Himmel und Erde –

Den Zeigefinger hat sie mahnend erhoben. Hennings schlägt in den Tisch hinein, daß die Gläser springen.

– Bleiben Sie mir vom Leibe mit dem Altweibergewäsch. Nun hab ichs satt. Mein Bad schon eingelassen? Wo sind die Zigaretten?

Sie zieht beleidigt ab. Mit so einem rohen Menschen kann man eben von übersinnlichen Dingen nicht sprechen. Da brüllt er einen an wie alle Tage und dabei hat man doch die Stimme aus dem Jenseits gehört.

– Und nur nicht wieder lauwarm, das Bad!

Sie läßt es ein, daß die Wände dampfen. Verbrüh dich nur. Mir alles eins. Das kommt von dieser Glaubenslosigkeit. So wie die Menschen heute sind –

Hennings liegt im Bad, bis er ganz müde wird und schlaff. Jetzt heißt es, ruhigen Kopf haben, ruhiges Blut, nur um alles in der Welt sich nicht übersprudeln. Für die Firma sorgen, für Irmgard, alles übernehmen, selbstverständlich, selbstlos. Und mit Haltung. Nicht zu vergessen: mit Haltung. Ufermann hatte auch immer Haltung, das war seine Stärke, obwohl er eigentlich ein Schwächling war, im Geschäft und bei den Frauen. Aber Haltung hatte er. Geradezu nobel. Irgendwie paßte es auch zu ihm, daß er im geeigneten Augenblick zu verschwinden wußte. Irgendwie war es auch ein vornehmer Tod, so mit dem Aeroplan, wenngleich schauderhaft. Nicht zu leugnen: er war ein feiner Mensch gewesen. Und die Frau. So eine Frau kann man mit der Laterne suchen. Kein Geheul und kein Geflenne, kein lautes Wort. Wie sie nur vor einem steht. Wie auf einer Freitreppe. Eine Freitreppe gehört auch zu Irmgard. Ufermann hatte ja keine Ahnung von nichts, setzte sie da bloß in eine dämliche Villa hinein. So eine Frau braucht ein Schloß. Als Hintergrund. Jawohl. Und einen Mann. Dann sollt ihr mal sehen. Dann wird die Lunge gesund. Dann kriegt sie Kinder und alles. Und gar erst jetzt mit der Versicherung. Die Amerikaner werden Augen machen. Tolle Sache. Die Köhler muß man bei den Ohren nehmen. Was schwatzt die da. So ein Weib ist imstand und richtet mit lauter Gequassel auch noch Verwirrung an. In die Zeitung. Das fehlte gerade. Nein, meine Liebe, aus dem Jenseits telefoniert man nicht, bis dorthin gibt es keinen Anschluß. Wenn einer telefoniert – was rumort die Person denn immer noch im Schlafzimmer herum?

– He, Frau Köhler!

– Ja.

– Was treiben Sie denn?
– Ich richte das Bett.
– Frau Köhler, hören Sie mal, ihr – ihr Hirngespinst, das hat sich wohl mit Namen gemeldet.
– Natürlich.
– Sie haben ja Paralyse, Frau Köhler.
– Wie? Was?
– Paralyse, Paralyse, schreit der Rohling im Badezimmer und läßt dann gleich das Wasser rinnen, daß man keine Silbe mehr versteht, während er Gott lästert und mit ihm den toten Freund. Eigentlich eine Sünde, so einem Menschen die Pantoffel unter das Bett zu stellen.

***

Und ob der Herr nun tot ist oder nicht, der Herd muß geputzt werden. Grete scheuert wie wild darauf los, während Katinka auf dem Küchentisch sitzt und wieder einmal zu heulen beginnt.

Gierke saugt an seiner Zigarre. Er wird immer verlegen, wenn Weiber weinen. Pflichtgemäß fährt er ihr durch das Haar. Es ist wie Seide.

– Na, na Katinka. Was soll denn das? Es nützt ja doch nichts.

– Der arme Herr. Ich hab mirs gleich gedacht. Er hat ja nichts zum Frühstück haben wollen und mich nur immer so komisch von der Seite geguckt.

Grete wirft den Scheuerfetzen von sich: – Du hast dirs gleich gedacht?

– Und ich wollte schon morgens nicht raus aus dem Bett. Ich hatte so meine Vorahnungen. Und sein Koffer war so merkwürdig schwer, ich dachte gleich, der zieht mir ja den Arm hinunter, und wie er dann zum Tor hinausging, da sah er nochmals auf das Gitter zurück und da wußt ich gleich: Nun siehst du ihn im Leben nicht mehr.

– Ach Katinka, das redest du dir alles nur ein. Nicht wahr, Herr Gierke. Hast ja kein Wort davon gesagt und warst den ganzen Vormittag noch quietschvergnügt. Nun bist du wieder einmal übertrieben.

– Das sind die Nerven, Fräulein Grete.

Gierke streichelt unentwegt das seidene Haar. So ein Mädel hat eben Nerven. Aber das dicke Frauenzimmer mit den Sommersprossen und den Spülwasserhänden versteht so was nicht.

– Und dann den ganzen Tag der Betrieb. So was hält ja kein Mensch nicht aus. Und die Besuche und die Herren von der Zeitung und das Telefon und der Sanitätsrat und der Anwalt. Ihr wißt ja gar nichts, aber ich, ich war doch bei allem dabei. Und die alte Dame klingelt jeden Augenblick. Was glaubt ihr, was die eben wieder wollte. Pillen wollte sie. Da ist ihr Sohn gestorben und sie ißt Pillen. Warum nicht gleich auch Butterbrot.

– Also weißt du, Katinka, vom Hungern ist noch keiner wieder lebendig geworden. Bei uns zuhause auf dem Lande, da futterten sie früher gleich ein ganzes Schwein, wenn einer alle war. So was ersetzt. Und warum soll die alte Dame keine Pillen essen. Gierke hat recht, das sind bei dir doch alles nur die Nerven. Ich geh jetzt schlafen. Komm du auch ins Bett.

Und dabei gähnt sie, diese herzlose Person und hat den Mund voll goldener Zähne. Gierke streichelt mit dem Zeigefinger Katinkas Nacken.

– Ich geh nicht ins Bett in so einer Nacht, die Herrschaften werden uns sicher noch brauchen. Wenn Frau von Ufermann etwas passiert, wo sie doch ohnehin immer krank ist. Ich kann mir gar nicht denken, wie sie das alles überleben soll.

– Überleben? Mit so viel Geld. Hast doch gehört von der Versicherung. Ich sag euch Kinder, mir war oft schon bange, und Gierke meinte auch, bei unserem Herrn, da stimmt was nicht mit seiner Firma.

– Ich? (Gierke fährt auf) Sie träumen wohl, ich hab in meinem Leben von so was nichts gesagt oder gehört.

– So. Wer redete denn immer, daß der Wagen nichts mehr taugt und daß, wo mal der Wagen nichts mehr taugt, der Chauffeur auch oft keine Bleibe hat, und daß man vielleicht doch versuchen sollte, bevor man eines Tages stempeln geht –

– Nun halten Sie Ihre verfluchte Schnauze!

Es fehlt nicht viel und Gierke, der doch sonst immer nett und höflich ist, wäre auf Grete losgegangen, mit beiden Fäusten. Katinka hält ihn eben noch zurück. – Herrgott, vergeßt doch nicht, wir sind in einem Trauerhaus. Wie könnt ihr nur –

Womit sie wieder zu weinen beginnt, so daß Gierke sie zu trösten hat, während die fette Grete brummend in ihre Mansarde hinaufstapft.

Sie weiß schon, wer die ganze Arbeit morgen machen wird. Da wird man sich vielleicht ausschlafen dürfen.

Dritter Klasse durch ein fremdes Land

Gleich langen schwarzen Schildkröten kriechen die Schlepper den Fluß hinauf. Das Wasser ist trübe und braun, die Häuser am Ufer gegenüber wirken unfreundlich und verschlossen. Im Sommer sollen das wohl Villen sein mit niedlichen Gärtchen. Nun hängt der Nebel im Gestrüpp und das Tal ist beängstigend eng.

Der Herr im schwarzen Ulster ist aus seinem Abteil (Nichtraucher) hinausgetreten und lehnt nun auf dem Gang. Mehr als drei Stunden war er eingesperrt gewesen in der gelben Holzzelle und hat dem Gespräch der Mitreisenden zuhören müssen, nun will er sich ein bißchen erholen und sei es nur an einer Zigarette. Der Herr im schwarzen Ulster sieht nicht gerne nach rechts, denn im Gangfenster raucht sein Spiegelbild. Es hat so peinlich helle Haare, dieses Spiegelbild, und es heißt, ja, wie heißt es nur, das darf man nicht vergessen, es heißt Edwin von Schmitz. Von Schmitz, das ginge noch an, aber Edwin ist ein scheußlicher Name, ein Name, der so wenig zu einem paßt wie der schwarze Ulster oder das schäbige Köfferchen drin im Abteil. Was war Ernst dagegen für ein guter, für ein angenehmer Name. Früher hat man nie daran gedacht. Aber nun heißt man, vorübergehend natürlich und nur für eine kurze Weile, Edwin, Edwin von Schmitz, denn das steht so im Paß. Und man ist blond geworden und reist dritter Klasse.

– Entschuldigen, darf ich um Feuer bitten?
– Gewiß.
– Gutes Reisewetter heute. Bißchen frisch. (Der ge-

schniegelte junge Mann wischt mit dem Ärmel das angelaufene Fenster ab.) Sie kommen wohl von Berlin. Ich bin erst in Dresden eingestiegen. Wie weit geht es? Prag oder Wien?
– Wien.
– Ja, Wien ist eine schöne Stadt. Wenn man so denkt, die Musik und der Wein und die Mädchen. Immer gemütlich. Bin öfters dort. Reise in Leder. Aber das ist jetzt auch nicht mehr das Wahre. Früher einmal –
Gut, daß ein Beamter kommt und nach den Pässen verlangt. Ufermann (von Schmitz) hat wenig Lust auf Gespräche, wendet sich ab, greift in die Brusttasche. Man fährt ein in die Grenzstation. Nur keine Aufregung. Das Photo sieht ihm wirklich ähnlich. Und was das schäbige Köfferchen betrifft, so geht es ihn nichts an, wirklich nicht, er weiß ja nicht einmal, was drin ist. Wenn man ihn fragt, das Köfferchen gehört nicht ihm, jedenfalls, er kümmert sich jetzt nicht darum, bleibt einfach stehen auf dem Gang und starrt auf die vielen schwarzen Schienen und eine einzelne verlassene Lokomotive.
– Haben Sie nichts zu verzollen?
– Nein. Durchreise.
– Schon gut.
Eine dicke Frau steigt ein mit einem riesigen Karton. Ruß und Rauch und zischend weißer Dampf. Wie trostlos doch so eine Grenzstation sein kann. Daß es Menschen gibt, die hier leben, aufwachsen, heiraten, Kinder bekommen und immer nur die langen dunklen Züge sehen müssen, die weiter fahren in die großen Städte. Ufermann setzt sich in eine Ecke des Abteils, wo einstweilen die dicke Frau sich breitmacht. Die anderen Reisenden stärken sich mit Bier und Würstchen beim Buffet. Auf

dem nassen Boden schwimmt eine Zeitung und eine Bananenschale. Da ist es besser, die Augen zu schließen.

Warum ist er denn plötzlich so entsetzlich traurig! Eigentlich hat er mehr Glück als Verstand. Eigentlich sollte er seinem Schicksal dankbar sein und frohlocken. Eigentlich war ja das ganze wie ein Märchen, ein sehr modernes Märchen allerdings, ein Märchen 1931. Da begegnet man den Räubern nicht im Wald und sie tragen kein Lederwams, sondern Windjacken, durch einen unentwirrbaren Straßendschungel sausen sie auf ihren Motorrädern, sie erkennen sich an geheimen Zeichen und geheimen Worten, klingeln an bei geheimnisvollen Telefonnummern, verfügen über falsche Stempel und Papiere in sehr geheimnisvollen Werkstätten. Soll das alles aber auch wirklich sein? 1931? Nein, in Wirklichkeit ist er längst abgestürzt und verbrannt und nicht einmal ein Knochenhäuflein mehr, von dem großen Geschäftsmann und Bankinhaber, welcher seiner Frau eine ungeheure Lebensversicherung hinterließ, existiert nur noch die Erinnerung. Das ist die Wirklichkeit, die seinem Leben entspricht, welches ja bisher immer nur so unwahrscheinlich wirklich gewesen war: Firma, Verantwortung, geregelte Arbeitszeit, Frau, Freundin usw. Das ist der Tod, der seinem Leben entspricht: abgestürzt unterwegs auf einer Reise in wichtigen Berufsangelegenheiten. Kommt vor. Ist wirklich. Während alles andere, was ihm in den letzten Tagen begegnet ist, als Traum erscheint und Spuk und Phantasie und Trug –

– Geben Sie doch Ihre Füße weg. Wie soll man denn da drübersteigen.

Die Mitreisenden füllen wieder das Abteil. Und die dicke Frau mit dem riesigen Karton sagt vorwurfsvoll: –

Was wecken Sie den armen Herrn? Merken Sie denn nicht, daß er schlaft?

Der arme Herr? Soll er das sein? Hat er geschlafen?

Die dicke Frau spricht weiter, während der Zug sich in Bewegung setzt. Sie hat einen kranken Mann in Prag im Spital, wer weiß, wie lang der es noch machen wird, ein Kreuz ist das. Die andern trösten sie. Aber, aber, wird nicht so arg sein. Wie ich krank war, wissen Sie, aufgegeben war ich schon längst, da lieg ich also im Spital ... und was meine selige Mutter ist ...

Alle wissen jetzt was zu erzählen von Krankheiten und von Sterbefällen und dabei kennen sie einander gar nicht. In der ersten und in der zweiten Klasse reden die Leute viel weniger. Ufermann (von Schmitz) weiß nicht recht, wie er sich verhalten soll. Sie werden es ihm doch nicht übelnehmen, daß er immer nur schweigt. Und er kann doch nicht mit einem Mal sagen: meine Frau, wissen Sie, die sollte eigentlich längst nach Davos, jeden Nachmittag bekommt sie Fieber, 37,4, das ist gar nicht so wenig, ach Gott, Davos –

– Nehmens doch auch, sagt die dicke Frau und bietet ihm dabei von den schweren gelben Kuchen an, die sie aus dem Karton gepackt hat. Nehmens! Sind eigentlich für meinen Mann im Spital, aber er wird sie ohnehin nimmer essen.

Und sie sieht einen ganz mitleidig an und strahlt dabei eine beschützende Wärme aus wie ein alter Bauernofen. Man kann nicht nein sagen, die andern essen ja auch von den Kuchen, deren Teig die Finger alle fett macht. Ufermann dankt und blickt dabei verlegen zum Fenster hinaus. Seit wann ist er denn verlegen vor fremden Leuten? Und warum?

Aus dem Nebel wachsen ferne Schlote. Diese Strecke ist er schon oft gefahren, im Schlafwagen oder im Speisewagen oder in einem gepflegten Abteil. Zum Fenster hat er wohl noch nie hinausgesehen. Jedenfalls ahnte er bis heute nichts von der Trostlosigkeit dieser nüchternen und emsigen Flusslandschaft. Er hatte wohl immer Zeitungen bei sich gehabt, Bücher, Broschüren, Berichte. Er wußte in der Bahn für gewöhnlich kaum, ob es regnete oder ob die Sonne schien. Heut jedoch spürt er den Nebel draußen, als wäre er aufgewachsen in einem der Fabriksdörfer an der Strecke, aufgewachsen und dazu bestimmt, es nie im Leben wieder zu verlassen. Und dabei ist es ein sehr fremdes, ein sehr unbekanntes Land, durch das er fährt, durch das er oft gefahren ist, aber immer nur durchgefahren. Er kennt seine Industrie in Zahlen, Statistik, Bevölkerungsprobleme gibt es auch, besonders an den Grenzgebieten, und dazu wirtschaftliche Schwierigkeiten, man müßte die dicke Frau mit den Kuchen auch einmal fragen –

– Und wenn er stirbt, sagt sie eben, was glaubens, krieg ich dann für eine Pension. Gar nichts, rein gar nichts. Wo er doch sein Lebtag immer nur gearbeitet hat, bis ihn rausgeschmissen haben aus dem Betrieb, krank war er auch schon und viel zu alt, hab ich mir gedacht, vielleicht nehmens einen von unsere Söhne, aber was glaubens –

Die anderen nicken. Das ist jetzt überall so und nirgends anders.

Da sitzen sie zusammen wie zugehörig zu einer einzigen großen Familie, geduckt von Sorgen, die die ganze Welt bedrücken und die sehr wirklich sind, so wirklich wie der Herr von Ufermann, der da plötzlich zu ihnen getrieben wurde, hingeweht wie ein Blatt im Wind, fortgefegt aus den gewohnten Räumen des eigenen Lebens durch den grausamen Atem der Zeit.

Ob es nicht am klügsten wäre, in Prag auszusteigen und mit dem nächsten Zug zurück zu fahren. Guten Tag, Irmgard, guten Tag und da bin ich. Was sie wohl sagen würde? Man kann es einem Menschen doch schließlich nicht zum Vorwurf machen, daß er nicht gestorben ist. Und Irmgard wird ihm auch keine Vorwürfe machen, wenn er plötzlich einmal wieder zu ihr zurückkehrt. Nicht heute oder morgen, aber doch irgendeinmal. Es handelt sich ja bloß um den Entschluß. Welchen Entschluß? Ist der Entschluß denn nicht schon längst gefaßt, von Irmgard und von Paul und von Gott weiß noch wem. Schon die Leute in der Untergrundbahn hatten über ihn verfügt, als sie ihn plötzlich in einem ihm ganz fremden Großstadtdschungel auf die Straße setzten. Und dann das Mädchen Hede mit ihrem Boxer. Die nahmen eben sein Schicksal einfach in die Hand. Schicksal? Was ist Schicksal? Was andere über einen verhängen.

Irmgard wird so etwas natürlich nie verstehen. Was er erzählen wird, das wird sie ihm nicht glauben, das glaubt er sich ja selber kaum. Hedes Boxer, war der denn wirklich? Und seine Bande, sein Klub, sein „Ring", alle diese merkwürdig knabenhaften Gestalten, in Windjacken und mit Boxerfäusten, jeder ein Soldat und Feldherr auf einmal, jeder voll von beinahe militärischem Gehorsam und voll von einer gefährlichen Überheblichkeit, waren die wirklich? Waren das ganz einfach Sportsleute, wie sie sich nannten? Oder? Gehörten sie zu jener Unterwelt, wie sie auf den Theatern manchmal gezeigt wird, im Film, wie sie in den Köpfen mondäner Literaten spukt, denen man in sehr teuren Nachtlokalen manches Mal begegnen kann? Natürlich weiß man, daß so etwas existiert, man liest davon beim Frühstück in der Zeitung, aber was geht es einen schon an, nicht viel mehr als ein Detektivroman, Phantasien der Revolverpresse? Oder? Was geht das einen Herrn von Ufermann schon an, der gewohnt ist, auf weichen Pneus über den weichen heimatlichen Asphalt der Berliner Straßen zu fahren. Es gibt Leute, die spüren ein Beben tief unter dem steinernen Häusermeer, unter den Kanälen, unter den Maulwurfsgängen der Untergrundbahn. Ist das die Unterwelt, die sich da regt? In einem geordneten Staatswesen, einem Lande führender Kultur, wo die Polizei den einzelnen Bürger beschützt, und mag er auch nur unvorsichtig über den Fahrdamm gehen, 1931, bei einer raffinierten Kriminalwissenschaft, die jeden Fingerabdruck genau zu registrieren weiß.

Einer Frau wie Irmgard könnte man ebenso gut erzählen, daß man in einer dunklen Märchenschlucht einem Drachen zum Opfer fiel wie daß man in dem nach Schimmel riechenden Zimmer eines bleichsüchtigen Straßenmädchens dem großen Boxringmeister in die Hände geriet. Unmöglich, Ernst, das alles bildest du dir ein, du bist ja längst tot und erledigt, merkst du denn nicht, daß ich in Trauer bin. In Trauer, Irmgard? Ich sage dir, ich lebe, lebe, lebe! Ich kam nur nicht zur rechten Zeit zu dir zurück, weil ich zu müde war, um den Entschluß zu fassen. Da faßte der Boxer meinen Entschluß. Wenn Sie verschwinden wollen, Wertester, vielleicht auf eine kleine Weile, wir bieten Ihnen die Gelegenheit. Eine kurze Erholungsreise. Sie nehmen nur ein Päckchen mit, im Dienste einer höheren Sache, nun Sie verstehen, besser natürlich, wenn es an den Grenzen nicht geöffnet wird. Unser Vertrauensmann, ein Herr von Schmitz, ist eben abgesprungen, wir geben Ihnen einfach seinen Paß, Größe stimmt, Alter stimmt, nur die Haare müßten etwas heller sein. Auch will ich Ihnen raten, unser Päckchen nicht zu öffnen. Diskretion, Sie verstehen, wir fragen Sie ja auch nach nichts. Zweitausend Schilling auf die Hand, dazu die Reisespesen. Abgemacht.

Nein, Irmgard, nun solltest du den Kopf nicht schütteln. Begreifst du nicht, daß ich zu müde war, um nein zu sagen? Wenn man sein ganzes Leben lang gearbeitet hat, pflichtgemäß und unablässig, will man sich auch einmal gehen lassen, treiben lassen, will man verwehen dürfen. Jeder Schüler schwänzt zwischendurch, selbst der beste und der geduldigste, wenn die Aufgaben ihm gar zu schwierig werden. Und so wollte auch ich ein wenig mein Leben schwänzen, das Leben, das ihr mir gestohlen habt, um es für lumpige Millionen zu verkaufen. Merkst du denn nicht, daß du in Trauer bist? Was willst du mir da weiter übelnehmen. Ja, wenn du dich nach mir gesehnt hättest, so wahnsinnig und so verzehrend, wie man sich nur nach Toten sehnen kann –

– Der Herr muß aber müde sein. Entschuldigen, daß ich schon wieder störe.

Die dicke Frau ist beinahe auf ihn gefallen mit ihrem Karton. Sie müht sich, den mit einem Bindfaden zuzubinden. Alle die Mitreisenden räkeln sich, Prag, Praha! Der Zug fährt ein in die Station. Die dicke Frau wird doch nicht aussteigen wollen. Aber ja, ihr Mann liegt in der Stadt im Krankenhaus. Adieu, adieu. Sie winkt allen zu im Abteil. Ob man ihr nicht die Hand geben sollte, im letzten Augenblick. Nun ist es zu spät. Eine gute Wärmewelle verschwindet mit ihr und mit dem Karton.

Ufermann steht auf. Ihm ist zu Mut wie nach einer

langen Wanderung im Gebirge. Wenn man sich doch ausstrecken dürfte, weich liegen. Sehr hart ist eine Holzbank dritter Klasse. Zwei junge Soldaten nehmen auf ihr Platz. Dem einen spannt die Haut sich rosig über ein rundes Kindergesicht, wie kleine rote Beutel hängen die Hände ihm über die Knie. Er spricht viel und lacht dabei, schade, daß man kein Wort davon verstehen kann, es ist ja tschechisch. Und der rothaarige kleine Kerl in der Ecke, der sich bis jetzt mit seinem Taschenmesser die Nägel geputzt hat, mischt sich auch ins Gespräch. Was reden die denn da? Sollten sie vielleicht Bemerkungen über den Herrn im schwarzen Ulster machen? Man weiß ja nie bei einer fremden Sprache.

Nur gut, daß jetzt noch ein aufgeregtes Fräulein in das Abteil hereinstürzt und zum Fenster hinaus auf Deutsch schreit: – Mama, Mama, komm her, hier ist noch massenhaft Platz. Und gleich darauf kommt auch schon die Mama mit einem brummigen grauen Gesicht und dann kommt eine Plaidtasche und dann kommt ein Träger, den die beiden Damen nicht verstehen können, weil er wieder fast nur Tschechisch spricht, und der Rothaarige versucht zu dolmetschen, und die Schwester von der Mama, die steht auf dem Perron und wischt sich die Tränen ab und sagt: – Wann wir uns wiedersehen und so Gott will.

Bis der Zug sich endlich in Bewegung setzt und langsam vorbeikriecht an verrußten hohen Häuserreihen. Daß da auch wirklich Menschen wohnen. In der trübseligen Peripherie steht ein einsames Karussell, umgeben von ein paar Schaukeln. Hier könnte es im Frühling vielleicht lustig sein. Aber Ufermann hat dieses Karussell noch nie gesehen, obwohl er mehrmals hier vorbeigefahren ist, auch im Frühling, mit Irmgard oder allein,

Irmgard fand übrigens Prag immer so besonders interessant, den Judenfriedhof zum Beispiel. Er selbst kannte natürlich die Stadt, ihre Burgen, ihre Brücken, und soweit er Zeit dazu fand, besuchte er auch die Museen und die Theater. Seine Geschäftsfreunde wohnten in hellen, sehr modernen Villen und die großen Hotels boten die übliche internationale Bequemlichkeit. Wenn er seine Eindrücke von Prag alle sammeln wollte, so ergäben sich wohl einige recht pittoreske Ansichtskarten, wie sie Durchreisende eben gern zu kaufen pflegen.

Der Rothaarige winkt ihm zu: – Kommens nicht auch in den Speisewagen? Worauf er verschwindet, während das Fräulein ganz außerordentlich um ihre Mama besorgt ist und ein Kissen aus der Plaidtasche zieht. Sie sieht den Herrn im schwarzen Ulster immer wieder mit einem blitzschnellen Blick von der Seite her an. Er würde am liebsten auch im Speisewagen verschwinden, aber wenn dort vielleicht ein Bekannter von ihm sitzt, einer, der aufschreit und auf ihn zustürzt: Herrgott, Mensch, was soll denn das, Sie leben ja ...

Nein, Irmgard, auf diese Weise kehre ich nicht zu dir zurück, da brauchst du keine Angst zu haben. Soll denn plötzlich in allen Zeitungen stehen: Ernst von Ufermann ertappt! Beim Leben ertappt. Wenn ich zurückkehre, zurück zu dir, Irmgard, in unser Haus, in unser Heim, so nur wie einer, der sich nicht zu schämen braucht. Und warum sollte ich mich schämen? Weil ich die Firma nicht mehr retten konnte? Die Firma war nicht mehr zu retten, Irmgard, begreifst du nicht, in diesen Zeiten – aber du hast mich ja niemals nach was gefragt, ich versichere dir –

Nein, nur nicht wieder mit Irmgard reden oder gar mit Paul oder mit sonst jemandem. Diese ewigen Erklärungen und Ansprachen in Gedanken sind ein altes Laster von ihm, schon in der Schulzeit hat er darunter gelitten. Was hat er da dem Rektor nicht alles erzählt, seinen Kameraden, seinen Lehrern. Immer mit: Verstehen Sie oder du mußt es doch wissen. Ganze Bände hat er so zu Irmgard gesprochen, ohne daß sie es jemals gehört hat. Das kam wohl, weil er sonst so wenig mit ihr sprach. Vielleicht spricht er überhaupt zu wenig. Verschluckte Worte sollen ungesund sein, sie stauen sich, man träumt von ihnen, im Schlafen oder auch im Wachen. Vielleicht wäre es jetzt zum Beispiel richtig, das Fräulein daneben ganz einfach zu fragen: – Was sehen Sie denn immer wieder auf mich. Schauen Sie doch schon endlich in Ihren Roman hinein.

Da beginnt aber die Mama zu reden. – Ich versteh nicht, sagt sie, daß du das Flügerl nicht genommen hast. So ein schönes weißes Flügerl vorn von der Brust. Ich hab dich mit dem Fuß gestoßen. So ein Flügerl ist doch das beste vom Hendel. Und da halt dir das Mädel es grad vor die Nasen, ich denk mir noch, schau, richtig kriegt sie das Flügerl, aber du merkst ja nichts.

– Möchtest du nicht etwas lesen, Mama?

– Also, ich versteh das nicht. Und überhaupt, die haben es sich was kosten lassen. Ich sag dir, wie vor dem Krieg. Hast geschmeckt, es waren Champignons in der Sauce. Und gleich drei Torten und dann noch das Eis. Ja, ja, so kann man silberne Hochzeit halten. Aber daß du das Flügerl nicht genommen hast –

– So laß doch schon, Mama.

– Immer mit dem dummen Abmagern. Kannst ja in Wien wieder fasten. Wenn du schon einmal eingeladen bist. In der Tschechei gehts den Leuten noch gut. Wenn der selige Papa nur nach Prag gegangen wär, wie man ihn hat versetzen wollen. Aber dem waren die Tschechen nicht fein genug. Früher unter unserem Kaiser, da hat man immer nur Witze gemacht und gelacht über die Tschechen und wenn einer Dostal geheißen hat oder Pospischil, war es fast eine Schand.

– Aber Mama! (Das Fräulein blickt erschrocken auf die beiden Soldaten.)

– Ja, ja, wenn du dich auch vielleicht nicht mehr erinnern kannst. Fast eine Schand, wie wenn einer ein Jud ist. Aber wie sie dann nach dem Krieg ihr Mehl gehabt haben und ihre Butter und ihre Strümpfe und die guten Stoffe, da hätt ein jeder ein Tschech sein wollen und Dostal heißen oder Pospischil. So ist das eben mit den Nationalitäten.

– Willst du nicht auch etwas lesen, Mama?

– Der Papa hätt lieber nach Prag gehen sollen. Ich ärger mich heut noch. Und dann das mit dem Flügerl. So ein Hendel kriegst du nicht so bald. Wenn ich nur wüßt, warum dus nicht genommen hast.

Das Fräulein versenkt sich in seinen Roman, die beiden Soldaten schlafen gegeneinander gelehnt mit offenem Mund. Zwei große Kinder, diese Vaterlandsverteidiger. Ob sie wohl wissen, weshalb man sie in Uniformen steckt. Immer noch der alte Unfug. Als ob es je wieder Krieg geben könnte in diesem armen ausgebluteten Europa. Wer sollte diesen Krieg denn führen? Die Arbeitslosen gegen Arbeitslose? Die Bettler gegen Bettler? Tanks und Kanonen lassen sich nicht aus Papier erzeugen, so wie das Geld, das keinen Wert mehr hat. Ganz abgesehen davon, daß Erkenntnis und Vernunft doch immerhin so weit gedrungen sind –

– Darf ich Sie fragen, wieviel Uhr es ist?

Das Fräulein sieht den schweigsamen Herrn wieder von der Seite her an und dieser beschließt, nun doch in den Speisewagen zu gehen. Die Fahrt wird unerträglich lang, auch ist sein rechter Fuß schon eingeschlafen. Es muß ja nicht gerade sein, daß jemand dort sitzt, der ihn kennt, und wenn schon, umso besser. Oder umso schlechter?

Der kleine Rothaarige winkt ihm zu wie einem alten Freund. Da sitzen sie einander gegenüber und Ufermann sieht, wie befreit aus der engen Holzzelle des Abteils dritter Klasse, durch das breite Fenster hinaus in die Landschaft: braune Felder, Dorfstraßen, Gänse, sanfte Hügel in blasser Nebelsonne.

– Wollens nicht auch einen Kaffee bestellen, sagt der Rothaarige und zwinkert dabei vertraulich. Was gefällt Ihnen denn so gut an der Gegend? Ist zwar nicht schlecht, aber bei uns zuhaus ist es viel schöner. Ich bin nämlich aus Prilovice, na, Sie werden nicht wissen, wo das liegt. Sind wohl nur auf der Durchreise. Übrigens (und plötzlich steht er auf, verbeugt sich) mein Name ist Dostal.

– Von Schmitz.

– Sehr angenehm. Wenn Sie einmal bis nach Prilovice kommen, dann besuchen Sie mich. Wir haben dort einen Berg, ich sag Ihnen, einen richtigen Berg, und im Sommer könnens baden im Fluß. Und der Wald erst, nicht zu vergleichen mit hier. Ich mein nur, weil Sie immerfort in die Gegend hinausschauen. Aber Sie kommen ja nicht bis nach Prilovice.

– Man kann nicht wissen.

– Wir haben auch ein Schloß und einen Grafen. Aber der hat gar nichts zu reden mehr, seit wir die Republik geworden sind. Sie sollten wissen, was es alles bei uns

gibt. Es fehlt grad nur ein eigenes Theater, aber das kommt schon noch. Bis jetzt haben wir nur einen Vorleseklub. Aber natürlich, Sie können nicht Tschechisch.
– Leider.
– Leider? Ja, möchtens denn gern Tschechisch können. Ich sag Ihnen, wenn Sie nach Prilovice kommen, da müssen Sie mich unbedingt besuchen. Aber Sie kommen nicht. Sie schaun mir aus wie einer, der immer nur die großen Strecken reist. Ich bin schon auch herum gekommen in der Welt. Aber heutzutage ist das auch kein Vergnügen. Meine Frau sagt immer, schau, daß du geschwind wieder nachhause kommst, bevor was passiert.
– Was sollte denn passieren?
– Lesen Sie keine Zeitungen nicht? Ein Unglück nach dem andern auf den Eisenbahnen. Gerad daß nicht ganze Brücken in die Luft fliegen. Das sind die Attentate, ich sag Ihnen, da stimmt etwas nicht. Möcht nur wissen, wo auf einmal so viele schlechte Menschen herkommen. Unlängst erst habens einen erwischt an der Grenze mit einem Packerl, einem kleinen Packerl. Wissens, was drin war? Dynamit.
– Dynamit?
– Seither sind sie wie wild an der Grenze. Aufgemacht. Alles aufgemacht. Wie ich letztes Mal nach Wien fahr, zu meiner Schwester, ich hab ein bisserl Schokolade mitghabt für ihr Mäderl, ganz wenig nur, was braucht schon so ein Kind –
Die Felder fließen auseinander in eine graue, undurchsichtige, schwindelnd weite Ebene. Und der Herr, der wie gebannt in diese Ebene hinausstarrt, denkt einen Augenblick daran, aufzuspringen und die Notbremse zu ziehen. Halt, halt, ich will zurück, ich will nachhause,

wohin nachhause, ich will, ich will vielleicht nach Prilovice ...

Er hört nicht mehr, was der kleine rothaarige Mann ihm weitererzählt. Vielleicht ist das ein Polizeiagent, einer, der die ganze Zeit hindurch ihn schon beobachtete und ihm nun eine Falle stellen will. Vielleicht hat er das Päckchen schon gesehen, schon aufgemacht, vielleicht weiß er, was in dem Päckchen ist. Unter dem roten Haarschopf blinzeln sehr pfiffige, sehr kleine Augen, schon wieder redet er von Unfällen und Attentaten und setzt dabei hinzu: Ob Sie mirs glauben oder nicht, dahinter steckt ja doch die Politik. Und wenn ich nicht schon aussteigen müßt, bei der nächsten Station, so könnt ichs Ihnen auch erklären.

– Bei der nächsten Station? Ja, kommen Sie denn nicht bis an die Grenze mit?

– Aber wo.

Ist der Herr aber ein merkwürdiger Mensch. Da steht er plötzlich auf, zahlt und lauft davon, als ob es brennt. Und war dabei ein netter Reisebegleiter, hat einem zugehört und hat sogar bedauert, daß er nicht Tschechisch kann. Das war doch freundlich.

Auch das Fräulein im Abteil wundert sich jetzt über den Herrn. Der hat auf einmal kein Sitzfleisch mehr, schießt die ganze Zeit auf den Gang hinaus zu den Rauchern und zündet eine Zigarette nach der anderen an.

– Aber, aber, das ist doch ungesund, meint das Fräulein und stellt sich dabei neben ihn und raucht auch, obwohl sie das sonst nur an Sonntagen tut oder bei feierlichen Anlässen und obwohl die Mama es nicht leiden kann. Sie pudert sich, während der Ruß ihr ins Gesicht fliegt, mit einem rosa Puder, und der Himmel wird ganz rosa, auf einer langen Straße steht ein schwarzer Baum. Das Fräulein schwärmt für Sonnenuntergänge. – Sehen Sie doch, die herrlichen Wolken. Ein ganzes Gebirge, Sie sind wohl auch ein großer Freund der Natur.

– Ich? Warum?

– Das merkt man auf den ersten Blick. Weil Sie doch ein so verträumtes Äußeres haben.

– Muß jetzt nicht bald die Grenze kommen?

– Aber nein, wir haben noch Zeit.

– Große Revision?

– Je nachdem. Ich weiß nicht, was das ist, aber mir tun die Beamten nie etwas. Ich sag immer gleich: oh ja, ich hab ein bißchen Schokolade und paar Zigaretten. Da schauen sie weiter gar nicht nach. Und dabei hab ich Schuhe aus Prag, die sind nämlich viel billiger, und sogar ein paar Seidenhemden. (Sie legt den Finger an die Lippen und lächelt ihn an.)

Ufermann lächelt zurück: – Mit Damen ist man eben galant.

– Ja, schließlich, das alles ist doch zu meinem Gebrauch. Und wenn ich Schokolade habe, so ist es eben mein Proviant.

– Aber daß ich Schokolade mit mir nehme, wird mir vielleicht niemand glauben wollen.

– Haben Sie denn Schokolade?

– Ein bißchen nur. Mein – mein kleines Nichtchen ißt sie so gerne.

– Ach Gott, wenn Ihnen daran liegt (und das Fräulein lächelt ihn nochmals an), ich will die Schokolade gerne zu mir nehmen.

Der Herr ist erst dagegen. Er will dem Fräulein keine Ungelegenheiten bereiten. Aber sie läßt nicht locker, sie spitzt die Lippen: – Bitte, bitte, ich tu es doch so gern. Schmuggeln ist überhaupt meine Leidenschaft.

Und dann ruft die Mama und dann klappt alles ganz wunderbar. Er legt, ohne daß jemand sonst darauf achtet, das kleine weiße Packet ins Gepäcksnetz. Und sie nimmt es kurz darauf und steckt es in ihr Necessaire zwischen himmelblaue Waschsäckchen, Kopfbürsten, Kölnerwasser und Stopfwolle. Dann fährt sie über seine Hand wie eine Verschworene. Sie ist so fröhlich und sie spricht so viel, daß die Mama immer wieder nur den Kopf schüttelt.

Der Zollbeamte läßt den Herrn im schwarzen Ulster sein Köfferchen nicht einmal öffnen. Aber mit der Dame, die da gar so sehr in ihr Buch vertieft scheint, verfährt er strenger. Sie muß alles öffnen, auch das Necessaire. – Was ist denn das? Er hält ihr ein Päckchen hin.

Der Herr im Ulster sinkt auf seinem Sitz zusammen.

– Schokolade. Mein Reiseproviant.

Er wird es öffnen, der Zollbeamte wird es öffnen, er muß es ja öffnen, was ist darin, was kann darin denn sein? Dynamit? Vielleicht, vielleicht fliegen wir alle jetzt in die Luft, vielleicht ist das sogar das Beste, aber dann rasch, dann sofort, und lieber gar nicht hinsehen müssen ...

– Na, hab ich das nicht gut gemacht, sagt das Fräulein. Der Zollbeamte ist allerdings inzwischen verschwunden.

– Wo hast du denn die Schokolade her? fragt die Mama. Davon weiß ich doch gar nichts. Aber das Mädel antwortet nicht, das ist heut überhaupt wie ausgewechselt. Alles wegen dem langen Mannsbild. So ist es eben, wenn die Frauenzimmer in die Jahre kommen. Und dabei ist sie eine fesche Person, bissel zu dick für die heutigen Zeiten, früher einmal war das kein Malheur, aber jetzt traut sich eine kaum mehr was zu essen. Das sind eben so dumme Moden. Hat sie das Flügerl wirklich stehen lassen. So ein Henderlflügerl.

Und die alte Frau blickt ganz zornig auf den Herrn im schwarzen Ulster, der jetzt wieder in seiner Ecke lehnt. Über ihm liegt das Päckchen neben seinen Handschuhen, ungeöffnet, unberührt. Enthält natürlich kein Dynamit. Wie ist er nur auf den Einfall gekommen? Alles wegen dem Geschwätz des rothaarigen kleinen Mannes. In Prilovice hat man allem Anschein nach eine recht blühende Phantasie. Es ist zwar wirklich viel passiert in letzter Zeit, das ist die allgemeine große Unruhe, die sich da geltend macht, wie immer wenn es Krisen gibt, es ist, als hätte eigentlich die ganze Welt eine ganz ungeheuerliche Nervenstörung. Da versagen eben die Kontrollorgane, der einzelne verliert die Zuversicht, aus jedem Unfall wird ein Attentat, aus jedem Päckchen eine Bombe, und selbst die harmloseste Alltagsszene verwandelt sich zu wilder Kolportage. Man sollte den Leuten das Lesen von Kriminalromanen verbieten. Allerdings auch das Lesen von Zeitungen. Denn schließlich besteht die Menschheit nicht nur aus Verbrechern. Wie sagte doch der rothaarige kleine Mann: möcht nur wissen, wo auf einmal so viele schlechte Menschen herkommen.

... du sollst die Stadt meiner Träume sein

Das Fräulein wird sehr ungehalten. Das hat man davon, wenn man fremden Leuten Gefälligkeiten erweist. Jetzt, wo sie ihm seine Schokolade über die Grenze geschmuggelt hat, wirft der Lümmel kaum einen Blick mehr auf sie, ja, er hilft ihr nicht einmal, die Koffer aus dem Gepäcksnetz zu heben, denn nun dauert es nicht mehr lang und man ist zuhause in Wien. Er steht wieder draußen auf dem Gang und starrt hinaus in die Finsternis, als ob es dort weiß der Himmel was zu sehen gäbe.

So kann sich nur ein Deutscher benehmen, ihre Landsleute haben andere Manieren. Und ob die Schokolade auch wirklich für ein kleines Nichtchen bestimmt war? Wer kann es wissen? Das Fräulein wird sich jedenfalls das nächste Mal hüten. Leider Gottes hat sie ein viel zu gutes Herz. Das war von früher Kindheit an ihr größter Fehler.

Jetzt läßt der Mensch auch noch das Fenster hinunter. Was fällt ihm ein. Es zieht. So eine Rücksichtslosigkeit. Und das Fräulein wirft die Tür des Abteils zu, daß es nur so kracht.

Eine weiche laue Luft strömt Ufermann entgegen. Einen Augenblick lang glaubt er, Mimosen zu riechen, Mandelblüten. Aber nein, er fährt nicht nach dem Süden und es auch nicht Frühling. Vor ihm laufen viele Schienen durch die Dunkelheit, der Zug nähert sich eben der Großstadt, die Schienen klappern ohrenbetäubend, kleine Stationen huschen vorbei, im schwarzen Strom spiegeln sich rote Pünktchen. Die Schienen klappern, in ihrem harten Rhythmus wiederholen sich losgerissene Gedankenfetzen: ... also doch ... noch einmal ... immer wieder ... und zurück nachhause ...

Wieso nachhause? Er fährt doch nicht nachhause. Nachhause fahren nur die anderen, die hinter seinem Rücken hin und herlaufen, ihre Koffer schieben, ihre Handschuhe suchen und an seinem Kopf vorbei Bananenschalen zum Fenster hinauswerfen. Er fährt nicht nachhause, obwohl er auf jede der kleinen Stationen blickt, als würde er sie wiedererkennen und zählen. So wie als Schuljunge, wenn man von den Ferien nachhause fuhr. Da zählte man auch die Stationen und die Schienen klapperten, klapperten ohrenbetäubend, und man war voll von neuen Vorsätzen, Plänen, Hoffnungen und spannenden Erwartungen. Auf der ganzen Welt klappern die Schienen wohl gleich, wenn man sich einem großen Eisenbahnzentrum nähert, nur daß man es sich mit den Jahren abgewöhnt, darauf zu achten.

... Erlauben Sie, wollen Sie mich nicht durchlassen ... aber bitte ... wir haben siebzehn Minuten Verspätung ... nein, nur vierzehn ... Sie werden sehen, mein Mann steht auf dem Perron ... Herrgott, mein Hut ... jedenfalls dauert es nimmer lang ... Sie freuen sich auch schon nachhaus ... Wien, Wien nur du allein ... wer singt denn da? ... du sollst die Stadt meiner Träume sein ...

Ufermann wendet sich um. Nun steht der ganze Gang voll Menschen, mehrere Fenster sind heruntergelassen und die Schienen klappern noch härter, noch lauter als vorher, er kann nur Brocken der Gespräche aufschnappen. Da fahren sie nachhause, diese Glücklichen, diese Beruhigten, diese Gesicherten, denn das sind sie doch, zumindest für heute. Jeder weiß, wo er sein Bett finden soll. Während er selbst – er kommt mit einem rätselhaften Päckchen in der Tasche und einem Losungswort im Kopf. Er ahnt nicht, wer die Leute sind, die ihn auf dem Perron empfangen werden. Ja, wenn Irmgard dort stünde, plötzlich und unerwartet (wie sagte doch soeben eine Frau: Sie werden sehen, mein Mann steht auf dem Perron), wenn sie aufschreien wollte: Ernst, also doch, ich wußt es ja, du lebst (lebst, lebst, lebst, klappern die Schienen), wenn sie ihm um den Hals fallen wollte, um ihn mit sich zu ziehen in das Auto, das schon wartet, sie führen miteinander in das lautlose kleine Hotel, wo sie einmal gewohnt hatten, im Mai, so ein Hotel ganz ohne falsche Vornehmheit, aber mit Stil, wo man sich auf den ersten Blick zuhause fühlt, weil einen nicht ein einziger Gegenstand stört und jede dargebotene Bequemlichkeit den eigenen Gewohnheiten entspricht, das wäre wirklich (wirklich, wirklich, wirklich, klappern die Schienen), während es doch nicht wirklich sein kann, daß die Person, die ihn jetzt eben vom Fenster wegdrängt, kürzlich erst Schokolade, welche auch keine wirkliche Schokolade war, für ihn geschmuggelt hat.

– Wir brauchen nämlich einen Träger, sagt das Fräulein, überhaupt, wo einem sonst keiner hilft.

– Aber bitte.

Was ist sie denn so aufgeregt? Sie hat doch gar nichts zu befürchten, der Zug fährt ein und sie ist bald zuhause. Wie es bei ihr wohl aussehen mag, in ihrer Wohnung? In ihrem Necessaire steckten himmelblaue Waschsäckchen neben Stopfwolle und Kopfbürsten. Und das ist alles, was er von ihr weiß. Daß man sich gar nicht vorstellen kann, wie es bei solchen Leuten aussehen mag.

– Mama, Mama, so schlaf doch nicht. Wir sind schon da.

Die alte Frau ist eingenickt, der Unterkiefer hängt herunter wie bei einer Toten, die Ringe unter den Augen wirken fast schwarz in dem grauen Gesicht. Ach, welch ein trauriges Gesicht. Sie hat wohl vieles mitgemacht, Enttäuschungen und Kummer, schweres Leid. Oder sie träumt nur von dem Hühnerflügelchen, das ihre Tochter auf der Schüssel liegen ließ. Daß man sich gar nicht vorstellen kann, wie es im Kopf von solchen Leuten aussehen mag.

… So lassen Sie mich durch … Na Gott sei Dank … Jetzt sind wir da … Träger! Träger! … und mehr als siebzehn Minuten Verspätung …

Der Herr im schwarzen Ulster läßt alle erst an sich vorbei, ehe er wieder in das Abteil tritt und nach seinem Köfferchen greift.

***

Er steigt als letzter aus dem Zug, er hat es ja nicht eilig. Wer ihn erwartet, wird ihn schon zu finden wissen. Der Perron schwimmt in schmutzigen Fußtritten, es riecht nach Klosett, grau und verfallen ist das Gemäuer. Wien? Wien? Nur du allein? … sollst die Stadt meiner Träume sein? …

Ufermann sieht sich um. Ist er schon je auf diesem Bahnhof ausgestiegen? Gewiß, schon oft. Aber man sieht sich doch nicht um, wenn man nur rasch dem nächsten Träger zum nächsten Auto folgt, das einen ins Hotel bringen soll, wo man sofort Billette bestellt für den nächsten Tag in die schönste, die glanzvollste Oper der Welt. Da merkt man nicht, wie so ein Bahnhof riecht.

Man läuft an dem Gestank vorbei wie an so vielem anderen, worauf man keine Zeit zu achten hat. Aber heute spürt Ufermann in dieser schlecht beleuchteten Halle die ganze Armut des Ostens, jene unerbittliche und ungeheuerliche Armut, die aus fernen, grauen, trostlosen Landstrichen kommt, wo er einmal im Krieg (wie lange ist es her) gewesen war. Dort gab es solche Bahnhöfe, dort standen ganz wie hier Frauen in Röhrenstiefeln unter breiten Röcken, die Kopftücher übers Gesicht gezogen und voll bepackt wie Haustiere. Er tritt auf diese Frauen zu, als wollte er sie etwas fragen, da hält ein junger Mann in Windjacke ihn auf.
– Berlin?
– Wie bitte?
Der junge Mann wirft einen ängstlichen Blick um sich.
– Ich frage Sie nochmals: Berlin?
Ach ja richtig, das Losungswort. Nun hätte er es fast vergessen. Ufermann lächelt und erwidert: Wien, wobei er dem jungen Mann die Hand entgegenstreckt. Der fährt zurück.
– Folgen Sie mir.
Das klingt ja fast wie ein Befehl. Ufermann hat wenig Lust, dem Bengel da ganz einfach zu gehorchen. Am liebsten hätte er das Köfferchen gleich hier auf dem Perron geöffnet und das Päckchen herausgenommen. Da haben Sie es, lieber Freund, es ist noch heil und ganz, was drin ist, weiß ich nicht, es geht mich nichts an, adieu, auf Wiedersehen. Aber er merkt, daß auch noch andere Windjacken um ihn herumpirschen. Es scheint eine ganze Bande zu sein, vielleicht auch so ein sogenannter Ring, und er gerät von der Berliner jetzt in die Wiener Unterwelt. Das kann ja reizend werden.

Einen Augenblick denkt er daran, sich an den Schutzmann beim Ausgang zu wenden, der hat ein nettes, freundliches Gesicht. Aber er wird sich doch nicht vor ein paar Knaben fürchten. Denn Knaben sind es, die ihn da jetzt in ein Taxi eskortieren, allerdings eskortieren. Sie sprechen keine Silbe, nur ihre Zigaretten glimmen. Es bleibt nichts übrig, als sich ebenfalls eine anzuzünden und so zu tun, als gehörte man zu ihnen. Das Taxi ist uralt, die Sitze sind zerrissen, es hüpft förmlich über das grobe Pflaster. In solch einem Vehikel ist er bestimmt noch nie gefahren. Ist er auch wirklich in Wien und nicht durch irgend einen unvorstellbaren Irrtum in eine andere Stadt gekommen, eine fremde, eine wilde östliche Stadt?

Er versucht, das Fenster zu öffnen, da legt sich eine Hand auf seinen Arm: – Still. Sie rühren sich nicht.

– Möchten Sie mir nicht vielleicht erklären –

– Kein Wort weiter.

Irrt er sich? Oder hält die Hand vor ihm tatsächlich etwas kleines Blinkendes umschlossen. Sollte das ein Revolver sein? Und wenn schon, wozu diese Geheimnistuerei? Was immer in dem Päckchen stecken mag –

Es bleibt nichts übrig, als zu schweigen, bis das Taxi Halt macht und die Windjacken (es sind ihrer vier), ihn weiter eskortieren in eine Villa, eine stattliche Villa sogar mit dunkler Wendeltreppe. Es sieht ein bißchen anders aus als bei dem Straßenmädchen Hede und seinem Bräutigam. Und wenn dies nun sein erster Besuch bei der Wiener Unterwelt sein sollte, so trifft er sie in einer geräumigen Studentenbude voll altdeutscher Möbel, mit Degen an der Wand und einem äußerst dekorativen Totenschädel auf dem Schreibtisch.

Die eine Windjacke (klein, mit Zwinkeräuglein und

merkwürdig dicken Ohrläppchen) wendet sich an ihn: – Ihr Paß!

– Wozu?

– Der Mann fragt mir zu viel, sagt die zweite Windjacke (schlank, blond, Schmiß über der Wange, feuchte, halboffene Knabenlippen).

Worauf die dritte, der Bengel, der ihn auf dem Bahnhof nach dem Losungswort gefragt hat, sich einmischt: So macht doch jetzt nicht gar so viel Geschichten. Er soll die Sache hergeben und damit Schluß. Alles Übrige wird sich dann zeigen.

Wie Ufermann das Päckchen aus dem Koffer nimmt, wird es ihm auch schon aus der Hand gerissen. Er kann beruhigt sein, Dynamit ist nicht darin, so greift man nicht nach Explosionsstoffen. Die drei Windjacken verschwinden schleunigst damit, während die vierte, ein stämmiger Kerl mit Knollennase, bei ihm zurückbleibt, allem Anschein nach, um ihn zu bewachen. Das Ganze ist ja lächerlich. Ufermann fühlt sich, wie eben ein Erwachsener sich fühlen muß, den man plötzlich in einen Matrosenanzug steckt und auch noch zwingt, mit unreifen Knaben Indianer zu spielen. Was immer in dem Päckchen sein mag, sie hätten es auf dem Bahnhof ganz einfach übernehmen können und ihn in Frieden lassen. Je länger er sich in der Studentenbude umsieht, desto weniger glaubt er daran, mit jener Unterwelt, die er ja nur durch Bücher, Zeitungen und Literaten kennt, in Verbindung gekommen zu sein. Die jungen Herren, die hier wohnen, gehören einer wohlhabenden und bürgerlichen Atmosphäre an. Wenig Geschmack und eine etwas veraltete Romantik, vor allem reizt ihn das Mädchenbild, das zwischen düsteren Öllandschaften vor ihm an der Wand hängt. Ein süßliches Pastell, selbst die langen blonden Zöpfe wirken wie mit Staubzucker bestreut. Wenn die Burschen zurückkommen (wo bleiben sie nur?), so wird, er ihnen ganz energisch erklären, daß er mit sich nicht länger kommandieren läßt –

Aber sie denken gar nicht daran, nun noch länger zu kommandieren. Sie erscheinen wieder, völlig verändert, mit hochroten Backen, kurzem Atem und beinahe schon hektisch vergnügt, so wie Spieler, die eben erst ein großes Spiel gewonnen haben. Sie klopfen ihm vertraulich auf die Schulter, sie holen Bier und Schnaps, sie sind betrunken, noch ehe sie ein Glas zum Munde führen, sie nennen ihn auf einmal Kamerad und stellen sich sogar mit Namen vor. – Wehrzahl, sagt der Kleine mit den Ohrläppchen. – Wehrzahl, wiederholt der Schlanke mit dem Schmiß über der Wange. Und der Dritte sagt: – Ich bin der Rudi. Der Rudi Rameseder. Prosit von Schmitz! Das haben Sie fein gemacht. Nur der Vierte scheint bös und ungeduldig. Er will etwas erfahren, was die anderen ihm allem Anschein nach nicht sagen wollen.

– So schweig doch schon. Gib Ruh. Mach dich nicht wichtig, Kinder, ich sag euch –

Es ist gar nicht so leicht, zu Wort zu kommen. Aber Ufermann versucht sich aufzuraffen, obwohl er plötzlich furchtbar müde ist.

– Darf ich Sie bitten, mir ein Auto zu bestellen? Und wo ist hier das nächste Hotel?

– Das nächste Hotel? Sie können doch nicht ins Hotel.

– Ja, was denn sonst?

– Ihr Zug geht morgen zeitig in der Früh.

– Mein Zug? (Da fängt das Kommandieren also nochmals an.) Ich denke nicht daran zurückzufahren.

– Sie wollen bleiben? Hier in Wien? Das gibts ja gar nicht. Man hat uns nichts davon gesagt. Im Gegenteil. Soll das ein neuer Auftrag sein? Sie müssen fort, zurück, so rasch als möglich. Am besten, daß Sie hier gar nicht gemeldet werden.

Ufermann betrachtet die aufgeregten Knaben. Sollten die jetzt auch beginnen, sein Schicksal in die Hand zu nehmen und für ihn seine Entschlüsse zu fassen? Das fehlte noch. Er steht auf und sagt in demselben Ton, in dem er als Chef des Bankhauses zu seinem Personal zu sprechen gewohnt war: – Ich bleibe jedenfalls, so lange es mir paßt.

– Aber bester Herr von Schmitz –

Die beiden Wehrzahls sind bestürzt und der Bursche mit der Knollennase stellt sich mit breiten Achseln vor die Tür. Nur der Rudi, der Rudi Rameseder, wie er sich genannt hat, schenkt sich seelenruhig ein Glas Bier ein.

– So laßt ihn doch, wenn er bleiben will.

– Aber Rudi –

– Er möcht sich halt auch einmal Wien anschauen. Nicht wahr, Herr von Schmitz. Eine schöne Stadt. Und die Mäderln. Schon hier gewesen?

– Nein.

– Also, da habt ihrs. Und er muß gar nicht ins Hotel. Bei uns zuhaus ist das Kabinett frei geworden. Die Mama hat den Mieter gerad rausgeschmissen. Die ist nur froh, wenn ein neuer kommt.

– Und dein Papa?

– Der kümmert sich doch nicht um so was. Und außerdem kenn ich den Herren von der Universität. Ist eben ein älterer Studienkollege. Wenn einer beim Hofrat Rameseder angemeldet wird, so fragt die Polizei auch weiter gar nicht nach. Prost, Herr von Schmitz! Auf gute Nachbarschaft!

Und der Bengel hebt sein Glas. Ist das jetzt nur eine Täuschung oder blinzelt er wirklich den anderen zu mit seinen halb verschleierten dunklen Augen?

***

Es ist schon halb zehn und der junge Herr ist noch immer nicht aufgestanden. Zum dritten Mal muß die Monika bei ihm anklopfen, die Frau Hofrat sagt, sonst kriegt er kein Frühstück mehr. Die Frau Hofrat ist sehr nervös, sie hat selbst ein Staubtuch genommen, weil sie meint, daß die Monika ja doch mit gar nichts fertig wird, und jetzt staubt sie zum dritten Mal die Kredenz im Speiszimmer ab. Der Bub macht ihr Sorgen. Da ist er wieder um halb vier nachhaus gekommen. Nur ein Glück, daß der Papa nichts gehört hat. Und dabei hat er die Tür auch noch zugeworfen. Ist also in einem netten Zustand gewesen. Und schlaft jetzt hinein in den hellichten Tag –

– Moni, räumen Sie den Kaffee schon weg. Und machen Sie die Fenster auf. Wir werden nicht warten –

– Aber Mama, was hast du denn, was schreist du denn so?

Und da steht der Lausbub im Schlafrock vom Papa, im Hofrat Rameseder seinen Schlafrock, und ist grün und gelb mit Ringen unter den Augen.

– Schön schaust du aus. Und dein Kaffee ist kalt. Geschieht dir recht. Und rauch nicht schon in aller Herrgottsfrüh. Verstinkst mir ja die ganze Wohnung.

– Geh Mama, schimpf nicht so viel.

– Ich bin so schon der reine Dienstbot für euch. (Und die Frau Hofrat staubt wütend weiter ab, so eine geschnitzte Kredenz, das ist kein Spaß.) Die Bedienerin kann ich auch nicht mehr halten, solang ich keinen neuen Mieter hab. Und wir kriegen keinen Mieter mehr. Heutzutage, wo jeder sein bestes Zimmer abgibt und noch dazu für gar kein Geld.

Sie wirft das Staubtuch von sich und setzt sich vor ihren Herrn Sohn, der sich eben eine Buttersemmel streicht.

– Weißt du, Mama, ich hab da einen Studienkollegen aus dem volkswirtschaftlichen Seminar, einen Deutschen, scheint ein besserer Mensch zu sein, so von Familie, der sucht ein Zimmer.

– Einen Deutschen? Wo ich doch keine Ausländer will. Wer wird das schon sein. Sicher einer von deinen Freunderln.

– Du mußt ihn nicht nehmen. Ich hab ihn herbestellt für halb zehn, bin deshalb auch so spät aufgestanden, aber meinethalben, mir ist es gleich, die Moni soll ihm sagen, daß das Kabinett schon vermietet ist.

Es läutet. Die Frau Hofrat steht auf. Der Rudi gähnt. – Na, schick doch die Moni. Das ist er bestimmt.

Aber die Frau Hofrat rührt sich nicht und gleich darauf steht Herr Edwin von Schmitz im Zimmer.

– Servus Schmitz. Mama, gestatte, daß ich vorstelle: Herr von Schmitz – meine Mutter.

Die Frau Hofrat kneift die Lippen zusammen: – Sehr angenehm. Sie suchen also ein Zimmer. Wenn Sie mit unserem Kabinett vorliebnehmen wollen. Wir brauchen es nämlich für uns selbst überhaupt nicht. (Das ist ein netter, ein beinahe eleganter Mensch, der soll nur nicht glauben, daß die Rameseders vermieten müssen.)

– Wie bitte? Ihr Kabinett?
– Der Herr ist Deutscher, Mama. Du mußt so sprechen, daß er dich versteht. Ein Kabinett, das ist bei uns in Wien ein kleines Zimmer.
Daß der Lausbub sie jetzt auch noch erziehen muß. Vor einem Fremden. Er kann sich freuen. Ein Ton ist das, zu einer Mutter. Aber sie lächelt einstweilen süßlich.
– Wenn Sie das Kabinett zu sehen wünschen?
Es geht auf einen winzigen Hof hinaus, dieses Kabinett, und unten steht ein Baum mit abgehackten Ästen.
– Im Frühling ist hier Morgensonne. Es schaut noch gräßlich aus nach dem letzten Mieter, das war nämlich ein unmöglicher Mensch. Und was ich sagen wollte: Damenbesuch ist natürlich verboten. Sie bekommen auch noch Vorhänge. Die sind in der Wäsche. Leider hab ich jetzt nur ein Blechlavoir, das große aus Porzellan hat mir der Mieter zerschlagen. Ein Badezimmer haben wir auch, aber da muß ich erst mit meinem Mann sprechen.
Die Frau Hofrat stockt, der Atem geht ihr aus. Man ist schließlich nicht dazu erzogen worden, wildfremden Mannsbildern Zimmer zu vermieten. Als geborene Generalstochter. Das Kabinett ist auch nicht eben vornehm, die Tapete grau verschossen mit einem Loch neben dem Bett und der Eingang bei der Küche. Sicher ist es dem Menschen da nicht gut genug, er starrt sie an, das kennt man schon, ach Gott, ach Gott, es wird schon wieder nichts daraus –
– Wie ist der Preis?
– Siebzig Schilling.
– Ich nehme das Zimmer.
Der ist ja nobel, der handelt gar nicht, der ist also wirklich was Besseres.

- Und ein Frühstück können Sie auch bekommen, das heißt, wenn Sie nicht zu spät aufstehen, und ein Telefon haben wir auch, das heißt, natürlich, Sie verstehen, so wie die Zeiten heute sind –

Warum spricht diese Person so viel? Sie ist groß und ausgetrocknet, trägt ein altes Wollkleid wie eine Gouvernante, ihr Atem funktioniert nicht richtig, stockt plötzlich mitten im Satz wie ein falscher Beistrich.

– Wann darf ich einziehen?

– Wann Sie wollen. Wir müssen nur erst gründlich machen. Monika, telefonieren Sie gleich um den Staubsauger. Und du, Rudi, zieh dich schon endlich an, eine Schande, wie du herumstehst, wann willst du auf die Universität?

– Auf Wiedersehen, gnädige Frau.

– Auf Wiedersehen, Herr von Schmitz. In ein paar Stunden ist Ihr Zimmer fertig. Das heißt, Sie dürfen mir nicht böse sein, es ist nur, so wie die Zeiten heute eben sind – eine kleine Angabe –

Das ist ja ein Narr, der legt die siebzig Schilling gleich auf den Tisch. Sollte er wirklich was Besseres sein? Oder vielleicht gar ein Hochstapler? Aber warum denn immer gleich was Schlechtes denken.

***

Wie Ufermann zur Tür hinaus will, steht dort breithüftig und mit einem sanften kuhwarmen Geruch behaftet das freundliche Mädchen, das ihn in die Wohnung gelassen hat. Um ihren Kopf wirbeln rötliche Negerlöckchen und sie lächelt ihm zu mit spitzen weißen Zähnen: – Kommens nur bald. Ich werd schon Ordnung machen.

Da hat er also ein Zimmer, ein eigenes Zimmer, ein Kabinett, wie es hier heißt, schön ist es nicht, aber immerhin, man kann sich verkriechen wie in einem schützenden Loch, für sich allein sein, sich besinnen und mit der Zeit sogar Entschlüsse fassen. Beim Hofrat Rameseder, da fragt die Polizei nicht weiter nach. Und das bedeutet viel für einen Herrn von Schmitz, von Ufermann. Er wohnt als gewöhnlicher Untermieter bei einer allem Anschein nach ganz gewöhnlichen Beamtenfamilie, die Frau Hofrat sieht nicht aus, als gehörte sie einer geheimnisvollen Verschwörung an, wenn auch ihr junger Herr Sohn gerne noch Räuber und Soldaten spielt. Sie wirkt so nüchtern und so beruhigend wie der platte Alltag in höchsteigener Person.

Eigentlich hat sich alles ganz großartig gelöst. Die Reise, die Grenze, der schmutzige Bahnhof, die alberne Komödie mit den Windjacken, das Übernachten in der romantischen Studentenbude nach ein paar Gläsern Bier und Schnaps (vielleicht sogar recht vielen Gläsern), die Autofahrt zum Hause Rameseder, beinahe noch im Schlaf mit dumpfem Kopf und schweren Gliedern – es lohnt nicht drüber nachzudenken. Man denkt auch über wirre Träume am besten gar nicht weiter nach. Die Sonne scheint und über engen und eckigen Gäßchen schwebt ein sehr zarter verhangener Himmel.

Ufermann geht langsam durch diese Gäßchen. Er hat ja Zeit, ganz unbeschränkt viel Zeit. So betrachtet er ein schmales Schaufenster voll Flanellpyjamas „zu erstaunlich billigen Preisen". Der uralte Bäckerladen daneben scheint aus einem Bilderbuch zu stammen. Niemand eilt hier. Gehen denn alle die Leute spazieren? Sind sie alle Müßiggänger oder Arbeitslose oder können sie es sich gestatten, den hellen Morgen heute friedlich und beschaulich zu genießen? Ufermann glaubt wieder einen Augenblick lang, den fernen Duft von Mimosen und Mandelblüten zu verspüren, er lächelt und hätte im Vorbeigehen am liebsten in einen Korb voll überreifer dunkler Zwetschgen gegriffen. Eine milde, ein ganz klein wenig drückende Luft legt sich ihm wie ein Band um die Stirn: nur ruhig, nur ruhig, hier kannst du dich ganz einfach gehen lassen, treiben lassen über das holperige Pflaster vorbei an der merkwürdig hohen feierlichen Kirche, die so für sich allein zwischen den engen Mauern steckt, als weiteten sich hinter ihr alle die himmlischen Sphären katholischer Mystik. Und dann kommt wieder das Schaufenster mit den Flanellpyjamas „zu erstaunlich billigen Preisen". Und der Bäckerladen – Ufermann stutzt. Er geht im Kreis herum, er hat die Richtung verloren, jede Richtung, aber was schadet das, er ist gesichert und er ist geschützt in dieser fremden, winkeligen warmen kleinen Stadt, dieser Vorstadt eines Begriffes, dem Glanz und Zauber längst vergangener Epochen angehören. Er geht eben durch eine Vorstadt von Wien.

Bis er plötzlich das Klingeln der Straßenbahn hört und nun in einer Richtung die lärmende Straße hinabgeht, dem lustigen roten Klingelwagen nach, der ganz von weitem und doch unwahrscheinlich nah schwebt, einer Fata Morgana gleich, die er sich selbst nicht glauben will. In blauen Dunstschleiern der Stefansturm. Seine Schritte sind leicht, er fühlt sich, ohne nachzudenken, der Stadt entgegen gezogen, er öffnet den Ulster, er ist kein Spaziergänger mehr, aber auch kein Tourist, sondern ein Wanderer, ein Wanderer auf Gottes Erdboden. Das gelbe Herbstlaub schimmert in den Parks, auf weiten Plätzen spielen vereinzelte Kinder, jedes der majestätischen Gebäude erscheint ihm heute wie ein Schloß für sich, ein Märchenschloß, gewachsen aus jahrhundertaltem Grund, ohne Zweck und ohne Zweckmäßigkeit, komm her und sieh mich an, bin ich nicht schön in der Septembersonne. Hier braucht der Wanderer kein Ziel, hier ist es keine Schande, sich einfach auf die nächste Bank zu setzen und nichts zu tun als zu atmen, wie eben Bäume atmen oder Blumenbeete. Man kann auch durch die vornehmen Straßen gehen, vorbei an Herren mit Spazierstöcken, und vor den Schaufenstern verweilen, wo kostbare Waren nur so hingestreut liegen. Selbst die Automobile scheinen keine Hast zu haben, sie dürfen eben auch hier fahren, obwohl die Straßen nicht für sie gebaut wurden, an einer Ecke stehen breite Frauen mit breiten Körben voll feuchter Walnüsse um die Hüften gebunden. So selbstbewußt und selbstverständlich ist die Stadt, daß man in ihr verschwinden kann wie ein Tropfen im Meer, dazugehörig und doch fremd und einsam. Hier kümmert sich kein Mensch um einen Herrn von Ufermann, dessen verfluchte Pflicht und Schuldigkeit es ist, verschwunden von der Welt und tot zu sein, nicht einmal ein armselig Knochenhäuflein mehr, hier fragt kein Mensch, was er denn eigentlich vor diesem herrlichen Barockportal zu suchen hat, er darf es, wenn er will, auch stundenlang betrachten. Denn diese Stadt hat keine Gegenwart, sie zählt die Tage nicht nach dem Kalender, sie ist so faul, daß sie im hellen Mittagslicht verschlafen wirkt, die laue Luft betäubt, der Föhn, der aus dem Süden kommt, aus jenem Süden, wo Palmen und Kakteen leben dürfen, auch wenn man sie zu gar nichts brauchen kann.

Da ist es nicht verwunderlich, wenn auch ein armer

Ausgestoßener, den niemand braucht und niemand haben will, in dieser Luft sich heimisch fühlt. Was schadet es, daß man hier überflüssig ist, es gibt ja so viel Überflüssiges. Die matten Ledertaschen zum Beispiel, hinter dem Schaufenster dort, jede einzelne ein Kunstwerk für sich, wie geschaffen, um gestreichelt zu werden. Wenn er nachhause fährt (nachhause, das heißt zurück, zu Irmgard zurück), wird er solch eine Tasche für sie kaufen. Die graue oder nein, die schwarze? Doch das hat Zeit. Er schlendert weiter und möchte trotzdem gerne etwas kaufen, heute, sofort, irgendetwas, obwohl es gänzlich überflüssig ist, er braucht ja nichts im Augenblick. Nun, vielleicht eben deshalb. Wie wäre es mit einer Krawatte?

In dem stillen kleinen Laden steht eine blasse Verkäuferin. – Darf es was wirklich Gutes sein? Vielleicht von diesen hier? Die sind so elegant und schauen trotzdem gar nicht aus wie neu.

Ufermann greift nach einer der weichen Krawatten und betrachtet dabei die Verkäuferin. Auch sie sieht gar nicht aus wie neu, über ihren Augen liegt eine sanfte und traurige Patina. Und sie lächelt ihm zu, diesem fremden Herrn und Kunden, als wäre er zu Gast an ihrem Tisch. Ihre Stimme klingt etwas heiser und sie hustet wohl in der Nacht. So kauft er eine völlig überflüssige und unwahrscheinlich teure Krawatte.

Ganz glücklich ist er mit der Krawatte. Die Sonne scheint, er darf spazieren gehen, so viel er will, wohin er will. Wer sollte ihn auch daran hindern? Er folgt den Straßen, die ihn immer weiterziehen, gerät in einen kellerkühlen Durchgang zwischen zwei halb verfallenen Häusern, da legt sich eine Hand auf seinen Arm. Eine Knochenhand.

– Ein armer Ausgesteuerter –
– Wie bitte?
– Ein armer Ausgesteuerter ersucht den Herrn um eine milde Gabe.

Ufermann weiß nicht, was ein Ausgesteuerter ist. Aber vor ihm steht ein Verhungernder mit gierigem Blick. Und während er nach seiner Geldtasche sucht, hört er noch: – Drei Jahre arbeitslos ... drei Jahre ...

Hinter ihnen wird ein Fenster aufgerissen und eine Frauenstimme kreischt: Soll ich den Wachmann holen? Das Betteln ist hier streng verboten!

Ufermann hat nicht Zeit, dem Mann neben sich auch nur eine Münze in die Hand zu drücken, eine kleine Münze, denn dieser ist im selben Augenblick verschwunden. Ach, er hätte dem Überflüssigen ja ohnehin nur einen ganz geringfügigen Bruchteil jener Summe gegeben, die eine überflüssige Krawatte ihn eben erst gekostet hat. Betteln verboten! Sollte es auch verboten sein, den Bettelnden Almosen zuzustecken? Merkwürdig, was heutzutage den Menschen alles verboten werden kann.

Und obwohl ihm niemand verbietet, jetzt auch noch weiter spazieren zu gehen, hat er die Lust dazu verloren. Er sucht die nächste Papierhandlung, um sich gleich einen Stadtplan zu kaufen. Man muß doch wissen, wo man ist, wohin man will, und so den Weg nachhause finden, nachhause in das Kabinett. Wie sagte doch das freundliche Mädchen: Ich werd schon Ordnung machen.

***

Wie die Mutz von der Schule nachhause kommt, ist das Essen noch immer nicht fertig und der Papa ist auch noch nicht da, was nur ein Glück ist, denn die Monika hat dick verschwollene Augen und im Vorzimmer schaut es aus, daß es einem den Magen umdreht, alle Türen stehen offen, überall zieht es, und den Javornik hat man auch schon wieder geholt, weil ein Kontakt kaputt ist und die Wasserleitung verstopft.

– Mein Gott, Mama, was ist denn los? Seid ihr ganz verrückt?

– Red nicht so frech, sondern mach dich lieber nützlich. Ein neuer Mieter zieht ein.

– Ein neuer Mieter? Wo habt ihr denn den her?

– Gib deine Bücher weg und geh den Tisch decken. Und vergiß nicht, vorher die Hände zu waschen.

– Wer ist denn dieser neue Mieter?

– Ein feiner Herr.

– Ein feiner Herr in unser Kabinett?

– Schweig, du verstehst gar nichts. Kannst immer nur in alles dreinreden, aber deiner Mutter helfen kannst du nicht. Moni! Moni! Wo steckt das Frauenzimmer? Natürlich wieder bei ihrem Javornik. Der Kerl kommt mir auch nicht mehr ins Haus, ich habs schon hundertmal gesagt, kaum ist was repariert, so ist es auch schon wieder kaputt.

– Ich möcht aber doch erst wissen, wer der neue Mieter ist. Du hast doch auch schon hundertmal gesagt, daß du von der Straße weg keinen mehr nimmst, da muß einer bestens empfohlen sein.

– Moni, Moni, der Javornik soll nicht vergessen, vom Hofrat seinen Schreibtisch die Füße nachzuschauen. Und er soll mir nicht weggehen, bevor –

Nein, mit der Mama ist nicht zu reden, die hört nicht oder will nicht hören, da steckt was dahinter. Die Mutz wird aber trotzdem erfahren, wer dieser neue feine Mieter ist. Sie schlüpft zu Monika in die Küche, wo es nach angebrannten Zwiebeln riecht und man vor lauter Dampf fast gar nichts sehen kann.

– Sagen Sie einmal, Moni, warum macht die Mama denn gar so ein Getu mit diesem neuen Mieter? Wie schaut der aus?

– Das ist ein schöner Herr, Fräulein Mutz, das ist sogar ein feiner Herr, aber die Mama, der kann man ja gar nicht geschwind genug sein, nichts ist ihr recht, und ich hab ohnehin die Suppe aufgestellt –

– Weinen Sie nicht, das hat doch keinen Sinn. Sagen Sie lieber, wo kommt der Mensch denn her?

– Das ist ein Ausländer, mir scheint, ein Deutscher. Und der Herr Rudi kennt ihn.

– Was, der Rudi?

Und die Mutz läuft in ihr Zimmer, wo es noch aussieht, als wäre sie eben erst heraus aus dem Bett. Eine schöne Wirtschaft! Da bringt der Rudi seine Herren Kumpane jetzt auch schon zum Wohnen ins Haus. Alles nur, weil er der Mama ihr Herzpinkerl ist. Während sie, die Mutz, ihre Freunde nicht einmal mehr am Sonntagnachmittag bei sich haben darf. Bleib uns vom Leib mit deinen Proleten, heißt es dann gleich. Aber der Rudi, der hat den feinen Umgang.

Herr des Himmels, daß nicht einmal der Papa etwas merkt. Von der Mama ist es ja nicht zu verlangen, die weiß so gut wie nichts von dieser Welt, aber der Papa, der liest doch wenigstens die Zeitung, fällt ihm nicht auf, was heutzutage alles passiert und was das für Visagen sind, die seinen Sohn besuchen kommen? Das wird ein feiner Mieter sein, ein sehr ein feiner Mieter. Dem zulieb wird heute schon die ganze Wohnung umgekrempelt, das Kabinett allein ist wohl nicht gut genug für ihn und er gehört bald zur Familie. Nur ein Glück, daß es in dieser Familie noch jemand gibt, der seine Augen im Kopf hat –

– Mutz, Mutz, der Tisch ist ja noch immer nicht gedeckt.

– Ich muß mir erst die Hände waschen.

Aber das geht nicht so leicht, es ist natürlich kein Wasser im Krug und die Wasserleitung ist immer noch verstopft, der Javornik sagt, er kann nicht alles auf einmal machen und er hat nicht mehr als zwei Hände, und die Mama sagt, sie braucht seine zwei Hände nicht, sie hat ihn nur aus Güte holen lassen, damit er was zu tun bekommt und weil er doch ein Arbeitsloser ist, und mitten in dem ganzen Wirbel steht plötzlich ein fremder Mensch und schaut um sich, als wär er eben vom Mond heruntergefallen.

Du lieber Gott, das wird doch nicht der neue Mieter sein!

***

Der neue Mieter ist ein merkwürdiger Mann. Immer höflich, immer zurückhaltend, kaum, daß man ihn in der Wohnung merkt, nicht einmal mit dem Sohn des Hauses spricht er zehn Worte. Er schließt sich ein in sein Kabinett. Gleich einer Höhle ist dieses Kabinett, die Sonne dringt nicht in den Hof, wo der einsame Baum mit seinen abgehakten Ästen wie ein hilfloser Krüppel steht. In der Küche nebenan klirren Teller, der Herd knistert oder das Fleisch wird geklopft, hin und wieder singt die Monika auch mit einer hohen, ein wenig zerbrochenen Stimme ein Lied von einem himmelblauen See. Oder aber man hört die Frau Hofrat zanken, weil etwas nicht stimmt mit der Kohlenrechnung, weil der Herr keine gestopften Socken hat, weil das Kraut nicht frisch ist und die Wasserleitung natürlich schon wieder verstopft, das kommt davon, wenn man den Javornik holt –

Alle diese Worte und Geräusche eines banalen Alltags wirken betäubend. Ufermann streckt sich aus auf seinem Bett und schließt die Augen. So könnte auch ein Toter liegen. Obwohl man sich einen Toten in dieser hausbackenen Wirklichkeit kaum vorstellen könnte. Denn hier hat jede einzelne Zwiebel mehr Gewicht als der Glockenschlag der Ewigkeit und es gibt keine gefährlicheren Katastrophen, als daß die Suppe überkocht.

Hin und wieder wird plötzlich eine Tür laut zugeschlagen. Das ist dann die kleine Gymnasiastin mit den schlechten Manieren, die einem nicht einmal dankt, wenn man sie auf der Treppe grüßt. Und dabei kann es vorkommen, daß sie einen durch eine Türspalte beobachtet, während man den Mantel ablegt. Grüne Augen hat sie und Bewegungen wie ein ungebärdiger junger Hund. Auch pfeift sie gerne, schrill und ziemlich falsch. Ihr Bruder scheint ihr dies unlängst verwiesen zu haben, denn plötzlich schrie sie: – Du glaubst vielleicht, daß du mit mir jetzt auch schon kommandieren kannst.

Ufermann hat es genau gehört. „Auch schon …" Mit wem kommandiert der junge Herr Rameseder denn sonst? Seinem „Studienkollegen" Herrn von Schmitz pflegt er leutselig auf die Schulter zu klopfen, wenn er ihm in der Nähe des Hauses auf der Straße begegnet, und das geschieht verhältnismäßig oft. Noch häufiger trifft Ufermann den unsympathischen Burschen mit der Knollennase, der ihn bei den beiden Wehrzahls zu bewachen suchte. Der scheint eben in der Nähe zu wohnen. Auch sitzt er gerne in dem kleinen Café, wo Ufermann seine Mahlzeiten einzunehmen oder die Zeitungen zu lesen pflegt.

Dieses Café liegt gleich neben dem Laden mit den Flanellpyjamas „zu erstaunlich billigen Preisen". Es ist dunkel und still, der blaugrüne Samt der Sitze enthält den Rauch von unzähligen Nächten, nach denen niemals ausgelüftet wurde. Ach, es erinnert wenig an die berühmten Wiener Cafés, die man mit Irmgard zu besuchen pflegte, wo unter dem Strahlenglanz der Kronleuchter die halbe Stadt verabredet schien, Künstler, Gelehrte, hübsche Frauen, behäbige Genießer. Aber der Kellner hier empfängt den fremden Herren vom ersten Tag an wie einen lang erwarteten alten Bekannten. Er weiß vom ersten Tag an, was dieser Herr zu sich zu nehmen wünscht, man braucht bei ihm kaum etwas zu bestellen und er trägt eigentlich die Schuld daran, daß Ufermann die Zeitungen aus seiner Heimat liest. Was er im Grund genommen gar nicht will.

Denn was soll er mit diesen Zeitungen? Der Fall Ufermann ist längst erledigt, das Flugzeug abgestürzt, verbrannt, es ist inzwischen ganz was Ähnliches passiert, irgendwo in Rumänien oder sonst wo auf dem Balkan, wer fragt da viel danach. Die Firma ist gerettet, dank der Erbin, einer der reichsten Erbinnen der Welt, von dieser Erbin steht jetzt auch nichts mehr zu lesen. Ufermann durchblättert die Zeitungen eigentlich nur dem Kellner zu lieb. Ihm ist ja alles jetzt so fremd geworden, beinahe als lebte er wirklich nicht mehr. Die Börsenkurse gehen ihn nichts an. Politik und Umsturzgefahr? Nun, das heißt es schon immer. Und alles läuft doch weiter so wie sonst. Streiks, Straßenkämpfe und Verwilderung der Jugend, ein neuer grauenvoller Mordprozeß, wie oft hat er das alles schon gelesen. Es kümmert ihn nicht mehr, es geht ihn gar nichts an, gehört nicht mehr zu seiner Welt. Hat er denn überhaupt noch eine Welt? Ihm ist sehr oft, als schwebte er wieder in einer luftlosen Schachtel hinaus in einen dunklen und unendlichen Raum, ganz so wie damals in Lilos Atelier. Es gibt eben Menschen, denen kann nichts mehr geschehen, weil ihnen alles schon geschah, von Anfang an, vielleicht sogar bereits im Mutterleib. Und er gehört zu diesen Menschen, obwohl er diese Menschen gar nicht kennt. Aber er weiß plötzlich von ihnen, fühlt sich zu ihnen gehörig, es mögen ihrer wohl recht viele sein ...

– Herr Ober, können Sie mir sagen, was ist ein Ausgesteuerter?

– Ein Ausgesteuerter ist einer, der keine Arbeitslosenunterstützung mehr bekommt. Gibts das nicht auch bei Ihnen in Berlin?

– Woher wissen Sie eigentlich, daß ich aus Berlin bin?

– Na, so was hört man doch beim ersten Wort. Der Herr ist nur zur Tür hereingekommen, da hab ich schon gewußt, der braucht die deutschen Blätter. Und wie dann der Herr Kaiser hier war und nach einem Berliner gefragt hat –

– Der Herr Kaiser?

– Der Herr Ferdinand Kaiser, der Sohn vom alten Kaiser, Sie wissen doch, dem Gauner mit der Versicherung –

– Ich kenne keinen Herrn Kaiser.

– Aber er sitzt doch immer dort in der Ecke, der junge nämlich, mit der dicken Nase, grad daß er heut noch nicht gekommen ist –

Ufermann hat keine Lust, sich mit dem Kellner, (und wenn es auch ein netter Kellner ist) auf weitere Gespräche einzulassen. Er schiebt die Zeitungen von sich und zahlt und geht.

Sehr langsam geht er, so wie er es sich hier in letzter Zeit erst angewöhnt hat. Das ist beinah kein Gehen, das ist ein Schwimmen in der lauen Luft, die sich heute wieder um seine Stirn legt, wie ein Band. Die feierliche Kirche steckt hoch und schwarz zwischen den Mauern, der nächtliche Himmel senkt sich auf ihre Türme, es riecht nach Weihrauch, und im unsicheren Schein einer vereinzelten Laterne huscht eine Gestalt mit breiten Achseln vorbei. Also schon wieder Herr Ferdinand Kaiser? Nun ja, warum denn nicht.

✼✼✼

Ist das ein Pech! Kaum kriegt man einen neuen Mieter (ein netter Mensch, ein feiner Mensch, ein besserer Mensch), so legt er sich ins Bett und hat die Grippe. Die Frau Hofrat telefoniert mit der Baronin, mit ihrer Schwester, mit der Stefanie, ob sie ihr nicht den Fieberthermometer leihen kann, die Monika hat den letzten zerschlagen, wenn sie es auch nicht eingesteht, nachweisen kann man so etwas ja nie, und vielleicht auch noch ein bisschen Billrothbatist, man will den armen Kerl denn doch auch pflegen, und der Doktor hat gesagt, er soll sich Halsumschläge machen. Die Frau Hofrat hat ein bekannt gutes Herz und sie gibt auch was her vom Hofrat seinem Aspirin und sie schickt die Monika jede halbe Stunde zu dem Patienten hinein, ob er nicht einen Tee möchte oder eine Suppe, und sie würde auch selbst zu ihm gehen, so wie sie ist, sie fürchtet sich nicht, vor überhaupt keiner Ansteckung, sie muß nur vorsichtig sein wegen ihrem Mann, bei dem ist das kein Spaß, der kriegt ohnehin jeden Herbst um die Zeit seine Bronchitis. Nein, nein, die Stefanie braucht keine Angst zu haben, das Kabinett ist doch ganz isoliert und alles Geschirr wird extra gewaschen.

– Na ja, aber weißt du, Stefanie, du mußt halt doch sehr achtgeben auf die Kinder.

– Was gibts da achtzugeben? Die Mutz lauft auch sonst nicht zu unseren Mietern ins Zimmer. Und der Rudi kennt den Herrn ja kaum.

– Wieso, er kennt ihn kaum. Ich hab gedacht, er weiß genau, wer das ist.

– Natürlich weiß er das. Kann ich den Fieberthermometer haben?

– Meinethalben. Und schaut nur, daß ihr alle gurgelt. Mit Wasserstoffsuperoxyd und mit Kamillentee. Und was wird jetzt aus unserer Bridgepartie? Die Exzellenz, die geht dir in kein Haus, wo Grippe ist. Ach Gott, ach Gott, ich hab es gleich gesagt, mit dem neuen Mieter, da stimmt etwas nicht.

– Aber Stefanie, es wird doch einer noch die Grippe kriegen dürfen.

– Und daß es noch dazu ein Preuß sein muß. Da hätt ich eher den bulgarischen Sänger genommen, der war doch einigermaßen rekommandiert. Aber da hat es nur geheißen: wir wollen keinen Balkanesen. Als ob ein Preuß nicht noch viel ärger wär. Ich hab dir gleich gesagt –

– Aber Stefanie, du hast den Menschen ja noch nicht einmal gesehen.

– Will ich auch gar nicht. Mir ists genug, daß er ein

Preuß ist. Erinnerst dich nicht, was unser seliger Papa immer über die Preußen gesagt hat? Er war einmal drei Tage in Berlin. Und du nimmst dir so einen gleich ins Haus. Und noch dazu, wo der Rudi ihn bringt. Ich hab dir gleich gesagt, da stimmt was nicht und du sollst aufpassen. Die Lausbuben treibens jetzt doch alle mit der Politik –

Knax, die Frau Hofrat hat den Hörer aufgelegt. Gott weiß, wer bei so einem Telefon heutzutag alles zuhört. Diese Stefanie kann ja lebensgefährlich werden mit ihrem Gerede. Und immer hackt sie auf den Rudi los. Und immer weiß sie alles besser. Weil sie sich einmal mit vieler Müh und Not einen leibhaftigen Baron eingefangen hat. Und weil sie selbst noch nicht vermieten muß. Bis jetzt.

***

Nein, liebe Monika, ich brauche gar nichts mehr und besten Dank.

Hört sie denn nicht? Er hat es doch ganz laut gesagt. Da steht sie vor ihm, breithüftig und schwer, während alle Gegenstände des Zimmers im Halbdunkel verschwimmen. Die Negerlöckchen kräuseln sich wirr um den Kopf, eine Sklavin ist sie, die nach seinen Wünschen fragt, immer wieder nach seinen Wünschen fragt, eine Eingeborene im fremden Land. Warum hält sie nicht auch Wache an der Tür? Es kommen immer so viel Leute. Ferdinand Kaiser mit den breiten Achseln lehnt an dem Fenster. Oder die beiden Wehrzahl schlüpfen vorbei. Und der freche Bengel, dieser Rudi greift hinein in die Schreibtischlade. Daß man doch keine Ruhe haben kann. Nie richtig für sich allein sein. Und dann das ewige Klavier. Wer spielt da oben? Wien, Wien, nur du allein. Ist es das Fräulein, daß das Hühnerflügelchen nicht nehmen wollte? Sollst die Stadt meiner Träume sein. Ach Fräulein, hören Sie denn nicht bald auf? Die Stadt meiner Träume. Meiner Träume. Nur du allein. Und nun fängt sie schon wieder an. Die Töne rollen von der Decke herab, kleine zitternde schwarze Töne, werden zu Augen, um Gotteswillen, meine Herren Töne, was wollen Sie von mir, weshalb beobachten Sie mich. Nur du allein. Die Stadt meiner Träume. Es gibt auch grüne Töne, die lugen durch die Türspalte, daß man sich gar nicht rühren kann, der Schweiß klebt einen fest hier an das Bett. Was wollt ihr denn von mir? Ich habe nichts getan, ich habe nichts verbrochen. Die Firma wäre ohne mich bestimmt auch vor die Hunde gegangen. Es ist nicht meine Schuld, daß das Flugzeug abstürzen mußte, ich hab kein Dynamit hineingeschmuggelt in einem weißen Päckchen. Es ist nicht meine Schuld, daß mir die Brieftasche gestohlen wurde. Irmgard soll nicht so kleinlich sein. Sie hat ja so viel Geld, so wahnsinnig viel Geld. Was braucht sie da noch meine Brieftasche. Es ist nicht meine Schuld, daß ich noch lebe. Warum verjagt ihr mich?

Durch den schwarzen Dschungel geometrisch abgesteckter Straßen geht ein Fremder. Das bin nicht ich, das kann ich gar nicht sein. Das ist ein Flüchtiger, ein Vogelfreier, der eine Klosterpforte für sich sucht. Es gab in mittelalterlichen und grausamen Zeiten denn doch für jeden auch noch ein Asyl. Aber die hohe, feierliche Kirche, die halb erstickt zwischen zu engen Mauern steckt, ist abgesperrt. Es nützt nichts, an ihr Tor zu pochen. Eintritt verboten! Wo soll man da denn hin? Leben verboten!

Fort mit dir, weg, du Ungebetener, vergeh, verschwinde! Willst du hier um ein Obdach betteln? Betteln verboten!

Aber das gibts doch nicht, das kann doch gar nicht möglich sein. Der Fremde sieht erstaunt um sich. Nur ein paar Straßen weiter klingelt jetzt eine Straßenbahn. Er lebt ja nicht im Mittelalter, er lebt, sonst stünde er nicht hier auf diesem Platz, er lebt, wer sollte ihm das Leben auch verbieten, in einer freien, einer aufgeklärten Zeit. Und wenn es Leute gibt, die fest entschlossen sind, ihn in den Tod hinein zu treiben, so sind das Mörder. Vor Mördern schützt der Staat, die Polizei. Hallo, ich lebe! Herr Schutzmann, merken Sie das nicht. Man will mich nirgends leben lassen. Man will mich forthaben aus dieser Welt. Herr Schutzmann! Ja, wer sind Sie denn? ... Das ist der Ferdinand Kaiser, der da in einer Uniform und nicht mehr bloß in einer Windjacke neben der vereinzelten Laterne steht. Und der Ferdinand Kaiser schreit: Habtacht! Und stillgestanden! Er kommandiert ganz einfach mit dem Fremden, er pfeift und um die Ecke biegt jetzt eine Horde Burschen in Uniformen, allen voran der Rudi Rameseder, die stürzen sich mit Gummiknüppeln auf den Fremden –

Nein, nein, das alles kann nicht wirklich sein. Wirklich ist nur der Stuhl neben dem Bett, der Tisch, die Tasse Tee, so unerreichbar fern, der Durst, der Schweiß, der Schatten an der Wand. Wirklich ist dieses kümmerliche Kabinett, in das er sich verkrochen hat, um endlich einmal seinen eigenen Entschluß zu fassen. Wirklich ist auch der Name Rameseder an der Wohnungstür. Doch dieser Wirklichkeit muß er ein Ende machen. Er fährt nachhause, er fährt zurück, er fährt ganz einfach nach Berlin, und zwar schon mit dem nächsten Zug. Tag, Irmgard, da bin ich, hast du mich verstanden. Das Ganze war ein Irrtum, den ich dir erklären werde. Hast du dir einen schwarzen Pelz gekauft? Ja, schämst du dich denn nicht? Mit meinem Geld. Das heißt, das Geld gehört nicht mir, weil ich nicht tot bin. Es ist der Preis, den man dir für mein Leben zahlt. Kann man ein Leben denn mit Geld bezahlen, mit Dollar, mit Valuta? Da stimmt was nicht, das alles muß man rasch in Ordnung bringen, ich werde selbst mit der Versicherungsgesellschaft sprechen, noch ist es Zeit, jedoch wer weiß, wie lange, ich darf um Gotteswillen nichts versäumen, nein, nein, ich muß nachhaus, ich darf es nicht versäumen –

***

Die Monika trifft beinahe der Schlag, wie sie den Doktor in das Kabinett führt und der Herr steht vor dem Spiegel und fährt eben in seine Hosen hinein. Er muß nachhaus, sagt er. Jessas nein, der und nachhaus. Schaut aus wie ein Gespenst. Und der Doktor redet auch mit ihm wie mit einem Narren, und er soll ihm doch die Adresse geben und er wird schreiben oder telegrafieren, und ob er denn gar so ein Heimweh hat und in zwei Wochen ist er ganz gesund. Der Herr aber sagt, in zwei Wochen ist es vielleicht zu spät und er darf es eben nicht versäumen. Was denn versäumen? Nicht versäumen. Du lieber Himmelsvater, der arme Teufel weiß ja nimmer, was er spricht. Aber der Doktor, der kennt sich aus mit solche Leut, gibt ihm ein Pulver und hilft ihm wieder ausziehen und dann geht die Fieberei von neuem an. Und die Monika räumt alle seine Kleider in die Kommode, dort wird er sie nicht finden, den Kasten abzusperren traut sie sich nicht und sie darf doch auch nichts ins Vorzimmer bringen, sonst könnt die Herrschaft sich infixieren.

Am Abend erzählt sie der Mutz dann von dem Anfall. Der Doktor hat nämlich gesagt, so was ist ein Anfall und man muß aufpassen. Die Mutz sitzt auf der Kohlenkiste und baumelt mit den Beinen, während die Moni die Salzkartoffeln schält.

– Und was hat er denn gesagt, bei diesem Anfall?

– Gesagt hat er nichts, er hat nur immer so geredet, daß ers halt nicht versäumen darf.

– Was, er darfs nicht versäumen?

– Er darfs nicht versäumen und er muß nachhaus.

– Moni, wenn einer so redet, so im Fieber, da redet er doch mehr. Da hat er sicher auch gesagt, was er nicht versäumen darf.

– O je, o je, es ist schon halb acht.

– Also Moni, passen Sie auf, denken Sie nach: Was hat er alles sonst noch gesagt?

– Er hat nichts mehr gesagt. Der Doktor, der hat ihm dann gleich sein Pulver gegeben und schön zugeredet, so ein Doktor, das ist ein Schlaumeier. Wie ich unlängst bei ihm war, mit meinem schwürigen Finger –

Die Mutz kaut an ihren Nägeln. Das tut sie sonst nie, nie, nie, nie, sie hat es sich beim letzten Geburtstag geschworen. Aber wenn man so fürchterlich nachdenken muß ...

– Hören Sie mir auf mit Ihrem schwürigen Finger! Ich möcht lieber wissen, redet er was, redet er oft so, wenn er Fieber hat?

Die Monika ärgert sich. Der Finger ist noch immer nicht gut, brennt hundsgemein, so oft er nur ins heiße

Wasser kommt. Aber wer schert sich drum bei einem armen Dienstboten.

– Ich paß nicht auf. Müssen schon selber reingehen, Fräulein Mutz.

***

Ufermann erwacht. Die Luft schmeckt kühl, auf dem Nachtkästchen brennt die kleine Lampe wie immer und alle Gegenstände stehen fest und ruhig. Jemand spielt Klavier über ihm, einen Walzer, aber sehr leise, beinahe wie mit einem Finger. Und an dem Schrank lehnt eine Gestalt. Das Mädchen kennt er doch? Richtig, es ist die kleine Gymnasiastin.

– Wie geht es Ihnen?

– Danke, sehr gut.

Man spielt nur mehr mit einem Finger.

Und er richtet sich mühsam auf.

– Brauchen Sie was?

– Ach ja, ich habe Durst.

Das ist ein nettes Mädchen. Da bringt sie ihm gleich Limonade. Eiskalte Limonade. Er trinkt sehr langsam, betrachtet dabei das Gesicht vor sich. So ein frisches Gesicht mit vollen Lippen und festen breiten Zähnen.

Schade, daß diese etwas schief sitzen, als hätte man sie zu eilig eingesetzt mit einem heftigen Ruck.

– Sie dürfen aber niemand sagen, daß ich hier war.

– Natürlich nicht. Wo ist denn Fräulein Monika?

– Die ist unten bei der Hausmeisterin, dort trifft sie ihren Javornik. Wir sind jetzt überhaupt ganz allein, denn die Mama ist bei ihrer Bridgepartie und der Papa und der Rudi kommen auch erst viel später. Brauchen Sie noch was?

– Nein, danke.

Das Mädchen zieht einen Stuhl heran und setzt sich neben sein Bett. Es hält den Kopf gesenkt, das Licht fällt auf den dunklen Scheitel.

– Sie möchten wohl am liebsten nachhaus?
– Wie bitte?
– Sie haben ja Angst, daß Sie es versäumen?
– Was denn versäumen?
– Sie haben doch die ganze Zeit hindurch überhaupt von nichts anderem gesprochen. Daß Sie es versäumen, haben Sie gesagt. Und selbstverständlich ist es ganz was Wichtiges?

Sie sieht ihn von der Seite an mit grünen Augen. Was ist das für ein kleiner Detektiv, der ihn da selbst in seinem Schlaf bewacht? Ihr Hals ist ein wenig zu stark, die Schultern sind breit, spannen den roten Pullover. Wenn sie nicht gar so ernsthaft wäre, so wäre das Ganze vielleicht weniger komisch. Er lächelt.

– Es ist gar nichts so Wichtiges, wie Sie meinen, Fräulein – Fräulein?
– Mutz.
– Fräulein Mutz. Gar nichts so Wichtiges.

Das ist ein ganz Geriebener, der hat sie ja mit einem Mal durchschaut. Wenn sie jetzt nur nicht rot wird, das wäre das Ärgste. Nur ein Glück, daß die kleine Birne so schlecht brennt. Und dabei sieht der Mensch so abgezehrt aus und hat eine merkwürdig braune Haut, obwohl er doch blond ist. Das erinnert an Sport. Und die Mutz mag das gern.

– Ich bin Ihnen jedenfalls ganz außerordentlich dankbar –
– Dankbar? Wieso?

- Weil Sie sich um mich kümmern. Wenn man krank liegt in einer fremden Stadt, wo man fast niemand kennt, und plötzlich kommt so eine freundliche junge Dame –

- Aber ich bitte Sie, das ist doch nicht der Rede wert.

Die Mutz ist aufgesprungen. Jetzt brennen ihre Backen wirklich, es müßte ein Blinder sehen, wie rot sie ist. Deshalb läuft sie auch hinaus in die Küche, denn so viel sie weiß, hat er drei Tage lang schon nichts gegessen, das geht doch auf die Dauer nicht. Und er gibt sogar zu, daß er Hunger hat.

Wieder lächelt er, wie sie ihm ein riesiges Butterbrot auf einem Suppenteller bringt. Das ist natürlich nicht die rechte Krankenkost.

- Was anderes find ich nicht, weil die Mama auch immer alles absperrt. Aber warten Sie, in meiner Schultasche ist vielleicht noch ein Apfel –

Nein, er braucht keinen Apfel und er beißt gleich hinein in das Butterbrot. Komisch, daß in seinem Bett so einer gar nicht mehr richtig erwachsen ist. Die Mutz möchte den langen Kerl vor sich am liebsten zudecken bis zur Nasenspitze hinauf, jetzt schläfst du und gibst Ruh und machst mir keine Sorgen mehr. Was er ihr schon für Sorgen macht? Nun, immerhin, sie darf nicht ganz vergessen, daß er ja doch zu der gewissen Sorte um den Rudi herum gehört, wenn er auch krank ist und ihre Pflege braucht und überhaupt nicht ausschaut wie ein schlechter Mensch. Wo er doch nicht einmal rasiert ist und lauter ganz schwarze Bartstoppeln hat. Ganz abgesehen davon, daß es im Zimmer hier nach Schweiß und Fieber riecht, nach essigsaurer Tonerde und was halt sonst zu einer Grippe noch dazu gehört.

– Darf ich das Fenster aufmachen?
– Das wäre herrlich.
– Dann müssen Sie sich aber erst anständig zudecken. Und um Gotteswillen, was machen Sie denn da? Kratzen Sie auch herum an meinem Masernloch? Die Mama ist so schon so bös darüber.

Ufermann starrt auf das handtellergroße Loch in der Tapete. – Ist das Ihr Masernloch?

– Ja, ich hab es gerissen, wie ich vor drei Jahren die Masern gehabt hab. Da bin ich nämlich herin gelegen und es war mir so fad immer allein im Bett.

Und sie öffnet das Fenster. Wunderbar wohl tut die frische Luft, sie ist leicht und flaumig, streicht beruhigend über die Stirn, man könnte beinah übermütig werden und die Decke von sich werfen, um sich zu baden in dieser Luft. In zwei Wochen ist man gesund, hat der Doktor gesagt. Oh nein, er irrt, schon viel, viel früher. Wie schön wird es sein, wieder auf die Straßen zu kommen, in den Schaufenstern liegen nur so hingestreut kostbare und völlig überflüssige Waren. Man könnte sich auch ausnahmsweise einmal ein Auto nehmen und in den Prater fahren, wo zwischen langgestreckten Auen vereinzelte Reiter sprengen, und abends in die Oper, die schönste, glanzvollste Oper der Welt, es gibt ja noch so viel zu sehen und zu genießen, besonders nach den schweren Fieberträumen. Man muß sich nur dazu entschließen. Man ist doch kein Geächteter und Heimatloser des grauen Mittelalters, man ist ein Sohn des zwanzigsten Jahrhunderts und zugehörig seiner Zeit, in wenig Stunden läßt es sich jetzt ganz einfach durch Europa fliegen, wie lange dauerts noch, so fliegt man auch über den Ozean, das Mädchen hier, wie alt mag sie wohl sein, vierzehn, fünfzehn, die macht vielleicht schon ihre Hochzeitsreise über die Stratosphäre. Was runzelt sie jetzt nur die Stirn? Buschige Brauen hat sie, noch nicht ein bisschen ausrasiert, er wird sie fragen, ob sie vielleicht mit ihm mal abends in die Oper gehen will, ehe er sich sein Schlafwagenbillet bestellt, Berlin erster, natürlich erster Klasse, ob sie ihn vielleicht sogar auf den Bahnhof begleiten wird –

Da zuckt sie zusammen. Schlüssel im Schloß. – Oh Gott, die Mama kommt von der Bridgepartie.

Und draußen ist sie, ohne auch nur auf Wiedersehen zu sagen. Es ist zwar kalt, das Fenster steht ja offen, aber er streckt die Hand doch aus der Decke und fährt damit über das Masernloch. Vielleicht war es Mai, als hier ein kleines Mädchen krank und gelangweilt in seinem Bett lag, der Baum unten hatte noch alle seine Zweige und leuchtete in sattem Grün zwischen den Mauern, und sie riß und kratzte an der schäbigen Tapete an warmen, müden, traurigen Abenden.

Zwischenbemerkungen

Also weißt du, Dieter, wenn der Rudi heute wieder nicht kommt, jetzt hat er uns schon dreimal aufsitzen lassen, da stimmt was nicht, ich sage dir, da ist was los, du wirst schon sehen, der fremde Mensch hat mir gleich nicht gefallen.

– Aber Lothar, mach doch nicht immer gleich aus allem so ein Wasser.

Und Dieter Wehrzahl (der jüngere, der schöne Wehrzahl im Gegensatz zu dem hässlichen kleinen) zündet sich eine Zigarette an.

– Halb zwölf vorbei. Für elf Uhr hab ich ihn bestellt.

Es ist sehr still im Universitätsbuffet. Durch die offene Glastür zieht eine nasse Luft. Draußen schneit es. Das dicke Fräulein blinzelt schläfrig hinter einem Aufbau von vielen kleinen Kuchen. Die gelblichen Stufen der breiten Treppe verschwimmen ihr beinahe vor den Augen. Es ist eben Winter. Da wird man müd.

– Er war ja nie besonders pünktlich. Schlappes Auftreten und schlappe Disziplin. Aber in einem Fall wie jetzt, wo unsere höchsten Werte auf dem Spiele stehen, da hat er mir blind zu gehorchen. Ich habe ihn für elf Uhr herbestellt. Er muß mir Rechenschaft ablegen.

– Rechenschaft?

Dieter lehnt sich zurück und fährt mit dem Zeigefinger langsam über seinen roten Schmiß an der Wange.

– Natürlich. Es war doch seine Idee, daß dieser Schmitz bei seinen Eltern wohnen soll. Jetzt hat er ihn auch zu beobachten. Was tut der Mensch den ganzen Tag? Ich habe es noch nicht herausbekommen. Was fährt er nicht zurück? Wen trifft er hier? Wer schreibt ihm Briefe? Wo treibt er sich herum? Wenn er vielleicht ein Spitzel ist –

– Aber Lothar.

Und Dieter steht auf und betrachtet sich die vielen kleinen Kuchen.

Alles nichts wert an diesem schäbigen Buffet. Vielleicht daß man die Schokoladetorte dort versuchen könnte. Obwohl sie sicher auch nach Seife schmeckt. Aber was soll man machen. Der Lothar läßt einen ja doch nicht weg, wenn er nun einmal auf den Rudi warten will.

Das Fräulein schüttelt den Kopf: – Bedaure. Aber hundert Schilling kann ich nicht wechseln.

– Was? Ist die Torte keine hundert Schilling wert? Na, da haben Sie es billiger. Aber die große Nuß drauf will ich haben.

Und der Lümmel zieht eine Handvoll Kleingeld aus der Hosentasche und wirft es ihr hin. Manieren sind das. Alles nur, weil er der Sohn vom alten Wehrzahl ist, der jetzt die ganzen Studenten verrückt macht. Das lungert herum, das raucht und frißt, anstatt in eine Vorlesung zu gehen und endlich einmal was zu lernen. Zeiten sind das. Und so ein Fräulein vom Buffet darf gar nichts anderes als danke sagen. Früher einmal hätt sie es so einem gegeben. Gleich hundert Schilling. Dem Herrn Professor Wehrzahl scheints nicht schlecht zu gehen.

Lothar stürzt sich förmlich auf den Bruder: – Was fällt dir ein? Wie kannst du nur?

– Mein Gott, was hast du denn schon wieder?

– Was ich hab, was ich schon wieder hab? Wenn du

dich gar so auffällig benimmst. Wie sie geschaut hat, die Person dort beim Buffet.

– Hat sie geschaut? Dann hab ich ihr vielleicht gefallen. Und Dieter steckt seelenruhig die Nuß in seinen Mund.

– Sie schaut noch immer her. Sprich nicht darüber. Sie lauscht vielleicht. Du wirst uns alle noch ins Unglück stürzen.

– Aber geh, du bist ja verrückt. Erst soll der Schmitz ein Spitzel sein und dann hab ich mich auffällig benommen. Man wird noch hundert Schilling wechseln dürfen. Und der Schmitz hat schließlich alles getan, was man verlangt. Was willst du denn von ihm. Wie er mit dem Paket gekommen ist –

– Red nicht so laut.

– Ich red so laut ich will. Und du bist ja verrückt.

Lothar starrt den Bruder an. Er kriegt seine kugelrunden Augen wie immer, wenn er wütend wird, die viel zu großen Ohrläppchen sind dunkelrot. Froschkönig haben sie ihn als Kinder genannt und mit den Fingern auf ihn gewiesen: etsch, etsch, etsch, der Froschkönig ist wieder einmal verrückt. Dieter hätte große Lust, jetzt dasselbe zu tun. Da er aber kein Bub mehr ist (leider), sondern ein erwachsener Mann mit Schmiß und allem, was dazugehört, zuckt er bloß die Achseln. Und ißt seine Torte.

Verrückt. Lothar ballt die Fäuste unter dem Tisch. Verrückt. So war es immer schon. Wenn er recht hatte und Dinge sah, die andere nicht sehen wollten, wenn er voraussagte, was kommen mußte, er war verrückt. Wenn er zu reden begann, den anderen was erklären wollte, sich überschrie und plötzlich heiser wurde, nur mehr knappe Zischlaute von sich gab oder gar stecken blieb mitten im

Satz, er war verrückt. Der Vater zuckte dann die Achseln. Ganz so wie Dieter jetzt. Verrückt. Ein armer Zwerg. Weil er nicht ganz so lange Beine hatte wie der Bruder, kein Siegerlächeln und kein Glück bei Frauen. Bis heute. Aber wartet nur! Man wird schon sehen, wer verrückt gewesen ist. Er, der mit der Sicherheit des Schlafwandlers sich seinen Weg zu bahnen weiß, oder die anderen, die blinden Maulwürfe, die ihm einstweilen nicht gehorchen wollen. Sie werden ihm gehorchen lernen. Alle. Und nicht zuletzt der freche Rameseder. Daß er es wagt, ihn wieder aufsitzen zu lassen. Dreiviertel Zwölf. Es ist ja unerhört. Und dieser Esel hier von einem Dieter stopft seine Torte nur in sich hinein und meint, das Ganze ist ein Kinderspiel. Nennt einen noch dazu verrückt. Verrückt muß man wohl sein, um nicht zu merken, daß mit dem feinen Herrn von Schmitz etwas nicht stimmt. Ganz abgesehen davon, daß dieser Mensch auch keine Disziplin zu kennen scheint. Kaum, daß er antwortet, wenn man ihn etwas fragt, kaum daß er grüßt –

– Guten Tag, meine Herrschaften. Schön, daß ihr noch da seid.

Das ist natürlich nicht der Rudi Rameseder, das ist der Ferdinand, sein Intimus. Wo kommt denn der her?

Ferdinand Kaiser bestellt sich zuerst ein Paar Würstel. Mit sehr viel Senf. Und richtig, er soll auch noch grüßen vom Rudi.

– Vom Rudi? Wo steckt er denn?

– Im Bett. Er schlaft sich seinen Kater aus. War gestern drahn, mit seinem neuesten Pupperl.

– Ja weiß er denn nicht, daß wir auf ihn warten?

– Natürlich weiß er das. Drum schickt er mich. Er ist eben ein höflicher Bursch.

Dieter gähnt. - Da hast du es. Ich hab ja gleich gesagt, daß er nicht kommen wird. Am Vormittag. Wo er doch jetzt keine Nacht mehr zuhaus ist.

Herrgott, diese beiden Idioten ahnen also wirklich nicht, was alles auf dem Spiel steht. Und daß dieses Spiel gar kein Kinderspiel ist. Aber nur Ruhe, Ruhe und Geduld, und leise sprechen, damit das Fräulein hinter dem Buffet nichts merkt. Und wenn der Rudi schon nicht da ist, so kann man sich ja einstweilen einmal den Ferdinand ein bißchen vornehmen.

- Der Rudi schlaft also bei Tag und in der Nacht ist er gar nicht zuhaus. Da kann er ja den Herrn von Schmitz sehr viel beobachten.

Ferdinand Kaiser steckt ein halbes Würstel in den Mund.
- Bei dem gibts gar nichts zu beobachten.
- Du mußt es wissen.
- Natürlich ich. Ich hab es lang genug getan, dem Rudi zu Gefallen. Bis mirs zu fad geworden ist. Der geht spazieren und sonst nichts.
- Spazieren?
- Das ist so einer, der spazieren geht und sich die Auslagen anschaut und die Bäume. Post kriegt er auch keine und treffen tut er auch niemanden. Nicht einmal ein Mädel.

Dieter lacht. - Da hast du es. Du brauchst den Rudi gar nicht. Der Ferdinand ist eh der reine Detektiv. Ich hab dir gleich gesagt, du bist verrückt. Der Schmitz ist einfach ein Spaziergänger.
- Ein Spaziergänger? Ein Mensch, der unsere gefährlichsten Geheimnisse kennt. Und dem wir alle ausgeliefert sind.
- Ausgeliefert?

Ferdinand Kaiser legt beide Ellbogen auf den Tisch. Der breite Schädel steckt zwischen den gehobenen Schultern, schiebt sich vor. – Ausgeliefert? Den möcht ich sehen, dem wir ausgeliefert sind. Und gar der Schmitz. Der weiß von nichts. Er hat dem Rudi gesagt, daß er sein Ehrenwort gegeben hat, daß er nicht in das Packerl schauen wird. So wie der ist, der halt sein Ehrenwort, der ist so blöd, daß sie ihn in Berlin deshalb genommen haben. Und jetzt laß mich in Ruh. Ich will noch ein Paar Würstel essen.

Nein, mit dem Ferdinand ist nicht zu reden und mit dem Dieter noch viel weniger. Der besteht ja immer wieder darauf, daß das Päckchen bei der Übergabe versiegelt war. Als ob man so etwas nicht öffnen könnte. Als ob die Kameraden in Berlin zu solcher wichtigen Mission sich einen x-beliebigen harmlosen Laffen aussuchen würden. Wenn die Verbindung zu diesen Kameraden nicht plötzlich abgebrochen wäre (und warum weiß man nicht, doch das kann immer vorkommen), man müßte sie sofort verständigen, man müßte fragen: Wer ist Edwin von Schmitz? Aber im Augenblick heißt es sich still verhalten. Schweigen und den verdächtigen Patron nicht aus den Augen lassen und wenn man selbst bei Ramesesders ein- und ausgehen muß. Dem Rudi wird man auf die Finger schauen, was soll das heißen, daß er so herumschmeißt mit dem Geld in jeder Nacht in einer anderen Bar. Und wenn der Herr von Schmitz ihm gar so gut gefällt, steckt er mit ihm vielleicht schon unter einer Decke. Verräter gibt es überall und nicht zuletzt unter den eigenen Reihen. Dem Rudi wäre alles zuzutrauen, obwohl ers jetzt bei Gott nicht nötig hätte. Seit wann glaubt er denn an ein Ehrenwort. Der Herr von Schmitz gibt an, daß er nicht weiß, was er da in das Land geschmuggelt hat. Man muß verrückt sein, das für wahr zu halten. Er, Lothar Wehrzahl, ist aber nicht verrückt, und wenn ihn alle anderen auch so nennen. Er wird sich hüten, die Sache einer höheren Stelle vorzeitig anzuzeigen. Und der Minister soll einstweilen nichts erfahren. Aber wenn der Tag gekommen ist, an dem er diesen Herrn von Schmitz entlarvt hat als den Schurken und Verräter, der er ist, dann nennt ihn keiner mehr verrückt. Dann tritt die Feme in Aktion, die große Feme, unter seiner Leitung. Dann wird man sehen, daß er nie verrückt gewesen ist, sondern vielmehr von jener ehernen und grausamen Vernunft, vor der die Welt einmal erzittern wird. Er, Lothar Wehrzahl, kämpft einstweilen noch beinah allein –

– Ja, wer kommt denn da? Schauts her, die Waltraut!

Ferdinand Kaiser springt auf und Lothar hebt den Kopf. Über die breite Treppe kommt, nein schwebt jetzt plötzlich seine junge Schwester. Wie eine Krone liegen die blonden Zöpfe um ihre Mädchenstirn, unter dem offenen grünen Lodenmantel trägt sie ein schwarzes Samtkleid.

– Grüß Gott, was macht denn ihr da?

Wie Quellwasser klingt ihre Stimme. Und der Lümmel, der Ferdinand, macht sich gleich wichtig. Sie soll doch bissel sitzen bleiben. Und ob sie nicht was Gutes naschen will. Er ladet sie ein darauf. (So eine Unverschämtheit.) Und er erzählt ihr noch dazu, daß ihre beiden Brüder eigentlich auf den Rudi Rameseder gewartet haben und daß der nicht gekommen. Aber wenn er gewußt hätte, wer auch sonst noch von der werten Familie –

Daß man dem Kerl nicht in die Fresse schlagen kann!

Dieter wundert sich. Was hat denn der Lothar? Macht schon wieder seine Froschkönigaugen.

***

Das Essen ist fertig, Vatter. Und auf den Ferdinand warten wir nicht.
- Aber Mary! Der Bub muß jeden Augenblick kommen.
- Und ich muß jeden Augenblick weg. Die Rameseder hat mir eine Karten geschrieben, ihr schwarzes Seidenes soll gerichtet werden. Ich weiß warum. Sie brauchts zur Bridgepartie bei der Baronin. Dort sind die feinsten Leut vom Ministerium und sogar eine echte Excellenz.
- Geh du mit deine feinsten Leut -
- Ich solls gleich holen, das Seidene, um was Passendes dazu zu besorgen. Hätt sie mir das vorige Wochen gesagt, wo ich doch zwei Tag an der Mutz ihrer Skihosen genäht hab -
- Was braucht das Mädel denn eine Hosen?
- Schau Vatter, komm schon, die Suppen wird kalt.
Der alte Franz Josef Kaiser blickt mit triefenden Augen auf seine Tochter. Das hätt auch keiner gedacht, daß er, der Meister, der Hutmachermeister von der ältesten Firma vom ganzen Bezirk, wo jeder bessere Mensch sich seinen Hut gekauft hat, die Tochter in fremde Häuser nähen schicken wird. Und wenn sie auch nur seine Ziehtochter ist, wie sie immer sagt, und sie muß es ja wissen.
- Na, so iß schon Vatter.
Sie hat in der Küche gedeckt, dort ist es warm, dort brennt das Petroleumöferl. Ja, ja, heutzutag muß einer froh sein auch mit ein bissel Petroleum, für die Kohlen

im Ofen reicht es ja nimmer. Und wo der Bub wieder bleibt.

– Hast noch fünf Schilling, Vatter? Morgen kommt der Gasmann.

– Nein, fünf Schilling hab ich grad nicht, aber vielleicht doch, ich muß nur erst suchen. Weißt, ich geh heut noch zum Doktor Steiner. Du wirst sehen, wir kriegen das Geld für den Finger, er sagt, die Verhandlung war falsch und das kann einem kein Herrgott beweisen, wer schneidt sich denn auch einen Finger ab wegen der Versicherung, sagt der Doktor Steiner, und in die Zeitung bringt ers auch noch einmal –

– Geh Vatter, jetzt regst dich schon wieder auf.

– Laß nur, laß mich reden. Wenn wir erst die Versicherung haben, dann brauchst zu keiner Rameseder mehr gehen. So eine Gemeinheit. Und überhaupt bei deiner Abstammung. Alles nur Neid und Bösartigkeit gegen unser angestammtes Kaiserhaus. Die gönnen einem rein gar nichts mehr, nicht einmal den Bart, den echten Bart von Seiner Majestät, den mir der Himmel da hat wachsen lassen. Und erst recht nicht das Geld, wenn man schon das Unglück hat und schneidet sich den Finger ab. Mein armer Finger, ach Gott, ach Gott –

– Schau Vatter, fang nicht wieder an. Iß deine Suppen. Nachher gibts Mohnnudeln.

– Gestern erst ist der Herr Eder herübergekommen mit einer alten Kronenzeitung. Da ist jetzt in Berlin eine Person, die Frau von einem Bankier oder so was, die kriegt so viel Geld, also ich sag dir, überhaupt nicht zum Zählen, lauter Dollar, die kann sich einen Salonwagen nehmen oder gleich einen ganzen Extrazug, alles nur, weil ihr Mann abgestürzt ist aus einem Luftballon. Da fragt keine Katz, obs wahr ist oder nicht, oder ob ers gar zu Fleiß gemacht hat, aber bei unsereinem, weil man immer noch zu seinem Herrscherhaus hält, da zahlens nichts für so einen armen Finger, ganz umsonst ist mir mein Finger weg, was geht denn das die an, wieso und warum, mein Finger ist weg, mein armer Finger –

– Weißt Vatter, ich ruf den Doktor Steiner selber an. Von der Rameseder. Da brauchst du nicht schon wieder hinzugehen. Leg dich ein bissel schlafen nach dem Essen. Warst ja heut die ganze Nacht wieder auf.

Und die Mary küßt den alten Mann auf seinen zitternden feuchten Kaiserbart, den Bart von seiner Majestät, wie er selbst immer sagt. Es ist höchste Zeit, sie muß fort, sonst kommt sie zu spät, vielleicht daß die Rameseder ihr heut fünf Schilling als Vorschuß gibt, wo doch der Ferdinand so gut jetzt mit dem Rudi steht, aber angenehm ist es auch nicht, so was zu verlangen, und aus den Handschuhen gucken schon die Fingerspitzen heraus, ein bitteres Schicksal, mit dem Mantel geht man auch nicht gern auf die Straße am hellichten Tag, wo doch jeder weiß, wer man eigentlich ist, und das Taschentuch, ja hat sie denn kein Taschentuch mehr, ihr letztes ist doch grad noch in der Lad gelegen, das hat der Schlingel, der Ferdinand wieder gestohlen, na wart du nur, spielst jetzt den großen Herrn, alles nur weil du so ein paar aufgeblasene Studenten kennst, ich kann auch über deine Laden gehen –

Jesus, Maria und Josef!

Da liegen fünf Schilling und da liegen zehn Schilling und noch einmal zehn Schilling und lauter Silbergeld und da in dem Notizbuch – der Bub, der Lausbub hat ja einen Haupttreffer gemacht. Wo sie doch immer meint, er tut den ganzen Tag nie was Vernünftiges. Er ist halt eben doch ein junger Kaiser. Und hat bis jetzt nichts weiter sagen wollen, denn wie der Vatter ist, den trifft ja auf der Stelle noch vor Freud der Schlag. Ist das ein Glück. Da kann der Gasmann also morgen kommen.

Die Frau Sikora, die Hausmeisterin, ärgert sich wütend über die Person, die da vorüberrauscht wie in Samt und Seide in ihrem speckigen Plüschmantel und dabei immer noch das Geld vom letzten Ersten schuldig ist. Da liegt man auf den kalten Stiegen und es zieht von allen Seiten und man hat seine Plag, den Dreck weg zu bekommen, weil sich doch keiner die Füß abputzt, und noch dazu bei dem gatschigen Schnee, sie aber bitte, sie rauscht vorbei. Nicht einmal grüßen möcht sie von selber. Alles nur, weil sie die Tochter vom seligen Kronprinzen ist. Was geht einen das heute schon an. Wir leben in einer Republik und das Drama von Mayerling kann ein jeder im Kino sehen, kost nicht einmal viel. Sie, die Sikora war auch schon drin mit ihrem Mann und es war sehr schön, sie hat sogar ein bissel geweint. Aber daß das verrückte Frauenzimmer vom zweiten Stock der schönen Baronesse ähnlich sehen soll, das laßt sie sich nun wieder nicht einreden. Die war doch jung und unschuldig, sonst hätt sie nicht so traurig sterben müssen, wo soll die schon ein Kind gehabt haben und noch dazu die Mary Kaiser vom zweiten Stock. So was ist zwar schon öfters vorgekommen, gerade bei den allerhöchsten Herrschaften, aber deshalb muß mans noch lange nicht den Kaisers glauben. Die sind ja Schwindler, seit ihr Geschäft zugrund gegangen ist und sie nichts mehr zu reden haben im Bezirk. Da hackt der Alte sich den Finger ab, mit einer Küchenaxt, drei Tag nachdem er sich auf Unfall hat versichern lassen. Ein schöner Unfall. Und von dem Finger wollen sie jetzt alle leben. Ja – Schnecken. Wenn das so einfach wär, da möcht ein jeder sich was abhacken, so wie die Zeiten heute sind. Der Herr Eder, der redet jetzt auch immer von einer Frau in Berlin, die was eine Millionärin geworden ist, alles nur weil sie mit einem Aeroplan den Mann verloren hat. Da wars doch wenigstens ein ganzer Mann, nicht nur ein Finger. Aber die Leut heutzutag, wenn sie kein Geld mehr haben, die wissen gar nicht mehr, was ihnen einfallt. Und der alte Kaiser will schon wieder prozessieren, wegen dieser Millionärin in Berlin, wo er doch froh sein soll, daß sie ihn bis jetzt noch nicht eingesperrt haben. Aber was nicht ist, kann noch kommen, und wenns den Alten nicht erwischt, weil er schon deppert ist, so kommt der Junge, der Ferdinand, einmal bestimmt ins Kriminal. Der war ja schon mit vierzehn Jahren ein Verbrecher, das weiß das ganze Haus. Und ob er bei dem Einbruch in der Tabaktrafik nicht auch dabei war? Ein jeder glaubts. Aber an der Mary ihre kaiserliche Abstammung glaubt keiner mehr, warum denn auch, die heißt ganz einfach Mitzi oder Marie und Mary kann sich eine jede nennen, die zu Maria Namen Namenstag hat. Eine Frechheit ist das, eine Gemeinheit gegen die arme schöne Mary Vetsera, die da in der Blüte ihrer edlen Jugend einem grausamen Schicksal zum blutigen Opfer fiel –

– Sie Herr, könnens Ihnen nicht die Füß abputzen. Sie glauben wohl, unsereiner ist nur auf der Welt, um Ihren Dreck im Stiegenhaus hinter Ihnen drein zu waschen. Was? Was haben Sie gesagt?

***

Bei der Baronin geht es heute endlich wieder einmal nobel zu. Oder zweifelt jemand daran?

Sie hat ein paar Sechziger Birnen einschrauben lassen in den Kristallluster, es blendet ordentlich, beinahe hätte sie eine Eiscreme bestellt, aber schließlich, zwei Torten tun es auch, da ist die Excellenz also wirklich gekommen, trotz des schlechten Wetters und nachdem sie schon dreimal abgesagt hat. Wenn die Resi nur nichts zerschlägt von dem feinen Service, das Mädel hat ja zwei linke Händ, und der Tee wäre somit überstanden, der Helene war er natürlich zu schwarz, sie hat ja immer was auszusetzen, man muß schauen, daß die Kneidinger nicht an denselben Bridgetisch kommt wie die Excellenz, sie schreit immer so, sie hat eben ein ordinäres Organ, nur ein Glück, daß die Excellenz so schwerhörig ist, die Kneidinger kommt an dem Sektionschef Leitner seinen Tisch und die Helene am besten auch, wie die heut wieder ausschaut in ihrem schwarzen Seidenen, wie eine Leich, sie hat eben leider gar keinen Schick, drum hat sie auch nie einen anderen kriegen können als ihren faden Rameseder, die Stefanie jedoch, die eben eine Baronin ist, die knistert förmlich in ihrem grauen Taft, beinah so grau wie ihre Haare, gar nicht zu reden von den echten Perlen und dem goldenen Anhänger mit den Brillanten, wenn ihr Seliger jetzt zur Tür herein käme, er brauchte sich seines Hauses nicht zu schämen, das Tischzeug allein – beste Vorkriegszeit.

Der Hofrat Rameseder verschluckt ein Gähnen. Das wird heut eine schöne Bridgepartie. Die Frauenzimmer können alle nicht spielen und dabei darf man sich nicht einmal was anmerken lassen. Und was die Excellenz betrifft, die war ja schon für einen Finanzminister viel zu blöd, hat sich nicht länger als drei Monate auf diesem Posten halten können. Der Hofrat zündet sich jedenfalls rasch noch ein Zigaretterl an, obwohl seine Frau ihm ein paar giftige Blicke zuschleudert, er soll nämlich nicht, wegen seiner Bronchitis.

Sie wirft die giftigen Blicke aber nicht nur auf ihn, sie schaut ja jeden bös an, der Reihe nach, was hat sie denn? Und plötzlich sagt sie: – Es fehlt einer.

Die Baronin fährt herum: – Wer soll denn fehlen?

– Der Vierte für den einen Tisch. Ich denk mir schon die ganze Zeit, da stimmt was nicht. Wer ist denn da schon wieder nicht gekommen?

Nicht gekommen? Niemand ist nicht gekommen und schon gar ohne abzusagen. Aber die Helene hat recht, verflucht noch einmal, sie hat wirklich recht, es fehlt ein Vierter für den einen Tisch, daß einem so etwas passieren muß, und ausgerechnet heute vor der Excellenz, es war eben so viel zu tun mit den elektrischen Birnen und den Torten und den Teetassen und den Servietten, alles hat die Baronin gezählt, nur nicht ihre Gäste. Eine feine Blamage!

Der Sektionschef Leitner lacht, daß ihm der Bauch wackelt: – Weil die Damen auch nie rechnen können. Dreimal vier ist zwölf, meine Gnädigste, und nicht nur elf.

Beinahe hätte sie ihm ‚halts Maul' gesagt. Aber sie ist schließlich eine Baronin und eine Generalstochter, sie hat ihre Erziehung.

Was macht man nur?

– Ich könnte ja nachhause telefonieren, meint die Helene mit einer Stimme, als ob sie Gnaden zu verteilen hätte. Es wohnt zufällig ein netter Mensch bei uns, ein Deutscher, der spielt gut Bridge, vorgestern Abend erst –

– Was? Den Preußen willst du mir ins Haus bringen? Kommt nicht in Frage. Man kann ja auch zu dritt spielen.

Der Sektionschef Leitner mischt sich schon wieder ein: – Aber Gnädigste, wer wird denn gleich so streng sein. Ein Preuß ist auch ein Mensch.

– Ein Mensch wird er schon sein. Ich frage nur, Herr Sektionschef, was für einer?

– Stefanie, ich bitte dich, du kennst den Herrn ja gar nicht.

– Laß mich in Ruh, Helene, du kennst ihn auch nicht. Alles nur, weil dein Rudi ihn dir gebracht hat. Die Mutz meint, er hängt mit den Wehrzahls zusammen. Und das ist schon faul.

– Die Wehrzahls, mein Gott, die Wehrzahls, kreischt die Kneidinger, und alle sehen auf sie, sogar die Excellenz. Wenn die einmal loslegt mit ihrem ordinären Organ, dann gibt es keine andere Konversation mehr im Zimmer.

– Mein Mann sagt immer, der Alte gehört schon längst ins Irrenhaus. Da geh ich unlängst an der Universität vorbei, also ein Wirbel ist das, ein Skandal und ein Geschrei wie bei den Wilden. Das waren die Studenten vom Herrn Professor Wehrzahl seinem Seminar, wo sie gerade ein paar Juden herausgeprügelt haben. Ist am nächsten Tag in der Zeitung gestanden. Und wissen Sie, wer da vorn auf der Rampe steht, Frau Hofrat? Ihr Sohn, ihr Rudi, neben dem kleinen Wehrzahl mit den dicken Ohren.

So eine taktlose Person! Der Hofrat Rameseder räuspert sich. Es wird Zeit, einzugreifen, sonst explodiert ihm noch seine Frau, sie schaut ihn an, er kennt das schon, er muß also rasch etwas sagen.

– Die Jugend ist heutzutage eben aufgeregt. Kein

Wunder. Die schießt dann leicht über das Ziel hinaus. Aber man darf nicht vergessen, daß es doch immerhin auch Ideale sind –

– Ideale! Der Sektionschef Leitner fährt auf. Ich muß schon sagen, Herr Hofrat, ich verstehe Sie nicht. Wir beide waren doch auch einmal jung und haben auch unsere Ideale gehabt, geordnete Ideale, christliche Ideale. Was aber die Wehrzahls und Konsorten jetzt bei uns einführen, das sind heidnische Unsitten, eingeschleppt aus dem Reich und obendrein dem Österreicher fremd. Das verdirbt Kultur und Volkscharakter.

– Recht haben Sie, Herr Sektionschef. (Die Baronin ist wütend. Da steckt man mitten in der Politik, alles wegen dem verflixten Preußen.) Die Lausbuben gehören übers Knie gelegt. Und der Rudi als erster.

– Aber Stefanie!

– Schweig still, Helene, unterbrich mich nicht. Das Ganze kommt von der modernen Erziehung. Die Kinder haben nicht den richtigen Verkehr. Wer sind denn überhaupt diese Wehrzahls? Keine Familie. Böhmische Schneider aus Brünn. Haben alle miteinander einmal Wrzal geheißen. Das weiß ein jeder. Und der Ferdinand Kaiser, der da jetzt bei euch ein und ausgehen darf. Ein ganz verkommenes Subjekt. Dem möcht ich in der Nacht auf keiner leeren Straßen begegnen.

– Ist das der Sohn von dem Versicherungsschwindler?

– Jawohl Frau Kneidinger. Früher einmal hätte man von solchen Leuten in einer besseren Gesellschaft nicht einmal gesprochen. Aber heutzutag wird ja das Unterste zu oberst gekehrt. Kein Mensch arbeitet was, wozu denn auch, das Geld ist nichts wert, die besten Aktien nur ein paar Papierfetzen, die Häuser werfen höchstens noch die Ziegelsteine ab und alle Augenblick fliegt eine große Bank in die Luft, man weiß nicht wie, es gibt eben keine Sicherheit. Und jeden Tag ein neuer Mord oder gleich mehrere, wie heißt doch der, der Deutsche, der das Menschenfleisch dann auch noch verkauft hat, eingepökelt sehr ordentlich, und aus der Menschenhaut hat er sich Hosenträger gemacht, irgendwo bei Breslau. In Österreich sind wir noch nicht so weit, da spannen sie nur einen Draht über die Straßen, fahrt man im Auto vorbei, ist der Kopf auch schon weg –

– Um Gotteswillen, meine Gnädigste –

– Ja, ja, Herr Sektionschef, jetzt halten Sie sich Ihre Ohren zu und die Frau Kneidinger, die wird uns gleich in Ohnmacht fallen. Aber hab ich vielleicht die Scheußlichkeiten da erfunden? Eine Welt ist das. Der Boden wackelt einem unter den Füßen und man muß froh sein, wenn er nicht auch explodiert. Einstweilen. Aber ich sag euch, wenn das so immer weitergeht und die jungen Leute tun da auch noch mit, treten einander den Schädel ein, alles nur wegen ihrer Ideale, wie mein Herr Schwager meint, ich sag euch, es dauert nicht lang und rund um uns herum gibt es nichts als Verbrecher.

Die Baronin ist aufgesprungen, da steht sie grau in ihrem grauen Taft wie eine Furie, die einem ganz was Schauderhaftes prophezeit. Dem Hofrat Rameseder ist das nicht angenehm. Was soll sich der Sektionschef denken. Wenn er im Ministerium davon erzählt –

– Schau Stefanie, sei doch nicht immer gleich so übertrieben. Wer tritt denn schon den Schädel ein?

– Das fragst du mich. Unlängst erst ist die Feuerwehr gekommen und hat ein paar Juden mit der Leiter zum Fenster heraus geholt beim anatomischen Institut.

– Mein Gott, ein paar Juden.
– Heut sind die Juden dran. Und morgen?
Das wird sogar dem Sektionschef zu viel: – Aber, aber, Baronin. Morgen ist das alles wieder vorbei. Das sind nur Übergangserscheinungen. Krisensymptome. Warten Sie, bis unser Land wieder einmal in Ordnung kommt –
Und die Kneidinger meint auch, daß ihr Mann immer meint, man soll die Lausbuben nicht zu ernst nehmen, sie schreit mit ihrem ordinären Organ, nicht einmal ausreden läßt sie den Sektionschef, und die anderen geben jetzt auch noch ihren Senf dazu, daß das eben so Zeiten sind und daß es so was immer schon gegeben hat, und daß es eben viel zu viele Ärzte und viel zu wenig Stellen gibt, von den Juristen gar nicht zu sprechen, daher die Unruhen auf der Universität, und daß es viel zu viele Juden gibt und daß der junge Wein erst gären muß und daß man nicht immer gleich so streng sein darf. Es ist ein heilloses Durcheinander und die Baronin reckt sich wie ein General auf seinem Pferd oder ein Feldmarschalleutnant (sie hats eben im Blut) und Gott weiß, was noch herausgekommen wäre, wenn die Excellenz nicht plötzlich vor sich hin gekichert hätte: – Unsere liebe Baronin hat eben immer noch ein ganz entzückendes Temperament.
Herr des Himmels, da hat der alte Esel also nicht ein Wort von dem allen gehört oder verstanden. Wo er doch der Ehrengast bei der Bridgepartie ist. Ein schönes Glück! Die Baronin führt ihn an seinen Platz, die Karten liegen schon bereit, die Resi soll den Cognac bringen, den Sliwowitz und den Kakaolikuer, wo sind denn wieder nur die Zigarren, es gibt ein paar extrafeine Trabuccos für die Herren, und wenn die Helene immer noch Lust hat, so

soll sie in Gottes Namen ihrem Preußen telefonieren, aber sie meint, es wird viel zu spät, dann also nicht, spielen halt nur drei an dem einen Tisch, man wird eben wechseln und es kann immer noch ganz gemütlich werden.

– Der Herr Sektionschef hat die Vorhand.

– Ich passe.

***

Die Monika wundert sich. Jetzt hat der Heini schon zum dritten Mal dem Fräulein Mutz ein Brieferl durch den Javornik geschickt, aber die hat es kaum angeschaut, sondern immer nur rasch in die Tasche gestopft, wo sie doch erst so verzweifelt war, weil der Bub nicht mehr ins Haus kommen darf, nicht einmal am Sonntagnachmittag, seit er dem Herrn Rudi eine so fürchterliche Ohrfeige gegeben hat. Ja, das war eine schreckliche Geschichte und dabei weiß die Monika ganz genau, daß der Heini wirklich nur bis spät in der Nacht bei der Mutz gesessen ist, um ihr was mit der Mathematik beizubringen, für ihre Schule. Mein Gott, zwei so Kinder. Aber so einer wie der Herr Rudi kann sich das gar nicht vorstellen, was der nur gleich für Schweinereien geredet hat, wie er den Buben erwischt hat, ist ihm schon recht geschehen, die Ohrfeige, sie, die Monika tät ihm noch mehrere vergönnen. Und die Mutz ist damals so wild geworden, daß sie hat durchbrennen wollen, fort von zuhaus, Gott weiß wohin, vielleicht gar zum Heini, und jetzt stopft sie seine Briefe nur rasch in die Tasche und hat Kopfweh und ist nervös und hört es nicht einmal, wenn er am Abend vor ihrem Fenster pfeift.

– Monika!

– Ja, Fräulein Mutz?

– Laufen Sie doch rasch einmal zum Javornik hinunter. Er soll dem Heini ausrichten –

Da klopft es an die Wohnungstür, Herrgott, das Morsezeichen, das M, wenn man ihm nicht sofort aufmacht, er ist imstand und telegrafiert den ganzen Namen Mutz, der verrückte Kerl.

– Heini, was willst du hier?

– Wissen, was los ist.

– Geh sofort wieder weg. Die Mama kann jeden Augenblick kommen.

– Das ist mir wurscht.

– Mir aber nicht. So geh doch, geh. Ich komm dir gleich nach. Ich muß ohnehin zur Stenographie.

Gut, daß es schon dunkel ist auf der Straße. Der Mutz ist zumut, als hätte sie zwei verschiedene Schuhe an, die Mütze sitzt nicht auf dem Kopf, ihr Halstuch hat sie in der Geschwindigkeit nicht finden können, da hat sie eben einen alten Seidenschal von der Mama im Vorzimmer genommen und der riecht nach verstaubtem Lavendel. Wenn der Heini nur was sagen wollte. Wo führt er sie denn hin? In den Park?

– Du, da komm ich nicht mit. Was fällt dir ein, bei dem Gatsch? Ich hab ja nicht einmal meine Galoschen. Und du weißt doch, ich muß zur Stenographie.

– Heut, am Freitag, da schwänzt du doch immer.

– Die Mama hat gesagt, sie will sich erkundigen gehen.

– Erkundigen? Nach der Stenographie? Mach dich nicht lächerlich.

Und er bleibt vor ihr stehen mitten auf der Straße mit verschränkten Armen und schaut sie an, als wäre sie eine Photographie.

– Was ist los mit dir? Haben deine Alten dir wieder Krach gemacht? Hast du dich über den Rudi geärgert? Oder ist was passiert mit eurem Mieter?

– Passiert? Was soll denn passiert sein?

Er legt die Hand auf ihre Schulter, wie sie weitergehen, und sie schüttelt die Hand nicht ab. Ihr ist alles gleich, sie ist so müde. Und sie hat seine Hand ja gern, sie hat ihn überhaupt gern, diesen großen Buben. Die ersten Laternen werden jetzt angezündet, der Himmel schwebt rosa über einem glänzend schwarzen Dach. Auch die Gitterstäbe des Parks glänzen schwarz. Über den Rasen schwimmt der zerschmelzende Schnee. Ein Auto, das vorbeifährt, spritzt die Beine an wie mit flüssiger Schokolad. Pfui Teufel! Aber der Heini merkt das nicht. Und sie will nun einmal zu ihrer Stenographie, gerade weil sie sie so oft geschwänzt hat.

– Gestern Abend hab ich eine halbe Stunde lang vor deinem Fenster gepfiffen. Und weißt du, wer dann endlich gekommen ist? Der Kerl, der Deutsche. Wie der mich angeschaut hat.

– Geh, bild dir nichts ein.

– Wieso, ich bild mir gar nichts ein. Ich bin ihm aber trotzdem nachgegangen.

– Du bist ihm nachgegangen?

– Ja natürlich. Und um die nächste Ecke herum, wer steht und wartet auf ihn – der Lothar Wehrzahl mit dem Ferdinand. Aber glaub nicht, daß die ganz einfach auf ihn zugetreten sind. Die haben gemacht, als sähen sie ihn gar nicht und er auch. Wenn da nichts dahintersteckt.

– Ich bitt dich gar schön, seit wann gehörst denn du zur Geheimpolizei?

– Ich – also Mutz, du warst es doch, die immer gesagt

hat, mit diesem Menschen stimmt was nicht. Von Anfang an. Und daß man ihn beobachten muß und daß du Gott sei Dank noch deine beiden Augen im Kopf hast und daß ich dir dabei helfen soll –
– Adieu Heini. Nein, laß mich los. Ich lauf zur nächsten Elektrischen. Sonst komm ich zu spät.

***

Fort ist das Mädel und er steht allein. Es ist sehr dunkel. Ein Mann mit einem Handwagen stößt ihn zur Seite. Ihm ist warm. Er knöpft den Mantel auf. Die Luft schmeckt nach lauter winzigen Tautröpfchen. Es bleibt nichts übrig, als nachhause zu gehen.

Aber er sucht einen Umweg. Auf der breiten Straße, die wie ein mächtiger Gürtel den Ring der Vorstädte umschließt, brennen nur ein paar trübselige Laternen. Es ist der Korso der armen Leute, der billigen Dirnen und ihrer Freunde, der kleinen Messerstecher, aber jetzt am Nachmittag liegt dieser Korso da wie ausgestorben, höchstens daß ein paar Hausfrauen noch rasch in ein Geschäft laufen. Hier schaut einem bestimmt niemand ins Gesicht, und der Heini streicht mit der Hand die lange rauhe Mauer entlang, die kein Ende zu nehmen scheint. Ihm ist zumut, als läge hinter ihr ein fremder, wilder, phantastischer Garten, in den er am liebsten einbrechen möchte, obwohl er weiß, daß hinter Bäumen und Gestrüpp nichts anderes zu finden wäre als Krankenhäuser mit traurigen Patienten. Die Augen brennen ihm. Verflucht noch einmal, was hat er denn? Wenn der Schnee nicht gleich wieder geschmolzen wäre, daß man richtig hinauskönnte, auf ein paar Skiübungen. Der Schnee war noch so schön heut in der Früh. Wenn er Geld hätte, er ginge jetzt am liebsten in ein Bad, ein paar Kopfsprünge könnten ihm auch nicht schaden. Oder ins Kino. In einen Film mit kitschigen Frauenzimmern, Herrgott, was macht man nur? Wie kann man sich denn gleich so fürchterlich über ein Mädel ärgern. Sicher hat sie einen anderen im Kopf. Aber wen? Und daß sie deshalb gleich auf alles pfeift, was wichtig ist, ganz so wie alle Mädeln. Das hätt er nie von ihr gedacht. Sie hat doch selbst immer gesagt, daß man den Deutschen jetzt aufs Korn nehmen muß, der gehört zum Rudi seinem Klüngel und bei denen geht eben jetzt was Wichtiges vor. Und heute – nein, nein, sie ist eben doch nur ein Mädel und die Mädeln sind noch nicht so weit, daß man sie ernst nehmen könnte. Aber er hätt es nicht von ihr gedacht, gerade nicht von ihr. Wenn er nur nicht nachhause gehen müßte. Wenn er ins Kino gehen könnte. Oder wo anders hin. Das verdammte Tauwetter. Wenigstens eine Zigarette möchte er haben. Ein scheußlicher Zustand. Aber er weiß, daß solche Zustände kommen und kommen müssen, er ist schließlich kein Unschuldsengel, er hat seine Aufklärungsschriften gelesen, entsprechende Vorträge angehört, er turnt, er treibt Sport, er ist ein bewußter, er ist ein gebildeter – ach nein, kein Mann. Knabe, Kind? Mit sechzehn Jahren ist man kein Kind mehr.

In dem letzten Stock im Neubau hockt die Mutter über ihrer Damenwäsche. Sie hat schon ganz kleine Augen von dem ewigen Ajour. Von dem niederträchtigen Ajour. Einmal wird er nachhause kommen, da wird sie gar keine Augen mehr haben, da werden ihr die Augen ausgeronnen sein.

– Mutter!

– Willst du was essen, Heini? Ich habe noch Kaffee und eine Semmel.

– Nein, danke schön. Ich habe keinen Hunger.

– Was rennst du denn im Zimmer herum?

– Ich denk nur nach. Ich muß noch lernen. Darstellende Geometrie.

Und dann sitzt er ihr gegenüber mit seinem Reißbrett und seinen Zirkeln. Die kleine Birne brennt matt unter dem gelben Papierschirm, den er ihr selber geklebt hat. Er ist so geschickt. Er hat auch die alten Möbel abgekratzt und neu lackiert. Beinah wie ein gelernter Anstreicher. Und ihr ein Tischerl gezimmert für Kakteen. Dafür hat sie aber auch alle die Bilder von früher und die gestickten Decken weggeben müssen. Die Leute im Haus reden schon darüber, daß die Stifters jetzt ganz modern geworden sind. Und der Heini möchte am liebsten Stahlmöbel haben. Aber das wäre denn doch zu kalt. So wie er ist, er mag nur das Neue. Sie kann sich nicht so ganz daran gewöhnen. Obwohl sie jeden Tag dem lieben Herrgott danken möchte, daß sie in dieser schönen Wohnung wohnen darf, allein mit ihrem Buben. Der meint zwar, der liebe Herrgott gibt einem keine Wohnung, das tut nur die Gemeinde, wenn sie was taugt, und dankbar braucht man nicht zu sein, es hat ein jeder Mensch ein Recht darauf. Ein Recht darauf? Wenn man so aufgewachsen ist wie sie, acht Personen in einem Zimmer und in einer Küche. Was, bist du immer noch da, geh hinaus auf den Gang oder in den Hof hinunter, so kann man sich an so ein Recht auch nicht gewöhnen. Man hört davon, aber man spürt es nicht. Es sind jetzt eben doch ganz andere Zeiten. Ihr Bub lernt Skilaufen und schwimmt und turnt, und wenn er fleißig ist, kann er sogar ein Ingenieur werden, so wie er ist, er läßt sich nichts verbieten. Ihr Bub. Und da ist nun schon wieder ein Faden gerissen. Diese rosa Waschseide ist auch nicht viel wert. Die Augen brennen. Sie geht in die Kochnische und holt so nebenbei den Kaffee und die Semmel.

Immer noch hält er den Kopf gesenkt. Was für schöne goldene Haare er hat, eigentlich Locken, aber er bürstet sie naß zurück. Und die braunen Hände. Sie sehnt sich, sein ganzes braunes Gesicht zu sehen, die hellen Augen, die starken Backenknochen, den breiten Bubenmund. Da fällt ein Tropfen auf das dicke Zeichenpapier des Reißbretts. Ach so! Und sie beugt sich über ihre rosa Seide.

Diese rosa Seide! Daß die Mutter da für ein paar Hungergroschen Ajour in rosa Seide nähen muß, damit die reichen Frauenzimmer sich ihre Wäsche dann in den teuersten Geschäften kaufen. Hemden, Nachthemden. Sie selber hat nur grobe weiße Nachthemden. Und ihre Brüste darunter sind verwelkt. Er wird ihr zum Geburtstag eine solche Seide kaufen. Aber das wird sie gar nicht wollen. Dabei ist sie nicht alt, oh nein, den Jahren nach bestimmt nicht. Aber sie hat nicht jung bleiben dürfen, so wie die reichen Frauenzimmer, die ihre Wäsche tragen. Ob sie wohl jemals jung gewesen ist? Er kann es sich kaum denken. Und den Kaffee hat sie auch neben ihn gestellt, ohne daß er es beachtet hat. Nicht einmal danke hat er gesagt. Alles wegen diesem Fratzen, der Mutz. Sie ist zwar seine erste Liebe, seine Jugendliebe, aber eine solche Liebe geht erfahrungsgemäß immer rasch vorbei, er wird schon auch noch damit fertig werden. Wenn nur die Mutter nichts merkt.

Die aber seufzt und sagt: – Daß du gar so viel lernen mußt.

Ob es etwas mit einem Mädel ist? Er hat schon lang nicht von der Mutz gesprochen. Oder ob er in der Schule Ärger hat? Heutzutag, wo oft die Besten im Leben nichts erreichen können wegen der Arbeitslosigkeit, sind auch die Kinder imstand und schießen sich wegen ein paar schlechter Noten gleich eine Kugel durch den Kopf. Steht alle Augenblicke in der Zeitung. Oder vielleicht hat es wieder eine Prügelei gegeben, wo er dabei war? Es gibt jetzt so viel schlechte Menschen. Im sechszehner Haus zum Beispiel haben sie unlängst einem Buben mit den Stiefeln ein paar Zähne eingetreten. Herrgott, daß man auch solche Angst haben muß. Nur ein Glück, daß er heute vor ihr sitzt. Wie viele Abende hat sie nicht schon in dieser ihrer sicheren kleinen Wohnung auf den Sohn gewartet, als käme er zurück aus einem Krieg.

Wer nicht arbeitet, soll auch nicht essen

Der Knabe Ernst fährt jeden Morgen frühzeitig aus seinen Decken mit schlechtem Gewissen. Obwohl keine Weckuhr mit leuchtenden Zeigern mehr neben ihm steht und es nichts zu versäumen gibt. Man erwartet ihn weder in der Schule noch im Kontor noch sonstwo auf der Welt. Aber trotzdem gelingt es ihm nie mehr, sich so richtig auszuschlafen. Das schmale schwarze Fensterkreuz steckt drohend in der Dämmerung. Jeden Augenblick muß er auf ein kurzes heiseres Klingeln gefaßt sein. Das ist die Weckuhr der Monika, sie steht früh auf, sie hat viel zu tun. Manchmal belauscht er ihre Schritte in der Küche und auf dem Gang. Oder sind es auch andere Schritte? Öffnet jemand die Wohnungstür? Leise, unhörbar? Ist es der Javornik, der Arbeitslose, der wie ein Schatten durch dieses Haus huscht? Einmal trifft man ihn vor der Küche, ein andermal auf der Treppe, oder er lehnt an Monikas Tür. Aber es ist, als wollte er nicht gern gesehen werden. Groß und hager steht er vor einem mit hängenden Schultern, um dann gleich wieder zu verschwinden. Man sollte einmal einfach nach ihm greifen, zupacken, seine Knochen spüren, ihn schütteln und fragen: Mensch, was machen Sie hier? Was machen Sie denn überhaupt den ganzen Tag?

Immer hängt ihm eine Zigarette im Mundwinkel. Aber er raucht sie nicht. Es ist eben eine arbeitslose Zigarette.

Natürlich kann es auch der Bengel, der Rudi sein, der da

in die Wohnung schleicht (falls überhaupt jemand die Tür geöffnet hat und das Ganze nicht nur eine Täuschung war). Oder Ferdinand Kaiser. Oder ein Einbrecher.

Der Knabe Ernst fährt nochmals aus den Decken. Und erinnert sich, daß er kein Kind mehr ist, sondern ganz erwachsen, und daß es mehr als lächerlich ist, sich jetzt im Bett vor Einbrechern zu fürchten. Aber er lauscht gespannt auf jedes weitere Geräusch, das die tote Morgenstille unterbrechen könnte. Am liebsten würde er bloßfüßig in die Küche laufen, um Monika, die gute, tröstliche, breithüftige Monika um ein Glas heiße Milch zu bitten. Doch so was tut man nicht. Soll er dem Mädchen zeigen, daß er Angst hat? Angst vor wem? Vor was? Dann lieber sich verkriechen in dem warmen Riesenbeutel stickiger Decken, das weiß niemand, das merkt niemand. Wenn er nur einschlafen könnte. Aber das gelingt ihm für gewöhnlich erst, wenn die nüchternen Alltagsgeräusche der Umwelt unverkennbar durch die Wände dringen, wenn er den Hofrat husten hört, unterbrochen von der nörgelnden Stimme seiner Frau, wenn die Wasserleitung rauscht und die kleine Mutz mit wilden Schritten durch das Vorzimmer läuft.

Dann merkt er, wie müde er ist. Der Riesenbeutel, in dem er steckt, weitet sich, verschmilzt mit den Wänden des sogenannten Kabinetts, wird zur Höhle, in der er liegen darf, geschützt und sicher wie der Embryo im Mutterleib. Die Monika singt sehr leise ihr Lied vom himmelblauen See, im Hof unten fällt still der Schnee auf den Baum mit seinen abgehackten Ästen. Nun darf man schlafen so wie an den Sonntagen der Kindheit, lange und tief, hemmungslos schlafen …

Das Schlimme ist nur, daß man doch schließlich einmal aufstehen muß und daß eigentlich jeden Tag Sonntag ist. Die Wochen werden zu ganzen Ketten von Sonntagen, Sonntagen voll von leerer und erlebnisloser Trauer. Und voll von dem Bewußtsein, daß der Montag kommen wird, mit all seinen Verantwortungen, seinen Pflichten. Wie wird er diesem Montag je gewachsen sein? Wie werden sie ihn im Kontor empfangen, der alte Boß, die Preisel, die Diener und die Tippmädchen?

Genau genommen ist es ja gar nicht mehr sein Kontor, so wie es nicht seine Firma ist, die da gerettet wurde mit seinem Geld – nein, eben nicht mit seinem Geld. Mit Irmgards Geld. Sag Irmgard, schämst du dich noch immer nicht? Du hast mich ja verkauft. Mein Leben hast du dir bezahlen lassen. Und siehst mich an mit unschuldsvollen Augen. Die passen gut zu deinem neuen schwarzen Kleid. Erzähl jetzt nur nicht, daß du nichts dafür kannst, daß ich ja selbst es war, der da in „weiser Vorsorge" das alles vorbereitet hat, daß du nicht ahnen konntest, daß dein Mann noch lebt, anstatt verbrannt, verkohlt zu sein, nicht einmal ein armselig Knochenhäuflein mehr. Hast du geschrien, als man dir die Nachricht von der Katastrophe brachte? Warst du bereit, mir in den Tod zu folgen? Jemals dazu bereit? Du hast mich ja nicht einmal bis an das Gartengitter begleitet, als ich zu dem verfluchten Flugzeug fuhr, hast nicht einmal gefragt, weshalb ich reise. Und willst mir nun vielleicht zum Vorwurf machen, daß ich nicht gleich zurückgekommen bin. Ach ja, ich weiß es, nur der Haß kann töten, aber die Lieblosigkeit ist wie ein schleichendes Gift. Sie hat mich mürbe gemacht durch viele Jahre. Begreifst du, Irmgard, welche Kraft dazu gehört, um einer Frau wie dir zu sagen: hier hast du mich, mein Fleisch, mein Blut, hier hast du meinen Atem, meine Hände, hier hast du meine Küsse und meine Zärtlichkeit – wieviel Millionen Dollar ist das alles wert? Wie wäre es, wenn wir ein bisschen damit handeln wollten?

Begreifst du, daß du mich vertrieben hast? Aus deiner Welt, die unsere war. Es ist ein Schattenleben, das ich führe, in einer Scheinwelt, die es gar nicht gibt, für mich nicht gibt. Wirklich ist nur die Welt, der man selbst angehört, wo man zuhause ist. Aber hier in diesem kleinen Kabinett in dieser kleinen Vorstadt unter kleinen Verhältnissen –

– Ach, entschuldigen Sie, sind Sie allein?

Ufermann zuckt zusammen. Da steht er in Hemdärmeln vor seinem Bett heftig gestikulierend, und das Mädchen, diese Mutz, hat plötzlich seine Tür aufgerissen. Sie sieht sich um, als suchte sie jemanden. Da hat er also laut gesprochen, zu Irmgard laut gesprochen.

– Könnten Sie nicht wenigstens anklopfen?

Das hab ich auch getan. Wenn Sie nicht hören. Der Brief da ist gerad für Sie gekommen.

Und sie wirft ihm einen Brief zu, der über den Tisch auf den Fußboden fliegt. Ein selten ungezogenes Mädchen.

Der Brief hat keine Marke, kam also nicht mit der Post. Enthält die Aufforderung an den Kameraden von Schmitz, sich zu einer vertraulichen Besprechung am nächsten Mittwoch einzufinden. Adresse ein Café. Unterschrift unleserlich.

Am nächsten Mittwoch. Nun, das hat Zeit, denn heut ist Sonntag, ein wirklicher, ein echter Sonntag, ein Sonntag auch für alle anderen. Die Monika hat Ausgang, um ihren Hut schlingt sich ein himmelblaues Band, auf öden Straßen spazieren vereinzelte Familien in ihren feinsten Kleidern, alle Rollbalken sind herabgelassen, man kann nicht einmal die Flanellpyjamas betrachten „zu erstaunlich billigen Preisen". Um die Ecken bläst stoßweise ein kalter Wind. Ist es da ein Wunder, wenn man plötzlich in den frühen Abendstunden Sehnsucht bekommt nach Wärme und nach Licht, nach großen, hellen, vielleicht sogar festlichen Räumen?

***

Ufermann hat beschlossen, in die Oper zu gehen. Warum auch nicht, wer soll es ihm verbieten? Jeder darf in die Oper gehen, vorausgesetzt, daß er sich ein Billet bezahlen kann. Allerdings gehören zu einem richtigen Opernabend ein Smoking und eine schöne Frau und ein Auto, das vor dem Hause auf einen wartet. Und es ist vielleicht nicht ganz so einfach, zu einem wirklichen Genuß zu gelangen, wenn einem die Fingerspitzen frieren und man in einem schäbigen schwarzen Ulster gelaufen kommt.

Die Bogenlampen brennen matt, als fehlte ihnen jede wahre Leuchtkraft. Nein, diese Stadt kleidet die Kälte nicht, vergebens sucht man heute auch in ihren vornehmsten Straßen bloß einen Schimmer von dem Glanz und Zauber ihrer nun längst vergangenen Epochen. An diesem leeren Sonntagnachmittag verwandelt sie sich in ihr eigenes Gespenst. Ufermann geht an der Oper vorbei, deren breiter Riesenbau noch dunkel und verschlossen liegt. Es ist viel zu früh für die Vorstellung. Auch wird man nur den ‚Freischütz' spielen. Er hat sich ganz was Anderes erwartet, eine große Musik voll von dem Rausch und den Farben des Südens, mächtige Chöre, bunte, abenteuerliche Kulissen. Muß es denn heute sein, daß er zum ersten Mal wieder das Haus betritt, wo er sich immer wie ein Gast gefühlt hat und niemals nur als Fremder? Er kann ja später wiederkommen, in einer halben Stunde oder so was, vielleicht daß dann die Tore alle geöffnet sind und jenes Licht aus ihnen strömt, an das er sich so gerne zu erinnern pflegte. Vielleicht daß er dann auch den ‚Freischütz' hören will.

Einstweilen geht er weiter, den Kragen aufgestellt, etwas vornübergeneigt, wie eben einer, dem es kalt ist. Bis er plötzlich vor einem Eingang stockt, einem strahlend hellen und empfangsbereiten Eingang, man braucht nur durch die Drehtür zu gehen, der Boy dort wartet ja darauf, nur ein paar Schritte, Klubfauteuils in wohliger Wärme, Zeitungen, ein sehr gefälliger Portier, Zimmerschlüssel, ruhige Teppiche, ein Bad, ach ja, ein Bad, und nachher Tee ans Bett –

Vor dem Eingang des Hotels steht ein Mann. Die Schultern läßt er hängen wie eben einer, der müde ist. Der Boy wird aufmerksam. Was will der Kerl? Was rührt er sich nicht weg? Den darf man ja nicht aus den Augen lassen, heutzutage, man kann nie wissen. Was glotzt er so? Was hat er hier zu suchen?

Ufermann lächelt. Dummer Junge, mach dich doch nicht so wichtig. Ich brauche nur die Halle zu betreten und meine Brieftasche zu ziehen, so dienerst du vor mir und fragst nach meinen Wünschen, du kleine Lakaienseele in Uniform. Ich brauche nur zu wollen und mich zu entschließen – mein Gott, wer ist der Mensch, der da jetzt eben aus dem Auto steigt, mein Gott, was sieht er mich so an, den kenn ich doch, was sieht er mich so an,

den hab ich doch schon einmal wo getroffen, nein, nein –
– Aufhalten, schreit der Boy, aufhalten!
Der Herr, der eben aus dem Auto stieg, sieht dem Fliehenden nach.
– Was ist denn los? Was hat er denn getan?
– Ich weiß es nicht. Aber er lauft halt so.
– Na, dann brüllen Sie nicht gleich, mein Junge. Nur weil er läuft.
– Sie wissen gar nicht, wer das war? Bestimmt kein Gast hier im Hotel?
– Bestimmt nicht.
– Merkwürdig. Ich kenn ihn doch. Woher …

****

Wie Ufermann nachhause will, zurück in das Kabinett, die Zufluchtsstätte, die Höhle, in der man sich verkriechen kann, nachdenken, überlegen, vielleicht sogar Entschlüsse fassen, steht die Frau Hofrat im Vorzimmer.
– Ach, Sie sind es. Ich hab gedacht, mein Mann kommt endlich. Ich bin so aufgeregt.
– Was ist denn?
– Da geht er aus bei diesem Wetter mit seiner Bronchitis. Kartenspielen. Weil er es am Sonntag in der Wohnung nicht aushalten kann. Haben Sie schon so was gehört. Wo er doch die ganze Woche lang im Bureau ist. Aber wollen Sie nicht ein bissel ins Speiszimmer kommen. Sie sind ja auch ganz erfroren. Ich hab gut geheizt, alles nur für meinen Mann, wenn ich gewußt hätte, was für ein Wind heut draußen ist –
Im Speisezimmer ist es wirklich warm und die Frau

Hofrat sorgt eigenhändig für Tee und Keks. Die schweren dunklen Möbel stehen wie verbannte Riesen zwischen engen Wänden, und die Stehlampe brennt trüb unter einem zerschlissenen grünen Seidenschirm. Die Frau Hofrat deckt auf einem kleinen Tischerl, so ist es gemütlicher und sie braucht die Plüschdecke nicht vom großen Tisch zu nehmen. Wo sie doch ohnehin alles allein machen muß, denn die Monika hat Ausgang, so ist das eben mit den Mädeln, heutzutag, jeden zweiten Sonntag, und wenn man sich an die feinen Gesetze halten wollte, auch noch einmal in der Woche. Die Hausfrau selber aber kriegt nie frei. – So nehmen Sie doch, Herr von Schmitz. Gar keinen Zucker? Ich sag immer zu meinem Mann – Herrgott, wenn er nur endlich käme, das wird wieder eine Husterei, heut in der Nacht. Der Doktor meint, er sollt einmal ganz ordentlich zuhause bleiben. Aber das will er nicht, ich bitte Sie, bei diesen Zeiten, wo immer nur von Abbau und von Pensionierung die Rede ist. Früher einmal hätt man sich nicht geniert, da wär man in diesem Zustand auf den Semmering gefahren, ein kleiner Krankenurlaub, ich bitte Sie, was war das schon. Ja, wenn man sich das leisten könnte. Aber die Preise in den Hotels. Haben Sie eine Ahnung. Noch eine Tasse, Herr von Schmitz? Sie schauen auch schlecht aus nach Ihrer Grippe. Sie könnten eine kleine Nachkur auch gut brauchen. Am Semmering. Die Luft dort, sag ich Ihnen, Davos ist nichts dagegen. Aber das alles gibt es ja nicht mehr für unsereinen –

– Wie lange fährt man auf den Semmering?

– Drei Stunden oder so was. Ich war schon lang nicht dort. Das ist nur für die reichen Juden. Oder die Amerikaner. Und die Herren Arbeiter natürlich, die fahren jetzt auch ins Gebirge auf Wintersport. Da wird ein jeder Proletarierbub ein Skimeister. Während die gute Gesellschaft, mit den paar Groschen, die wir in der Bank noch liegen haben – du lieber Himmel, unser Teewasser!

Und die Frau Hofrat stürzt in die Küche hinaus und läßt den fremden Herrn allein, der plötzlich aufsteht und sich umsieht, fragend, erstaunt in all der blutlosen Pracht der guten Gesellschaft.

– Was ist mit Ihnen, Herr von Schmitz? Sie werden mich doch nicht verlassen wollen. Mein Mann muß jeden Augenblick kommen.

Noch einen Tee. Und hier, versuchen Sie die Marmelade. Wo diese Mutz nur wieder bleibt. Ich hätte mir mit fünfzehn Jahren erlauben sollen, am Sonntagnachmittag ganz einfach weg zu laufen. Da hätte mein Papa es mir gegeben. Aber was nützt es schon, wenn ich was sage. Die Jugend heutzutag, die ist ja ganz verwildert. Bedenken Sie, ein Mädchen von Familie. Ihr ist zuhause nichts mehr gut genug. Sie hat doch schließlich einen großen Bruder. Und seine Freunde. Aber da gibt es nichts als Unfrieden. Es ist nicht leicht für eine Mutter, Herr von Schmitz, wenn ihre beiden einzigen Kinder wie Hund und Katze miteinander leben. Daran sind auch nur diese Zeiten schuld. Die Kinder werden gegeneinander aufgehetzt. Von wem, ich frage Sie? Da hat die Mutz auf einmal eine Weltanschauung. Ich hätte mir mit fünfzehn Jahren so was erlauben sollen –

– Eine Weltanschauung?

– Ja, eine Weltanschauung. Daß alle Menschen gleich sind und so weiter. Und daß ein jeder alles haben soll und daß man keinem was verbieten darf, Sie wissen schon. Unlängst erst, vor ein paar Tagen, erwisch ich meine

Tochter, die Tochter vom Herrn Hofrat Rameseder, bei der Hausmeisterin. Politisiert dort mit dem Javornik. Sie kennen ihn, den Arbeitslosen. Der hat auch nichts Gescheiteres zu tun, als bei seiner Frau Tant herum zu sitzen, das ist nämlich die Hausmeisterin. Es ist ja schlimm jetzt bei der leidigen Arbeitslosigkeit, obwohl ein wahrhaft anständiger Mensch immer eine Arbeit findet, wenn er nur recht will und keine Mühe scheut. Meinen Sie nicht auch, Herr von Schmitz? Da laß ich mir den Javornik kommen, damit er mir die Kohlen aus dem Keller holt, schließlich könnt es die Monika auch, aber ich bitte Sie, er kriegt dafür einen Kaffee und ein Butterbrot. Und wissen Sie was, der Mensch kommt einfach nicht. Keine Lust. Ja, ja, so sind sie, diese Leute. Will womöglich auch noch extra dafür bezahlt, wo er doch den ganzen Tag lang nichts zu tun hat. Für den Kaffee und das Butterbrot allein steht es ihm nicht dafür. Also was sagen Sie? Kann man da helfen? Das kommt eben davon, daß der Staat den Leuten eine Rente zahlt für nichts und wieder nichts. Wenn die Begriffe einmal so gesunken sind, daß einer lebt und ißt, ohne zu arbeiten –

– Verzeihung, gnädige Frau, aber ich fürchte, es wird zu spät. Ich muß noch rasch –

Und draußen ist er aus dem Zimmer. Was denn? Was muß er? Eine komische Art, einem plötzlich so davon zu laufen, wo er doch sonst sehr höflich ist. Sollte die Stefanie recht haben und es stimmt wirklich etwas nicht bei ihm? Sie meint ja immer, er ist viel zu blond und seine Haare sind gefärbt. Aber das wäre auch noch kein Verbrechen, besonders heutzutage, wo das Germanische so Mode ist.

***

Was hat er denn gesagt? So denken Sie doch nur ein wenig nach, Moni. Er muß ja was gesagt haben, ehe er weg ist.

Die Mutz sitzt wieder auf der Kohlenkiste in der Küche und baumelt mit den Beinen, aber die Monika hat keine Zeit für sie. Wie soll sie mit dem Essen fertig werden, heut war ja rein der Teufel los. Erst der Herr Hofrat mit seinem Fieber, bis dann der Doktor endlich gekommen ist, und in die Apotheke hat sie laufen müssen und es waren nicht Kohlen genug in der Wohnung, und dann noch der deutsche Herr, daß der plötzlich wegfährt, alles nur, weil der Doktor gleich auch mit ihm gesprochen hat und dabei gemeint, es könnt nicht schaden, ein bissel in die gute Luft zu kommen. Da ist er eben auf den Semmering. Und ganz geschwind.

– Aber er muß doch was gesagt haben. Er kann nicht nur so einfach weg sein.

– Er hat bloß einen Fahrplan wollen. Und weil ich eh schon in der Apotheke war, bin ich gleich auch noch in die Trafik. Und die Mama war bös, weil es so lang gedauert hat. Dabei hab ich ihm gar nicht helfen können, den Koffer packen. Wenn er nur noch den Zug erwischt hat.

– Wars denn so eilig?

– Der Zug ist halt so rasch gegangen.

– Den Koffer hat er mit. Da kommt er also gar nicht wieder?

– Warum soll er nicht wiederkommen? Sein Zimmer hat er ja bezahlt.

– Aber Moni, er muß doch was gesagt haben. Zum

Beispiel, wann er wiederkommt. Und ob es lange dauern wird. Und die Adresse, wohin man seine Post nachschicken soll.

– Der hat doch keine Post. Herrjeh, dem Hofrat sein Kompott. Wo ist denn nur der Kochlöffel? Heut ist ja alles wie verhext.

Ja, es ist alles wie verhext. Die Mutz geht in ihr Zimmer und schließt die Türe leise hinter sich. Weg ist er, dieser Mensch, fort und verschwunden. Mit einem Mal. Wenn sie nachhause kommt, so braucht sie von nun an gar nicht mehr auf den Kleiderhaken zu sehen – sein Mantel hängt bestimmt nicht dort. Wie leer die Wohnung ohne diesen Mantel ist und ohne seinen Hut. Man kann ihm auf der Treppe nicht begegnen. Das ganze Haus ist leer. Die Straße unten. Die Stadt. Die Welt. Wo ist er hin? Ob das nicht mit dem Brief zusammenhängt, den sie ihm am Sonntag gebracht hat. Da war jemand bei ihm, sie hat ihn reden hören, ganz bestimmt. Wenn sie sich getraut hätte, sie hätte unter sein Bett gesehen und hinter den Vorhang. Wer kann es nur gewesen sein? Aber sie hat sich eben nicht getraut. Eine feine Art, einen Menschen zu beobachten, der verdächtig ist. Ach was, beobachten. Mach dir nichts vor, du dumme Mutz. Du hast ihn ja schon längst nicht nur beobachtet. Du hast ihn – du hast ihn, so gib es dir nur endlich zu, mit deinen Augen hast du ihn gefressen. Jetzt steckt er in dir, du wirst ihn nicht los, du mußt die ganze Zeit an ihn denken, und alles andere ist dir gleich, sogar daß der Papa wieder krank ist. Herrgott, was bin ich doch für eine. Die Tante Stefanie hat immer gesagt, bei einem Frauenzimmer kommt es nur darauf an, was für ein Kerl ihm rechtzeitig den Kopf verdreht. Aber daß es ausgerechnet einer von denen sein muß, einer der zum Rudi gehört. Oder? Vielleicht ist es doch nicht ganz wahr? Eine Schande. Vielleicht ist es doch keine Schande? Sie hat ihn ja noch nicht entlarvt. Noch nicht. Und vielleicht gelingt es ihr gar nicht. Wie soll es ihr gelingen, wenn er nicht wiederkommt. Und wenn er wiederkommt? Sie weiß ja nichts von ihm. Da wohnt man Tür an Tür mit einem Menschen, atmet dieselbe Luft, weiß nichts von ihm. So nah kann man sich sein und doch nichts voneinander wissen. Ist er denn wirklich auf dem Semmering? Herrgott, ihr fällt was ein, die Susi Frey, die fährt ja auch hinauf, denn jetzt sind Ferien. Wenn man sie einweiht, nur ein bißchen, man muß ihr nicht gleich alles sagen –

– Fräulein Mutz, ich hab Sie schon dreimal gerufen. Das Essen steht auf dem Tisch und die Mama –

– Ja, ja, ich komme.

Die Monika sieht dem Mädel nach, wie es in das Speiszimmer geht, ganz langsam, beinah wie hinter einer Leich. Ja so. Sie glaubt, er kommt nicht mehr zurück. Drum hat sie gar so viel gefragt. Ja so. Man hat nicht immer Zeit, zu antworten und nachzudenken. Die arme Mutz. Sie ist halt noch ein rechtes Kind, Und er gefällt ihr. Man kann es auch verstehen. Er ist ein schöner Mensch, ein feiner Mensch und auch ein guter Mensch. Wie er die Monika nur angeschaut hat, ehe er fort ist – beinahe wie der Javornik.

***

Ufermann öffnet, noch in Pyjamas, die Tür zu seinem Balkon. Denn die Sonne hat ihn geweckt. Unter dem kristallblauen Himmel spannt sich eine weiße

Kette von Gebirgen, wirklichen, starken, unverrückbaren Gebirgen. Wie lang er wohl geschlafen hat? Er reckt sich. Es ist ja gleich, er braucht nicht auf die Uhr zu sehen, ein Frühstück gibt es immer im Hotel. Und wenn er klingelt, bringt man ihm den Tee aufs Zimmer. Die Schneeluft reinigt seine Kehle. Ach, so viel Licht ist er nicht mehr gewöhnt. Wie wunderbar das wirkt und wie befreiend. Verflogen ist der Spuk der letzten Tage, der letzten Monate. Er steht hier, wie schon oft vorher, in seiner Welt, einer sehr festen und einer sehr sicheren Welt, an einem Ferientag, der ihm gehört, zu dem er voll berechtigt ist, berauscht vom Glücksgefühl der Höhe. Sein Blick weitet sich mit dem Horizont, die ganze Pracht des Winters bietet sich ihm an, über den Abhang vor dem Hotel rodeln Kinder in bunten Pullovers. Zu dumm, daß er nicht ein Paar Skier mitgenommen hat. Auf einem Paß kann man doch nicht spazieren gehen, hier gleitet man über blitzende Flächen hinab in die Täler, um sich dann von warmen, keuchenden Eisenbahnen durch schwindelnde Viadukte hindurch wieder bergauf tragen zu lassen. Das nennt sich Sport. Es ist ein Spiel.

Und mit der Ungeduld des Knaben, der es nicht erwarten kann, am ersten Ferientag endlich zu dem geliebten Spiel zu kommen, kleidet Ufermann sich jetzt an. Das Köfferchen des Herrn von Schmitz schiebt er dabei mit einem Fußtritt unter das Bett. Es paßt nicht recht in ein modernes Hotelzimmer mit Zentralheizung und lautlosen Teppichen. Auch der schwarze Ulster wirkt etwas fremdartig. Aber das ist ja alles nicht so wichtig. Als er gestern durch den strahlend hellen und empfangsbereiten Eingang kam, war der Portier von jener selbstverständlichen Gefälligkeit gewesen, wie sie dem Gast gebührt, und dem uniformierten Boy wäre es bestimmt nicht eingefallen, ihn auch nur mit einem mißtrauischen Blick zu mustern. Und wenn der Mann, der Sonntag aus dem Auto gestiegen war und den er wiederzuerkennen glaubte vor dem Hotel in Wien, nun plötzlich hier auch auf ihn zugetreten wäre, er hätte sich dadurch noch keineswegs vertreiben lassen. Er hätte nur gesagt: Ach guten Tag, wann haben wir uns schon getroffen und wo? Er wird sich überhaupt nicht mehr vertreiben lassen. Denn er gehört doch her. Wer will ihm das Hotel verbieten? Die Frau Hofrat mit ihrer Gouvernantenstimme: „... daß einer lebt und ißt, ohne zu arbeiten." Ein jedes Wort wirkt wie ein Stich. Aber Frau Hofrat, sehen Sie sich um hier in der Hall, im Speisesaal, auf den Eislaufplätzen, die jungen Leute, braun gebrannt, die Mädchen mit den roten Lippen, den langen Sportsbeinen, sie leben alle, alle, sie leben und essen, ohne zu arbeiten, ganz so wie ich. Was wollen Sie von uns, Frau Hofrat? Wir werden uns den Schnee, die Berge, die Sonne, die Freude an dem einmaligen, dem gegenwärtigen Tag von niemandem verbieten lassen. Auch nicht von Ihnen.

Und Ufermann schlendert durch die Hall mit den Klubfauteuils in wohliger Wärme, wirft einen Blick auf die Zeitungen. Soll er den Portier nach seiner Post fragen? Ach was, er bekommt hier doch keine. Wie wäre es, wenn er Irmgard endlich schreiben wollte? Eine Ansichtskarte. Dort auf dem Tisch liegen ja welche.

Um diesen Tisch herum drängen sich ein paar Frauen. Er sieht ihnen über die Schultern, atmet den Duft gepflegter Haare und weicher Wolle. Ein dunkles Köpfchen streckt sich aus einem mimosengelben Pullover, es ist ein leicht geschwungener verführerischer Mund, der ihm entgegenlächelt, eine Sekunde lang, aber in dieser Sekunde lächelt auch er, der Himmel auf den Ansichtskarten ist noch viel blauer als hinter der sich schwingenden Drehtür, auf die er zutritt, begleitet von einem langen und suchenden Blick.

– Wer ist denn das? Stellt sich da einfach zu uns hin ... gestern erst angekommen ... merkwürdig sieht er aus ... Nicht übel ... findest du ... ein interessanter Mensch ... was du schon interessant nennst ... na, jedenfalls nicht nur ein Wintersportler ... was denn? ...

***

Nach ein paar Stunden Schneeluft kann Ufermann sich nicht verhehlen, daß er friert. Der schwarze Ulster des Herrn von Schmitz ist eben nicht die richtige Ausrüstung für das Gebirge. Nun, gar zu lange wird er ja nicht bleiben. Aber er will wenigstens versuchen, sich ein Paar bessere Handschuhe zu kaufen. Nicht weit von dem Hotel liegt ein kleiner Laden mit Sportartikeln, Andenken, aus Holz geschnitzt, und Ansichtskarten.

Die Verkäuferin wirft einen unfreundlichen Blick auf seine Hände. Er merkt im Dämmerlicht des frühen Nachmittags, daß die Fingerspitzen ganz blau gefroren sind.

– Nein, solche Handschuhe, wie Sie sie brauchen, die führen wir nicht.

– Aber wieso denn? Lassen Sie mich sehen.

Warum verfolgt diese Person jede einzelne seiner Bewegungen? Es paßt ihr ganz entschieden nicht, daß er sich ihre Handschuhe betrachtet.

– Ist das alles, was Sie haben? Gibt es nicht etwas Einfaches? Was wirklich Gutes?

– Das ist sehr teuer.

Ufermann hebt den Kopf, sieht im Spiegel vor sich, daß ihm eine Zigarette im Mundwinkel hängt, nicht angezündet. Er steckt die Zigarette in die Tasche und wählt hastig ein paar Handschuhe, ohne nach dem Preis zu fragen. Wie er dann die Brieftasche öffnet, die seine Reserve ist, seine Kasse, seine Bank, fällt ihm ein, daß es nicht unangebracht wäre, ihren Inhalt auch einmal nachzuzählen. Obwohl er weiß, daß er natürlich noch Geld genug hat für die kurze Zeit, ehe er zurückkehrt, nachhause, zu Irmgard. Er wird ihr schreiben, keine Ansichtskarte selbstverständlich, einen Brief. Oder auch telegrafieren.

Er sucht den nächsten Weg zu dem Hotel, denn er ist müde, der kleine verschneite Pfad gehört wohl schon zum Park. Was ist das da für eine Tafel, was steht darauf? „Eingang nur für Hotelgäste."

Warum stockt er plötzlich? Ist er denn kein Hotelgast? Genau so wie jene anderen, die ihr Zimmer bezahlen, die Wärme, das Licht, alle die dargebotene Bequemlichkeit und die Musik, die ihm eben jetzt durch die erstarrte Luft entgegenzittert. Sie tanzen wohl dort in der Bar. Ob die hübsche Frau mit dem dunklen Köpfchen und dem leicht geschwungenen, halb geöffneten Mund nicht auch dabei ist? Man könnte vielleicht ein bißchen mit ihr tanzen, so ins Gespräch kommen, sie kennen lernen –

Aber nicht gleich heute. Heute ist er zu müde. Er geht vorbei an der Bar, verfolgt von einem aufdringlichen und lustigen Jazz.

***

Allein sein kann man im Incognito einer kleinen Vorstadt unter kleinen Verhältnissen in einem kleinen Kabinett. Aber nicht in einem großen Hotel mit Spiegelscheiben und vielen Glastüren, hinter denen die anderen alle, die Fröhlichen, die Sorglosen, die Unbekümmerten schwatzen, flirten, Vereinbarungen treffen, Ausflüge verabreden hinauf in die glitzernden Gebirgsketten, über denen auch in den nächsten Tagen ein kristallblauer Himmel strahlt. Ufermann wird sich bewußt, daß er seit Monaten mit niemandem gesprochen hat. Worte gewechselt, vielleicht, aber nicht gesprochen. Schweigen jedoch ist ein Laster der Dunkelheit. Im Licht löst sich das Wort aus den Gedanken, es befreit sich der Sinn, die Stimme sucht den Klang, der ihr die Antwort bringen soll. So hör mich doch. Verstehst du mich? Spürst du wie ich die helle Stunde? Vielleicht, daß wir zusammen heute –

Ufermann schlägt sich beinahe auf den Mund. Da steht er auf seinem Balkon und spricht ganz laut. Zu wem? Die kleine Mutz hat ihn schon einmal so ertappt. Was sollen hier die Leute von ihm denken? Das Fenster nebenan ist offen. Wenn man ihn hört – was spricht er denn? Zu wem? – Das ist nicht Irmgard mehr. Das ist überhaupt keine bestimmte Gestalt. Er spricht zu einer von den vielen, die an seiner Zimmertür vorbeilaufen oder mit dem Lift durch das Haus schießen, die im Speisesaal sitzen, am Tisch neben ihm, ganz nahe und doch unerreichbar fern, abgeschlossen durch eine himmelansteigende, feine Glaswand. Solche Glaswände umgeben ihn jetzt überall. Wer hat sie aufgerichtet zwischen ihm und allen übrigen Hotelgästen, zu denen er nun doch einmal gehört? Wer wagt es, ihn zu isolieren? Zersplittern wird er diese Glaswände, und wenn das Blut aus seinen bloßen Händen spritzen sollte. Schicksal ist, was andere über einen verhängen. Und wenn diese anderen (welche anderen übrigens?) ein dumpfes und erstickendes Schweigen über ihn verhängen, so wird er dieses Schweigen brechen. Er wird ganz einfach, und das heute noch, auf eine der vielen hübschen Frauen zutreten, vielleicht auf die dunkle im mimosengelben Pullover, er wird sich vorstellen und ein paar Worte sagen, ein kleiner Anlaß findet sich wohl immer –

Wie ein Jäger, der sein Wild sucht, pirscht er über die lautlosen Teppiche des Hotels. Durch das Spielzimmer, wo eine kleine Gesellschaft in ihr Bridge vertieft ist, durch den Lesesaal vorbei an bequemen Herren hinter aufgeschlagenen Zeitungen. In der Bar vertreiben sich gelangweilte Jünglinge im Smoking die Zeit mit ein paar Cocktails, es ist die leere Viertelstunde vor dem Abendbrot, die Damen machen wohl Toilette, und plötzlich sieht er hinter einer Glastür den mimosengelben Pullover vorüberhuschen, den dunklen feinen Kopf. Er tritt entschlossen auf die Glastür zu, da spricht ihn eine leise Stimme an.

– Entschuldigen Sie, sind Sie nicht Herr von Schmitz?

Vor ihm steht ein junges Mädchen, eigentlich noch ein Kind, in einem glatten dunkelblauen Schulkleid.

– Wie bitte?

– Ich meine nur, Sie sind doch Herr von Schmitz?

Ja, er ist Herr von Schmitz. Daran wird er nicht eben gern erinnert. So nickt er nur.

– Ich soll Ihnen nämlich Grüße bestellen. Von Mutz. Sie wissen doch, Mutz Rameseder. Wir gehen in dieselbe Klasse, ich heiße Susi Frey –

Das Mädchen stockt. Sein volles rundes Gesicht wird dunkelrot.

Am liebsten hätte er gesagt: Sie irren, liebes Kind, ich bin nicht Herr von Schmitz, ich kenne niemand namens Rameseder, ich bin ein Gast wie alle anderen hier, ich bin in Wirklichkeit, in jener Wirklichkeit, aus der ich mich nicht mehr vertreiben lasse –

– Entschuldigen Sie, ich meine, das war alles. Nur grüßen soll ich Sie. Man hat mich drum gebeten.

Herrgott, was ist denn das, er kann kein Wort hervorbringen. Wie ein unbeholfener Junge steht er vor diesem Kind, das immer mehr verlegen wird. Sie werden sicher beide schon beobachtet. Was will der Herr, der jetzt noch auf ihn zutritt?

– Darf ich Ihnen Feuer anbieten?

– Oh danke sehr.

Und Ufermann merkt, daß ihm schon wieder nicht angezündet eine Zigarette im Mundwinkel hängt. Und daß der Herr, der ihm ein brennendes Zündhölzchen hinhält, lächelt. Ganz wenig, nur mit den Augen.

– Papa, das ist nämlich Herr von Schmitz, du weißt doch, der Herr, der bei Mutz Rameseder wohnt. Ich habe ihr versprechen müssen –

In diesem Augenblick übertönt der Gong jedes Wort. Ufermann raucht in tiefen Zügen seine Zigarette. Daß er jetzt immer vergißt, sie sich anzuzünden. Der Herr vor ihm betrachtet ihn nachdenklich und geduldig zugleich. Er ist nicht mehr jung, sein Haar ist grau, er gehört zu jenen Menschen, die man nicht bemerkt, auch wenn sie tagelang neben einem sitzen, auf einem Schiff oder in einem Speisesaal. Aber wie der Gong verklungen ist, befindet Ufermann sich zu seinem eigenen Erstaunen in einem

Gespräch, einem leichten und selbstverständlichen Gespräch mit einem – ja eben mit einem anderen Gast des Hotels, der sich ihm vorstellt als Professor Frey. Von diesem Mann trennt ihn jetzt keine Glaswand mehr. Und auch nicht von dem kindlichen Mädchen mit dem runden Gesicht. Sie lächelt ihm zu: – Wir müssen der Mutz zusammen eine Ansichtskarte schreiben. Damit sie sieht, daß ich Sie aufgetrieben habe.

***

Schrecklich sind heuer diese Weihnachtsferien. Der Papa liegt immer noch im Bett und die Mutz kann nichts anderes für ihn tun, als mit ihm Schach spielen. Zwischendurch lernt sie, denn in der Schule ist es in der letzten Zeit auch nicht besonders gut gegangen. Der Heini ist verschwunden, Gott weiß warum, der dumme Bub, vielleicht beleidigt, na, sie hat ihm einmal bestimmt nichts getan. Ist auch möglich, daß er mit einer Jugendgruppe auf einer Skitour ist. Mitteilen hätte er ihr das wenigstens können. Obwohl sie diesmal bestimmt nicht auch gefahren wäre. Sie ist so gern zuhaus. Sie wartet. Ja, auf was wartet sie denn eigentlich? Nicht nachdenken. Nicht drüber nachdenken.

Aber dann kommt plötzlich eine Ansichtskarte vom Semmering. Mit einem kitschigen blauen Himmel, und die Susi schreibt drauf mit ihrer braven Schulschrift, wie schön sie es haben. Sie und – ja, er hat auch unterschrieben, wenn man das Gekritzel da als Unterschrift bezeichnen kann. Wenigstens einen Gruß hätte er beifügen können. Oder seinen Namen ausschreiben. Ist das wirklich ein S? Schaut mehr aus wie ein V oder ein U. Wenn es ihm nur gut geht dort oben. Und der Susi. Sie wohnen sogar im selben Hotel. Die Mama hat sich ohnehin schon gewundert, wo er das Geld her hat. Und die Tante Stefanie hat wieder damit angefangen, daß bei dem Preußen ja doch etwas nicht stimmt. Einmal das Kabinett und dann der Semmering. Aber mein Gott, er hat doch nie gesagt, daß er kein Geld hat. Und wenn es was bedeuten sollte, was Arges, so wär der Rudi doch nicht so erstaunt gewesen. Durch die Zähne hat er gepfiffen, wie er gehört hat, daß sein sogenannter Studienkollege plötzlich auf und davon ist. Und gleich gefragt nach seiner Adresse. Die niemand wußte. Aber jetzt hat sie diese Adresse, sie, die Mutz, jetzt tut es nicht mehr gar so weh, wenn sie an dem leeren Kleiderhaken vorbeigeht, jetzt kann sie sich doch wenigstens vorstellen, wo sein Mantel hängt und sein Hut, wenn er auch kein Wort geschrieben hat, dieses Scheusal, nicht einmal einen anständigen Gruß. Sie wird es ihm zeigen, wenn er wiederkommt, denn er kommt wieder, natürlich kommt er wieder.

Das meint auch die Mama, obwohl sie geärgert ist, weil sie nicht weiß, wie lange er fortbleibt. Da steht sein Zimmer leer, sie hat es abgesperrt. Vor ein paar Tagen hat sie den Javornik erst dort erwischt, angeblich war schon wieder ein Kontakt kaputt. Sie hat auch die Nähmaschine bis auf weiteres wieder hineingestellt. Wenn der Mensch nun plötzlich erscheint – wenigstens eine Ansichtskarte hätte er schreiben können.

– Das hat er doch.

Die Mutz beißt sich beinahe in die Zunge. Jetzt ist es ihr herausgerutscht. Und der Rudi, der einstweilen nur gelangweilt in seinem Fleisch herumgestochert hat, wirft ihr über den Tisch hinüber einen durchdringenden Blick zu. Es nützt nichts, sie muß erzählen von ihrer Freundin Susi und von der Karte und daß die beiden sich getroffen haben, zufällig, im selben Hotel. Der Rudi wird ganz aufgepulvert.

– Da ist er also wirklich dort.
– Wo soll er sonst sein?
– Frag nicht so dumm. Ich meine nur, er hätte ja auch woanders hinfahren können, weil er die Gegend noch nicht kennt.

Nein, der Rudi ist kein großer Diplomat. Später kommt er dann zu Mutz in das Zimmer.

– Hast du vielleicht noch eine Zigarette?

Sie schüttelt den Kopf und starrt hinein in ihren Livius. Denn sie will lernen.

– Und außerdem, wie heißt denn das Hotel? Wo wohnt sie denn?
– Wer?
– Du weißt schon, deine Freundin.
– Wer?
– Tu nur nicht so. Das Judenmädel.

Die Mutz nimmt ihren Livius und schmeißt ihn dem Rudi an den Kopf.

***

Nun ist Ufermann nicht mehr allein. Er spricht, er darf sprechen, er hat die Sprache wiedergefunden, die seine eigene Sprache ist und nicht mehr die eines Phantoms, eines Herrn von Schmitz. Sitzt er mit dem Professor in der Hall oder geht er mit ihm über die verschneite Höhenstraße, so spricht er eben als der, der er ist und immer war. Was spricht er nur? Ach, er redet wie einer, der von einer allzu langen Reise kommt und gar nicht weiß, wo er beginnen soll mit seinen Schilderungen. Da redet man erst mehr vom Nebensächlichen, vom Wetter und von der Luft und von der Aussicht, ein wenig auch von Politik, den allgemeinen Zuständen, der Krise, der Arbeitslosigkeit, den Schwierigkeiten des vergangenen Jahres, von neuen Wirtschaftsplänen, die 1932 vielleicht doch endlich eine Lösung bringen könnten, es findet nämlich jede Krise ihre Lösung, hat sie bisher ja immer noch gefunden. Der Professor nickt nur. Er hat eine angenehme Art zuzuhören. Er wundert sich beinahe über nichts, wie eben jemand, der viel weiß. Als Jurist, Kriminalist, Rechtsphilosoph betrachtet er die Welt mit einem traurigen und leicht umflorten Blick. Auch liest er viele Zeitungen, wobei er die Gewohnheit hat, gewisse Stellen mit einem feinen blauen Bleistift anzuzeichnen. Ufermann liest diese Zeitungen nach ihm und ein paar Detektivromane, die der Professor ihm zur Verfügung stellt. Jawohl, er liest jetzt, endlich liest er wieder. Was hat er nur die ganze Zeit getan in seiner Zelle, in dem Kabinett? Wenn er zurückdenkt, kann ers nicht begreifen. Hat er geschlafen? Hat er nur geträumt?

Es sind nicht immer die großen Ereignisse in seinen Zeitungen, die den Professor zu interessieren scheinen. Er ist imstande und zeichnet sich sogar Annoncen an. „Witwe mit Eigenheim und ausgeprägtem Vorkriegscharakter sucht passenden Lebensgefährten." Was will er damit? Oder mit dem Fall des Mannes, der eben kurz vor Weihnachten von fünf Paar Socken je nur einen stahl und einen Wutausbruch bekam, als man ihn deshalb nicht verurteilen wollte. Soll ich die Heilige Nacht jetzt auch noch im Kanal verbringen! Ein sonderbarer Fall. Aber nicht sonderbarer als der Fall des Bankiers Ernst von Ufermann, der da verbrannt zu sein hat, verkohlt, nicht einmal ein armseliges Knochenhäuflein mehr, und dennoch lebt, dieser Versicherungsschwindler, natürlich lebt, sonst könnte er kein Schwindler sein. Er hat die Heilige Nacht in einem bequemen und gut geheizten Hotelzimmer verbracht, es ist ihm gar nicht eingefallen, daß es auch Leute gibt, die ihre Nächte in den Kanälen der Großstadt verbringen. Die Ausgestoßenen, die Ausgesteuerten. Verzweifelte Fälle. Der Fall des Bankiers Ernst von Ufermann ist jedoch gar nicht nur verzweifelt. Es ist ein komplizierter Fall, der einen Mann von Einsicht und von Geist, wie den Professor, bestimmt auch interessieren wird. Wichtig ist nur, im rechten Augenblick darüber ins Gespräch zu kommen. Und ist man erst einmal in solch einem Gespräch, so ist man auch nicht mehr allein, allein mit jenem Schicksal, welches andere über einen verhängen. Man gewinnt einen Freund, vielleicht sogar einen Berater –

Es handelt sich nur um den rechten Augenblick. Und Ufermann muß sicher sein, daß das Mädchen, die kleine Susi, nicht plötzlich dazwischenkommt. Sie hat trotz ihrer Jugend eine beinahe mütterliche Art, den Vater zu betreuen. Brauchst du etwas? Soll ich nicht mit dir gehen? Nun hast du wieder deinen Schal vergessen. Und sie blickt zu ihm auf, ängstlich und beschützend zugleich. Warum läuft sie nicht Ski wie alle die anderen? Warum tanzt sie nicht? Warum zieht sie sich in sich zurück wie ein verschüchtertes Schulkind?

Heute jedoch sieht Ufermann von seinem Balkon aus, daß sie zu irgendwelchen Leuten in ein Auto steigt und mit ihnen davonfährt, wahrscheinlich auf einen Ausflug.

Wenn er sich diesen Nachmittag nicht noch entschließt – sehr lange hat er nicht mehr Zeit. Er muß und wird mit dem Professor sprechen.

Die Kälte hat plötzlich nachgelassen. Über den Bergen rauchen dicke gelbe Wolken voll verhaltenem Schnee. Und der Wind, der in feuchten Stößen aus dem Süden kommt, enthält wieder jenen gewissen Duft von Mandelblüten und Mimosen. Im Speisesaal sitzt der Professor bei einer Tasse Tee. Es ist schon dunkel, die kleine Lampe neben ihm brennt unter einem roten Schirm. Er liest in einem seiner Detektivromane.

– Störe ich Sie?
– Aber gewiß nicht.
– Daß Sie so viele von diesen Büchern lesen können?
– Ein Laster unserer Zeit. Sie wissen doch. Ein jeder liest jetzt Detektivromane.
– Mich wundert nur, daß Sie ein solches Laster teilen.
– Wie sollte ich es denn verstehen, wenn ich es nicht auch teilen wollte?
– Und Sie verstehen es?

Der Professor fährt sich durch das stets etwas wirre, schüttere graue Haar. – Ein wenig.

– Sie interessieren sich für diese ewigen Morde, die Katastrophen und Verwicklungen? Ist es denn nicht immer wieder dasselbe. Eine eintönige Arithmetik der Verbrechen.
– Vielleicht.
– Eine blutrünstige und falsche Welt der Kolportage, fern von jeder Wirklichkeit.
– Wieso?

Der Professor hat den Kopf gehoben, blickt durch die Glastür in die Hall. Hört er denn nicht recht zu?

– Eine Welt der Kolportage. Höchster Luxus, tiefste

Armut, Gräuel und schlechte Menschen, wie es sie gar nicht gibt.

– Wieso nicht gibt?

Der Professor hat sich aufgerichtet und seinen Tee zur Seite geschoben. Der Speisesaal ist leer, die Kellner vergessen ihre berufsmäßige Haltung, lehnen an der Glastür. Was ist denn los? Herrgott, kann man denn niemals ohne Störung bleiben, ein Gespräch führen, ein ruhiges Gespräch, hinübergleitend in jenes Thema, das so wichtig wird.

Der Professor atmet auf. – Wir wollen doch einmal nachsehen.

In der Hall redet ein aufgeregter Amerikaner in Ledermantel und Autohandschuhen auf den Portier ein. Seine Frau stützt sich bleich und erschöpft auf ihn. Ein paar Gäste suchen taktvoll Abstand zu halten und dabei doch zu hören, was der Amerikaner sagt. Das Hotelpersonal taucht auf mit neugierigen Gesichtern, und dem Portier ist die ganze Sache entschieden peinlich.

Ein Unfall? Oder?

Vor dem Hotel steht ein altes Taxi, aus dem eben einige elegante Koffer geholt werden. Ein Boy sagt dabei laut zu dem Chauffeur: – Also schon wieder? Der Professor stellt sich mit verschränkten Armen neben das Taxi, der Wind fährt durch sein Haar, wie er so zuhört, was der Chauffeur gedämpft und wichtigtuerisch dem Boy erzählt.

Also doch ein Unfall. Unterwegs. Hängengeblieben der große Rolls Royce. Nichts weiter passiert. Wie durch ein Wunder. Polizei. Gendarmerie. Abgesperrt. Dieselbe Stelle. Das läßt sich nicht geheimhalten. Es kommt ja doch in alle Zeitungen.

Ufermann tritt ungeduldig von einem Fuß auf den anderen. Was kümmert ihn der fremde Amerikaner. Er muß mit dem Professor sprechen, heute noch, wann denn sonst? Der geht jetzt wieder zu seinem Tee zurück und wirft dabei einen langen Blick auf den Amerikaner.
— Was interessiert Sie dieser Mann?
— Es ist ein merkwürdiges Gefühl, einen Menschen zu sehen, der eben seiner Hinrichtung entronnen ist.
— Wieso? Was meinen Sie damit?
— Die Autofalle. Haben Sie nie davon gehört? Nicht weit von hier treibt ein Wahnsinniger, oder vielleicht sind es auch mehrere, sein Unwesen. Ein Draht über die Straße gespannt — es ist nicht lange her, da wurde ein Mann in seinem offenen Wagen buchstäblich geköpft. Die Welt der Kolportage, lieber Freund, ist gar nicht gar so weit entfernt von jeder Wirklichkeit, wie Sie es meinen. Ich könnte Ihnen Dinge erzählen —

Ufermann lehnt sich zurück. Eine Glaswand wächst himmelansteigend zwischen ihm und dem Professor. Was redet dieser Mann und was erzählt er ihm von einer Wirklichkeit, die es nicht gibt, nicht geben darf und kann. Es ist die Wirklichkeit, die einen Herrn von Ufermann und seine Firma vor einen Abgrund trieb, tief und gefährlich wie unter einem in seinen Flammen aufgehenden Aeroplan, die diesen Herrn von Ufermann in einen Menschen namens Schmitz verwandelt und einer Bande obskurer Burschen ausliefert, wie es sie nur in Detektivromanen gibt, in kitschigen Verbrecherfilmen. Ich will nicht hören, was Sie sagen, Herr Professor. Durch eine Glaswand hört man auch nicht gut. Von allen Seiten wachsen solche Glaswände. Man sieht durch sie nicht gut. Der Speisesaal verschwimmt, mit ihm die Kellner, diese Statisten des Hotels, der sicheren und geschützten Heimat aller Reichen. Wo bleibt die Wirklichkeit, an die man sich anklammern könnte –

– Finden Sie nicht auch, daß es schon Zeit wäre?

Der Professor hat die Frage zum dritten Mal gestellt. Man muß ihm antworten. Er sieht einen ja ganz verwundert an.

– Sie könnte eigentlich zurück sein, meine Susi. Ein kurzer Autoausflug. Auch ist das Wetter gar nicht so besonders. Die Dunkelheit, der Föhn.

Nun, Gott sei Dank, da ist sie.

***

Herr von Schmitz verabschiedet sich von dem Professor und seiner Tochter. Er geht durch die Hall, groß und hager wie er ist, mit hängenden Schultern. Die dunkle Dame im mimosengelben Pullover holt sich eben ihren Zimmerschlüssel beim Portier und blickt ihm nach.

– Wer ist eigentlich dieser Herr?

– Ein Deutscher. Zum ersten Mal hier im Hotel.

Die Dame schüttelt den Kopf. Und dem Portier fällt das auf. Er muß plötzlich daran denken, daß eines der Stubenmädchen schon mehrmals von diesem Gast gesprochen hat. Daß sein Koffer ausschaut wie von einem kleinen Handelsreisenden und daß er nur den einen schäbigen Ulster besitzt und außerdem mit sich allein in seinem Zimmer spricht. Heutzutag muß man ein wenig aufpassen. Da kommt so allerlei Gesindel ins Hotel, nistet sich ein, verschwindet wieder. Aber die Ärgsten haben für gewöhnlich das feinste Gepäck und sind ausgestattet wie die Balkanfürsten. So herumzulaufen wie dieser Deutsche traut sich nur einer, der nichts zu verbergen hat. Für gewöhnlich. Man kann nie wissen. Sein Paß war jedenfalls in Ordnung. Beruf stand keiner drin. Was er wohl sein mag? Vielleicht ein Dichter. Oder sonst ein Narr.

***

Von einem Tag zum anderen wurde das Hotel zu einer Burg, in deren Schutz sogar die smarten jungen Skiläufer und die Mädchen mit den langen Sportsbeinen sich verkriechen. Der Südwind reißt den Schnee von den Gebirgen, die Telegrafendrähte wimmern, triefend naß und schwarz stehen die Tannen über schwimmenden Abhängen. Die Erde scheint plötzlich einen warmen braunen Atem auszuhauchen, Schollen heben sich aus ihrem Leib, das ist der Frühling, den es noch gar nicht geben darf, ein Vorbote von Zeiten, die erst kommen werden, an die man gar nicht denken will, einstweilen. Vorbei ist es mit den Spielen der Sorglosen über Schnee und Eis, die Rodeln werden in einem Schuppen verstaut. Es ist ein elendes Wintersportwetter, man kann nichts Besseres tun als Karten spielen, Ping Pong, oder ein wenig tanzen, falls man nicht lieber gleich die Ferien abbricht und nachhause fährt.

Nur einer läuft hinaus in die ungebärdige Natur mit offenem Ulster, ja sogar ohne Hut. Denn im Hotel ist es nicht mehr zum Aushalten. Die Luft ist zum Ersticken, es wird unausgesetzt auf dem Klavier gehämmert, das Radio spielt und ein paar Kinder rasen schreiend durch die Gänge. Auch brachte das Stubenmädchen heute einen

Brief (nicht mit der Post gekommen), in dem der Kamerad von Schmitz aufgefordert wird, sich ehestens wieder an seine alte Adresse zu begeben, um dann sein Ausbleiben bei der vertraulichen Besprechung auch zu erklären. Unterschrift unleserlich.

Aus dem Waldboden steigt ein Dschungel dunkler Wurzeln, über die der Wanderer stolpert. Die Pfade verschlingen sich, das Moos ist saftig weich und grün so wie im Sommer und duftet feucht. Der Wanderer sieht sich um. Auch seine Stirn ist feucht. Wenn er sich duckt, spürt er den Wind kaum mehr, der in den Wipfeln rauscht. Und wenn er weiter will, so schlagen kleine spitze nackte Zweige ihm ins Gesicht. Wo soll er hin? Wer ist er hier? Ein Flüchtiger, ein Vogelfreier, der eine Klosterpforte sucht für ein Asyl? Ach nein, so irrt der Wilde durch das Dickicht, der plötzlich einsam ist und losgelöst von seinem Stamm, seiner Gemeinschaft. Mit sich allein. Es packt ihn eine Angst, so grenzenlos wie sie nur Kinder kennen, die den Weg verloren haben, die ewige uralte Angst im Märchenwald. Da wird ein jeder Baum zum Troll und unter jedem Stein lauert ein Tier. Da raschelt das Gestrüpp, die Äste stöhnen, der Nebel bekommt Gestalt, dehnt seine Spinnenarme, in ihren Höhlen warten böse Räuber auf den Knaben Ernst, sie schicken ihre Boten aus, hörst du die Schritte, schleichend und vorsichtig, die Schritte hinter deinem Rücken –

Ja, das sind Schritte, unverkennbare, langsame, dumpfe Schritte. Ufermann tritt hinter einen Baum zurück. Er kennt den Burschen, der da kommt, die breiten Achseln, den kurzen stämmigen Rumpf, den Kopf, der vorgestreckt scheint wie zum Stoß. Das ist Ferdinand Kaiser. Die Bäume sind wieder zu Bäumen geworden, der Nebel zum Nebel, der Knabe Ernst zum Erwachsenen, aber der Bursche dort bleibt Ferdinand Kaiser. Daran gibt es keinen Zweifel. Soll man sich hier im Wald vor ihm verstecken? Sich vor ihm fürchten? Warum nicht einfach auf ihn zutreten, mit ihm sprechen, ihm erklären –

Ufermann rührt sich nicht hinter seinem Baum. Er sieht den Burschen vorbeigehen, sieht die Knollennase, die niedere Stirn, die stumpfen Augen. Er rührt sich nicht. Ihn lähmt das Grauen vor der Kreatur, mit der es eine Verständigung nicht geben kann.

***

Im Speisesaal schwirren die Stimmen durcheinander, Bestecke klappern, ein dicker Herr lacht laut, es riecht nach Braten und Parfüm und trockener Wärme, obwohl die Ventilationen alle gut funktionieren. Der Einsame aus dem Wald fühlt sich zurückgekehrt zu seinem Stamm, zu seiner Gesellschaft. Hier kann ihm nichts geschehen, so wenig wie den anderen, die ihre sichere Behaglichkeit genießen. Oder? Wenn nun plötzlich das Licht ausgehen sollte, die Elektrizität versagt, das Haus beginnt zu beben, die hohe Burg zwischen den Bergen, ein Feuerregen prasselt nieder, die ganze Horde, sie flieht hinaus in die erregte und heulende Natur – ach tut nicht so, als ob euch nichts geschehen könnte, ihr überlegenen und feinen Leute. Nur ein paar Augenblicke voll von jener Angst, wie ich sie heute ausgestanden, und ihr alle werdet wieder zu verschreckten Wilden, zu verlorenen Kindern. Auch der dicke Herr, der so laut lacht. Und der Professor.

Ufermann merkt, daß dieser ihm eben zuwinkt und

daß zwischen ihm und seiner kleinen Susi ein schlankes, sehr blasses junges Mädchen sitzt mit strengen Zügen. Das wird wohl seine ältere Tochter sein, von der er manches Mal gesprochen hat. Und da man ein höflicher Mensch ist mit Lebensformen usw., begrüßt man den Professor nach dem Abendessen, wenn es auch keine Aussicht gibt, mit ihm nun wieder ins Gespräch zu kommen.

Fräulein Else ist nur für einen Tag auf Besuch. Sie schätzt nicht den Hotelbetrieb. Ihre langen dunklen Augen schweifen durch den Saal, als bemühte sie sich, an jedem einzelnen vorbei zu sehen, so auch an Herrn von Schmitz, der ihrem Vater eben von seinem Spaziergang durch den Wald erzählt.

– Aber lieber Freund, bei diesem Wetter.

– Die Natur ist schließlich auch etwas anderes als eine Bobsleigh-Bahn. Mich hat das Wetter weiter nicht gestört.

Fräulein Else würdigt den fremden Herren eines Blicks:
– Sie sind kein Sportsmann!

– Nein.

– Was machen Sie dann hier?

Soll das jetzt ein Verhör sein? Was machen Sie hier – das hat ihn noch niemand gefragt. Gerade daß diese abweisende junge Dame, die sich da eben den Zigarettenrauch durch ihre feine Nase bläst, nicht auch hinzusetzt: Was machen Sie auf dieser Welt?

– Du kannst versichert sein, Else, was immer Herr von Schmitz hier macht, er ist kein Ansichtskartenausländer.

– Ein Ansichtskartenausländer?

– So bezeichnet meine Tochter nämlich die meisten Gäste hier. Jene Art von Ausländern, die unser Land so kennen wie man eben im wahren Sinn des Wortes nur eine Ansicht kennt. Das heißt, es wäre vielleicht in diesem Fall noch richtiger, von Aussicht zu sprechen. Aussicht von dem Hotelbalkon.

– Vergiß auch nicht die Fahrpläne, Papa, die Schneeverhältnisse, die Autostraßen, die Spielklubs und das Skiterrain. Ihr müßt mich aber jetzt entschuldigen, ich bin sehr müde. Auf Wiedersehen, Herr – Herr?

– Von Schmitz.

– Und gute Nacht.

Was fragt sie denn, was fragt sie so nach seinem Namen? Vor diesem Mädchen muß man sich in Acht nehmen. Sie wird noch viel mehr fragen. Mein liebes Fräulein Else, es geht Sie gar nichts an, was ich hier mache, hier oder überhaupt auf dieser Welt. Ich habe Ihrem Vater nichts gestanden, ich hüte mich –

– Sie dürfen sich nicht wundern über meine Tochter. Sie ist ein bisschen streng, mitunter auch mit mir. Streng wie es nur die Jugend sein kann. Und so begreift sie nicht, daß ich meine paar freien Tage hier verbringe. Der Luxus ekelt sie und die Gesellschaft paßt ihr nicht. Sie hat vielleicht nicht unrecht. Aber wissen Sie, ich liebe diese Berge nun einmal. Sie sollten die Wiesen hier nur auch im Frühling sehen. Es ist die Luft, der Atem meiner Kindheit, der mir von allen Abhängen entgegenweht. Soll ich mich da vertreiben lassen ...

Und der Professor lächelt vor sich hin mit einer Nachsicht, die dieses Mal ihm selber gilt.

❖❖❖

Nein, man soll sich nicht vertreiben lassen. Aber Ufermann findet, daß er nun wirklich lang genug auf Ferien war. Und während er in letzter Zeit immer etwas plötzlich abzureisen pflegte, mehr wie auf einer Flucht als unterwegs, packt er sein Köfferchen jetzt umständlich. Nur nichts vergessen: Die Detektivromane und Zeitungen, die der Professor noch zurückbekommen muß, die Rechnung beim Portier, Trinkgelder, die Fahrkarte, die Züge sollen überfüllt sein, am besten fährt er Nachmittag. Auch zählt er seine Barschaft in der Brieftasche, sie ist beträchtlich zusammengeschrumpft. Aber was braucht er noch viel, ehe er nachhause zurückkehrt. Zu Irmgard. Er wird ihr schreiben, sachlich und vernünftig, und zwar sofort. Schließlich kann er doch nicht wie ein Landstreicher plötzlich vor seiner eigenen Haustür stehen. Er wird sie vorbereiten. Schonend vorbereiten. Wieso schonend! Nun jedenfalls, er wird sie vorbereiten. Und dann gilt es noch, die Sache mit den abenteuerlichen Knaben zu erledigen. Er hat es satt, das Räuber und Soldatenspiel. Da wird jetzt Schluß gemacht, meine Herren Windjacken. Ich bin nicht der, den Sie meinen. (Obwohl die Bande natürlich niemals erfahren darf, wer er in Wirklichkeit ist.) Ich bin ein Privatmann und weit entfernt von allem, was sich Verschwörung oder Kolportage nennt. Was wollen Sie von mir? Vielleicht gar drohen? Das ist ja lächerlich. Wie hieß es doch: wenn einer beim Hofrat Rameseder wohnt, so fragt die Polizei nicht weiter nach. Sollte es also in Ihrem eigenen Interesse sein, daß die Polizei nicht weiter nachfragt –

Auf dem Perron drängen sich die Reisenden. Kein Wunder, daß sie gerne wieder in die Großstadt wollen. Es regnet, eintönig, still und trostlos. Bald wird es dunkel werden. Schon glühen die Augen der Lokomotive. Adieu, auf Wiedersehen! Auf Wiedersehen?

In dem Abteil riecht es nach einem bitteren starken kostbaren Pfeifentabak. Die Herren schlagen ihre Zeitungen auf, versuchen nach Möglichkeit, die Beine auszustrecken, die Damen gähnen, ihre geschminkten Lippen entblößen dabei ein zu helles Zahnfleisch. Und während der ermüdenden Fahrt lösen sich die zur bewußten Maske gespannten Züge, die Wangen verlängern sich, das Kinn hängt träge. Da lehnen sie in ihren weichen Sitzen, übersättigt von zu vielen Mahlzeiten und zu reichlichem Schlaf. Und Ufermann bemüht sich, an ihnen vorbeizusehen, aber das geht nicht so leicht, der Raum ist eng, kein Speisesaal, durch den ein Fräulein Else ihre abweisenden Blicke schweifen lassen könnte. So schließt er die Augen und versucht, an die zarte Dunkle im mimosengelben Pullover zu denken, wie gerne hätte er ihr auf Wiedersehen gesagt. Aber er sah sie nicht mehr.

Und doch, vielleicht ist sie auch hier in diesem Zug, gleitet vorbei an der Tür des Abteils, einen Augenblick lang, nein, nein, das ist sie nicht, das ist sie nicht mehr, denn über dem mimosengelben Pullover leuchten jetzt Monikas rote Löckchen, sie lächelt mit ihrem großen, breiten, aufrichtigen Mund, die Schultern heben sich über der Brust, sie wächst ja förmlich, die Beine strecken sich, werden zu langen, schlanken, übermütigen Sportsbeinen –

– Entschuldigen Sie, ich möchte zu meiner Tasche.

Ufermann schrickt zusammen, eine der Damen greift über seinem Kopf nach dem Gepäcksnetz, sie fällt dabei beinahe auf ihn. Es ist wirklich sehr wenig Platz hier im Abteil.

Er taumelt durch den Gang, vielleicht sucht er den Speisewagen, jedenfalls, er muß ein wenig sich bewegen. In den verrauchten Waggons dritter Klasse riecht es nach Schweiß und nassen Kleidern, die Leute reden durcheinander, ein Kindchen schreit. Ufermann geht weiter. Noch ein Gang und noch ein Gang. Ein leeres Abteil, dunkel, er blickt in die Glastür, vor ihm steht groß und hager, mit hängenden Schultern und der nicht angebrannten Zigarette im Mundwinkel der Arbeitslose Javornik.

Er fährt zurück und auch der Arbeitslose fährt zurück, er starrt ihn an und auch der Arbeitslose starrt ihn an, er greift nach seinen Zündhölzchen und auch der Arbeitslose, zu dem ein Herr von Ufermann geworden ist, greift in die Rocktasche. Wie ein Schatten bewegt sich das Bild des Arbeitslosen, das sein eigenes geworden ist und doch auch wieder nicht, hinter der schwarzen Scheibe. Der Zug rattert und durch ein offenes Fenster klappern die Schienen, viele Schienen, ohrenbetäubend: Das bist du ... das bist du ... das bist du ... das bist du ...

Bis man plötzlich einfährt in eine hell erleuchtete Bahnhofshalle. Zeitungen, Würstchen, Bier, Schokolade und fünf Minuten Aufenthalt.

Ein Schaffner packt Ufermann beim Ärmel. – Was machen Sie denn hier? Und wohin wollen Sie? Die Fahrkarte bitte! Ach so, der Herr reist zweiter Klasse. Da muß der Herr aber sofort zurück. Der Wagen hier soll abgekoppelt werden.

Zwischenbemerkungen

Also, sie kann nun einmal nicht einschlafen. Wie spät wird es sein? Mindestens drei. Oder gar vier. Es fällt so ein nacktes blaues Licht durch die offenen Spalten der Jalousie. Vielleicht vom Mond. Diese Jalousie gehört auch längst schon gerichtet. Aber der Javornik ist in letzter Zeit ganz unbrauchbar. Und was so Tapezierer heutzutage verlangen! Du, Rudolf! Nein, er antwortet nicht. Schlaft wie ein Murmeltier. Sie wird ihn nicht wecken. Wo er ohnehin so rabiat war vor dem Schlafengehen. Gerad, daß er sie nicht angeschrien hat. Wegen dem Rudi. Als ob sie nicht genau dieselben Sorgen hätte mit dem Buben. Immer unterwegs, keine Nacht zuhaus. Wo nimmt er das Geld her? Schulden. Wer leiht so einem armen Hofratssohn schon was? Heutzutag, wo es beinah zum guten Ton gehört, daß man nichts hat als seinen schäbigen Beamtengehalt. Du Rudolf! Was in der Bank liegt, traut man sich ja gar nicht anzurühren. Das heißt, wer weiß, ob es nicht besser wäre. Wenn man bedenkt, wie es der Kneidinger gegangen ist. So was darf einem gar nicht einfallen jetzt in der Nacht, sonst schlaft man überhaupt nicht mehr. Aber was braucht die Person ihr Geld auch in eine kleine Drecksbank zu stecken. Kein Wunder, wenn es Krach gibt, heutzutag, wo kein Geschäft mehr sicher ist. Die Kneidinger hat so geweint, vorgestern Abend. Da spart man und spart, traut sich rein gar nichts mehr zu kaufen. Aber hinter den großen Banken, da steht doch der Staat, der garantiert, nicht wahr? Da können die Aktien doch nicht auch so mir nichts dir nichts nur mehr ein Fetzen Papier sein. Das gibts doch gar nicht. Oder? Du Rudolf! Herrgott, wie er schläft. Rührt sich nicht. Als ob es keine Sorgen gäbe. Vor allem mit dem Buben. Sie wird sich den noch einmal richtig vornehmen. Weil sie doch seine Mutter ist. Schlecht ist er nicht, aber halt leichtsinnig. Die Wehrzahls sind vielleicht wirklich nicht der richtige Verkehr. Treiben es mit der Politik. Das ist schon wahr. Und dieser Deutsche, dieser Schmitz. Sagt nicht Hund und nicht Sau, fahrt plötzlich davon auf den Semmering, vom Kabinett auf den Semmering, kommt plötzlich zurück, sagt weiter nicht Hund und nicht Sau. Wie lang er bleiben wird? Daß auch der Rudi das nicht weiß. Ganz bös wird er, wenn man ihn danach fragt. Wo es doch sein Studienkollege ist. Studienkollege? Ein bissel alt ist er für eine Universität. Das sagt die Stefanie ja immer. Und daß er noch dazu gefärbte Haare hat. Er redet selber nicht davon, daß er studiert. Was tut er also? Die Stefanie sagt immer, wenn man nicht weiß, was einer macht, den ganzen Tag lang, so ist das schon verdächtig. So einer kommt auf die unmöglichsten Ideen. Aber mein Gott, der Schmitz bezahlt ja seine Miete, und auch noch pünktlich, und für das Kabinett findet sich nicht so bald was Besseres. Dabei ist er eher bescheiden und spielt gut Bridge. Man muß nicht immer gleich was Schlimmes denken. Du Rudolf! Jetzt hat er sich soeben umgedreht, aber er schläft, der Mann schläft weiter. Beinah wie absichtlich. Was kümmert es ihn, wer der Mieter ist. Er überläßt ihr alles, den Haushalt, die Gas- und Lichtrechnungen, die Steuern und die Kinder. Dabei hat er doch heut gemeint, man müßte den Rudi fortschicken, auf eine andere Universität, nach

Graz zum Beispiel. Was das jetzt heißen soll. Es wird doch nichts passiert sein mit dem Buben. Am Ende gar mit einem Frauenzimmer. Da hat sie unlängst erst einen Brief gefunden in seiner Hosentasche, einen verrückten Brief mit einem W. darunter. Das wird doch nicht die Waltraut Wehrzahl sein. Herrgott, das fehlt grad noch. Dabei könnt er nicht einmal was dafür, denn diese Mädeln heutzutage, die sind ja selber schuld. Die jungen Leute können sich ihrer kaum erwehren. Früher einmal, zu ihren Zeiten, da sind sie auf den Ball gegangen, sie und die Stefanie, und haben gewartet, bis einer kommt. Und die Mannsbilder haben ihre Schlampen extra gehabt, das war noch eine Einteilung und eine Ordnung. Aber jetzt! Grad daß die Mutz nicht auch Besuche macht bei ihrem Heini. Sie hätt sich so was trauen sollen. In der Mutz ihrem Alter, da hat sie noch geschwärmt für den Tenor aus dem ‚Zigeunerbaron'. Das war eine Welt. Und der Papa! Wenn der Krieg nicht gekommen wäre und die blöde Revolution, der Rudi möchte heut ein fescher Leutnant sein mit einem Mädel aus der Vorstadt, so was geht eine Mutter nichts an. Du Rudolf! Jetzt hat sie es ganz laut gesagt, aber er hört es nicht. So eine Rücksichtslosigkeit. Liegt da wie ein Stück Holz. Hat er ihr jemals beigestanden? Nicht einmal in ihren allerschwersten Stunden. Ihn interessiert nur sein Bureau, sein Herrenabend, sein Radio, sein Album mit den Briefmarken. Du Rudolf! Die Stefanie sagt auch, der Mann hat ja kein Mark in seinen Knochen. Ein echter Beamter. Wenn sie die Lampe andrehen wollte und sagen – sie könnte ja sagen, mir ist nicht gut, könnte sie sagen –

Was hat er denn? Jetzt dreht er selber seine Lampe an.
– Du, Rudolf!

– Ja Helene, schläfst du denn nicht?

– Wie soll ich schlafen, wenn du mich aufweckst. Zieh doch den Schirm über die Birne, es blendet mich. (Was fällt ihm denn ein, warum steht er denn auf, wo will er denn hin?)

– Ich muß raus.

Was ist denn das? Das ist doch sonst nicht seine Gewohnheit. Und dann kommt er zurück und hustet natürlich und redet kein Wort und legt sich ins Bett und dreht noch immer das Licht nicht ab. Er schaut sie nicht an, er seufzt, jetzt schneuzt er sich auch, dann richtet er sich seine Polster, so war er schon einmal, wie sie ihn beim Avancement übergangen haben, es wird doch nicht was Ähnliches sein, vielleicht schicken sie ihn gar in Pension, warum redet er nichts, immer, wenn was los ist, wird er böse auf sie, als könnte sie etwas dafür.

– Du Rudolf!

Wenn sie jetzt noch einmal „du Rudolf" sagt, er ist imstand und steht noch einmal auf und geht aufs Klosett oder ins Badezimmer oder in die Küche oder – oder eben sonst wohin. Warum merkt sie denn nicht, daß er nicht schlafen kann, warum fragt sie denn nicht, was ihm fehlt, was er für Sorgen hat, immer nur das ewige „du Rudolf", wenn er die kleinste Bewegung macht. Warum weiß sie denn nicht, daß ihr eigener Sohn verkommt, verlumpt, vor die Hunde geht, wenn man nicht aufpaßt. Vor einer Woche erst der Skandal in der Bar wegen irgendeinem Chormädel. Und außerdem so allerhand, was man als Vater zwischendurch erfährt. Man hat doch seine Beziehungen, auch bei der Polizei. Aber daß man daraufhin den Lausbuben nicht einmal so richtig bei den Ohren nehmen kann. Ein sehr diskreter Wink und man hört, daß

der Herr Rudi ein ganz besonderer Protegé von einem der allerobersten Polizeibonzen ist. Wie kommt er denn dazu? Da heißt es immer, der junge Wein muß gären usw., man darf die Lausbuben nicht ernst nehmen, und plötzlich nimmt man sie doch soweit ernst, daß sich der eigene Vater vor ihnen auch schon fürchten muß. Wenn die Helene nur eine Ahnung hätte –
– Du Rudolf!
– Kannst mich denn nicht in Ruhe lassen?
– Was hast du denn?
– Mir ist nicht gut.
– Deshalb mußt du das Licht nicht brennen lassen.

Da steht er auf und holt sich ein Glas Wasser. Wie mager er in seinem Nachthemd ist. Auch kriegt er eine richtige Glatze. Am Ende ist er wirklich krank. Oder kommt in Pension. Sonst traut er sich doch nicht, sie so zu behandeln.

– Du Rudolf, weißt, ein bissel Rücksicht könntest du schon nehmen. Wie lange brauchst du denn für ein Glas Wasser?
– Bei der Mutz drüben war noch Licht.
– Was!
– So schrei doch nicht gleich so. Sie ist eben nervös, büffelt für ihre Schule.
– Ja wieviel Uhr ist es denn?
– Dreiviertel zwölf.
– Du Rudolf!
– Was denn?
– Lösch endlich aus.
– In Gottesnamen.

Wenn es dunkel ist und jede Seite, auf der man liegt, tut einem weh und es fallt einem noch dazu alles Mögliche ein, was man am liebsten gar nicht wissen möchte (genau genommen weiß man es auch nicht), so sollte man doch wenigstens nicht so allein sein. Eine schreckliche Nachtfrisur hat die Helene. Das Haar klebt um den Kopf wie abgeschleckt.

– Du Rudolf!

Er antwortet nicht. Jetzt soll sie also allein weiter wach bleiben. Durch die Spalten der Jalousie fällt kein blaues Licht mehr. Vielleicht sind Wolken vor dem Mond. Sie möchte weinen. Aber da müßte sie sich erst ein Taschentuch holen.

– Du Rudolf!

– Was denn?

– Hat der Deutsche, der Schmitz, auch noch Licht gehabt?

– Was weiß denn ich.

– Die Stefanie meint immer, unsere Mutz ist verschossen in ihn.

– Geh, ich bitte dich. Was euch Frauenzimmern alles einfällt. Und überhaupt, das Mädel ist doch noch ein Kind.

***

In ihrem lauschigen Mädchenzimmer geht Waltraut auf und ab. Die blonden Zöpfe hängen halb gelöst und ihre Wangen glänzen rot. Vielleicht etwas zu rot? Sie sieht in den Spiegel. Ein wenig Puder? Ach nein, sie hat ein gutes Recht, so rot zu sein. Man pudert nicht die Flammen seiner Leidenschaft. Und er kann jeden Augenblick kommen. Er muß ja kommen. Seit Stunden ist er schon im Haus. Ihretwegen. Weshalb denn sonst? Aber man läßt ihn nicht zu ihr. Da haben die Brüder so eine Versammlung. Mit fremden Leuten. Sie darf nicht dabei sein. Aber sie könnte ja einfach in das Zimmer treten und fragen: Wollt ihr vielleicht ein bisschen Tee? Und ihm dabei einen Blick zuwerfen, einen Blick des Verständnisses, der genügt. Dann würde sie sofort auch wissen, ob er den Brief bekommen hat. Solch einen Brief nach solch einer Nacht. Und keine Antwort schon seit Tagen. Nein, er kann den Brief gar nicht bekommen haben. Wie gut, daß sie nichts anderes als ein W darunterschrieb. Er hätte ihr bestimmt nicht nur geantwortet, er wäre gleich zu ihr gestürzt. Er ist ja gar so ungestüm. Nun aber wird er glauben, daß sie so spröde ist, so stolz und keusch. Macht das etwas? Soll sie nicht doch ein wenig Puder nehmen? Wie lange dauert die Versammlung heut? Schritte. Schon wieder Schritte auf der Treppe. Da geht also schon wieder einer weg. Oder auch mehrere. Soll sie die Tür öffnen? Die Brüder haben es ihr streng verboten. Ganz so wie damals, als sie noch Kinder waren und mit den Schulkollegen Räuber und Soldaten spielten. Lothar sagt immer: was jetzt vor sich geht, ist kein Kinderspiel. Sie kennt den Kampf um alle seine Ideale. Und sie versteht ihn, diesen Kampf. Denn wenn sie erst die Macht errungen haben, die Macht im Land, im Staat und in der Welt – an seiner Seite wird sie schreiten wie eine Königin. Geliebter! Ungestümer! Du! Du! Du Rudolf!

Herrgott, was soll sie denn noch länger warten. Er kommt, er kommt zu ihr, natürlich will er kommen, aber man läßt ihn nicht. Und er getraut sich vielleicht gar nicht. Meint, daß er sie verletzt haben könnte in ihrer Mädchenwürde. Es ist an ihr, ihn aufzusuchen und alle Mißverständnisse fortzuräumen. Ein Blick genügt. Ein leuchtend blauer Blick.

Sie wirft solch einen Blick noch in den Spiegel, preßt die Hand aufs Herz und läuft entschlossen aus dem Zimmer.

Es ist sehr still im Haus, die Brüder haben heute sogar das Mädchen fortgeschickt und Lothar war besonders aufgeregt. Wer mag wohl alles hier gewesen sein? Wer ist noch hier? Soll sie erst anklopfen? Sie werden die Tür doch nicht versperrt haben. Auf jeden Fall, er ist noch da. Sie spürt es mit jedem Atemzug. Nur Mut, nur einen Augenblick noch Mut. Wenn sie bloß seine Stimme hören könnte.

So lehnt sie an der Tür, vernimmt erst ein undeutliches Gemurmel, bis einer plötzlich schreit: – Weil du ein Schwein bist.

War das nicht Lothar?

Ein Stuhl fällt um. Du lieber Gott, sie balgen sich doch nicht. Und dann hört sie, dann hört sie seine Stimme, wie von ferne. Er sagt etwas von übertriebenem Getu und Wichtigmachen und überhaupt nicht so gefährlich, alles bloß aufgebauscht.

Ja, was denn? Sollte Lothar bereits wissen – sollte es schon um die Ehre seiner Schwester gehen –

Jetzt ist es wieder er, der weiterspricht, sie kennt die Stimme ihres Bruders. Von einer Bar, von einem Girl, von einem Skandal, von Polizei und Anzeige, von Leichtsinn und Gewissenlosigkeit. Wenn sie es nur verstehen könnte. Aber er überschreit sich erst, dann kommen nur mehr knappe Zischlaute, wie immer, wenn er ganz verrückt wird. Nun geht es los auf diesen Herrn von Schmitz, das ist ein Spitzel und Verräter, ein ganz gefährliches Subjekt, und wenn der Rudi ihm auch noch die Stange hält, so kann man bald nur eines glauben –

Ein Schlag so wie von schwerer Männerfaust. Um Gotteswillen! Waltraut legt die Hand auf die Klinke, da hört sie Rudi laut und deutlich sagen: Erschrick nicht so, du Narr, ich tu dir nichts. Ich halt dir nur dein blödes Maul zu. Und jetzt paß auf: Der Schmitz bleibt ungeschoren. Einstweilen. Auf höheren Befehl. Hast du verstanden. Weil es was Wichtigeres gibt. Hast du verstanden? Der Schmitz, der lauft uns nicht davon. Dafür sorgt der Ferdinand. Einstweilen kommt ein anderer dran. Und was ich mach mit meinem Geld und meinen Mädeln in der Bar, das geht dich einen Scheißdreck an. Man wird sich noch ein bissel unterhalten dürfen. Servus. Auf Wiedersehen.

Die Tür wird aufgerissen, Waltraut fährt zurück. Vor ihr steht er, der Ungestüme, der Geliebte. Seine Wangen glühen. Er sieht sie an, von der Seite her. – Ja, Waltraut. Was machst denn du da? Wie gehts dir immer? Ein hübsches Kleidel hast du an.

Und er klopft ihr im Vorbeigehen auf die Schulter.

Was bleibt einer Schwester da übrig, als sich um den Bruder zu kümmern, der mit kugelrunden Augen auf dem Fußboden hockt. Das Zimmer qualmt von Tabaksrauch wie eine Wirtsstube, alle Stühle stehen durcheinander, der Schreibtisch ist verschoben und der Totenkopf liegt auf der Nase. Nur Waltrauts Bild hängt ruhig und unverändert an der Wand, ist sie das noch, ist sie das selbst, die Ahnungslose, Unberührte?

– Lothar, erkläre mir –

Ja, er beginnt ihr alles zu erklären; daß der Rudi ein Schwein ist (der Rudi?), das nichts kennt, als sein geiles Sinnenleben (geiles Sinnenleben?), daß er sich jede Nacht herumtreibt, Skandale hat mit irgendwelchen Girls (irgendwelchen Girls?), Geld ausgibt, das ihm nicht einmal gehört, so die Behörden auf sich aufmerksam macht und außerdem imstande ist, die höchsten Ideale zu verraten. (Zu verraten?) Daß man ihm aber noch nichts anhaben kann, er ist ein Liebling von – den Namen soll man lieber gar nicht sagen, daß man deshalb einstweilen ihn benützen wird (benützen?), so wie er ist, auf die Gefahr hin, daß er mit dem feinen Herrn von Schmitz auch unter einer Decke steckt. (Unter einer Decke?) Es gibt Vermutungen, daß dieser Schmitz gar nicht der Schmitz ist, sondern ganz wer anderer, auch hat der Mensch gefährliche Beziehungen zu Freimaurern und Juden, zum Beispiel zu dem Herrn Professor Frey, man hat ihn kürzlich erst ertappt –

Lothar spricht weiter, doch die Schwester folgt ihm nicht. Was geht denn dieser Schmitz sie an. Die Girls, die Bar, das Geld, das Sinnenleben – was soll das heißen? Ist Lothar denn verrückt? Ja, ja, er ist verrückt. So hieß es immer schon, als er ein Bub war. Er sitzt vor ihr, die Augen aufgerissen, ganz heiser wird er, schnappt nach Luft, man darf ihn nicht zu ernst nehmen. Wie sagten doch die anderen Kinder, wenn er so seine Anfälle bekam: Er ist verrückt, etsch, etsch, der Froschkönig ist wieder einmal ganz verrückt.

– Ach Lothar, so reg dich doch nicht gar so auf!
– Daß es was Wichtigeres gibt, hat er gesagt. Was Wichtigeres als die Sache Schmitz? Was soll das sein? Verheimlicht man mir was? Hat man mich ausgeschaltet? Ich sage dir, das sind Intrigen, Waltraut. Ich habe es bei der Versammlung schon bemerkt. Und wenn in diesen Tagen nun wirklich etwas Wichtiges passiert –

❋❋❋

Papa, sollst du nicht ins Konzert? In der Tür steht Susi, ein wenig vorwurfsvoll und doch auch zart besorgt wie immer, wenn sie den Vater aus seiner Arbeit reißen muß.

Er springt auf, schiebt die Manuskripte von sich. Um Gotteswillen, schon so spät!

– Bestell mir rasch ein Taxi.

Kaum daß er Zeit findet, sich mit dem Kamm durch das wirre Haar zu fahren. Else erwartet ihn. Es wird ein wunderbares Konzert werden. Mit dem berühmten Gastdirigenten. Ein Festkonzert. Beethoven. Man sollte sich nur erst das Hirn auch waschen können, so wie jetzt die Hände. Die Studien dieses Nachmittags, sie waren nicht die rechte Vorbereitung für einen Kunstgenuß. Der Fall des Massenmörders, der einem Werwolf gleich hunderten seiner Opfer die Kehle durchbiß – nicht weiter daran denken. Sich abschalten, Susi, ein frisches Taschentuch! Ach, da hat sie es ihm schon vorbereitet. Daß sie an alles denkt. Und er wirft einen dankbaren Blick auf das Bild seiner Frau, der geliebten sanften Frau, die da aufwachsen durfte in einer stillen und abgeklärten Welt, um plötzlich leise und klaglos wieder aus dieser Welt zu entschwinden.

– Bleibst du allein zuhause, Susi?
– Ja, Papa. Hast du auch das Billet?
– Das hat Else.

Er springt in das Auto, das vor der Villa auf ihn wartet, lehnt sich zurück, ein wenig müde. Zehn Minuten muß man schon rechnen bis ins Zentrum der Stadt, vielleicht auch etwas mehr. So versäumt er wohl den Beginn des Konzerts, jedenfalls die gewisse vibrierende Spannung, die einem solchen vorausgeht, das Stimmen der Instrumente, während dem man sich erst so recht zuhause fühlt in dem wohlvertrauten Saal, wo jede Säule, jedes vergoldete Ornament durchzogen scheint von hundertmal erlebten Tönen. Das Auto fährt langsam, die Straßen der Peripherie sind dunkel und gefährlich bei Glatteis. An einer Straßenkreuzung gibt es außerdem noch eine Stockung, vor dem Zeitungskiosk drängen sich viele Leute. Aber dann kommt man endlich doch wieder weiter, der Wagen fährt jetzt sicherer und rascher, die Bogenlampen mehren sich, über bunten Schaufenstern strahlen Lichtreklamen in blau und rot, die Straßenbahnen klingeln aufgeregt und an den Haltestellen stehen noch einige ungeduldige Verspätete in Abendkleidern in diesen letzten und erwartungsvollen Minuten, ehe die Theater beginnen, die Kinos, verschiedentliche große oder kleine Feste. Wie an einem Band gezogen, gleitet das Auto vorbei an leuchtenden Uhren, diesen riesigen Augen der Großstadt, ein Polizist hebt seinen weißen Ärmel, das Auto gleitet vorbei an dem schwarzen Gitter des Parks, vorbei an mächtigen Gebäuden, deren Konturen in der Nacht verschwimmen und deren Flächen man so kennt wie die Wände des eigenen Zimmers. Nur ein paar Augenblicke noch, die kleine stille dunkle Straße – das wird heute bestimmt ein wunderbares Konzert.

Aber Else, die allein vor einer der Garderoben steht, ist blaß, so fahl und so durchsichtig blaß wie immer, wenn sie sehr erregt wird.

– Entschuldige –

– Macht nichts, Papa. Du brauchst dich nicht zu eilen. Wir kommen ohnehin zu spät.

Ihr Blick hat etwas Fragendes und sie hält eine Zeitung an sich gepreßt. Diese Zeitung paßt so gar nicht zu dem glänzend schwarzen Seidenärmel, der Silbertasche.

– Was passiert?

– Hast du die Abendblätter nicht gelesen?

Durch die geschlossenen Saaltüren dringen die ersten Töne der Leonoren-Ouverture. Lautlose Diener suchen jedes störende Geräusch zu verhüten. Es ist nicht ganz der rechte Augenblick, um nach einer Zeitung zu greifen, nicht ganz der rechte Augenblick, um zu erfahren, daß ein bekannter Schriftsteller und Journalist (ein ehemaliger Schulkollege übrigens) heute Mittag einem Attentat zum Opfer fiel. An seinem Schreibtisch sitzend ... abgeschossen wie ein wehrloses Wild ... jugendliche Fanatiker ... der Täter verhaftet ... aber seine Komplizen ... moralische Entrüstung über die allzu freien Ansichten des Schriftstellers ... seine letzten Artikel Wirrnis der Zeit ... Verblendung ... Unverstand ... wann endlich wird man diese mißgeleitete Jugend ...

Die Ouverture ist verklungen und alle Türen öffnen sich. Glanz, Licht, Applaus, duftende Kleider, bekannte Gesichter, die dem Professor Frey und seiner Tochter zunicken. Das Konzert, das wirkliche, das richtige Konzert wird erst beginnen, einstweilen hat er ja nur die Ouverture versäumt. Aber die Zeitung klebt in seiner Hand, die Finger färben sich mit Druckerschwärze. Da kann man von hunderten von Opfern eines Massenmörders schreiben, Verbrechen registrieren als Symptome einer gefährlichen und vergifteten Zeit, da kann man beinahe unberührt von jedem Blutgeschmack Vermutungen anstellen, wieso es plötzlich eine Konjunktur für Mörder gibt, die die Hefe der Bevölkerung an die Oberfläche treibt, die grausamsten Instinkte hemmungslos entfesselnd – der eine Fall, den man persönlich kennt, er wirkt doch mehr als alle anderen. Zwischen den schwebenden Motiven der Symphonie taucht das Bild des Getöteten auf, als Knabe in der Schulbank, als erwachsener Mann mit Spazierstock, behaglich schlendernd zwischen den gedeckten Tischen eines Gartenrestaurants. Ach, es war kein großer Geist gewesen, kein Reformator, den die bübischen Revolverkugeln diesmal erreicht hatten, es war ein kleiner Nutznießer von billigen erotischen Theorien, ein Feuilletonist, mit dessen Leben ein Mann wie der Professor Frey kaum je etwas zu tun hatte. Aber er liebte dieses Leben und es gehörte ihm. Wer wagt es, solch ein Leben zu verbieten?

Am besten ist es, den Bewegungen des Dirigenten zu folgen, um so denn doch etwas festzuhalten von der kostbaren und geliebten Musik, die sich aufschwingt, den Saal erfüllt wie ein Rausch und trotzdem heut so unbegreiflich fernbleibt. Die meisten Köpfe sind gesenkt. Aber dort in der Loge lehnt einer sich zurück an eine Säule, der hört wohl auch nicht zu. Wer ist das nur? Ein hageres Gesicht, verlassen, trostlos fremd und nicht hierher gehörig. Gleich einem Bettler wirkt der Mann, den man plötzlich an eine voll gedeckte Tafel setzt und der nicht essen kann. Wer ist das nur? Ach ja, es ist der Deutsche aus dem Hotel auf dem Semmering. Merkwürdig, daß er sich so gar nicht mehr gemeldet hat. Aber vielleicht begegnet er einem in der Pause.

In der Pause jedoch drängen sich viele Bekannte um den Professor Frey. Man schüttelt sich die Hände, man grüßt und plaudert, eigentlich so wie immer. – Ein wunderbares Konzert ... der zweite Satz ... haben Sie schon gehört ... ach, reden Sie jetzt nicht davon ... er ist halt doch ein ganz ein großer Dirigent ... meinen Sie ... mir ist er zu ekstatisch ... wenn man bedenkt, am hellen Mittag und an seinem Schreibtisch ... das schönste kommt erst noch ... wieso ...

Else packt ihren Vater plötzlich beim Ärmel: – Wollen wir nicht schon nachhause? Du siehst sehr müde aus.

Und dann sitzen sie einander gegenüber in der Straßenbahn. Ein paar abgerissene Fetzen der göttlichen Symphonie ziehen durch den feuchten Tabaksqualm. Vielleicht war es doch nicht richtig, sich so vertreiben zu lassen. Der zweite Teil des Abends –

– Hast du den Deutschen gesehen, Papa? Diesen Herrn von Schmitz. Im Foyer.

– Im Foyer?

– Er schielte nur an uns vorbei. Wie einer, der am liebsten nicht bemerkt werden will.

– Meinst du?

– Mir ist er unheimlich. Du weißt doch, daß er mit gewissen Kreisen Verbindung hat. Allein die Wehrzahls –

– Seit wann bist du so ängstlich, Else?

Sie sieht schweigend und nachdenklich vor sich hin, seine große Tochter. Es ist derselbe Blick, mit dem Susi ihn zu betrachten pflegt, besorgt, ein wenig vorwurfsvoll vielleicht, der Blick der Mutter, der längst entschwundenen. Nur daß dieser Blick an ihm vorbei zu schweifen und gar nicht mehr bloß ihm zu gelten scheint. Und plötzlich beugt sie sich vor (sie sind beinah allein in dem verrauchten Wagen) und greift nach seinen Händen.

– Du mußt jetzt fort, Papa.

– Ich? Fort? Wohin?

– Aus dieser Stadt, aus diesem Land. Was heute jenen traf, trifft morgen vielleicht dich.

– Aber Else!

– Lach mich nicht aus, Papa. Du weißt so gut wie ich, was sich jetzt vorbereitet. Die Mörder, die heut Helden sind, sie werden morgen vielleicht schon Büttel und Beamte sein. Es wäre so schrecklich schad um dich, Papa.

– Du meinst, ich soll ganz einfach fliehen?

– Ja, einfach fliehen. Und deinen Freunden in Genf und London und Paris, all diesen Ansichtskartenausländern, die Augen öffnen. Sonst werden wir in kurzer Zeit kein Land mehr sein für Vergnügungsreisen.

– Mein liebes Kind, wie stellst du dir das vor?

– Wie stellst du dir es vor, wenn es so weitergeht, Papa? Da registrierst du die Verbrechen der letzten Jahre, machst eine Statistik und erklärst mit vielen Theorien durch Krise, Not und Arbeitslosigkeit die blutigsten Ereignisse. Du schreibst ein interessantes Buch, Papa, ich weiß es. Aber das Interessanteste daran kann sein, daß, bis es fertig ist, kein Mensch mehr da sein wird, der es noch lesen kann. Fahr weg von hier, Papa!

– Weg von zuhause? Ja aber Else, wie stellst du dir das vor?

Der Schaffner wird bereits aufmerksam und das Gespräch bricht ab. Auch hält die Straßenbahn. Man ist zuhause. Zuhause?

Der gewohnte Weg zur Villa scheint fremd geworden in der Dunkelheit, ein jeder Baum in der Allee steht feindselig für sich. Und der Professor stockt. Zum ersten Mal fällt es ihm heute schwer, im kalten Wind bergauf zu gehen. Wie wohl tut es, daß Else ihren Arm jetzt unter seinen schiebt. Nur ein paar Schritte noch. Hinter den Fenstern des Musikzimmers strahlt ein mattes Licht. Vielleicht steht Susi dort und übt auf ihrer Geige eine Sonatine, weich und rein und ein wenig zaghaft wie immer.

***

Es ist noch ganz früh und natürlich stockfinster, und der Vatter, der ja überhaupt bald gar nicht mehr schläft, hockt in der Küche bei seinem Kaffee, in den er die Semmel hinein brockt. Er wärmt ihn sich allein, das kann er gerade noch, die Mary braucht nicht auch schon auf zu sein, das wird kein Mensch von ihr verlangen, aber sie hört ihn doch, obwohl sie eigentlich noch schläft, wie er schmatzt und vor sich hin murmelt und manchmal stöhnt. Er ist halt schon recht alt, der Arme, und ganz kindisch vor lauter Angst, daß er den Zins nicht zahlen kann oder die Gasrechnung oder daß sie ihm doch noch was tun wegen dem dummen Finger. So ist das eben, wenn die Leut nicht ein und aus wissen, weil sie kein Geld mehr haben, vor allem die, die früher einmal eins gehabt haben. Vielleicht nimmt man ihn doch bald ins Versorgungshaus, dann weckt die Mary keiner mehr in aller Herrgottsfrüh, der Ferdinand, der ist ja vor Mittag nicht aus den Federn zu kriegen. Kommt aber auch spät nachts nachhaus. Wo der sich nur herumtreibt? Und das viele Geld in seiner Lade? Es gehört nicht ihm, hat er gesagt, was ihr denn einfällt, hat er gesagt, er hat es nur zur Aufbewahrung, es ist ihm anvertraut, hat er gesagt, und ordentlich bös ist er mit ihr geworden. Daß es Leut gibt, die so einem Lausbuben gleich solche Haufen Geld so mir nichts dir nichts anvertrauen. Er ist imstand und bringt es wirklich noch zu was. Wenn man ihn reden hört, so könnt man glauben, er wird zumindest noch einmal Polizeipräsident.

Wart nur, bis wir die Macht errungen haben, dann brauchst du nicht mehr schneidern gehen, dann wird es eine Ordnung sein, so heißt es immer. Was er nur plötzlich mit der Ordnung hat. Sie wär schon froh, wenn er sich seine Dreckwäsch wenigstens in Ordnung halten tät, er aber schmeißt sie ihr ganz einfach auf den Küchentisch. So sind sie eben, diese Lausbuben, und bilden sich dazu auch noch Gott weiß was ein. Polizeipräsident – ja, wenn ers nur zu einem Polizeimann bringen könnt, aber er hat ja nie was lernen wollen. Ein Kreuz ist das. Sowie der Vatter einmal in der Versorgung ist, nimmt sie gar keine Rücksicht mehr auf die Familie, sie sucht sich eine Stelle in einem feinen Salon, wo überhaupt nur Gräfinnen hinkommen. Bei ihrer Abstammung muß das ja möglich sein trotz aller Arbeitslosigkeit. Nicht daß sie davon reden wird, gar keine Spur, das kommt von selbst heraus, das spricht sich herum, ein kleines bissel halten die Leute ja immer noch auf ihr Kaiserhaus, wenn sies auch nicht gern zugeben wollen. Zeiten sind das. Früher einmal hätt man einer, die was die Frucht der Liebessünde aus dem Drama von Mayerling ist, das Haus eingerannt. Aber heutzutag, wo es keine richtigen Erzherzoge mehr gibt, die ihre geheimen Verhältnisse haben und das ganze Volk daran Anteil nimmt, da muß das Volk ins Kino gehen, wenn es etwas erleben will. Und statt der Mary Vetsera, da hat man jetzt die Garbo und die anderen Filmflitschen. Ach Gott, ach Gott, wenn es nur nicht so kalt wär, sogar im Bett, es kitzelt aber in den Zehen, vielleicht kommt doch bald Tauwetter, da braucht man weniger Petroleum, ob der Vatter den Ofen schon angezündet hat, sie wird den Gräfinnen sagen, beim Probieren wird sie den Gräfinnen sagen, oh bitte, davon macht man kein Aufhebens nicht, wird sie den Gräfinnen sagen, man trägt sein Schicksal still und geduldig, wenn es auch ein erhabenes Schicksal ist –

Aber was ist denn das? Wer läutet da? Der Ferdinand noch nicht zuhaus? Hat er vielleicht den Schlüssel vergessen? Sonst kommt doch keiner um diese Zeit. Und noch einmal. Das träumt sie nicht. Und noch einmal.

– Vatter, Vatter, so mach doch schon auf!
– Nein, nein, ich mach nicht auf.
– Aber Vatter, hörst du denn nicht, wie es läutet.
– Nein, nein, ich mach nicht auf, das kann nichts Gutes sein.
– Wie? Was?
– Das ist die Polizei, ich sag es dir, das ist die Polizei. So haben sie auch damals geläutet, erinnerst dich, nach dem Einbruch in der Tabaktrafik – jetzt kommen sie wegen meinem Finger!

Und er steht in der Tür, der Alte, er hält ihr die Hand entgegen, die Hand mit dem Fingerstumpf. Was kann man da machen. Vielleicht hat er recht. Sie läuten jetzt nicht nur, sie klopfen jetzt auch schon, das ganze Haus wird gleich auf sein.

– Da muß ich also selber –

Zitternd schlägt sie den Plüschmantel um sich. In der Dämmerung kann man ihn auch für einen Schlafrock halten. Am Ende ist es doch nur der Milchmann. Und der Ferdinand, der Lausbub, könnte auch aufstehen.

Aber dann ist es wirklich die Polizei. Und sie wollen

den Ferdinand. Jesus, Maria und Josef! Was hat er denn getan und er ist doch gewiß ganz unschuldig, warum denn, weshalb? Das wird sie später erfahren. Sie soll warten und sie soll still sein. Und sie soll sein Zimmer zeigen. Dem Ferdinand sein Zimmer. Die wollen ihn also aus dem Bett herausholen. Wo er doch gestern erst einen Schnupfen gehabt hat.

– Schweigen Sie!

Herrgott, sind die grob. – Also bitte schön, meine Herren.

Sie zündet das Licht an, denn das kann doch nicht möglich sein. Heilige Maria Muttergottes, das Bett ist unberührt, der Kasten steht offen, ein Hemd liegt auf dem Fußboden. Die beiden Herren von der Polizei sind aber gar nicht erstaunt. Sie nicken nur und schreiben sich was in ihre Notizbücher und fragen auch so nebenbei nach seinem Geld. Der Ferdinand, der hat doch gar kein Geld. Wenn das nur nicht zwei Schwindler sind. Die machen ganz einfach alle Laden auf, die genieren sich nicht, wenn das der Vatter wüßt – ja wo ist denn der Vatter?

In der Küche ist er nicht, wo also sonst, da kann er nur auf dem Abort sein. Am Ende ist ihm schlecht, er ist ein alter Mann. Also geschwind über den Gang, im ersten Stock steht auch schon die Sikora, die Hausmeisterin mit ihrem Besen und schaut herauf.

– Vatter!

– Nein, nein, ich komm nicht raus.

– Der Ferdinand ist fort.

– Ein Finger ist genug. Meine anderen Finger geb ich nicht her.

– Vatter, komm raus. Es ist ja gar nicht wegen dem Finger.

– Wenn man kein Geld hat, einen Finger zu zahlen, dann holen sie einem jeden Finger.
– Der Ferdinand, Vatter!
– Und den Buben, den holen sie gleich auch dazu. Jetzt hab ich noch neun Finger, neun Finger ohne den Buben.

So, jetzt steht die Sikora auch schon da und der Kapellmeister von nebenan macht seine Tür auf und beim Schneider oben wirds lebendig, das ganze Haus fängt zu krabbeln an, eine Glocke läutet, ein Kind weint.
– Was ist denn los, Fräulein Mary?
– Dem Vatter ist schlecht. Er kann nimmer raus.

Die Sikora schreit durch das ganze Haus: – Hat keiner ein Werkzeug? Der alte Kaiser steckt im Abort.

Und dann kommen auch noch die von der Polizei und alles läuft zusammen und der Schlosser soll kommen, der Schlosser vom zwanziger Haus, näher gibt es ja keinen, und der Alte kreischt und flucht mit einer ganz komischen hohen Stimme, laßt ihn in Ruh, kein Mensch kennt sich aus, das ist sicher wegen dem Ferdinand, was hat denn der wieder angestellt … sie kommen ihn holen, die beiden dort … er ist gar nicht da … warum denn? weshalb? … wegen dem Einbruch in der Trafik? … aber das ist doch längst schon vorbei … dann wird es eben was anderes sein … vielleicht ist er auch einer von denen … Ich hab gehört, daß man Komplizen sucht … was für Komplizen? … zu dem Mord … was für einen Mord? … dem Mord an dem Juden, dem Zeitungsschreiber … was Ihnen nicht einfällt … das war doch politisch … dem Ferdinand ist alles zuzutrauen … es kann natürlich auch was anderes sein …

***

Die Monika weiß überhaupt nicht mehr, wo ihr der Kopf steht. Denn die Frau Hofrat ist wieder einmal nicht zum Aushalten, läutet den ganzen Tag, bald will sie das, bald will sie das, und das Rindfleisch und die Kohlen und die Wasserleitung und der Javornik, der gar nicht mehr ins Haus kommen darf, aber jetzt doch für einen Augenblick nur kommen soll, oder doch lieber nicht, er tut ja nie was anderes, als mit der Monika poussieren, und die Monika soll nicht im Speiszimmer herumstehen und auch noch neugierige Augen machen.

Neugierige Augen? Du liebe Himmelsmutter, die Monika ist froh, wenn sie nichts sieht, am liebsten tät sie auch nichts hören. Den Ferdinand Kaiser habens eingesperrt und der Rudi war mit ihm, wies ihn erwischt haben, in einem Café, und seine Schwester war da, die verrückte Person und hat geplärrt und um dem Hofrat seine Protektion gebeten und der Hofrat hat sie hinausgeworfen und dann ein ernstes Wort mit seinem Sohn gesprochen, ein ernstes Wort, so hat es die Frau Hofrat am Telefon zu der Baronin gesagt. Und der Rudi ist dann auch nur frech geworden, weil der Ferdinand nämlich unschuldig ist, behauptet er, in ein paar Tagen ist er wieder frei. Es weiß ja ohnehin kein Mensch, weshalb er sitzt, aber die Frau Hofrat meint, daß er auf keinen Fall ein Umgang ist, sie will ihn nicht mehr in der Wohnung sehen, und dann ists plötzlich losgegangen auch auf den Herrn von Schmitz, wer ist der Mensch? Wo kommt er her? Was macht er hier? Wie lange bleibt er noch? Aber der Rudi, der Schlingel, der weiß, wie man umgehen soll mit seiner Mama, er hat ihr die Hände geküßt und weiß der Teufel was versprochen und am Schluß hat sie nur mehr ein bissel geweint und mit dem Herrn von Schmitz war sie am Abend ganz besonders freundlich und hat ihn nur gefragt, ob sie die Nähmaschine noch eine Zeit in seinem Zimmer lassen darf. Noch eine Zeit?

Der bleibt doch nicht mehr lang. Das weiß nur sie, die Monika allein, und hat dabei ein schlechtes Gewissen. Denn wenn der Wirbel nicht gewesen wär, so hätte sie das Telegramm gleich aufgegeben, wie ers verlangt hat, und wäre nicht zu spät zur Post gekommen, so aber wird sies morgen tun, in aller Früh. Sie tut ihm gern was zu Gefallen, er ist ja so ein lieber Mensch, wo hat sies nur, Herrgott, wo hat sies nur, das Telegramm, es war doch erst in ihrer Schürzentasche. Es wird doch nicht herausgefallen sein, oder sie hat es in der Hand gehalten, wie sie zum Javornik hinunter ist, sie wird ihn gleich noch einmal fragen –

Inzwischen steht die Mutz in ihrem Zimmer und hält den Wisch, diesen verfluchten Wisch in ihrer Hand. Daß man so etwas finden muß, nur wenn man in die Küche geht, um sich ein Butterbrot zu holen. „Kehre bald zurück bitte Irmgard schonend vorzubereiten Ernst." Das schonend aber hat er ausgestrichen. Also nicht schonend. Und Ernst. Ernst heißt er. Also nicht Edwin. Das hat sie doch schon immer gewußt. Edwin kann ein besserer Mensch ja nicht heißen. Wieso? Warum? Und ist er denn ein besserer Mensch? Ein Schwindler ist er, ein Betrüger, wenn er nicht einmal seinen richtigen Namen sagt. Ein Falschmelder. Also doch. Oh Gott! Und sie hat es immer gewußt. Und doch nicht gewußt. Weil er, weil er – der leere Kleiderhaken, jetzt hängen Hut und Mantel wieder dort, wenn er nur nie, nie mehr zurückgekommen wäre. Dann hätte sie es nicht erfahren müssen. Dann hätte sie sich wenigstens noch nach ihm sehnen können. Und

Irmgard heißt das Frauenzimmer. Da ist er wohl verlobt. Oder verheiratet. Und will zurück. Zurück zu ihr. Und dieser Paul Hennings in Berlin, der soll sie darauf vorbereiten. Kehre bald zurück. Da will er also abreisen. Herrgott, wenn die Mama das wüßte. Am besten ist, man wirft das Telegramm der Monika aufs Bett. Sie hat es sicher aufgeben sollen, es lag ja auch das Geld dabei, Ernst heißt er, Ernst. Was einem alles weh tun kann. Sogar ein Name.

***

So ein Verband ist das Ärgste. Dem Heini ist zumut, als hätte er seinen Fuß nicht mehr, als hätte der Verband den aufgesaugt. Am liebsten möchte er aufstehen und probieren, ob er nicht doch ein bißchen gehen kann. Aber er hat der Mutter versprechen müssen, sich nicht zu rühren, bis sie zurückkommt mit den Damenhemden, diesen verfluchten seidenen Hemden. Und in die Apotheke muß sie auch und einkaufen und kochen und ihn bedienen. Ein Glück, daß er den Fuß nicht gleich gebrochen hat, verstaucht, das ist ja gar nichts, so was passiert einem jeden einmal beim Skilaufen. Es ist ganz hübsch, ein bißchen krank zu sein, die Leute sind so nett und seine Schulkollegen kommen zu Besuch. Auch ein paar Mädeln. Die Mutz natürlich weiß nichts von seinem Unfall. Er wird es ihr auch nicht erzählen lassen. Genau genommen hat er die Sache eigentlich schon überwunden, vielleicht nicht ganz, so was geht nicht so rasch, und diese Mutz war eben seine erste Liebe, seine Jugendliebe. Erfahrungsgemäß kommen in gewissen Jahren solche Gefühle, man darf sie nicht zu ernst nehmen, man hat ja seine Aufklärung, das Individuum spielt keine Rolle, es gibt noch andere Mädeln, viele Mädeln, und was das Triebleben betrifft –

Herrgott, wie heut der Eisenofen spuckt. Die Mutter hat zu viel hinein gefeuert, das Zimmer wird ganz grau von Rauch und draußen schneit es, weiche Flocken, weiche Federn, kühle Federn, in solchen Federn möchte er liegen, es wird so heiß im Bett. Wie spät es ist? In der Schule haben sie jetzt Geschichte. Der spanische Erbfolgekrieg, Was einen der angeht. Überhaupt diese Kriege. So etwas gibts doch gar nicht mehr. Es ist jetzt aus mit dem Soldatenspielen. Da hat der Weltkrieg einmal Schluß gemacht. Nie wieder dieser Massenwahnsinn. So weit ist man denn doch gekommen, Vernunft und Abrüstung. Aber in der Geschichtsstunde lernt man immer noch von den Kriegen. Wie fad das ist. Wenn man nicht mitstenographiert, so schläft man auf der Stelle ein. Der Eisenofen raucht, die weichen Federn schweben durch das Zimmer und die große Zehe vom rechten Fuß, dem gesunden, beginnt jetzt unter der Decke zu stenographieren: Erbfolgekrieg, Mutter, Hemden, Mutz, Vernunft, Abrüstung Liebe, Massenwahnsinn, Aufklärung, nicht ernst nehmen erfahrungsgemäß …

Die Zehe hört gar nicht mehr auf zu stenographieren, bis es läutet. Er kennt das Läuten im Wachen und im Schlaf, sein Läuten, das Morsezeichen, das kann doch nur –

Und dann steht sie vor ihm und riecht nach Schnee und ist grün und gelb im Gesicht und mit Ringen unter den Augen. Seinetwegen?

– Aber Heini, darfst du denn aufstehen?
– Eigentlich nicht.

– Ist es sehr arg? Ich hab es eben erst erfahren.
– Wieso bist du denn nicht in deiner Schule?
– Ich schwänze.

Und sie setzt sich neben sein Bett, auf seine Wäsche und auf seine Strümpfe. Daß sie auch schwänzt. Seinetwegen?

– Wo steckst du denn die ganze Zeit? Ich wäre schon längst zu dir gekommen, aber bei uns war so viel los. Der Papa krank und alle möglichen Geschichten mit dem Rudi und der Ferdinand Kaiser ist plötzlich verhaftet, warum weiß man nicht, und – und –
– Und der Mieter?
– Was für ein Mieter?
– Na der Deutsche. Dieser Schmitz oder wie er heißt.
– Wie er heißt? Wie soll er denn heißen?
– Ich mein ja nur –
– Du meinst, daß er vielleicht gar einen falschen Namen hat?
– Einen falschen Namen?
– Sag mal Heini, kannst du dir vorstellen, mehr so im allgemeinen, daß es auch anständige Gründe gibt, wenn einer sich nicht mit seinem rechten Namen nennen will.

Nie im Leben hätte er der Mutz so eine dumme Frage zugetraut. Und dabei starrt sie an ihm vorbei und auf die Wand. Sie ist verlegen (seinetwegen?), sie redet so herum, weil sie von dem, was wirklich wichtig ist, nicht sprechen will. Da muß er also damit anfangen.

– Sag mal, Mutz, warum warst du denn eigentlich verschwunden?
– Verschwunden?
– Wenn du nur wegen meinem Fuß gekommen bist, so kannst du wieder gehen. Doch wenn du offen mit mir

sprechen willst – wir sind ja beide keine kleinen Kinder. Du weißt so gut wie ich, was so Gefühle sind. Erfahrungsgemäß – ich meine nur – wenn du jetzt plötzlich einen anderen hast –

– Einen anderen?

– Du kannst es mir ganz ruhig sagen. Wir sind doch nicht von vorgestern. Heutzutage machen moderne Menschen sich nichts mehr vor. Man ist vernünftig –

– Du, von was redest du denn eigentlich?

– Von unserer Liebe.

– Liebe?

– Und wenn es auch vorbei sein sollte – so was geht immer vorbei, erfahrungsgemäß – man hat doch schließlich seine Aufklärung –

Sie steht vor ihm und hält sich beide Ohren zu. – Hör mir schon auf mit deiner Aufklärung. Die mag für vieles gut sein. Meinethalben.

Aber gegen die Liebe, das sag ich dir, erfahrungsgemäß, gegen die Liebe hilft keine Aufklärung.

Und damit läuft sie auch schon wieder davon. Was ist sie denn so wütend? Seinetwegen?

Ach! töten könnt ihr,
aber nicht lebendig machen ...

Nun ist das Kabinett keine schützende Höhle mehr, in der man sich verkriechen kann, nachdenken, überlegen. Als das Telegramm abgeschickt war, verwandelte die ärmliche Kammer sich zur Zelle, wo ein Gefangener mit schweren Schritten auf und ab geht und auf sein Urteil wartet. Wie lange noch? Es muß ja eine Antwort kommen, heut, morgen, übermorgen, sie müßte eigentlich schon längst gekommen sein. Monika schwört, daß sie das Telegramm auch aufgegeben hat. Natürlich war es falsch, ihr so etwas zu überlassen, so etwas macht man selbst, aber ein Herr von Ufermann ist nicht gewöhnt, sich anzustellen, und auf dem Postamt standen die Leute eben Schlange. Nur keine Ausflüchte. Das Telegramm ging ab und Paul muß es bekommen haben. Was zögert er? Irmgard, was zögerst du? Was sucht ihr mich denn nicht? Was holt ihr mich denn nicht? Kein Brief? Kein Telegramm?

Und der Gefangene betrachtet mit scheuem Blick die Wände seiner Zelle, die täglich immer enger wird. Wenn er noch lange wartet, wird sie zur Todeszelle, vor der der Baum im Hof unten mit seinen abgehackten Ästen gleich einem Wächter steht. In einer Todeszelle kann man nicht endlos bleiben, im Gegenteil, die Frist wird streng bemessen. Und Ufermann hat nur mehr Geld genug, um der Frau Hofrat noch eine Monatsmiete zu bezahlen. Dann ist nicht mehr viel übrig. Man muß auch essen. Und Zigaretten, Wäsche, Fahrgeld, Zeitungen, das alles kostet was. Es kostet viel, wenn man es erst einmal zusammenrechnet. Legt man die Reisespesen noch zurück – Herrgott, es geht nicht aus, es kann nicht ausgehen, wo ist ein Bleistift und ein Stück Papier –

Obwohl es gar nichts hilft, er muß noch einmal nachrechnen, die Barschaft zählen bis zum letzten Groschen. Daß es so was wie Groschen gibt. Daß solche Groschen auch einen Wert besitzen können, Groschen. Man könnte Paul telegrafieren: Schick mir jetzt tausend Mark. Aber wenn dann vielleicht auch keine Antwort käme? Keine Antwort?

Noch einmal nachrechnen. Das Papier füllt sich mit Zahlen, die wachsen über das Papier hinaus, über den Tisch, steigen empor an den Wänden, bedecken diese mit unzähligen schwarzen Bleistiftstrichen, bis das Kabinett, die Zelle, die Todeszelle, zum dunklen Sarg geworden scheint. Denn wenn ein Leben sich mit Geld bezahlen läßt, mit Dollar, mit Valuta, so ist die Armut wohl nur eine Vorstufe zum Tod. Und ein Herr von Ufermann, der seine nackte Notdurft bald nicht mehr bestreiten kann, ist eben ein zum Tod Verurteilter. Ganz abgesehen davon, daß er schon längst gestorben sein sollte, ein wenig Kohlenstaub im Wind verweht, gestorben aus Pflicht und Schuldigkeit, damit die anderen leben können, Irmgard, die Firma, der alte Boß, die Preisel und die Tippmädchen. Sie alle, sie suchen ihn jetzt nicht.

Und wieder einmal stürzt er davon wie schon so oft in letzter Zeit, daß die Monika ihm erstaunt aus ihrer Küche nachblickt. Was hat ers denn so eilig? Reißt den Mantel nur so vom Kleiderhaken. Der Mantel gehört auch schon einmal ganz ordentlich gebürstet. Wenn sie nur nicht so viel zu tun hätte.

Er aber hat es gar nicht eilig. Er geht vorbei an den Flanellpyjamas „zu erstaunlich billigen Preisen", an dem uralten Bäckerladen, an der merkwürdig hohen feierlichen Kirche. Er geht vorbei an ihrer Pforte, die stets geschlossen scheint, ein Flüchtiger, ein Vogelfreier. Kein Spaziergänger mehr. Wenn ihn jetzt friert, so bleibt nichts anderes übrig, als den Gang zu beschleunigen, er traut sich nicht in ein Café, das kostet Geld, Geld kostet es auch in die Straßenbahn zu springen und es ist besser, die kleinen Nebenstraßen zu vermeiden, wo die vielen Bettler lauern, die Ausgesteuerten. Die kosten Geld. Geld. Nur ein paar kleine Münzen, Groschen. Seit wann ist er denn knauserig? Er, der sich nicht entschließen konnte, zu seiner Frau zu sagen: Wir werden uns vielleicht einschränken müssen. Einschränken, eine Etagenwohnung, den Wagen aufgeben, eines der Mädchen entlassen und, wenn es sein muß, auf Davos verzichten. Ja Irmgard, wäre das denn gar so arg? Da gehe ich, ein Ausgesteuerter des Lebens durch eine Vorstadt, die für dich nicht einmal ein Begriff sein kann. Mir aber war sie eine Zufluchtsstätte für mein Incognito. Das ist vorbei. Denn ein Incognito ist nichts für arme Leute, es ist ein Luxus, den ein Herr sich leistet, der gern einmal aus seiner eigenen Welt verschwinden will, doch jeder Zeit zurückkehren kann in seine eigene Gestalt und in sein eigenes Haus. Was holst du mich denn nicht, Irmgard, was schreibst du mir denn nicht. Soll ich als Landstreicher an deine Türe klopfen. Mit jeder Post erwart ich deinen Brief. In jeder Zeitung suche ich nach einer Überschrift: Ein unbegreifliches Telegramm. An allen Mauern, an allen Litfaßsäulen suche ich ein Plakat, ein riesengroßes, mit meinem Namen. So könntest du durch eine ganze Stadt den Namen schreien

– lach mich nicht aus, Irmgard, ich weiß, du tust es nicht, du wirst so etwas niemals tun, aber ich kann mir vorstellen, daß eine Frau, eine ganz andere Frau als du, ich will es nicht von dir verlangen, bei deinem Stil, der Haltung, die du hast, ich kann mir trotzdem vorstellen –
 – Halt! Hier ist abgesperrt.
Ufermann blickt auf. Vor ihm steht eine Reihe Polizisten.

***

Er darf also nicht weitergehen, aber er will auch nicht zurück, zurück in seine Vorstadt und in das jämmerliche Kabinett. Von ferne dröhnt ein dumpfes Brausen. Sind das denn Stimmen, Menschenstimmen? Eine wogende Masse bewegt sich vor der Universität. Der Himmel hängt in langen pastellblauen Schleiern über dem dunklen Gebäude, die Bogenlampen, eben angezündet, stechen gleich überflüssigen Funken in die kalte Luft.

Was immer diese Leute dort wollen, es geht ihn nichts an, es kümmert ihn nicht. Er will versuchen, an ihnen vorbei zu kommen. Denn plötzlich sehnt er sich nach den vornehmen Straßen der Stadt, wo in den hell erleuchteten Schaufenstern kostbare Waren nur so hingestreut liegen. Aber ohne zu wissen, wie steckt er mit einem Mal in einem Strudel von Neugierigen, den die Polizei zurückzudrängen versucht.

– Was ist denn los? ... Natürlich wieder eine Rauferei ... die Herren Studenten wieso natürlich ... das gibt es jetzt doch alle Tage ... Auseinander! Auseinander! ... Aber Herr Wachmann, wo soll man denn hin? ... Machen Sie lieber dort eine Ordnung, die machen sich schon selber eine Ordnung ... eine feine Ordnung ... diese Lausbuben ... erlauben Sie, wie reden Sie denn ... ist Ihnen vielleicht was nicht recht ... Auseinander! ... Soll unsere Jugend alles sich gefallen lassen? Da kommen diese landesfremden Elemente ... Elemente hat er gesagt ... geh Schatzi, du wirst dich mit einem solchen Menschen doch nicht streiten wollen ... Auseinander! Es ist verboten, stehen zu bleiben! ... Ja, ja, Herr Wachmann ... diesmal ist aber wirklich was passiert ... Ja, was denn ... sie haben einen fast erschlagen ... Nicht möglich ... so eine Rohheit ... und das Gebrüll ... die reinen Hottentotten ... wen haben sie denn fast erschlagen? ... Wer wirds schon sein ... Ist ja nicht wahr ... aber doch ... hört ihr denn nicht ... die Rettungsgesellschaft ... ein Aug ... was ist mit einem Aug ... sie haben einem ein Aug heraus geschlagen ... Auseinander! ... Ein Aug ... das ist bestimmt nicht wahr. Alles nur aufgebauscht, damit die Zeitungen etwas zu schreiben haben ... Sie müssens wissen ... oder Sie vielleicht ... die Jugend, unsere Jugend ... hören Sie schon auf mit unserer Jugend. Mir machen Sie nichts vor. Geht alles nur gegen die Arbeiterschaft ... diese Ansicht entspricht vielleicht Ihrem Bildungsgrad ... was, was reden Sie da ... geh Schatzi, ich bitt dich, streit dich nicht ... Auseinander! Auseinander! Hier werden keine Ansammlungen geduldet! ... Jessas, da schaust, jetzt sind wir gar schon eine Ansammlung ... und dort, wo wirklich was passiert, auf der Rampe dort, dort gibt es keine Ansammlung ... ich begreif auch nicht, daß die Polizei ... Sie Fräulein, passen Sie auf, die Wache darf man nicht beleidigen ... Ich mein ja nur, warum ist denn die Polizei nicht dort ... wenn Sie es nicht wissen, so entspricht das eben Ihrem mangelnden Bildungsgrad ... Bildungsgrad,

hat er gesagt ... die Polizei darf nicht auf unsere Universität. Wozu haben wir denn unsere akademische Freiheit ... Freiheit, hat er gesagt ... eine feine Freiheit, wo man einen jeden erschlagen kann, der einem nicht paßt ...
- Auseinander! Nach rechts bitte!
Und nun endlich löst sich der Knäuel, die Menschen verlaufen sich, die Straßenbahn klingelt, man kann wieder über den Fahrdamm. Ufermann wirft noch einen Blick auf die Rampe der Universität. Sie ist weiterhin besetzt von einer tobenden Horde. Von ferne hört er die Signale der Rettungsgesellschaft. Sollte wirklich etwas geschehen sein? Nun, jedenfalls, es geht ihn nichts an. Er hat genug an seinen eigenen Sorgen. Und Prügeleien gehören heutzutage nun einmal zu jedem Studienbetrieb. Ob Rudi Rameseder auch dabei war? Oder die beiden Wehrzahls? Wie dunkel es plötzlich geworden ist.

Er biegt ab in eine schmale Straße, ihm entgegen kommt ein Trupp Burschen marschiert. Ihre Schritte klingen hart auf dem Asphalt. Sie sagen im Takt - was sagen sie da nur im Takt - Juda verrecke!

Ufermann wendet sich um. Nein, nein, es gilt ihm nicht, es geht ihn gar nichts an. Aber trotzdem geht er mit raschen, beinahe fliehenden Schritten in den Park, der an der Straße liegt. Kohlschwarz sträubt das Gestrüpp sich aus dem Schnee. Die Wege sind vereist, beinahe wäre er jetzt ausgeglitten. Verrecke. Es geht ihn gar nichts an. Aber verrecke ist ein häßliches Wort. Irmgard würde solch ein Wort niemals in ihren Mund nehmen. Selbst Paul würde ganz einfach sagen: Stirb! Hinweg mit dir! Fort! Und verschwinde! Du bist ja einer von den viel zu vielen. In allen Nebenstraßen lauern sie. Betteln verboten! Sie füllen die Hörsäle der Universität. Denken verboten! Oder sie wollen ganz einfach essen, ohne zu arbeiten, all diese Überflüssigen. Leben verboten!

Da steht einer allein in einem Park und ist doch nicht allein. Die bleichen Rasenflächen weiten sich im Dunkel. Ist denn kein Platz mehr auf der Welt für die zu vielen, für die viel zu vielen? Verrecke. Sie haben es ganz laut gesagt, sie haben es beinah geschrien im Chor. Nachdem sie einem von den viel zu vielen ein Auge ausgeschlagen haben. Ein Auge nur. Ein Menschenauge.

Da steht einer allein in einem Park und weiß: Es geht ihn etwas an.

***

Wie er nachhause kommt (einstweilen ist er noch zuhause bei Rameseders, so lang er der Frau Hofrat seine Miete zahlen kann), will das Licht im Vorzimmer nicht brennen und auch in der Küche ist es dunkel. In seinem Kabinett jedoch steht eine brennende Kerze auf dem Tisch und ein Schatten schwebt schief an der Wand. Das ist der Javornik. Die Monika hält ihm ein Werkzeug hin.

– Wir haben Kurzschluß, Herr von Schmitz.

Er ist in Hemdärmeln, der Javornik, und in seiner Lederweste, die jetzt ganz braun aussieht, bei Tag jedoch beinahe grün erscheint. Ja, der Kontakt da ist kaputt. Der Javornik blinzelt verschmitzt. Auf der einen Seite hat er eine kleine Zahnlücke.

In dieser Wohnung ist wirklich sehr oft ein Kontakt kaputt.

– Dann lassen Sie sich nur nicht stören.

– Aber bitte. Ich bin gleich fertig. Wenn Sie warten wollen, Herr von Schmitz.

Ufermann setzt sich aufs Bett. Es ist so sehr verdrückt und dabei hat er doch heute gar nicht darauf gelegen. Die Monika hebt die Kerze hoch, das Licht fällt auf den dunklen Scheitel des Javornik, der sich soeben bückt. Die Monika hat einen weißen Arm, ihre Lippen stehen offen, zittern naß. Und wieder jener sanfte kuhwarme Geruch, mit dem sie ihn einmal (wie lange ist das her) an der Tür des Vorzimmers empfangen hat, ihre Brüste sind sicher auch sehr weiß. Wenn es dunkel ist im Zimmer – man kann das Licht nicht andrehen, denn der Kontakt ist ja kaputt – dann werden ihre wirren rötlichen Negerlöckchen zu einem Fell, in dem man krauen möchte. Was steht sie nur dem Bett so nahe –

– So, jetzt haben wirs, sagt der Javornik und greift nach dem Schalter. Die ungeschützte kleine Birne auf dem Nachttisch blendet sie alle drei. Und Monika bläst ihre Kerze aus. Es riecht nach Wachs.

– Darf ich Ihnen eine Zigarette anbieten?

– Besten Dank! Und sein Sie uns nicht bös, wenn wir ein bissel eine Unordnung gemacht haben.

Der Arbeitslose steckt die Zigarette in den Mund, aber er zündet sie nicht an, dann nimmt er seinen Rock und seine Ledermütze, während die Monika, das Dienstmädchen, mit ihren großen braunen glänzenden Augen den fremden Herrn aus Berlin betrachtet.

Hin und wieder muß man auch etwas essen. Aber was Ufermann in diesen Tagen zu sich nimmt, schmeckt nicht nach Fleisch und nach Gemüse und nach Brot oder nach Kartoffeln, es schmeckt nach Zahlen, kümmerlichen Zahlen, wie sie eben auf einer fleckigen Speisekarte stehen. Er ißt jetzt seine Schillinge und seine Groschen. Groschen. Wie lange noch?

In den blaugrünen Sitzen des kleinen Vorstadtcafés hängt immer weiter der kalte Rauch von unzähligen Nächten. Kein Wunder, daß man sich da plötzlich nach einer weißen Kette von Gebirgen sehnen kann, nach reiner Schneeluft, lautlosen Kellnern, die jede Mahlzeit mit selbstverständlicher Behendigkeit servieren. Wie eine unnahbare Märchenburg verschwimmt das Berghotel in der Erinnerung. Nie mehr zurück. Wieso? Weshalb? Eingang nur für Hotelgäste!

Der Kellner hier ist immer weiter sehr zuvorkommend und leicht vertraulich. Er bringt ihm die Berliner Zeitungen. Lohnt es sich, nachzusehen? Ein unbegreifliches Telegramm. Oder: Noch einmal der Fall Ufermann. Oder – nein, das steht nirgends. Und alles andere, was geht ihn das an, die Börsenkurse, die Krise und die Politik, Streiks, Straßenkämpfe und Verwilderung der Jugend, ein neuer grauenvoller Mordprozeß, immer dasselbe. Er schiebt die Zeitungen von sich. Der Kellner stellt eben ein Glas Wasser vor ihn hin.

– Gut, daß Sie da sind, Herr von Schmitz. Ein junger Mann hat heute schon dreimal nach dem Herrn von Schmitz gefragt.

– Nach Herrn von Schmitz? Nach mir?

– Ja, ja, nach Herrn von Schmitz, sind Sie doch. Es war aber nicht derselbe wie früher, der Kaiser mit der dicken Nase. Den haben sie geschnappt, das wird der Herr von Schmitz wohl auch schon wissen.

Erst war der Alte dran, dieser Versicherungsschwindler –

– Schon gut. Bringen Sie bitte noch eine Tasse Kaffee.

Sollten die Windjacken sich wieder rühren? Er dachte schon, das Spiel wäre vorbei und sie hätten endlich begriffen, daß er mit ihnen und ihren „vertraulichen" Besprechungen nichts zu tun haben will. Dies umso mehr, als der junge Herr Rameseder ihn nach seiner Rückkunft ohne irgendwelche Fragen herzlich begrüßt hatte. Und wenn er ihm im Vorzimmer begegnet oder im Treppenhaus, spricht er ganz unbefangen über das Wetter. Und seit der Lümmel mit der Knollennase auch noch verschwunden ist, er soll verhaftet sein, so heißt es –

Der Kellner sagt ganz laut: – Da ist er ja.

Ufermann schrickt auf. Wen meint er, ihn oder Lothar Wehrzahl, der da jetzt plötzlich vor ihm steht, hochrot und aufgeregt.

– Also endlich erwischt man Sie.

– Wie bitte?

– Mir gegenüber werden Sie nicht länger den Unschuldsengel spielen.

– Wie?

Der freche kleine Kerl setzt sich einfach an seinen Tisch. Die Augen rollen ihm beinahe aus dem Kopf, er zischt: – Und wenn Sie sich auch noch so sehr hinter den Rudi Rameseder stecken, ich habe Material, wichtigstes Material –

– Was reden Sie da?

– Meine Verbindungen zu Kameraden in Berlin, meine persönlichen Verbindungen haben ergeben –

Der Kleine stockt, der Atem geht ihm aus, er greift nach Ufermanns Glas Wasser, trinkt es in einem Zug.

– Ich weiß es jetzt, ich weiß es ganz genau: Sie sind gar nicht Edwin von Schmitz.

Ufermann lacht. Er begreift es selber nicht, aber er lacht.

– Sind Sie gekommen, mir das mitzuteilen?

– Sie sind ertappt. Ich weiß von Ihnen alles. Bald auch noch mehr als alles.

– Mehr als alles?

– Sie sind in meiner Hand, verstehen Sie, in meiner Hand. Wenn Sie jedoch Vernunft annehmen und Ihre wichtigsten Geheimnisse mir anvertrauen, einstweilen mir allein, verstehen Sie, ich denke da zum Beispiel an Ihre Beziehung zu Professor Frey und zu den anderen Freimaurern –

– Herr Wehrzahl, ich begreife nicht, was Sie jetzt von mir wollen. Aber ich habe Ihnen und Ihren Freunden bereits mehrmals mitteilen lassen, daß ich, wer immer ich auch sein mag, ein Bote war, ein zufälliger Bote und was in dem gewissen Päckchen war, ich weiß es nicht, es interessiert mich nicht, es geht mich gar nichts an. Hören Sie zu: Es geht mich gar nichts an. Ich werde nach Berlin zurückkehren –

– Zurückkehren?

– Jawohl, ich werde nach Berlin zurückkehren und Ihre Kameraden dort werden auch bei Gelegenheit das Geld zurückbekommen –

– Das Geld?

– Jawohl, das Geld. Und unterbrechen Sie mich nicht. Es wird sich alles aufklären, da können Sie versichert sein, ich habe nichts und niemanden zu scheuen. Wenn Sie jedoch inzwischen Räuber und Soldaten spielen wollen –

– Spielen?

Das kleine Scheusal reckt sich, sein Brustkorb bläht sich, seine Hand fährt in die Hosentasche, unter dem Tisch bewegt sich diese Hand auf Ufermanns Knie zu, das ist ja Unsinn, so was gibt es nicht, es kann doch gar nicht möglich sein, daß diese dumme Jungenhand einen

Revolver hält, am hellen Tag in einem ganz gewöhnlichen Café.
– So sieht mein Spielzeug aus. Sie sind gewarnt.
– Sind Sie denn ganz verrückt?
– Pst, nicht so laut. Man wird schon auf uns aufmerksam.

Ufermann hebt den Kopf. Der Kellner lehnt mit seiner Serviette unter dem Arm an dem Buffet und sieht mit auffallender Gleichgiltigkeit an ihm vorbei. Ist es nicht lächerlich, daß er jetzt hier mit diesem fremden abenteuerlichen Burschen wie ein Verschwörer sitzt, daß er nicht einfach aufspringen und ihn zum Teufel jagen kann. Nicht, daß er sich vor dem Revolver fürchtet, so ein Revolver schießt so leicht nicht los, und außerdem, was läge schon daran. Aber es wäre nichts weniger als wünschenswert, sich jetzt hier auffällig zu machen.

Lothar Wehrzahl greift nach den Zeitungen und zündet sich dabei rasch auch noch eine Zigarette an. Kaum hörbar sagt er: – Verhalten Sie sich ruhig. Möchte nur wissen, was das Mädel hier zu suchen hat.

Das Mädel? Welches Mädel?

In einer Ecke sitzt hinter einem Glas mit Himbeersaft die Mutz und starrt auf Ufermann mit wilden grünen Augen. Was macht sie hier? Soll er ihr zuwinken? Er wird vor dieser kleinen Gymnasiastin doch nicht auch noch verlegen werden, nur weil er diesen aufdringlichen Narren an seinen Tisch bekommen hat. Einstweilen tut er jedenfalls, als hätte er sie nicht gesehen. Denn sie ist nicht allein. Der Knabe neben ihr hat beide Ellbogen aufgestützt und blickt, nein, daran kann kein Zweifel sein, mit fürchterlichem Ernst auch nur auf ihn. Was kann das zu bedeuten haben? Ein kleines Rendezvous? Die beiden fühlen sich vielleicht gestört? Nun jedenfalls, man wird sich darüber nicht auch den Kopf zerbrechen.

– Herr Ober, zahlen!

Lothar Wehrzahl blickt einen Augenblick lang über seine Zeitung.

– Sie sind gewarnt. Ich wiederhole es. Falls Sie es wagen sollten, nach Berlin zurückzukehren –

***

Nun muß diese Komödie denn doch ein Ende haben, Irmgard, es ist genug, ich will nicht länger warten, ich komme, ja, ich komme, zurück zu dir, zu meinem Haus, zu meiner Firma und zu meiner Arbeit, ich werde mir das nicht verbieten lassen, von dir nicht und von Paul oder von irgendeinem – verrückten Herrn Wehrzahl. Ich hab es satt, in dieser kleinen Vorstadt herumzuirren wie ein Ausgestoßener. Und dabei noch beobachtet zu werden. Vielleicht sogar verfolgt. Es ist die höchste Zeit, daß der Entschluß, der lang hinausgeschobene, nun auch gefaßt wird. Ich komme, Irmgard. Und du sollst es wissen.

In dem Kabinett, in dieser Zelle, liegt Papier auf dem Tisch.

Aber diesmal werden keine Zahlen darauf gekritzelt, billige Zahlen eines entwürdigenden Alltags. Ein neues Telegramm wird aufgesetzt. An Frau von Ufermann. Und falls sie jetzt auch nicht in Berlin sein sollte (vielleicht liegt sie auf einem sonnigen Balkon vor einer weißen Kette von Gebirgen in Davos), so wird das Telegramm ihr nachgeschickt. Soll es ausführlich sein? Ach wozu. Ich komme zurück stop Ernst. Ich komme stop Ernst. Ich komme zu dir stop – nein, nein, zu dir ist überflüssig. Ich komme stop.

Die halbe Nacht schreibt Ufermann das Telegramm. Immer wieder auf einen neuen Zettel. Bis die Zettel sich heben, zu wachsen beginnen und über ungeheure Litfaßsäulen rollen, mit Riesenbuchstaben: ICH KOMME.

Am nächsten Morgen vor acht Uhr verläßt er leise die Wohnung, um auf die Post zu gehen. Denn dieses Telegramm will er nun selbst aufgeben. Kaum ist er auf der Treppe, so wird die Tür krachend hinter ihm zugeschlagen. Mutz will vorbei. Mit der Schultasche stößt sie ihn in die Rippen.

– Aber Fräulein Mutz –
– Wollen Sie was?
– Ich meine nur, ist es denn gar so eilig?
– Mit Ihnen hab ich nichts zu reden.

Die grünen Augen, die ihn so oft durch eine Türspalte belauerten und gestern erst in dem Café, blitzen ihn an.

– Was soll das heißen?
– Lassen Sie mich los.
– Ich denke nicht daran. Erst werden Sie mir sagen –
– Ich habe Ihnen nichts zu sagen.

Er hält sie fest an beiden Armen. Die Mütze hängt ihr schief auf dem zerrauften Haar, sie hat sich heute nicht einmal gekämmt. Und faucht ihn an wie eine wilde Katze.

– Lassen Sie mich. Sonst sag ichs dem Papa, Sie – Sie Falschmelder.
– Falsch – Falschmelder?
– Sie Falschmelder mit Ihrem Telegramm.
– Jetzt werden Sie mir aber wirklich erst erklären.
– Lassen Sie mich. Ich muß in die Schule.
– Keinen Augenblick eher, als –

Da hat sie ihn auch schon in die Hand gebissen, Donnerwetter, ist das eine Range. Wie sie nur ausgesehen hat.

Verwahrlost. Ungekämmt. Was fällt ihr ein? Was untersteht sie sich? Was redet sie von seinem Telegramm? Was weiß sie alles? Falsch – Falschmelder hat sie gesagt. Was ist das für ein Wort? Und will nicht antworten, läuft einfach weg in ihre Schule.

Sie aber läuft gar nicht in ihre Schule. Sie läuft in den kleinen Park, wo jetzt die Wege in der blassen Morgensonne schwimmen, sie läuft durch alle Pfützen, der Schlamm spritzt hoch an ihrem Rock, ihr ist es gleich. Das Parkgitter glänzt schwarz, ganz so wie damals noch im Winter, als der Heini davon redete, daß dieser – dieser – dieser Falschmelder in heimlicher Verbindung zu den Wehrzahls steht. Und wenn der Heini gestern nicht mit ihr zusammen diesen – diesen in das Café gehen gesehen hätte, sie hätte es doch nie geglaubt. Aber da sitzt er mit dem Lothar wie ein Verschwörer, ein jeder muß ja sehen, daß die sich ganz besondere Geheimnisse zu sagen haben, unvorsichtig sind sie auch noch, stecken sich unter dem Tisch verstohlen etwas zu – Herrgott, der Heini hat ja recht, es nützt nichts, sich was vorzumachen, das Telegramm, der falsche Name, dieser, dieser so wahnsinnig geliebte Mensch, er ist ein Schwindler und Betrüger, vielleicht noch viel was Ärgeres, denn er gehört einmal zum Rudi seiner Bande. Und sie sitzt hier im Park, auf einer Bank, ganz mutterseelenallein, die Glocken läuten, es ist acht, sie schwänzt, die Sonne scheint, die Vögel zwitschern, als ob schon Frühling wär, die Erde riecht aus dem Schnee heraus, sie schlägt die Hände vor das Gesicht, sie heult, es kann sie niemand hören, sie heult ganz laut, wie er sie festgehalten hat, und in die Hand hat sie ihn auch gebissen, in seine lange braune magere Hand.

***

Das Telegramm ist kaum erst eine Stunde aufgegeben, so wird sich Ufermann bewußt, daß er bereits auf eine Antwort wartet. Diesmal ging es mit bezahlter Rückantwort, auch hat er seinen vollen Namen darunter gesetzt mit „per Adresse Schmitz", während auf dem ersten Telegramm außer dem Namen Ernst nur Schmitz gestanden hatte. Das war vielleicht nicht richtig gewesen, aber er hatte eben jegliches Aufsehen vermeiden wollen.

Nun ist es gleich, es ist ja alles gleich. Die kleine Mutz und Lothar Wehrzahl (wieso gerade diese beiden!) wissen ja ohnehin bereits, daß er einmal bestimmt nicht Herr von Schmitz ist. Wieso? Woher? Wie kam das Mädchen auf das Telegramm? Er hatte es ja eben erst geschrieben, trug es in seiner Brusttasche. Rätselhaft. Verrückt. Und unheimlich. Unheimlich wie die ganze Welt der Kolportage, in die er da geraten ist. Er hatte diese Welt bisher so wenig ernst genommen wie einen Detektivroman. Weil sie für ihn eben nicht wirklich war. Wie sagte doch der weise Herr Professor: Die Welt der Kolportage, lieber Freund, ist gar nicht gar so weit entfernt von jeder Wirklichkeit, wie Sie es meinen. Ich meine das schon längst nicht mehr. Ich könnte Ihnen Dinge erzählen, Herr Professor, die Ihnen ein sehr interessantes Material zu Ihren Studien ergeben würden. Es sind doch Studien unserer Zeit, wenn ich Sie recht verstehe. Historische. Kriminalistische. Vielleicht ist beides heutzutag dasselbe. Hier stehe ich, ein Opfer dieser Zeit. Es war nicht meine Schuld, daß meine Firma ins Wackeln geriet, ins Rutschen, beinahe schon in die Katastrophe hinein, die Krise, die Weltwirtschaft, was braucht man da noch vieles zu erklären. Es war nicht meine Schuld, daß mir die Brieftasche gestohlen wurde, daß ich so nicht nach Frankfurt fliegen konnte, nicht abstürzen mit einem Aeroplan, verbrennen und verkohlen. Es war nicht meine Schuld, daß ich als Toter dann plötzlich einen Wert bekam, den ich als Lebender niemals besessen hatte, Millionen, Herr Professor, Millionen! Denn als Bankier, so wie die Zeiten heute sind, bedeutete ich nur ein sehr unsicheres Kapital. Es war nicht meine Schuld, daß ich zu meiner Frau nicht mehr zurückkehren wollte, weil ich doch wissen mußte, daß sie selbst es gar nicht wollte. War es da meine Schuld, daß ich mich gehen ließ und treiben wie ein Blatt im Wind, bis irgendwelche fremden Leute mich zu irgendwas benützten. Ich weiß ja selbst bis heute nicht, zu was. Ist es jetzt meine Schuld, daß ich noch immer lebe und esse ohne zu arbeiten, so wie der Javornik und alle die Hunderttausenden der viel zu vielen –

Herrgott, was ist mit ihm, was spricht er da. Er steht allein in seiner Zelle, der verfluchten Zelle, und er verteidigt sich vor einem Herrn Professor Frey, mit dem er, wie dieser Lothar Wehrzahl meint, in irgendeiner Beziehung stehen soll. Ferdinand Kaiser war also nicht umsonst auch auf dem Semmering gewesen. Die Burschen haben ihn beobachtet und sie beobachten den Professor vielleicht schon lange. Er ahnt wohl selber kaum, wie die von ihm so klar erkannte Welt der Kolportage begonnen hat, die Hände nach ihm auszustrecken. In diesen Händen liegen oft Revolver. Man sollte den Professor warnen. Dies wäre endlich auch Gelegenheit, mit einem vernünftigen Menschen ins Gespräch zu kommen. Denn der Fall Ufermann wird äußerst kompliziert. Wenn man bedenkt, was die Versicherungsgesellschaft erst sagen wird. Das Geld steckt jetzt bestimmt schon in der Firma. Die Firma ist gerettet. Aber –

Am besten ist es, den Professor aufzusuchen. Sofort. Er hat ja Ufermann beim Abschied in dem Hotel selber darum gebeten. Er wird wohl nicht zu sehr erstaunt sein. Ob man erst anklingelt? Nein, die Frau Hofrat steht beim Telefon und sagt soeben: – Was sich die Leute heutzutage alles erlauben.

***

Es macht doch nichts, daß ich Sie plötzlich überfalle? – Aber was denken Sie. Ich freue mich, daß Sie den Weg zu mir gefunden haben.

Und der Professor schüttelt dem Besucher beide Hände. Dann setzt er noch mit einem Blick auf seinen Schreibtisch hinzu: – Darf ich Sie bitten, mich für einige Minuten zu entschuldigen. Ich möchte mir nur rasch etwas notieren, Sie verstehen.

– Selbstverständlich.

– Wenn Sie inzwischen Platz nehmen wollen. Dort liegen Zeitungen und Zigaretten.

Ufermann setzt sich in den Lehnstuhl neben der Stehlampe. Die Sonne fällt in einem breiten warmen Strahl durch das Zimmer, vorbei an dem Rücken des Professors. Welche Ruhe, welche Sicherheit. Auf den langen Bücherregalen steht jedes Buch wie ein vertrauter Freund. Hier dürfen Erkenntnisse gesammelt werden, gewertet, nachgewogen, hier dürfen Gedanken keimen. An der Wand hängt für sich allein das Bild einer sanften Frau. Aus welcher Welt stammt diese Frau? Hier hat noch nie jemand geschrien, hier hat noch nie jemand mit den Füßen in das alte Teppichmuster gestampft. Gibt es denn diese Welt überhaupt noch? Liegt sie nicht um Jahrhunderte zurück, heute, im Jahre 1932? Ist sie nicht längst zu einem Traum geworden, zu einer Phantasie? Während die andere, die Welt der Kolportage zur Wirklichkeit geworden ist für einen, der sich als ihr gehetztes Opfer fühlt.

Betäubend wirkt die Stille dieses Arbeitsraums, Ufermann greift nach einer Zigarette, vergißt, sie anzuzünden, er blinzelt, zitternde Sonnenstäubchen blenden ihn, in allen Gliedern spürt er mit einem Mal den kommenden Frühling.

– So, ich bin fertig. Sie verstehen, es ist nicht immer leicht mitten in einer Arbeit.

– Ich hoffe nur, ich störe nicht zu sehr.

– Gewiß nicht. Aber was ist mit Ihnen? Waren Sie krank? Sind Sie deshalb vielleicht so lange nicht gekommen?

Der Professor hält seinem Gast ein brennendes Zündhölzchen vor die Zigarette und betrachtet ihn dabei nachdenklich und geduldig zugleich wie ein besorgter Arzt.

– Ach nein, ich bin nur etwas müde.

– Kein Wunder. Das ist der erste Frühling. Da dürfen wir alle etwas müde sein.

Und der Professor öffnet die Tür zu dem Balkon.

Über den weichen, sich weitenden Hügeln schwebt ein unendlich zarter Himmel, der jede Linie in sich aufzusaugen scheint. Und ferne Bäume zeichnen feine Striche in den Dunst. Der Wind, der dem Professor das wirre Haar über die Stirne weht, rauscht durch die Gärten, wild und eintönig zugleich. Er schmeckt nach Schnee und Erde und gelbem Gras, ein Kirchturm tänzelt zwischen kahlen

Wipfeln und selbst die Häuser schwimmen im süßen Licht einer verspielten Landschaft, die unbeschwert und doch voll Schwermut ist.

Der Professor weist mit dem Finger auf eine Straße in der Nähe.

– Sehen Sie das Dach dort, das niedrige. Darunter hat Beethoven gewohnt. Und über diese Abhänge ist er gegangen.

Ufermann wirft einen Blick auf das Arbeitszimmer, den Schreibtisch, die Bücherregale, das Bild der sanften Frau.

– Wie schön Sie es hier haben. Wie friedlich. Wie unwahrscheinlich.

– Unwahrscheinlich? Ja, Sie haben recht. Was heute friedlich ist, wird unwahrscheinlich.

– Sie sprechen, als wären wir noch im Krieg.

– Das sind wir auch. Der Krieg hat noch nicht aufgehört, mein lieber Freund, er hat nur seine Schauplätze gewechselt.

– Wie meinen Sie das, Herr Professor?

– Er ist, einstweilen noch, ins Hinterland gezogen, versteckt sich in Wirtshauskellern und Versammlungssälen. Seine Meldereiter sind Attentäter, Abenteurer und Verschwörer. Sie predigen das Evangelium der Ausrottung des Nächsten. Das ist ein sehr verlockendes Evangelium in einer Zeit, in der es zu viele Menschen und zu wenig Arbeit gibt.

– Das heißt also: Wer nicht arbeitet, soll auch nicht essen.

– Man kann auch sagen: Soll verhungern. Oder sonst wie aus der Welt geschafft werden. Es gibt ja allerlei Methoden. Das Menschenleben hat jeden Wert verloren, man kennt dafür jetzt nur mehr einen Preis.

– In Dollar? In Valuta?

– Auf die Währung kommt es dabei nicht weiter an. Sie können ruhig auch sagen, in Schilling oder Groschen. Aber wir wollen hier nicht stehenbleiben. Sie frieren ja. Wie wäre es mit einer Tasse Tee?

Ufermann friert wirklich. Die Sonne scheint nicht mehr in das Zimmer, das plötzlich in grauem Schatten liegt. Das Bild der sanften Frau blickt fragend auf den ungebetenen Gast. Nun wird es Zeit, daß er zu seinem Thema kommt. Obwohl der Fall des Bankiers Ufermann ihm plötzlich nur als Einzelfall erscheint, durch einen Zufall konstruiert, grotesk und unbedeutend im Vergleich zu jenem Massenschicksal, von dem soeben die Rede war. Am besten, man spricht davon erst, wenn der Tee getrunken ist.

– Der Krieg hat noch nicht aufgehört. Wann meinen Sie denn, Herr Professor, wird dieser Krieg ein Ende haben?

– Ich weiß es nicht. Die Frage ist verfrüht. Denn mir ist leider manches Mal zumut, als stünden wir an seinem Anfang.

– Sie wollen damit doch nicht sagen, daß der Wahnsinn von 1914 sich wiederholen könnte. Wer sollte diesen Krieg denn führen in unserem armen ausgebluteten Europa?

– Der Nachbar gegen den Nachbar. Das Raubtier gegen das Lamm. Der Mörder gegen den Bürger.

Der Professor ist in sich zusammengesunken, starrt vor sich hin und wird mit einem Mal zu einem alten Mann. Sehr leise fährt er fort:

– Merken Sie denn nicht, daß dieser Krieg bereits geführt wird. Ich könnte Ihnen eine Statistik der Verbrechen aus den letzten Jahren zeigen, die Sie erschauern ließe, Werwölfe, Menschenfresser sind wieder aufgetaucht. Es organisieren sich geheime Banden. Die Feme spukt. Und was im Leben der einzelnen einstweilen noch als Mord bezeichnet wird, das führt im Völkerleben den schönen Namen Terror.

– Sie meinen, daß die geheimen Banden –
– Zu Heeren werden könnten. Millionenheeren.
– Und daß die Welt der Kolportage dann –
– Zur Weltgeschichte wird.
– Aber Millionen können doch nicht mit einem Mal nur Mörder sein. Wie denken Sie sich das denn, Herr Professor. Und sollen diese Millionen alle als Opfer ihrer Zeit geschlachtet werden?
– Wieso als Opfer, als Opfer ihrer Zeit? Sie werden geschlachtet werden als Schuldige an ihrer Zeit. Als Schuldige, wie wir es heute vielleicht schon alle sind.

Das Mädchen rollt einen kleinen Tisch mit Tee herein und das Gespräch wird so für einige Augenblicke unterbrochen. Ufermann nippt an seiner Tasse. Der Tee schmeckt heiß und bitter. Er muß jetzt endlich von seinen eigenen Angelegenheiten reden. Vielleicht findet sich doch ein Übergang von den Millionen, den Millionenheeren zum Einzelfall des Bankiers Ufermann.

– Ich kann nicht sagen, daß ich mich schuldig fühle. Was bleibt dem einzelnen denn anderes übrig, als sein Schicksal auf sich zu nehmen.
– Und was bezeichnen Sie als Schicksal?
– Schicksal ist, was andere über einen verhängen.
– Und schuld ist, ein solches Schicksal über sich verhängen zu lassen.

Der Professor ist aufgesprungen. Er ist auf einmal

wieder jung, geht mit elastischen Schritten in seinem Zimmer auf und ab.

– Nehmen wir ein Beispiel. Stellen Sie sich vor, Sie fallen einer Bande in die Hände. Es mögen meinethalben nur kleine Taschendiebe sein, die Sie für ihre Zwecke ausnützen. Und Sie, Sie tun mit. Fragen nicht weiter, tun einfach mit. Werden Sie sich dann auch nicht schuldig fühlen?

Der Gast starrt nur hinein in seine Teetasse. Und der Professor bedauert plötzlich, daß er heftig wurde. Er setzt sich ihm gegenüber und bietet mit einer Handbewegung von den Kuchen an.

– Verzeihen Sie mir. Aber das Thema, das wir angeschnitten, geht mir immer ein wenig nahe. Denn meiner Meinung nach ist das Böse noch lange nicht das Schlimmste auf der Welt, es findet sich nicht gar so häufig.

Aber die Feigheit, die Gleichgiltigkeit des Herzens –

Da klopft es an die Tür und herein kommt Else, die Tochter des Professors.

– Ja, warum sitzt ihr denn im Dunkel?

Sie dreht die Stehlampe an, das Licht blendet.

– Herr von Schmitz, wenn ich nicht irre?

Ja, es ist Herr von Schmitz, wer soll es denn auch anders sein, und Fräulein Else setzt sich nun an den Teetisch, man spricht vom Wetter, vom Frühling und vom Föhn, von dem Lawinenunglück, das heute in der Zeitung steht. Nur daß Fräulein Else mit einem Mal ganz unvermittelt sagt: – Und wie ich jetzt nachhause komme, lungert der kleine Wehrzahl wieder einmal vor unserer Tür herum. Und zu dem Gast gewendet:

– Sie kennen ihn doch auch, nicht wahr?

– Nur flüchtig.

Der Professor lächelt mit der gewohnten Nachsicht.

– Sehen Sie, die Wehrzahls, die sind auch so ein Fall. Seit Jahren wohnen sie hier nebenan. Die Kinder sind miteinander aufgewachsen. Heute grüßen sie sich nicht mehr. Das ist der Krieg im Land, von Haus zu Haus. Obwohl ich selbst die jungen Wehrzahls nicht gar zu ernst nehme. Mein Gott, ich kannte sie doch schon als Knaben. Aber was ist mit Ihnen, Herr von Schmitz, wollen Sie denn schon gehen?

***

Wenn dieses kleine Scheusal, dieser Lothar jetzt auf der Straße unten auf ihn lauert, er ist imstand und springt ihm an die Gurgel. Aber kein Mensch ist in der Dunkelheit zu sehen, der Sturm fegt durch die abschüssige Allee, peitscht Ufermann in seinen Rücken, daß er zu laufen beginnt, zu laufen wie auf einer Flucht. Vor wem? Vor dem Professor, der, ohne es selbst zu ahnen, sein „schuldig" über ihn gesprochen hat. Er kam ja gar nicht erst dazu, sich zu verteidigen. Wie hätte er damit beginnen sollen, er, der da wirklich einer kleinen Bande (und vielleicht ist sie nicht einmal so klein) in die Hände gefallen war. Was steckte denn in dem gewissen Päckchen, Herr von Ufermann? Ich weiß es nicht. Sie wissen es nicht? Und haben doch den Auftrag übernommen? Ich mußte. Sie mußten? Und wenn es Dynamit gewesen wäre? Ich weiß es nicht. Es geht mich gar nichts an. Es geht Sie gar nichts an? Ich habe mich ja nur benützen lassen. Benützen lassen? Von wem? Ich weiß es nicht. Ich war in einer Zwangslage. In einer Zwangslage? Wie sind Sie in eine solche Zwangslage gekommen? Gestehen Sie! Mein ganzes Leben lang habe ich mich immer nur benützen lassen, von meiner Frau, der Firma, der Versicherungsgesellschaft, bis sie mir alle miteinander das Leben verboten haben. Verboten? Sie haben sich das Leben verbieten lassen? Wie hunderttausend, wie Millionen andere. Sie haben zugesehen, wie hunderttausend, wie Millionen andere das Leben sich verbieten lassen? Mein Leben war verwirkt. Verwirkt? Es hatte keinen Wert mehr, nicht einmal einen Preis. Begreifen Sie doch, Herr Professor, mein Leben bedeutete ein Minus auf dem Konto der Existenz, eine ganz ungeheure Schuld in Dollar, in Valuta –

Nein, das alles wird er dem Professor niemals sagen. Er wird ihn niemals wiedersehen. Er wird ihn nicht um Rat fragen, ein Angeklagter, der sich vor seinem Richter schämen muß, er wird ihm seinen Fall, den sehr grotesken Einzelfall des Bankiers Ufermann niemals erzählen. Denn zwischen diesem und jener Welt der sanften Frau, der stillen Einsicht und der überlegenen Erkenntnisse steht eine Wand aus Milchglas, breit und schwer, durch die kein Wort mehr dringen kann, kein Hilferuf. Er muß sich selbst in einer anderen Welt, in seiner eigenen (doch welche ist das nur?) zurechtfinden. Er ist allein.

Allein hängt er jetzt in der Straßenbahn zwischen dampfenden Mänteln und fremden Gesichtern. Ein Betrunkener haucht ihn an mit einem säuerlichen Weingeruch. Bei jeder einzelnen Haltestelle dringt der bissige Wind durch die Tür. Daß man so fürchterlich allein sein kann in den winkeligen Gassen einer abgelegenen Vorstadt, die keinen Schutz mehr bieten, keine Wärme. Der Bäckerladen, die Pyjamas „zu erstaunlich billigen Preisen", die Kirche mit der streng verschlossenen Pforte, sie wurden zu Kulissen einer Bühne, auf der er nichts mehr zu suchen hat. Er geht vorbei an ihnen, ganz allein. Auf Wiedersehen! Ich reise. Morgen. Übermorgen. Auf Nimmerwiedersehen!

Allein sitzt er noch lang in dem Café, wo der Kellner ihm dienstbeflissen die Berliner Zeitungen bringt. Er blättert darin. Was soll man anderes tun, wenn man allein ist. Er liest die Annoncen, „Herr in mittleren Jahren sucht Anschluß ...", „Verloren, eine silberne Handtasche", „Gesucht ein junger Scotchterrier, Narbe am linken Ohr ..." Verloren ... Gesucht ...

Wenn er jetzt nachhause kommt (nachhause?) in seine Zelle, in das Kabinett, so liegt kein Telegramm auf seinem Tisch. Deshalb geht er sehr langsam im kalten Wind, den Kragen aufgestellt, die Schultern läßt er hängen, er friert, wie man nur im ersten Frühling frieren kann nach einem Tag voll Tau und Sonne. Er huscht über die Treppen, leise, unhörbar, so wie einer, der nicht gesehen werden will. Er wirft kaum einen Blick auf seinen Tisch – da liegt ein Blatt Papier.

Natürlich ist es nicht Irmgards Telegramm, es ist ein Zettel, herausgerissen aus einem Küchenbuch und darauf steht in ungeschickter Kinderschrift: Ich hab kein Hemd mehr finden können.

Kein Hemd mehr finden können? Ja, das ist Monika. Sie sorgt für seine Wäsche, Was soll das heißen? Er wird wohl noch ein Hemd besitzen. Sie hat ihm morgens irgendwas gesagt von flicken lassen, waschen usw.

Soll er sie fragen? Jetzt? So spät?

In der Küche ist es dunkel, einen Augenblick lehnt er vor Monikas Tür. Da öffnet sich die Tür so wie vor einem, der erwartet wird, Monika lächelt. Sie ist im Nachthemd, einem weißen offenen Flanellnachthemd,

und in der Hand hält sie ein brennendes Kerzenstümpfchen.
– Monika –
– Ja, möchten Sie noch was?
Wie ein Heiligenschein steht das krause Haar rot und leuchtend um ihren Kopf. Hinter ihr wächst ein langer Schatten an der Wand. Ist das sein Schatten? Sein eigener?
– Was machen Sie denn da mit einer Kerze?
– Ja wissens, mein Kontakt ist kaputt.
– Vielleicht kann ich ihn richten.
Er ist noch nie in diesem Zimmer gewesen, er war überhaupt noch nie in solch einem Zimmer. Da ist ja nur ein Stuhl und ein eisernes Bett und die Kissen rotkariert, winzig klein rotkariert, oh dieser dumpfe kuhwarme Geruch nach Stall und Milch und Heu, in weiter Ferne verschwimmt im Dunst des Himmels die verspielte Landschaft, es dröhnt der Wind, oder sind das die Glocken des Kirchturms, der zwischen kahlen Wipfeln schwebt? Ein Einsamer ertrinkt in einem breiten mütterlichen Schoß, wenn man ertrinkt, so weiß man plötzlich alles, in einem Augenblick erschließen sämtliche Welten sich, der Javornik hat auch kein Recht zu leben, rote nasse Lippen blasen das Kerzenstümpfchen aus, verrecke, haben sie gesagt, ich bin nicht mehr allein, ich bin der Javornik, verrecke, haben sie zu uns gesagt, verrecke, Ernst von Ufermann verrecke, schöne, warme, weiße Monika – verrecke.

※※※

Am nächsten Morgen sucht sie ihm die Sache mit den Hemden zu erklären. Einige sind in der Wäsche und die anderen hat sie zum Flicken gegeben, der Mary Kaiser, der verrückten Person, aber die hat sie nicht wiedergebracht, sie darf ja nicht mehr ins Haus, seit der Herr Hofrat sie hinausgeworfen hat. Wie soll man also zu den Hemden kommen, wenn heut nicht Waschtag wäre, die Frau Hofrat, die läßt einen da keinen Augenblick lang fort.

Ufermann lächelt: – Ich kann ja selber meine Hemden holen.

Warum auch nicht. Er hat sehr viel gelernt in letzter Zeit. Groschen zählen und Schillinge sparen, er kann auch lernen, sich um ein bisschen Flickwäsche zu kümmern, dies umso mehr, als er vielleicht schon in den nächsten Tagen abreisen wird und dann doch ein paar Hemden bei sich haben muß.

Die Mary Kaiser erschrickt erst furchtbar, wie sie den Fremden sieht. Der ist doch sicher wieder einer von der Polizei. Aber nein, er ist höflich und spricht so ein komisches Deutsch, und wie sie ihn dann endlich versteht und merkt, daß er nichts anderes will als seine Hemden, wird sie ganz froh. Sie ist zwar auf Besuch nicht eingerichtet, so plötzlich und am Vormittag, das Haar hängt ihr noch in zwei Zöpfen auf den Plüschmantel, den sie heut auch zuhause angezogen hat, weil es so kalt ist. Der Herr soll eintreten, der Herr hat doch ein bissel Zeit, der Herr muß auch entschuldigen, es ist heut nicht sehr ordentlich, der Vater ist eben schon zu gar nichts mehr zu brauchen und wenn man sonst so seine Arbeit und seine Sorgen hat, aber die Hemden, die sind fertig, bis auf eines.

Es riecht nach schlechtem Fett und nach Petroleum. An der Wand neben der Pendeluhr hängt ein riesiges Bild des alten Kaiser Franz Josef und darunter hockt verkümmert und gebückt, verelendet, sein leibhaftiges Ebenbild. Schüttelt den Kopf und brummt hinein in seinen runden weißen Bart: – Nein, nein, er kriegt sie nicht, die Finger kriegt er nicht.

– Aber Vatter, das ist doch nur der Herr, der bei den Rameseders wohnt. Oh bitte, genieren Sie sich nicht. Nehmen Sie Platz.

Ufermann setzt sich an den Tisch, auf dem in langen Reihen aufgebreitet schmutzige Karten liegen. Der Alte zeigt mit seinem Fingerstumpf auf diese Karten.

– Hast es ja selbst gesagt, kommt Kriminal heraus. Dreimal schon Kriminal. Erst nehmen sie einem den Buben weg, dann wollen sie auch noch die Finger.

– Sie waren auf Unfall versichert?

– Wenn mein Finger weg ist, das sieht doch ein jeder, nachher gehört er nicht mehr mir. Wem also sonst? Der Versicherung. Und wenn er ihr gehört, warum zahlt sie dann nichts. Da ist Ihnen in Berlin eine Person, also ich sag Ihnen, die Frau von einem Bankier oder so was, die ist jetzt Millionärin geworden, alles nur, weil ihr Mann abgestürzt ist aus einem Luftballon. Da fragt keine Katz, obs wahr ist oder nicht, oder ob er es gar zu Fleiß gemacht hat –

– Geh Vatter, laß doch den Herrn.

– Uns aber haben sie den Buben eingesperrt, den Ferdinand. Ich frage Sie, was hat er denn getan? Ist das noch eine Gerechtigkeit? Und schauen Sie sich das Mädel da an. Auf einem Schloß sollt sie sitzen. Ist ja alles nur Neid und Bösartigkeit gegen unser angestammtes Herrscherhaus –

– Vatter, ich bitt dich, so hör doch endlich auf. Wie soll der fremde Herr denn das verstehen.

Ja, wie soll der fremde Herr das verstehen? Das Fräulein, das auf einem Schloß sitzen sollte, sucht nach einem Stück Papier für die geflickten alten Hemden, ihr Vater kaut an seinem weißen Bart. Wie ein Gespenst des grauen mächtigen Kaisers sitzt er da. Während auf der Straße unten ganz plötzlich eine Drehorgel zu spielen beginnt: Wien, Wien, nur du allein, sollst die Stadt meiner Träume sein. Was ist das für ein Wien? Wie viele Wien gibt es denn eigentlich? Wie viele Träume einer Stadt? Hier blühen sie im Dunst von schlechtem Fett und von Petroleum, rosa und himmelblau, gleich Parasiten des Glanzes und des Zaubers längst vergangener Epochen. Das Fräulein kann noch immer das geeignete Papier nicht finden, die Drehorgel klingt stärker, schwillt jetzt an zu einem ganz gewaltigen Orchester, durch das ein Wirbel von Ballettröckchen vorbeiflimmert, so wie in jenen Filmen, die der fremde Herr schon hundertmal gesehen, Wien, Wien, nur du allein ... In nebelblasser Landschaft aber spricht eine ferne Stimme: Und über diese Abhänge ist Beethoven gegangen.

Das Fräulein hat das Suchen aufgegeben. – Sie sind mir doch nicht bös, wenn ich die Hemden in eine Zeitung wickle. Und eines bleibt zurück. Ich möcht es Ihnen gerne selber bringen, aber die Frau Hofrat läßt mich ja nicht ins Haus. Alles nur wegen dem Ferdinand. Wo er noch dazu ganz unschuldig ist. Sie kennen ihn doch auch.

– Nur flüchtig.

– Da ist die Rechnung. Teuer ist sie nicht. Und wenn Sie vielleicht beim Hofrat Rameseder ein gutes Wort für unseren Ferdinand einlegen möchten –

Ufermann wirft rasch noch einen Blick auf die Spielkarten. Es ist ja Kriminal herausgekommen, schon dreimal Kriminal. Beinahe hätte er den Burschen, der ihn zu verfolgen pflegte, vergessen. Er ist verhaftet, aber vielleicht läßt man ihn wieder frei, dann kommt er in diese Wohnung hier zurück, nachhause. Was mögen seine Träume sein?

– Und hier ist das Paket. Nicht wahr, Sie reden mit dem Hofrat Rameseder. Wenn Sie wüßten, wie der mich angeschrien hat. Als ob sein Rudi so viel besser wär. Es ist ein Jammer heutzutage mit den Buben. Lernen wollen sie nichts, aber dafür gleich hoch hinaus …

***

Seit der Nacht, die er mit Monika verbracht hat, erwartet Ufermann kein Telegramm mehr. Und wenn er durch die Straßen geht, so kommt er gar nicht auf den Einfall, daß sein Name auf einer Litfaßsäule stehen könnte. Jegliche Spannung ist gewichen, seit er weiß, daß er nicht länger zaudern wird, sondern zurückfährt nach Berlin. Er kauft sich einen Fahrplan, zählt seine Barschaft, überlegt, wie er die Miete der Frau Hofrat mit einem höflichen Brief zurücklassen wird, denn bis zum nächsten Ersten bleibt er auf keinen Fall. Sein Köfferchen ist rasch gepackt, er wird niemandem etwas sagen, auch nicht der Monika, sie würde traurig sein und vielleicht weinen. Mit seinen paar Habseligkeiten wird er schon selber fertig werden, und wie er abends nichts Besseres zu tun weiß, räumt er die Wäsche aus der Kommode, die Strümpfe und die

Taschentücher, eigentlich merkwürdig, daß er gar keine Bücher hat, nicht einmal Zeitschriften. Da ist noch eine Schachtel Zigaretten, ein Stück Rasierseife –

Und plötzlich steht der Rudi Rameseder hinter ihm. Der Bengel kam ins Zimmer, ohne anzuklopfen.

– Was machen Sie denn da? Sind das schon Reisevorbereitungen?

– Erlauben Sie –

– Dann geben Sie das Zeug gleich wieder weg in Ihre Laden.

– Wie bitte?

Der Bengel greift in die Schachtel mit den Zigaretten, nimmt eine und läßt sich in den nächsten Stuhl fallen. Er sieht auf Ufermann mit einem schlüpfrigen und unverschämten Blick.

– Sie sind ein komischer Mensch, mein Lieber, wirklich ein sehr ein komischer Mensch. Was machen Sie da für Geschichten. Könnte doch alles so einfach sein. Erst hetzen Sie mir den Lothar auf den Hals, erzählen ihm, daß Sie davon wollen, das Geld zurückgeben und Gott weiß was für Dummheiten.

– Wie sprechen Sie mit mir?

– Wie man zu einem Narren spricht.

– Herr Rameseder –

– Sind Sie vielleicht kein Narr? Treiben sich herum bei den unmöglichsten Leuten. Einmal bei dem Professor Frey, dann wieder bei dem alten Kaiser. Ich glaub deshalb von Ihnen noch lang nichts gar so Furchtbares. Ich bin nicht wie die anderen. Ich hab es von Anfang an sehr gut gemeint. Aber wenn der Lothar jetzt mit Gerüchten kommt, daß Sie gar nicht der Schmitz sind und so weiter, ob es wahr ist oder nicht, was bleibt mir anderes übrig als –

Und der Bengel streut die Asche seiner Zigarette ganz einfach auf den Fußboden.

– Dort steht ein Aschenbecher, falls Sie das nicht bemerkt haben sollten.

– Sehr freundlich, Herr von Schmitz, oder wie Sie sonst noch heißen. Ich will Ihnen Ihr Zimmer auch wirklich gerade heut nicht gern verdrecken. Sie werden nämlich dieses Zimmer in den nächsten Tagen nicht mehr verlassen –

– Was fällt Ihnen denn ein?

– Ach bitte, lassen Sie mich ausreden und schreien Sie nicht gleich. Wir haben nämlich Ihr ewiges Spazierengehen satt. Es könnte Ihnen, so wie Sie sind, auch einmal einfallen, daß Sie zu einem Bahnhof gingen. Wenn Ihnen bei der Gelegenheit dann plötzlich was passiert –

Und der Bengel raucht ein paar vollendete blaue Ringe vor sich hin.

– Sie glauben, daß Sie mich einschüchtern können?

– So eine kleine Grippe, wie Sie sie einmal schon gehabt haben, ist jedenfalls ganz ungefährlich. Viel ungefährlicher als die Spaziergänge. Sie bleiben hübsch in Ihrem Zimmer –

– Soll das heißen, daß Sie, Herr Rudi Rameseder, jetzt eine Art von Haft hier über mich verhängen?

– Eine Art von Haft? Ja, meinethalben, nennen Sie es Schutzhaft.

– Und Sie meinen wirklich, daß ich mich einfach fügen werde –

– Seien Sie kein Narr und schreien Sie nicht wieder. Es muß nicht jeder in der Wohnung hören –

– Ich schreie, soviel ich will, und mich kann jeder in der Wohnung hören. Und ich erkläre Ihnen zum letzten

Mal, Herr Rameseder, was Sie und Ihre Kameraden mit dem gewissen Päckchen vorhatten, ich weiß es nicht, es interessiert mich nicht, es geht mich gar nichts an. Ich habe mit Ihnen und Ihresgleichen nichts zu schaffen. Ich war ein Bote, ein zufälliger Bote nur, und weiter nichts. Ich bin Ihnen noch lang nicht ausgeliefert und wenn Sie meinen, daß Ihre lächerlichen Drohungen mir Eindruck machen –

– Herrgott, so schreien Sie doch nicht so.

– Ich schreie, soviel ich will –

Aber Ufermann kann nicht länger schreien. Denn eine Klingel scheint plötzlich toll geworden zu sein, der Rudi hält sich beide Ohren zu, alles stürzt im Vorzimmer zusammen, und dann ist es die Mutz, die vor der Wohnungstür steht, im Mantel, aber ohne Mütze, sehr aufgeregt, sie hat den Schlüssel vergessen und solche Angst gehabt, daß gar niemand zuhaus ist und daß sie dann die halbe Nacht in dem kalten Stiegenhaus sitzen muß.

**

Nun ist das Kabinett, die Höhle, also wirklich zur Zelle geworden und das alte Haus in der fremden Vorstadt zum Gefängnis, das von den Windjacken bewacht wird. Woher nehmen die Burschen nur den Mut, hier ihre eigene Polizei zu spielen? Man könnte natürlich auch hinüber zum Herrn Hofrat gehen und sagen: Darf ich telefonieren? Und dann die Polizei anrufen. Ach bitte, kommen Sie doch rasch, um mich zu retten. Ich bin nämlich der Bankier Ernst von Ufermann, schon lange abgestürzt aus einem Aeroplan, tot und verbrannt, erkundigen Sie sich nur bei meiner Firma in Berlin. Wieso ich lebe? Ja, wissen Sie, das ist nämlich ein Schwindel, ein Versicherungsschwindel, ganz so wie bei dem alten verrückten Kaiser, das heißt, der ist ein Ehrenmann noch gegen mich, er hat sich nämlich seinen Finger wirklich abgehackt, ich aber habe mein Leben mir behalten, obwohl es verdammt viel wert war, Millionen Dollar. Die sind bezahlt und deshalb bin ich dieses Leben schuldig, ein Überflüssiger und Unbrauchbarer, der niemandem mehr nützen kann, ich bin es schuldig, ich bin schuldig, schuldig –

Wie der Verbrecher auf der Pritsche liegt Ufermann auf seinem Bett und hört kaum, daß es an die Türe klopft, sehr leise klopft.

– Darf ich denn nicht herein?

Da steht das Mädchen, diese Mutz, in seinem Zimmer. Herrgott, er hat genug von der Familie.

– Was wollen Sie?

– Ich will Sie um Verzeihung bitten.

– Um Verzeihung? Ach, Sie meinen wohl wegen dem dummen Biß in meiner Hand.

Und er liegt ausgestreckt auf seinem Bett mit seinen Schuhen und wirft nicht einmal einen Blick auf sie.

– Nein, nicht deshalb. Das heißt, doch auch. Hat es sehr weh getan?

– Könnten Sie mich nicht in Ruhe lassen?

Das Mädchen aber zieht einen Stuhl heran und setzt sich neben ihn, ganz so wie damals, als er im Fieber lag und sie ihm Limonade brachte. Er wendet kaum den Kopf.

– Ich will Sie wegen was anderem um Verzeihung bitten. Ich hab nämlich gelauscht.

– Gelauscht?

– Ja, hier an Ihrer Tür. Wie Sie dem Rudi einen Krach gemacht haben.

Das ist doch wirklich ein unmögliches Mädchen. Ufermann fährt auf. Sie hat den Kopf gesenkt, das Licht fällt auf den dunklen Scheitel. Sie zittert.

– Und wie ich Angst gekriegt hab, bin ich hinaus und hab wie wild geläutet. Damit Sie aufhören. Es nützt ja doch nichts, wenn Sie auch noch so mit dem Rudi schreien. Und jetzt bin ich gekommen, weil ich Sie um Verzeihung bitten muß. Ich bin nämlich so froh, ich bin so froh –

Was ist das – weint sie?

– Sie sind froh?

– Ich bin so froh, daß Sie nicht dieser Schmitz sind und das alles. Und daß Sie auch gar nicht Edwin heißen. Und daß Sie mit dem Rudi und seinen Leuten nichts zu tun haben. Ich hab es mir ja gleich gedacht, daß Sie ein anderer sind.

– Wieso ein anderer? Sie kennen mich doch gar nicht.

– Natürlich kenn ich Sie.

Sie sieht ihn an. Die grünen Augen, die ihn so oft durch eine Türspalte belauerten, bekommen einen großen klaren Blick.

– Ich hab Sie nämlich furchtbar lieb.

– Aber Fräulein Mutz –

– Ich seh nicht ein, warum ich es nicht sagen soll. Jetzt, wo Sie fort müssen. Sie müssen nämlich fort. So bald als möglich. Wir werden das schon machen. Obwohl es schrecklich sein wird, wenn ihr Mantel und ihr Hut nie mehr bei uns im Vorzimmer hängen –

Sie schluckt so wie ein Kind, dem man was angetan hat.

– Mein Mantel und mein Hut im Vorzimmer? Was haben Sie davon?

– Dann weiß ich, daß Sie da sind.
– Daß ich da bin?
– Ja, daß Sie da sind.
– Ist das so wichtig?
– Das ist das Wichtigste.
– Daß ich ganz einfach da bin, auf der Welt?
– Was soll denn sonst noch wichtig sein?

Er kniet vor ihr auf seinem Bett, er starrt sie an wie ein Verdurstender, dem man noch ganz was anderes als Limonade reicht. Dann nimmt er ihre Hände, ihre rauhen, ihre unfertigen Mädchenhände, und zieht sie langsam an seine Lippen. Was sie geschehen läßt mit der Würde einer Frau, die weiß, daß sie sehr viel zu geben hat.

Und nun reden sie wie zwei vernünftige Leute, die einander schon unendlich lange kennen und eine komplizierte Angelegenheit zu erledigen haben. Die Mutz entwickelt gleich auch einen Plan. Sie hat wohl viele Detektivromane gelesen. Nun ja, das tut doch jeder heutzutage. Nur daß in diesen Detektivromanen alles viel einfacher ist als in der Wirklichkeit und daß die Mörder dort nicht freigesprochen werden. Deshalb kann man nicht vorsichtig genug sein, man muß sich alles bis ins Kleinste überlegen und in Betracht ziehen, was zwischendurch geschehen könnte. Die Mutz runzelt die Stirn, macht Vorschläge, sie fragt, ob er auch Geld genug bei sich hat, und wann die Züge gehen, am besten ist es selbstverständlich abends, sie fragt nach seinem Koffer, nach der Fahrkarte, sie fragt nach allem Möglichen, aber nach einem nicht: Wer er denn ist. Sie kennt ihn ja.

Doch wie dann draußen eine Tür ins Schloß fällt, zuckt sie zusammen.

– Das wird der Rudi sein. Wenn er nochmals zu Ihnen kommt, so tun Sie, als wären Sie mit allem einverstanden. Und gute Nacht, ich muß jetzt gehen, ich meine nur, ich möchte gerne wissen –
Er streicht ihr über das Haar.
– Was denn?
– Den Namen möcht ich wissen.
– Ernst von Ufermann.
Sie schlüpft zur Tür hinaus, aber der Name bleibt, der Name wächst, erfüllt den Raum, die Ohren dröhnen, wie durch ein Nebelhorn gestoßen scheint dieser Name. Zum ersten Mal seit ganz undenklich langer Zeit war er jetzt ausgesprochen. Der Name atmet. Und sein Besitzer wirft sich auf das Bett, streicht mit der Hand über das Loch in der Tapete, das Masernloch, das hier ein krankes kleines Mädchen einmal gerissen hat. Der Name lebt. Ein Leben, das sich nicht verbieten läßt, weil es dafür, so wie für jedes Leben, denn doch noch einen anderen Wertmesser gibt als Geld, Valuta, Kaufpreis der Arbeitskraft und Brauchbarkeit im Produktionsprozeß.

***

Der nächste Tag nimmt überhaupt kein Ende. Die Monika kommt manches Mal herein und bringt was zu essen, sie bringt auch seine Wäsche, ungebügelt, und stopft sie rasch in seinen Koffer. Sie sieht ihn an mit einem langen braunen Blick und sagt kein Wort.

Gegen Abend klopft die Frau Hofrat an die Tür. Ob er nicht vielleicht zum Bridge kommen will. Es fehlt ein Vierter. Aber nein, mit dem Menschen ist nichts zu machen, er fühlt sich schon wieder einmal stark erkältet, möchte die Herrschaften nicht anstecken. Es ist doch immer etwas los mit ihm. Und was der Rudi heute hat. Der steckt den ganzen Tag in seinem Zimmer. In einer Laune. Man traut sich kaum in seine Nähe.

Ufermann zählt sein Geld. Es ist ja doch nicht gar so wenig. Und ist er einmal in Berlin, so braucht er jedenfalls an Schillinge und Groschen nicht mehr zu denken. Die eine Hundertschillingnote kann er vielleicht entbehren. Ja, ja, er kann es. Die kriegt der Javornik. So kommt sie auch der Monika zu Gute. Er möchte ihr so gerne etwas schenken, etwas ganz Großes, Ehrendes und Wunderbares, ein Perlenhalsband oder ein Diadem, oder etwas noch viel, viel Schöneres, was man für Geld gar nicht zu kaufen bekommt. Natürlich wird er dem Bengel, diesem Rameseder, das Geld zurückschicken, so wie auch Lilo ihre achtzig Mark. Wie hieß es damals, an jenem Nachmittag in ihrem Atelier: Besser ein Dieb als ein verbranntes Kohlenhäuflein. Ach Gott, ein Dieb. Und wenn er bloß ein Dieb geblieben wäre. Der Herr von Ufermann. Was wurde denn aus ihm? Er weiß es selber nicht. Aber er ist wohl gar kein Herr mehr. Nur ein Mensch.

Später bringt die Monika ihm eine Tasse Tee. Darunter liegt ein Zettel: Der J. kommt knapp vor zehn. Es klappt. Die Monika läßt Sie zum Tor hinaus. Große Gefahr. Nicht weiterreden. M.

Ufermann legt seine Uhr vor sich auf den Tisch.

Dann endlich windet der Javornik sich zur Tür herein und dreht auch schon das Licht ab. Auf einen Stuhl legt er eine kleine Taschenlampe. Sie kleiden sich aus, leise und hastig, wie zwei Kameraden im Schützengraben, der Javornik, er war ja auch im Krieg, in jenem Krieg, der noch kein Ende nahm, die Monika erzählte einmal davon. Seine Hose hat einen dumpfen Stallgeruch, vermischt mit grobem Tabak. Die Lederweste ist kühl wie eine Schlangenhaut, der Stoff des Mantels kratzt, die Ledermütze ist viel zu groß, so kann man sie tief in die Stirne ziehen, das blonde Haar verstecken, der Javornik ist schwarz.

– Vergessen Sie nicht den Paß und das Sacktuch.
– Danke. Und hier, das ist für Sie. Und für die Monika.

Gleich darauf begleitet die Monika, das Dienstmädchen von Rameseders, ihren Freund, ihren Geliebten, einen Arbeitslosen die Treppe hinunter und zum Tor hinaus. Sie bleibt neben ihm stehen in der dunklen Straße, so wie Dienstmädchen eben stehenbleiben, und er schlingt den Arm um sie und küßt sie lange auf den Mund. Sie öffnet diesen warmen nassen Mund und der Bursche in der Windjacke hinter ihr zündet sich eine Zigarette an.

Dann geht der Mann mit der Ledermütze durch die dunkle Straße. Er geht sehr rasch, er geht immer rascher, so wie einer, dem es kalt ist.

Unbefugten ist der Eintritt verboten!

Wer ist der Mann, der hier an der Grenzstation vor dem dunklen Gangfenster lehnt und aufmerksam sein Spiegelbild betrachtet? Ist das denn auch sein Spiegelbild, oder ist das sein Schatten, oder ist das der Schatten eines gewissen Javornik, der nun überall vorbeihuscht, so wie früher durch das Treppenhaus einer entschwundenen Vorstadt, leise, unhörbar, ein Doppelgänger, der nicht gesehen werden möchte und sich doch nicht vertreiben läßt. Groß ist er und hager, die Schultern hängen herab, im Mundwinkel steckt eine Zigarette, nicht angezündet, es ist eben eine arbeitslose Zigarette, die Lederjacke riecht nach Tabak, nach Schweiß, vielleicht ein wenig auch nach Monika.

– Haben Sie nichts zu verzollen? fragt ein Beamter, und stellt sich dabei einen Augenblick lang vor das Spiegelbild.

Nein, der Mann hat nichts zu verzollen und er sieht auch nicht danach aus. In dem alten Rucksack im Abteil steckt neben den paar Habseligkeiten, die er flüchtig hineingestopft hat, diesmal kein geheimnisvolles Päckchen. Sollte es wirklich er selbst gewesen sein, der einmal (wie unendlich lange ist das her) als Herr von Ufermann, nein, Herr von Schmitz, über dieselbe Grenze fuhr. Der Himmel war ganz rosa, auf einer langen Straße stand ein schwarzer Baum und das Fräulein, das das Päckchen für ihn schmuggeln wollte, puderte sich ihre Nase mit einem rosa Puder. Sie würde denselben Dienst ihm heute kaum mehr anbieten. So ein Fräulein, mit einem Necessaire voll Waschsäckchen, Kopfbürsten, Kölnerwasser und Stopfwolle. Spricht mit einem, einem wie diesem in der Fensterscheibe, gar nicht. So einen sieht man kaum und das ist gut. Den Mitreisenden ist er bis jetzt auch noch bestimmt nicht aufgefallen, sie redeten an ihm vorbei, so wie an einem von Dutzenden. Wieso von Dutzenden? Von Tausenden.

Der Zug setzt sich nun endlich in Bewegung, fährt langsam ein in fremdes dunkles Land. Es ist kein D-Zug. Die kluge Mutz hat es mit Hinsicht auf die Windjacken für ratsam gehalten, erst einen Bummelzug zu nehmen. Man kann ja umsteigen, in Prag. Wer hier fährt, ist kein Durchreisender, es sind kleine Leute, die in kleinen Städten wohnen, Dörfern, Einheimische in einer Welt, die abseits von den großen internationalen Strecken liegt. Man kann sie voneinander kaum unterscheiden, umso mehr, als jemand in dem Abteil das Licht sehr kunstvoll durch ein Stück Zeitungspapier abgedunkelt hat. Es ist ja spät und alle wollen schlafen. Was jedoch nicht ganz einfach sein wird, denn der Zug scheint alle paar Minuten mit einem heftigen Ruck stehenzubleiben und das kleine Bündel, das die Frau in der Ecke gegenüber auf ihrem Schoß hat, beginnt ganz jämmerlich zu greinen. Sie öffnet die Bluse und wendet sich ein wenig ab, um ihrem Kind die Brust zu geben, eine große, weiße Brust, aber der Wagen schwankt zu sehr, sie kann das Kind nicht ruhig an sich halten, jetzt schreit es wie ein gereiztes kleines Tier und aus dem Bündel hebt sich eine unwahrscheinlich winzige Faust.

Die Frau knöpft ihre Bluse wieder zu. – Er ist halt müd. Man darf es ihm nicht übelnehmen. Und ein Mann fragt, ob sie nicht ein bissel Kamillentee mit hat oder sonst was Beruhigendes, das soll man nie vergessen bei so kleinen Kindern und ob es trocken ist und ordentlich gewickelt. Der Mann spricht ganz so wie der rothaarige kleine Kerl, der einst mit Ufermann im Speisewagen fuhr und ihn (wie lange ist das her) aufforderte, ihn doch bestimmt einmal in (ach Gott, wie hieß es nur das Nest?) zu besuchen. Der Mann hier hat keine roten Haare, soweit sich das im Dunkel feststellen läßt, und er ist auch ganz sicher nicht derselbe wie damals, aber er könnte ein Bruder von ihm sein, ein Vetter oder sonst ein entfernter Verwandter. So wie die Frau, die ihr Bündel jetzt zu wiegen versucht, in irgendeinem Zusammenhang steht mit jener Frau, die Ufermann einst von ihren schweren gelben Kuchen angeboten hat. Nehmens doch auch, sind eigentlich für meinen Mann im Spital, aber er wird sie ohnehin nimmer essen. Wie deutlich kann er diese Worte plötzlich wieder hören. Und er verspürt einen beinahe schon gierigen Hunger nach den Kuchen, die sie aus ihrem Karton gepackt hatte. Nun ja, er hat eben vergessen, vor seiner Abreise noch was Vernünftiges zu sich zu nehmen.

Da legt die Frau vor ihm ihr Bündel mit einem Mal auf seinen Schoß. – Entschuldigen schon. Sie halten ihn mir doch. Ich möcht mir die frischen Windeln holen. Greifens nur zu. Es macht nichts, wenn er schreit.

Und er greift zu, er hält das Bündel fest und ist dabei förmlich erstaunt über die Kraft, die in dem Bündel steckt. Die anderen Mitreisenden beugen sich vor und geben gute Ratschläge. Es ist ihnen ganz selbstverständlich, daß er dasitzt, als einer von ihnen, sozusagen zur Familie gehörig, und auf das Kind aufpaßt. Der Javornik, der echte nämlich, würde sich wohl geschickter anstellen. Man darf es die Leute ja nicht merken lassen, daß man eigentlich doch nicht der Javornik ist, sondern ein fremder Herr, der hier zum ersten Mal in seinem Leben einen Säugling in seinen Armen hält. Ja, wenn Irmgard ihm ein Kind geboren hätte, sein Kind, sein eigenes, es wäre jetzt zehn Jahre alt, vielleicht schon elf, es würde auf den Vater warten, den Vater –

– So. Gebens ihn her. Ich dank recht schön. Wenn er die frischen Windeln hat, wird er schon Ruh geben.

***

Aber er gibt keine Ruhe und die Mitreisenden stöhnen und einer schimpft sogar, man soll die Bälger zuhaus lassen und daß das keine Rücksicht ist, aber da mischen die anderen sich wieder ein, so ein Kinderl, ein armes, was solls denn anderes machen, es wird noch schreien dürfen, wenn es Hunger hat, oder gar Bauchweh, ja, ja, das ist es, es hat Bauchweh ganz bestimmt, und das ist keine Luft hier, zum Ersticken, macht doch das Fenster auf, nein, nein, es zieht, das Kinderl, das wird noch schreien dürfen, das wird wohl auch noch auf der Welt sein dürfen und in der Eisenbahn, nicht wahr –

Ja, es wird auch noch auf der Welt sein dürfen, obwohl es gar nicht gar so selbstverständlich ist, daß man das darf. Der Mann in der Lederjacke lehnt wieder draußen auf dem Gang, raucht eine Zigarette nach der anderen. Der Zug kriecht so entsetzlich langsam durch das Land. Hinter dem Spiegelbild im dunklen Fenster verschwimmen, gleich Überbleibseln eines willkürlich zusammengestückelten Films, Bilder aus den letzten Monaten. Oder waren das Jahre? Es sind sehr viele Bilder, sehr fremd und doch vertraut. Da ist der Rothaarige mit seiner Einladung nach, ja, wie heißt das Nest, wo es einen Berg gibt und einen Wald und einen Fluß und ein Schloß mit einem Grafen und wo die Frau so Angst hat vor den Attentaten? Möcht nur wissen, sagt der Rothaarige, wo auf einmal so viele schlechte Menschen herkommen. Und Ferdinand Kaiser steht auf dem Platz vor der hohen verschlossenen Kirche neben einer vereinzelten Laterne und schreit: Habtacht und stillgestanden! Die plumpe Hand des Lothar Wehrzahl hält unter dem Marmortischchen des Cafés einen Revolver, und Professor Frey blickt von seinem Balkon aus über jenes Dach, unter dem Beethoven einst gewohnt hat, hinaus in eine schwebende verspielte Landschaft. Der Krieg hat noch nicht aufgehört. Aber in den vornehmen Straßen gibt es immer noch, nur wie hingestreut, kostbare Waren im Glanz der Herbstsonne, während eine blasse Verkäuferin zu dem fremden Herrn sagt: Nehmen Sie doch von diesen Krawatten, sie schauen gar nicht aus wie neu. Über ihren Augen liegt eine sanfte und traurige Patina, es ist dieselbe Patina, die auf den Türmen der Stadt liegt, auf ihren Giebeln, und wohl für ewige Zeiten dort haften bleibt. Nur du allein, du allein, sollst die Stadt meiner Träume sein. Ein armer Ausgesteuerter streckt seine Knochenhand vor eine grelle Mauer und eine Stimme schreit: Betteln verboten! Über den glitzernden Abhang vor dem Berghotel rodeln Kinder in bunten Pullovern, aus mimosengelbem Duft steigt ein zarter Frauenkopf und durch das aufgewühlte Dickicht des im Südwind dampfenden Waldes irrt ein Heimatloser, der eine Klosterpforte sucht für ein Asyl. Und die Frau Hofrat sitzt neben der Stehlampe mit dem zerschlissenen grünen Seidenschirm, sie sorgt für Tee und Kekse, schüttelt den Kopf: Daß einer lebt und ißt, ohne zu arbeiten. Aus einem Bündel aber streckt sich eine unwahrscheinlich winzige Faust –

Bis der Zug mit einem Ruck wieder hält und die dunkle magische Spiegelglasscheibe zum gewöhnlichen Fensterglas wird, hinter der ein ganz gewöhnlicher verschlafener Bahnhof auftaucht. Ach, diese Nacht wird wohl kein Ende nehmen, an Schlaf ist nicht zu denken, und fährt der Zug nun weiter durch das schwarze Land, so schwimmen unzählige Erinnerungsbilder wieder hinter dem Schatten des Arbeitslosen Javornik. Das aber darf nicht sein, Herr von Ufermann, der Sie hier stehen und sich selbst betrachten, jawohl sich selbst. Die Zeit der dumpfen Träume in einer Scheinwelt, die niemals die ihre war, ist jetzt vorbei. Sie kehren zurück in jene Welt, die ihre Heimat ist und also die einzig wirkliche. Sie werden morgen schon in Ihrem eigenen Hause sein, bei Ihrer Frau. Tag, Irmgard, da bin ich. Ein Bad und eine Tasse Tee. Mein eigenes Bett. Na endlich. Nur nicht viel fragen. Es wird sich alles aufklären. Wo ist denn Paul? Ich werde die Sache schon in Ordnung bringen. Bestellt die Preisel. Und Gierke mit dem Wagen. Die Herren von der Versicherungsgesellschaft – das Ganze ist etwas kompliziert, ich gebe es zu, sieh nicht so streng auf mich, Irmgard, ich bitte dich, das wichtigste ist wohl, daß ich jetzt da bin, ja, daß ich da bin –

Der Säugling in dem Abteil beginnt, nun wieder ganz jämmerlich zu schreien, und auf den Gang kommen ein paar Soldaten, die in einer dem Durchreisenden unverständlichen Sprache miteinander reden. Und wieder sieht er sich an einem fernen Herbsttag auf der Fahrt durch ein sehr fremdes Land gegenüber von zwei jungen Burschen in Uniformen, großen Kindern, die er auch nicht verstanden hatte. Dem einen dieser Vaterlandsverteidiger hingen die Hände wie kleine rote Beutel über die Knie. Er sprach sehr viel und lachte zwischendurch, während der Herr im schwarzen Ulster sich wunderte. Wozu Soldaten? Was soll der Unfug? Als ob es jemals wieder Krieg geben könnte in diesem armen ausgebluteten Europa.

Aber das alles ist lange her und muß vergessen werden. Tag, Irmgard, hier bin ich. Ruf mal Katinka. Hat sie mir meine Hunde auch ordentlich gefüttert? Ich möchte ein frisches Hemd, wo liegt denn meine Wäsche, ihr habt sie doch nicht aus dem Schrank geräumt ...

***

Im Licht des nächsten Tages wird alles sich ganz anders überlegen lassen. Ruhiger und klarer. Aber einstweilen will dieser Tag nicht anbrechen, der Bahnhof von Prag strahlt seine Lichter noch aus in die dunkle Nacht. In den Wartesälen riecht es nach saurem Bier, der nächste D-Zug kommt erst in zwei Stunden, und wenn man nicht auf einer der harten Bänke liegen will gleich einem Obdachlosen oder Vagabunden, ist es am besten, sich ein bißchen zu bewegen und in der Stadt herumzugehen. Ufermann kennt ja die Stadt, natürlich, schon lange. Seine Geschäftsfreunde wohnten in sehr modernen Villen, ihre Autos führten ihn über mächtige Brücken und durch den Trubel lärmend bewegter Straßen. Die Hotels boten wahrhaftig jeden auch nur erdenklichen Komfort. Der Judenfriedhof war sehr interessant, auch gab es sonst architektonisch nicht wenig Sehenswürdigkeiten –

Zu allererst aber muß er sich jetzt etwas zu essen kaufen. Der dicke Mann im Würstelstand blinzelt ihn vertraulich an und sagt dabei Verschiedenes auf Tschechisch. Aus dem Blechkasten strömt weißer Dampf, vermischt sich mit dem Nebel, in dem die Köpfe der Laternen schwimmen. Kein rechtes Wetter zum Spazierengehen. Und eine sonderbare Tageszeit. Beinahe schwimmt man selbst im Nebel. Die Häuser scheinen von den Straßen weg sich in sich selbst zurück zu ziehen, aus einem schwarzen alten Tor tritt ein Mädchen mit plumpen Beinen und grell geschminktem Mund, sie ruft etwas, was der Fremde nicht verstehen kann, welch eine rauhe, dunkle Stimme, ein Platz mit holprigem Pflaster, eine Kirche, ein schmaler Durchgang zwischen vorgebauten Fenstern, aus denen die Atemzüge schweren Schlafes dringen. So einsam kann man sein und doch so nah den vielen Lebenden in ihren warmen Betten. Da tritt man, fröstelnd im ersten fahlen Dämmerlicht auf eine der großen Brücken, das Wasser bildet schwarze Flecken neben dem Eis, die Ufer weiten sich, die anderen Brücken schwellen an zu mächtigen Bögen, die Burg steigt hoch und grau empor auf ihrem Berg. Es sind die Atemzüge gewaltiger Vergangenheit, die hier den Wanderer an dem Geländer der Brücke lehnen lassen, gespannt und aufmerksam. Denn ein Wanderer ist er und nicht mehr nur ein Durchreisender mit Paß, mit falschem Paß sogar. Das aber kann er dem Schutzmann nicht erklären, der plötzlich auf ihn zutritt und ihn auf jeden Fall von dieser Brücke forthaben will.

Erst spricht er Tschechisch und dann wird er grob auf Deutsch. – Was machens denn da in der Nacht? Das kennt man schon, wenn einer so ins Wasser schaut.

– Ich schau doch nicht ins Wasser.

– Wohin denn sonst? Gehens mir da weiter von der Brücken.

– Ist es verboten, auf der Brücke stehen zu bleiben?

– Verboten ist gar nichts. Es ist auch nicht verboten, daß Sie da runterspringen. Aber wer sind Sie denn? Wo kommen Sie denn her?

Ufermann hält es für geraten, auf diese Fragen nicht zu antworten. So geht er weiter wie eben einer, der mit der Polizei nicht gern zu tun bekommt. Obwohl er hätte sagen können: Mein lieber Mann, Sie brauchen mir den Tod nicht zu verbieten. Es genügt, daß man das Leben mir verboten hat. Und wer ich bin – ich bin ein fremder, wenn Sie es wissen wollen, ein ahnungsloser Ausländer, der hier zum ersten Mal den Atem der Geschichte Ihres Volkes zu verspüren glaubte. Aber wie soll ich Ihnen das erklären. Sie werden mich doch nicht verstehen. So wie auch ich die Sprache Ihres Volkes nicht verstehen kann. Wir wissen alle sehr wenig von einander. Wir gehen aneinander vorbei wie eben Durchreisende in einer Bahnhofshalle, vorbei an Ländern und Kulturen. Und wenn wir stehen bleiben wollen, so wird uns das sehr bald verboten.

***

Es ist daher am besten, nicht zu häufig stehen zu bleiben, sich umzusehen und sich zu besinnen. Tempo, mein lieber Herr von Ufermann, ein bißchen Tempo! Denn nur mit Tempo läßt sich was erreichen. Vergessen Sie die träge Nacht, den Bummelzug, der Sie an jeder einzelnen Station zurückriß in ihre eigenen Erinnerungen. Vorbei und Schluß damit! Der D-Zug rast mit 120

Kilometern jetzt in den lichten Tag hinein. Verspätung? Höchstens 5 Minuten. Die wird er aufholen. Bahnhofsuhren flitzen vorbei. Kaffee und Brötchen. Man muß nur rasch bezahlen, der Kellner hat es eilig. Die Sonne scheint auf viele Morgenzeitungen. Im kahlen Land stehen vereinzelte Fabriken. Wo sind wir schon? Ja, ja, wo sind wir? Ein Flugzeug flimmert silbern im stahlblauen Äther. Um einen Tümpel herum stehen kleine erfrorene Birken. Und wenn man das Fenster öffnet (nur für ein paar Minuten, Sie gestatten doch, oh bitte sehr), so ist es die scharfe geruchlose Luft des Nordens, die einem die Lungen säubert von Rauch und Ruß. Die Fingernägel sind schwarz, das Taschentuch verknittert, macht nichts, macht gar nichts, nun gibt es bald ein gutes Bad und nachher eine kalte Dusche, zuhause, ja, zuhause. Tag, Irmgard, da bin ich. Und das Plakat mitten im Feld, die Riesenzigarette, meine Lieblingsmarke, ich werde mir gleich eine Schachtel davon kaufen, am besten schmeckt ja doch, was man gewöhnt ist –

Wie der Zug dann in die wohlbekannte Halle einfährt, eigentlich überraschend plötzlich, ruft Ufermann beinahe „Träger". Da fällt ihm ein, daß er doch kein Gepäck hat. Beinahe winkt er einer Autodroschke. Aber wozu, so dringend ist es wieder nicht, er wird ja ohnehin von niemandem erwartet. Wegen der zwei verrückten Telegramme wird Irmgard nicht den ganzen Tag zuhause sitzen. Das wäre wirklich etwas viel verlangt. Und außerdem kann er doch nicht mit einem Mal in dieser Lederjacke eines Javornik vor seiner eigenen Haustür stehen gleich einem Landstreicher. Am besten ist es, vorsichtshalber, erst zu telefonieren. Falls Irmgard doch nicht in Berlin sein sollte –

Die grellen Mauern blenden. Daß die Sonne so kalt sein kann. Der Schutzmann steht in seinem Turm, unbeirrbar, rot, grün, rot, grün. Alle gehorchen ihm, um dann gemeinsam in einem emsigen Gedränge über den Fahrdamm zu hasten. Schnell, schnell! Hier kann man nicht spazieren gehen. Wer schlendern will, wird umgerannt. Vorwärts und aufgepaßt! Was gibt es da noch viel zu überlegen? Mein Herr, Sie stören den Verkehr. Wissen Sie nicht, wohin Sie wollen? Haben Sie keine Richtung und kein Ziel?

Ufermann wendet sich entschlossen dem Café zu, in dem er schon einmal (das ist jetzt lange her) telefoniert hat. Wäre Paul an jenem Morgen zuhause gewesen und nicht nur seine Hausdame, Frau Köhler, so wäre alles heut ganz anders. Dann müßte ein heimgekehrter Herr von Ufermann jetzt nicht verkleidet als landsfremder Arbeitsloser durch diesen Saal mit seinen riesigen Spiegelscheiben gehen. Sehen die Gäste ihm wirklich alle nach? Verfolgt der Ober ihn mit seinen Blicken? Ist es derselbe Ober, der ihm damals die Zeitung brachte, in der der Selbstmord von Albert Ebel stand? „Industrieller erschießt sich und Frau." Nicht daran denken. Dazu ist keine Zeit. Wo ist die Telefonzelle? Irmgard, deine Nummer, unsere Nummer. Herrgott, ich werde meine Nummer doch nicht vergessen haben. Der Ober wird gleich an die Zelle klopfen, das Telefon ist sicher nur für Gäste, die Nummer, Irmgard!

An die Wand gekritzelt ist immer noch das schiefe Herz und darin steht: Bavaria 2709.

– Hallo! Jawohl, Bavaria 2709.
– Hallo! Hier Menzel.
– Bavaria 2709?

– Hier Menzel. Reklamebureau Menzel.
– Entschuldigen Sie! Falsch verbunden.

***

Die Rollbalken der Villa sind nicht geschlossen. Die Fenster von Irmgards Schlafzimmer stehen weit offen. Sie ist also da, sie ist zuhause, nicht in Davos, sie wartet vielleicht doch auf ihn. An dem Gartengitter hängen die Ranken verkrümmt und schwarz. Daß er keinen Schlüssel bei sich hat, daß er jetzt klingeln muß.

Nichts rührt sich. Er klingelt noch einmal. Die Mädchen müssen jetzt in der Küche sein. Hören sie nicht? Er klingelt noch einmal. Nun aber Sturm.

***

Wer ist denn das, Katinka? Sieh doch nach. – Ach, ich war ja schon zweimal beim Fenster. Wieder so ein Stempelbruder. Heute der zweite.

– Der muß aber tüchtigen Hunger haben, wenn er so klingelt.

– Der ist eben ein ganz besonders Unverschämter.

– Da, nimm den Obstsalat. Sie wartet schon darauf. Was sie jetzt treibt mit ihren Vitaminen. Vergiß nur ja die Sahne nicht. Herr Hennings machte neulich ordentlichen Krach.

– Das alte Ekel. Wie er sich aufspielt. Na, weißt du Grete, nun wird mirs aber bald zu dumm. Wenn der Bursche da so weiter klingelt, so wink ich mal dem Schupo.

– Laß doch, Katinka. Gib ihm lieber eine Stulle, dann geht er weiter und meint nichts Böses mehr. Wenn mein Rheumatismus nicht wär, ich bring die Filzpantinen gar nicht von den Füßen. Da nimm, gib ihm die Stulle. Der hat doch garantiert noch nichts im Magen.

– Ach du mit deinem guten Herzen. Wo ist mein Mantel?

– Mach rasch. Er klingelt wieder.

– Nun verduften Sie aber! Unsere Herrschaft mag so was nicht.

– Katinka!

– Sie brauchen mir nicht beim Namen zu nennen. (Himmel, das wird doch nicht einer von zuhause sein oder sonst eine Bekanntschaft, an die sie sich gar nicht erinnern kann.) Da, eine Stulle. Und nächstens klingeln Sie bißchen manierlicher! Sonst kommen die Hunde.

Die Hunde! Ach Gott, wo sind denn nur die Hunde. Die Hunde würden ihn erkennen, sie würden am Gitter hochspringen, sie würden winseln, heulen würden sie vor Freude. Da trippelt sie zurück, das dumme Ding mit dem entfärbten Haar und den zu hohen Absätzen. Wenn sie nur gleich die Hunde holen wollte. Denen brauchte er sich nicht erst vorzustellen. Seine Hunde –

Aber sie hat ihnen die ganze Zeit hindurch wohl nichts als Brei gegeben.

Soll er sie rufen? Soll er nochmals klingeln?

Da legt sich eine Hand auf seine Schulter, kein Zweifel, das ist eine echte schwere Schupohand. Er kennt den Mann, der stand ja immer an der Ecke dort. Soll er sich ihm jetzt zu erkennen geben? Gestatten Sie, daß ich mich vorstelle. Mein Name ist Ernst von Ufermann und ich bin der Besitzer dieser Villa –

– Was klingeln Sie denn da?

– Ich klingle gar nicht.

– Was wollen Sie denn hier?

– Ich will gar nichts.
– Das kennt man schon. Das sagt ein jeder. Sehen Sie zu, daß Sie hier fortkommen. Will Ihnen nicht so bald wieder begegnen.

Ufermann wendet sich ab. Sind das seine Beine, die sich da langsam, beinahe automatisch auf der schnurgeraden Villenstraße bewegen? Der Schutzmann ruft ihm nach: – Mensch, Ihre Stulle. Die können Sie doch mit sich nehmen.

Ach ja, Katinka hat ihm eine Stulle gebracht. Das Päckchen steckt zwischen den Ranken des Gartengitters. Lohnt nicht, sich umzuwenden. Die Beine bewegen sich weiter in einem sonderbaren, schlendernden Takt.

Er hört ihre Schritte auf dem wohlgepflegten Asphalt, viele Schritte, das sind bestimmt nicht mehr nur seine Schritte. Die Lederjacke schimmert grünlich in der erbarmungslosen Sonne. Jedes Haus hier hält sich abgesondert hinter seinem eigenen Gitter. Die geschlossenen Tore gleichen Handrücken von schönen, hochmütigen und gehässigen Händen. Die Bäume stehen wie tote Telegrafenstangen in langen Reihen. Ein Auto schießt um die Ecke. Sollte das Gierke sein?

***

Ist es nicht beinahe komisch, daß ihm aus seiner eigenen Küche ein Stückchen Brot gereicht wurde, als Almosen. Und daß er nun mit einem Mal wieder jenen gewissen unruhigen Hunger verspürt, der sich in letzter Zeit so häufig bei ihm einstellt. Die Schillinge und Groschen, die er zu essen pflegte, waren niemals ganz sättigend. Wer eben einfach lebt und ißt, ohne zu arbeiten –

Auf dem Bauplatz, an dem er vorbeikommt, steht eine Holzbaracke. Das ist sicher eine Kantine. Den Bauplatz darf man allerdings gar nicht betreten. Vor ihm steht eine Tafel: „Unbefugten ist der Eintritt verboten." Ach, wenn man sich an alle solche Tafeln halten wollte. Er wird auf jeden Fall versuchen, ein paar Bissen zu sich zu nehmen und dann zu Paul fahren. Paul muß ihm einen anständigen Anzug leihen und Hut und Mantel. Ein frisches Taschentuch. Laß mich doch bitte gleich bei dir rasieren. Ich komme von der Bahn. Ja, du verstehst. Natürlich will er Paul nicht auch sofort um was zu essen bitten.

In der Kantine spielt ein Grammofon ‚La Paloma'. Die Kellnerin tänzelt zwischen den leeren Tischen. Sie ist sehr jung und blond wie Katinka. Daß alle Mädchen jetzt so blond sind. Sie lächelt ihn an, zwinkert ein wenig mit kurzsichtigen Augen.

Drei Männer spielen Karten. Sie schlagen dabei mit den Fäusten auf den Tisch. Während der neue Gast sich überlegt, was er bestellen soll, ruft einer von ihnen: – Lieschen, bring mir gleich eine Pulle! Und drück dich nicht so ran an deinen neuen Kavalier!

Ufermann blickt auf. Das Mädchen lehnt dicht neben ihm und kräuselt die blassen, beinahe hautlosen Lippen.

– Ach schweig, du Dussel. Erst kommt der Herr.

Und sie lächelt Ufermann noch einmal an. Ja, wenn er jetzt der Javornik wäre, der echte Javornik mit der lustigen kleinen Zahnlücke, er würde wohl ebenfalls lächeln, vertraulich und verschmitzt, oder den Arm um dieses Mädchen legen. Sie stützt sich mit der Hand auf seine Stuhllehne –

Der Mann hat seine Karten hingeworfen, steht langsam auf.

– Willst du mir meine Pulle holen! Aber sofort!
– Der Herr kommt erst.
– Das werden wir noch sehen.

Ufermann stellt sich schützend vor das Mädchen. – Was wollen Sie denn von dem Fräulein?

– Was wollen Sie von ihr?

Der Kerl spuckt ihm die Worte förmlich ins Gesicht. Es ist wohl nicht die erste Pulle, die er heut haben möchte.

– Wer sind Sie überhaupt? Wo kommen Sie denn her?

– Aus Wien (Herrgott, was braucht er das zu sagen).

– Aus Wien? Und treiben sich auf unserem Bauplatz rum. Greifen dem Mädchen da unter die Röcke.

– Nun halten Sie aber den Mund.

– Ich, meinen Mund? Wart mal, du hergelaufene Kanaille. Wenn du nicht auf der Stelle von hier verduftet bist –

– Was dann?

Der Mann wirft einen Blick auf seine beiden Kameraden. Die sitzen vor ihren Karten, eine schweigende Leibgarde.

Das Mädchen zirpt: – Er will doch nur was essen. Und gib schon Ruh. Ich bring dir deine Pulle.

– Ja, nur was essen. Die Kantine ist nicht für jeden da. Er hat hier auf dem Bauplatz nichts zu suchen, Unbefugten ist der Eintritt verboten. Kann er nicht lesen?

Es wäre wohl angebracht, dem Kerl da einfach in die Fresse zu schlagen. Es wäre jedoch gar nicht angebracht, nach einer aussichtslosen Keilerei wegen einer kleinen Kellnerin zerschunden und zerbeult zu Paul zu kommen. Man muß vernünftig sein. Ufermann zuckt die Achseln.

– Ja, wenn Sie meinen. Ich dachte, die Kantine ist für alle da. Ob sich der Javornik auch hätte so vertreiben lassen?

***

Aufgang nur für Herrschaften! Der Mann in der Lederjacke fährt zurück. Er war schon oft bei Paul, doch diese Tafel hat er nie beachtet. Es gibt sie ja beinahe überall in jedem besseren Berliner Haus. Und wenn nun der Portier ihn fragen sollte? Noch eine Auseinandersetzung? Wozu? Der Javornik sieht nicht nach Herrschaft aus, das läßt sich nun einmal nicht leugnen. Man muß vernünftig sein. Deshalb wählt Ufermann gleich selbst die Hintertreppe, Frau Köhler wird ihn wohl auch so erkennen.

Er klingelt, aber sie öffnet nicht.
– Was wollen Sie denn?
– Frau Köhler!
– Wer sind Sie denn?
– Frau Köhler, machen Sie mir auf! Sie werden doch meine Stimme erkennen.

Die Stimme! Herr des Himmels! Was für eine Stimme?
– Frau Köhler!

Das kommt davon, daß sie immer von der Stimme im Telefon erzählt hat.

Von übersinnlichen Erscheinungen spricht man nicht. Nun ist die Stimme hinter der Küchentür.
– Was wollen Sie? Wie heißen Sie?
– Ufermann. Ernst von Ufermann.

Ach du Allmächtiger. Zuallererst muß sie sich einmal setzen. Soll sie jetzt Hennings rufen? Der schnabuliert doch eben mit seinem Bräutchen rum. Und wo er außerdem so ein gewöhnlicher Mensch ist –

– Frau Köhler, machen Sie doch endlich auf!
Jetzt klingelt es so wild, wie Geister für gewöhnlich nicht zu klingeln pflegen, und schon gar nicht am helllichten Tag. Sehr langsam öffnet sie die Tür. Da steht ein Arbeitsloser, ein Landstreicher, ein Bettler.
– Melden Sie mich bei Herrn Hennings. Sofort!
Blonde Haare hat er. Die Nase und die Augen wirklich ein wenig wie bei Ufermann. Löcher in den Wangen, die Lippen verbissen. Sie faltet die Hände.
– Sie wollen sich wohl einen Spaß mit mir machen. Sie haben wohl auch von der Geschichte mit der Stimme am Telephon gehört. Aber das war natürlich nur Einbildung. Ufermann war ja längst schon tot, abgestürzt und verbrannt, und wenn Ihnen vielleicht Frau Schulze davon gesprochen hat oder die Portiersfrau –
– Frau Köhler, Sie werden mich doch endlich erkennen.
– Ich bin ja nur eine alte Frau. Und wenn Herr Hennings mich rausschmeißt, so hab ich keine Bleibe mehr. Ich geb Ihnen auch was, ein paar Mark, wenn Sie wollen, aber lassen Sie doch die Toten in Frieden –
Der lange Mensch legt ganz einfach seine Hand auf ihre Schulter: – Ich möchte mit Herrn Hennings sprechen. Melden Sie mich doch schon endlich bei ihm!
– Nun sagen Sie mir selbst, was das für einen Sinn hat. So was glaubt Ihnen doch im Leben kein Mensch, nicht einmal – nicht einmal, wenn es wirklich wahr ist. Da können Sie sein, wer Sie wollen. Und zu Herrn Hennings, zu dem darf ich jetzt gar nicht rein.
– Dann geh ich selber.
– Sie werden doch nicht – was fällt Ihnen ein? Herr Hennings hat jetzt eben Besuch. Und wenn Sie wüßten –

– Ich will aber.

Er drängt sich vor, was soll sie machen, sie ist doch wirklich nur eine alte Frau, er schiebt sie zur Seite, er geht über den Korridor, leicht und selbstverständlich, mehr wie ein Geist als wie ein Landstreicher. Da lacht die Gnädige drin, sie lacht sehr hell, das Lachen vergluckst.

Der Geist fährt zurück, steht still, steht ordentlich Habtacht.

Und die Tür des Herrenzimmers öffnet sich.

– Wiedersehen, Paulchen!

Da schießt sie raus in ihrem kohlschwarzen Zeug, die Witwe von dem toten Geist, die Löckchen kullern unter dem Schleier hervor, und gleich auf die Entréetür los, Herrjeses!

– Wer ist denn da?

– Paul!

– Frau Köhler, wen lassen Sie mir da schon wieder in die Wohnung!

Der Geist aber, der tote Ufermann, der Arbeitslose, Landstreicher und Bettler, geht ganz einfach in das Herrenzimmer, als wäre er das so gewohnt. Und Hennings ist so platt, daß er ihn nicht einmal zurückhält.

Er jappt förmlich nach Luft. Und sieht sie an, ganz starr, sie kann doch schließlich nichts dafür, nicht wahr –

– Na warten Sie! Wir sprechen uns noch.

***

Natürlich geht jetzt alles wieder auf sie aus. Voll Rauch ist dieses blaue Herrenzimmer, dieses Herrenzimmer mit seinen Klubsesseln und Jagdbildern und dem etwas gewagten Akt, dieses standardisierte Herrenzimmer eines wohlhabenden Junggesellen. Die Kissen des Sofas sind zerknüllt, ein Zigarettenstummel schwimmt im Teppich, Irmgard, mein Gott, das hast du doch nicht notwendig, du hast ein Bett, ein Bett mit weißen Kissen und nicht mit winzig rot karierten Überzügen.

– Ich bitte dich, Paul, sprich nicht so viel. Du machst mir nichts vor. Du weißt genau, wer ich bin.

Und Ernst von Ufermann, der echte, immer ein bißchen müde, ein bißchen angeekelte, immer auch ein bißchen überlegene Ernst von Ufermann läßt sich in einen Stuhl fallen. Immer scheint er so gelangweilt, wenn man ihm widerspricht. Da sitzt er in einer schäbigen Lederjoppe, ein zurückgekehrter Toter, womöglich auch noch edel gekränkt, während Paul Hennings, der kräftige, der muskelstrotzende Paul Hennings, jener Paul, der sogar eine Irmgard in Glut zu bringen vermag, vor ihm lehnt wie ein betrogener Narr. Nein, mein Junge, so haben wir nicht gewettet!

– Ich verlange ja nicht eben, daß du Freudentränen weinst. Aber eine Zigarette könntest du mir wenigstens anbieten. Und außerdem brauchst du nicht gar so überrascht zu tun. Ich telegrafierte ja, um dich vorzubereiten.

– Das Telegramm ist in Händen der Kriminalpolizei.

– Der Kriminalpolizei?

– Anzeige: Der beliebte Heimkehrerschwindel. Schon x-mal dagewesen. Toter Mann kehrt plötzlich zurück. Aus Kriegsgefangenschaft oder so was.

– Ach?

– Und die einsame Gattin erkennt ihn wieder, und wenn er auch der ärgste Betrüger ist. Schon x-mal dagewesen. Frau von Ufermann wird Sie aber bestimmt nicht erkennen. Bilden Sie sich nur keine Schwachheiten ein.

– Was machte Frau von Ufermann mit ihrem Telegramm?

– Frau von Ufermann hat nie ein Telegramm erhalten.

– So. Also auch das noch, Unterschlagung. Wie stellst du dir das alles eigentlich weiterhin vor, Paul?

– Ich stelle mir nichts vor, ich brauche mir nichts vorzustellen, Ernst von Ufermann ist tot. Er hat tot zu sein. Das ist seine verdammte Pflicht und Schuldigkeit.

– Er hat tot zu sein?

– Sonst wäre er ja ein Versicherungsschwindler.

– Ihr habt wohl viel herausbekommen für sein Leben?

– Er würde sein Leben gar nicht haben wollen, selbst wenn –

Ufermann ist aufgestanden.

– Firma gerettet. Was?

– Mensch, Sie sind ja wahnsinnig? Wo haben Sie denn Ihre Papiere?

– Schöne blonde Witwe geerbt. Was?

– Kein Wort mehr. Oder ich schmeiße Sie die Treppe hinunter.

– Was klingelst du denn? Fürchtest du dich? Ich trage keinen Revolver bei mir.

– Sie werden schon sehen.

– Was kramst du denn da in der Brieftasche?

– Ich will dem Unfug ein Ende machen. Ich will nicht, daß Sie Frau von Ufermann verfolgen. Ich will nicht, daß Sie – daß Sie beunruhigende Gerüchte verbreiten. Die Firma steht kaum wieder fest auf ihren Beinen. Hier,, nehmen Sie! Der Scheck wird wohl genügen.

– Gar nicht so wenig. Nette Summe. Wenn man es recht bedenkt, ein Ochse ist bedeutend billiger.

– Das heißt also, die Sache ist erledigt.

– Wieso erledigt?

– Herrgott im Himmel, ich unterschreibe diesen Scheck, Sie unterschreiben mir dafür – was ist denn das zum Donnerwetter, was machen Sie jetzt hier, Frau Köhler? Wer hat denn Sie gerufen?

– Gerufen hat mich keiner. Aber geklingelt haben Sie wie verrückt. Ich konnt nur nicht gleich kommen. Da stand der Schlächterjunge mit dem Braten –

– Hinaus mit Ihnen!

– Hinaus mit mir?

– Sie sind ja überhaupt schuld an dem allen. Mit Ihrem ewigen Gerede und Ihrer Stimme aus dem Jenseits. Heut Abend noch verlassen Sie mein Haus. Mich sollts nicht wundern, wenn Sie mit diesem Kerl da zusammenhängen.

– So?

– Hinaus!

– Haben Sie gehört, Herr von Ufermann? Hinaus, sagt er zu mir.

– Hinaus! Ich will Sie nicht mehr in der Wohnung sehen.

– Haben Sie gehört, Herr von Ufermann, er will mich nicht mehr sehen. Er hat mich auch nie hören wollen, wenn ich von Ihrer Stimme im Telefon erzählte. War alles nur Quatsch und Altweibergewäsch –

– Kein Wort weiter!

– Ich sag ja ohnehin nichts mehr. Aber wenn Sie mich brauchen, Herr von Ufermann, die Köhler ist da, immer für Sie, die Köhler weiß so manches, was –

– Bitte, Frau Köhler, lassen Sie mich mit Herrn Hennings allein.

Die Alte knixt und verschwindet. Ihr Herr lehnt

taumelnd an dem Bücherschrank. Ist das noch Paul, mit dem man einst gemeinsame Interessen hatte, dieselbe Sprache sprach? Hier lehnt ein Fleischklotz, schwach und ohnmächtig, wie Fleischklötze nun einmal sind, wenn man ihnen in ihre Augen blicken will. Hat Paul denn überhaupt noch Augen? Hinter verschwollenen Lidern zuckt ein boshaftes Licht.

– Sie unterschreiben also. Oder –

Ufermann antwortet nicht. In diesem standardisierten blauen Herrenzimmer lähmt ihn so wie schon einmal in der Wildnis eines vom Föhn gepeitschten fernen Waldes das Grauen vor der Kreatur, mit der es eine Verständigung nicht geben kann.

– Machen Sie doch den Mund auf, Mensch!

– Es hat wohl keinen Sinn, daß wir noch weiterreden. Du bist entschlossen, mich nicht zu erkennen. So wende ich mich jetzt an meine Frau.

– Das ist unmöglich. Denn Frau von Ufermann ist meine Frau.

– Wie?

– Frau von Ufermann erwartet ein Kind von mir.

– Nun weiß ich es ganz sicher, Paul, daß du mich erkannt hast.

***

Fort, Zurück. Nachhause. Nach Wien. Ist er in Wien zuhause? Dort ist der Javornik zuhause, das zweite Ich, der Mann, der lebt und ißt, ohne zu arbeiten. Der Mann, den niemand brauchen kann und haben will, der Doppelgänger. Seine Lederjacke wurde zur Uniform der Armut, die den Körper demütigt und die Schultern drückt. Seine Schritte zögern, als trauten sie sich nicht recht, den Asphalt zu betreten, jenen Asphalt, der einst im weichen Herbstlicht unter den weichen Pneus des eigenen Wagens für einen Herrn von Ufermann der weiche und schmeichlerische Boden seiner Heimat war. Greif zu, sei ein Kerl, alles für dich, hier sind die unbegrenzten Möglichkeiten für jeden, der zuhause ist –

Aber zuhause ist man nicht, wo man vertrieben wird. Die Häuser, die einem von Kindheit an die selbstverständlichen Kulissen des Alltags waren, gehören dann mit einem Mal zu einem ungeheuren Bauplatz fremder Hände, vor dem geschrieben steht: „Unbefugten ist der Eintritt verboten." Dem Unbefugten winken keine Möglichkeiten. Er tut am besten daran zu verschwinden.

Wohin verschwinden?

Die Lichter brennen schon, helle Lichter, über denen noch heller, kalt und blau der Himmel eines späten Nachmittages steht. Die schnurgeraden Straßen sind einander alle gleich, die runden Plätze unterscheiden sich bloß durch die Namen. In diesem geometrischen Dschungel einer nüchternen und öden Zivilisation hat einst ein ahnungsloser Flüchtiger seine Wanderung begonnen. Es regnete und war sehr dunkel damals.

Nun ist er von dieser Wanderung zurückgekehrt, ein anderer vielleicht und doch auch wieder nicht. Ein Einsamer und doch ein Zugehöriger von Hunderttausend. Er wird sich in den Dschungel nicht mehr hineinbegeben und sich dort verirren. Denn plötzlich wird ihm unbarmherzig klar, daß alles, was er in den letzten Monaten halb wie im Traum getan hat oder unterlassen, vorausbestimmt gewesen ist, weil er von Anfang an gewußt hatte, was kommen mußte: daß Irmgard ihn nicht mehr zurückhaben wollte, daß die Firma durch die Versicherung allein gerettet werden konnte, daß Paul sich alle seine Rechte aneignen würde, daß er ein Toter sein und bleiben mußte für eine Welt, der er nicht länger dienlich war. Es war nicht Laune, Spiel mit dem Incognito eines verwöhnten Herrn, was ihn in dunkle Abenteuer verstrickt werden ließ, es war nur Angst, blinde und panische, besinnungslose Angst vor einem Schicksal, das ihm unentrinnbar schien. Weshalb er es feig und gefügig über sich verhängen ließ.

Wie Tausend andere. Hunderttausend andere. Millionen. Sie leben und sind doch schon tot. Gestorben an der großen Krankheit ihrer Zeit: Der Angst vor dem, was kommen wird. Wo immer sie auch sein mögen, dort bevölkern eigentlich nur mehr Gespenster diese Erde.

***

Es bleibt nichts anderes übrig, als sich den Behörden zu stellen, Paul hat ja ohnehin bereits eine Anzeige erstattet. Wegen Heimkehrerschwindel, Paul wird auch heute nicht müßig sein. Am besten ist es, gleich, sofort –

Aber das gibt endlose Verhöre, Auseinandersetzungen, und auch ein Arbeitsloser, Vagabund und Vogelfreier darf müde sein nach einer Nacht im Bummelzug dunkler Erinnerungen und einem Tag voll greller Einsicht in die Gegenwart. Noch hat er Geld genug für eine Mahlzeit und eine Übernachtung, doch muß das Hotel besonders billig sein, am besten in der Nähe eines Bahnhofs, dort kann ein Javornik verhältnismäßig unbeachtet unterschlüpfen.

Das Zimmer riecht nach Lysol so wie in einem Krankenhaus. Über die grauen Wände kriechen Röschengirlanden. Von der Decke herab blinzelt eine schon fast ausgebrannte Birne. Auf dem Tisch steht ein offenes Tintenfaß mit einer verklebten Feder. Hier hat vielleicht schon manch einer den gewissen Abschiedsbrief geschrieben: Im letzten Augenblick gedenke ich ... oder: Liebe Eltern, seid mir nicht böse ... oder: Ein unerbittliches Verhängnis oder: Du darfst dich nicht wundern, meine Teure ... oder ... Und dann ein Sprung zum Fenster – aber nein, das Zimmer liegt im Erdgeschoß. Im dunklen Lichthof allerdings würde es niemand merken, wenn man sich an dem Fensterkreuz erhängt. Es fehlt da nur ein Strick.

Aber das ist ja Unsinn. Er wird so was bestimmt nicht tun. Denn es entspricht nicht seinem Stil, so wenig wie die Abschiedsbriefe.

Obwohl es vielleicht doch klug wäre? Vernünftig?

Er wirft sich auf das Bett in seinen Kleidern, ungewaschen und ohne die Zähne geputzt zu haben. Auch nicht sein Stil. Die Laken scheinen mit Lysol getränkt. Vom Bahnhof her dringen schrille Pfiffe. Das sind die Züge, die nach dem Norden fahren. Vielleicht hinauf bis an das Meer. Der Dampf der Lokomotiven steigt in die schneidend kalte dunkle Luft. Mit solchen Zügen reiste er einmal mit Irmgard an weiße Sandküsten. Sie war so zart, so mädchenhaft, so unbestimmbar kühl. Wenn er jetzt an die zerknüllten Kissen denkt und an den Zigarettenstummel, der im Teppich schwamm –

Es wäre vielleicht doch klug? Vernünftig? Ein Strick läßt sich beschaffen. Man könnte so ein lysolgetränktes Laken auch zerschneiden. Kein Abschiedsbrief und nur die Mitteilung: Hier hängt der Arbeitslose Javornik.

Wer wird schon nachforschen, wer dieser Arbeitslose wirklich war. Ein Doppelgänger und ein Schatten und der Geliebte der Dienstmagd Monika, die ihre sanfte Wärme bedenkenlos an ihn verschwendete. Man sollte ihr einen Gruß noch schicken dürfen. Sie ist vielleicht jetzt eben in der Küche, wäscht das Geschirr und singt das Lied vom himmelblauen See –

Während im Vorzimmer daneben der Mantel und der Hut des fremden Herrn verschwunden sind. Vor dem leeren Kleiderhaken steht ein Mädchen, ein Kind und doch schon eine Frau. Ja, aber Mutz, wer wird denn weinen? Ist es so schrecklich, daß ich nicht mehr da bin? Ganz schrecklich. War es so wichtig, daß ich einfach da war? Ganz wichtig. Was soll denn sonst noch wichtig sein?

Und durch die engbrüstigen Wände eines Vorzimmers in einer fernen Vorstadt strömt eine solche Kraft der Sehnsucht aus, daß ein Verzweifelter mit einem Male wieder lächeln kann. Wisch dir die Tränen ab, du dummes Kind. Ich werde nicht klug und nicht vernünftig sein. Noch bin ich da, noch bin ich auf der Welt, wenn du dir einbildest, daß das so wichtig ist.

Wohin fliehst du, arbeitslose Seele?

Der Gast von Nr. 5, Erdgeschoß, starrt wie gebannt auf die Zeitung, die neben dem Portier liegt. Er vergißt beinahe, das Geld entgegenzunehmen, das er auf seinen Zehnmarkschein heraus bekommt. Und entfernt sich dann eilig.

Der Portier greift nach der Zeitung.

„Unverschämter Betrüger entlarvt."

„Der Mann in der Lederjacke."

Lederjacke? Nanu. Der Gast von Nr. 5 gefiel dem Portier gleich gestern Abend nicht. Gut, daß er abhaut. Rechnung jedenfalls bezahlt. Ein schwerer Junge. Allein die Haltung. Kennt man. Ob man nicht doch die Polizei – ach wo, es gibt ja viele Lederjacken, und sollte es die rechte sein, so wird sie schon von selbst hochgehen. Nur nicht sich einmengen. Wollen mal nachsehen, was der Bruder da auf seinem Kerbholz hat.

„... sollte man es nicht für möglich halten, wie einfallsreich die Not den Menschen macht. Gestern erschien in der Wohnung des Bankiers Paul Hennings plötzlich ein Mann, der mit dem vom Flugzeug abgestürzten Teilhaber des Bankiers, dem toten Ernst von Ufermann, identisch zu sein behauptete. Der Mensch hatte sogar erst die Unverschämtheit gehabt, in der Villa der verwitweten Frau von Ufermann vorzusprechen, wo er jedoch vom Mädchen gar nicht zur Tür hereingelassen wurde. Es scheint sich um einen der beliebten Heimkehrerfälle zu handeln, wie sie in letzter Zeit so häufig wurden. Aber da gaben die Betrüger sich immerhin für ehemalige Soldaten aus, die nach dem Weltkrieg jahrelang verschollen waren, während es wohl den Gipfelpunkt zynischer Frechheit bedeuten dürfte, wenn solch ein Individuum …"

Das Individuum steht vor dem Zeitungskiosk in der Bahnhofshalle, liest den Bericht wieder und wieder und kauft sich rasch noch ein paar Zeitungen. Dann setzt er sich auf eine jener Bänke, die auch Betrügern zur Verfügung stehen, und schlägt die anderen Blätter auf.

Aha, da noch einmal, wenn auch bloß als Notiz.

„Der wiederauferstandene Bankier."

„… erschien in der Wohnung von … in der … Straße … ein Vagabund, welcher nicht mehr und auch nicht weniger behauptete, als … sein eigentümliches Auftreten … nicht ganz klar erscheinen, ob man es hier mit einem plumpen Erpresser oder mit einem Geisteskranken zu tun hat … der Mann verschwand jedenfalls gleich darauf spurlos … groß und mager … Lederjacke …"

Der spurlos Verschwundene sieht von der Zeitung auf. Ein paar Reisende eilen an ihm vorbei. Darunter eine große blonde Frau in lichtem Mantel. Der Träger neben ihr schleppt einen Haufen Koffer. Es wird wohl bald ein Zug abgehen. Ach, wer da mitfahren könnte! Stattdessen bleibt nur ein Weg mehr übrig: Zum nächsten Polizeiamt. Paul hat erstaunlich rasch den ersten Schachzug unternommen. Da muß er seiner Sache sehr sicher sein. Ob Irmgard diese Zeitungen auch liest? Im Bett, zum Frühstück, sie knabbert dabei an ihrem Toast. Sag Irmgard, schämst du dich denn nicht? Du hättest, ehe Paul die Presse verständigte, dir den Betrüger oder Geisteskranken doch wenigstens noch ansehen können –

Aber was ist denn das? Was steht denn hier?

„Sensationeller Versicherungsskandal."
„Ernst von Ufermann zurückgekehrt."
„Wie allgemein erinnerlich, ging bei der Flugzeugkatastrophe von Höflingen in diesem Herbst …"
Ja, hier steht es, hier steht es deutlich mit fetten Buchstaben: „Ernst von Ufermann zurückgekehrt." Zurückgekehrt. Man glaubt ihm also. Die Leute von dieser Zeitung glauben ihm.
„… hatte unser Mitarbeiter Gelegenheit, die Hausdame zu interviewen. Frau Köhler behauptet seit Monaten, mit dem abgestürzten Bankier eine Stunde nach dem Unglück bei Höflingen telefoniert zu haben. Es wirft ein merkwürdiges Licht auf Hennings, der überdies in bestem Einvernehmen mit der vorgeblichen Witwe des unglückseligen Bankiers zu stehen scheint, daß …"
Ja, die Leute von dieser Zeitung wissen wirklich, daß er lebt. Sie wissen sogar noch mehr.
„… mit Spannung zu erwarten, ob die Aufklärung all dieser Rätsel nicht gleichzeitig auch die Aufklärung eines ungeheuerlichen Kriminalfalles bedeutet, denn es ist schwerlich anzunehmen, daß Ufermann sich bei vollem Bewußtsein und mit Absicht so lange verborgen gehalten hat. Bedenkt man dazu noch die Rolle, die die phantastische Versicherungssumme für die Erbin und … Wir bringen hier eine seiner letzten Aufnahmen. Wer immer den so lange Verschollenen in diesem Bilde zu erkennen glaubt, möge nicht zaudern, sich sofort mit unserer Redaktion in Verbindung zu setzen, umso mehr als wir …"
Herrgott, da glaubt er beinahe schon selbst nicht mehr, daß er am Leben ist, da fühlt er sich als Schatten, als Gespenst, als Doppelgänger, und plötzlich liest er

schwarz auf weiß, er ist zurückgekehrt. Wer immer ihn in diesem Bilde zu erkennen glaubt –

Ja, er erkennt sich selbst. Da ist kein Zweifel. Es ist dasselbe Bild, das er schon einmal in der Presse fand, an jenem Nachmittag nach seinem Tode. Kein schönes Bild. Wie ein Falschmünzer sieht er aus. Aber immerhin. Und damals stand daneben ein Nachruf. Energisch, zielbewußt und hochbegabt, so oder ähnlich war es doch. Eine Persönlichkeit, wie man sie heute in der Wirtschaft braucht. Wie man sie braucht?

***

Der Boy will ihn erst gar nicht in die Redaktion lassen. – Hier kann nicht jeder rein.

Ufermann blickt herab auf diese wichtige kleine Lakaienseele in Uniform. – Ich möchte zum Chefredakteur.

– Kommt nicht in Frage.

– Wie?

– Zu dem kann nicht ein jeder.

– Hör mal, mein Junge, es wird sich erst herausstellen, ob ich ein jeder bin. Und wenn du nicht sofort –

Die kleine Lakaienseele duckt sich.

– Ich muß doch wissen, wer Sie sind. Und sagen in welcher Angelegenheit.

– In der Angelegenheit Ufermann.

– Da sind Sie heute schon der Sechste. Aber wenn Sie unbedingt wollen. Hier ist der Anmeldeblock. Den füllen Sie erst aus. Aber auch ordentlich. Mit allem, was dazu gehört.

Ufermann meldet sich also schriftlich an, mit allem was dazu gehört, und darf darauf in einen Warteraum voll breiter Mahagonimöbel. Hier sitzen bereits mehrere Personen und blättern in verschiedenen Zeitungen.

Wie lang es dauern wird. Nur nicht mehr nachdenken. Den ganzen Weg bis in die Redaktion hat er sich überlegt, was er den Leuten sagen soll.

Da bin ich also und? Ach Gott, es wird sich wohl von selbst ergeben. Sie werden ihn ja fragen. Und er wird alles, alles eingestehen. Wieso gestehen? Er wird erzählen, daß ihm die Brieftasche gestohlen wurde und daß er nicht nach Frankfurt fliegen konnte und daß er dann stattdessen im Auftrag von ihm unbekannten Leuten nach Wien reiste mit einem Päckchen, dessen Inhalt er nicht kannte, mehr aus Gefälligkeit, es wird wohl nichts Besonderes darin gewesen sein, natürlich tut man sonst so etwas nicht, aber in einem Zustand von Müdigkeit und Abspannung, wie es in unserer abgehetzten Zeit –

Nein, nein, genug. Er wird sich jetzt nicht vorbereiten wie auf ein Examen. Er untersucht die Zeitungen, die an der Wand hängen. Die eine ist aus Wien. Nicht mehr ganz neu. Nun, schadet auch nichts. Beginnen wir mal mit dem Leitartikel. Wenn man sich zwingt zu lesen wie die anderen, so sitzt man ruhig und fällt nicht weiter auf.

„Entartete Jugend"

Erschüttert fragt man sich, wie es denn möglich sei. Ist die Verlotterung der Moral, die Entartung der Sitten, der Mangel an Achtung vor Recht und vor Gesetz wirklich schon bis in jene Gesellschaftskreise gedrungen, denen bis jetzt die Stützen des Staates, der Geisteswelt, der Wissenschaft entstammten? Oder ist es die nervenzerrüttende Wirtschaftskrise, die auch hier, wie überall ihre Opfer fordert? Oder die ständige Verpolitisierung der Jugend? Denn wir wollen nicht leugnen, daß einige von den verblendeten jungen Burschen auch edleren Motiven zugänglich waren als dem schnöden und billigen Geldbesitz allein. Soweit wir unterrichtet sind, hatten diese tollen Wirrköpfe nämlich die Absicht, durch fortgesetzte Banknotenfälschungen eine künstliche Inflation zu erzeugen, um so der Verwirklichung ihrer phantastischen Ideale näher zu kommen. Fest steht, daß nur Ferdinand K. Missbrauch mit dem falschen Geld getrieben und es für eigene Luxusbedürfnisse verwendet hat. Sowohl Rudolf R. als die beiden Professorensöhne dürften heute noch aus der Haft entlassen werden. Die übelste Rolle spielt wohl der Reichsdeutsche von Schmitz, der inzwischen aus Wien geflüchtet ist und der Verbindungsmann zu gewissen Organisationen des Auslandes gewesen sein dürfte. Der Arbeitslose Javornik, dem dieser Schmitz eine falsche Hundertschillingnote in die Hand gedrückt haben soll, als eine Art Trinkgeld, wie der Mann behauptet, wird noch weiter verhört. Jedenfalls ist diese ganze Sensationsaffäre eine Warnung der Zeit, deren stützelos irrende, verworrene Jugend kein Mittel scheut, selbst nicht das des Verbrechens –"

– Mensch, hören Sie denn nicht. Der Scheff, der Scheff will Sie gleich sprechen.

Und der aufgeregte Boy packt Ufermann beinahe beim Ärmel, und ein Herr drängt sich vor und sagt, das geht doch nicht, er war zuerst daran, er wartet schon seit einer Stunde, und eine Dame mengt sich ein, sie wartet auch schon, es muß doch nach der Reihe gehen, was das für eine Ordnung ist, und inzwischen erscheinen hinter der offenen Tür Tippmädchen und Journalisten und starren auf den Mann in der Lederjacke, der sehr langsam von seinem Stuhl aufsteht.

– Rasch, rasch, der Scheff –

Vor einem riesigen Schreibtisch steht ein Herr mit spitzer Glatze und streckt ihm beide Hände entgegen: – Willkommen, Herr von Ufermann! Das ist ja großartig, daß Sie gleich selbst uns aufsuchen!

Neben dem Herrn steht Frau Köhler, sie ist es, ohne Zweifel, ja, Frau Köhler, sie stürzt auch auf ihn zu und schluchzt beinahe. Ein Herr mit silbernem Scheitel hält sich im Hintergrund und alles wirkt verwirrend, denn die grelle Mauer vor dem Fenster blendet so stark, daß Ufermann eine Sekunde lang die Augen schließt.

– Hab ich es nicht gesagt, Herr Redakteur. Man darf die Hoffnung nur nicht sinken lassen. Nun steht er da, so wie er leibt und lebt. Und ich hab es ja immer gewußt. Seien Sie ruhig, Herr von Ufermann, Sie sind bei Freunden, die Köhler, die weiß, was sie tut. – Gestern abends noch suchte ich die Herren auf –

– Nur sachte, liebe Frau. Lassen Sie Herrn von Ufermann erst Platz nehmen. Hier ist ein Stuhl. Sie scheinen etwas erschöpft. Kein Wunder. Na, wird schon besser werden. Und das ist Mr. Bell, Mr. Bell aus New York, kam eben vor ein paar Minuten, welch ein Zusammentreffen, das ist ja großartig, ganz großartig.

Und der Herr mit der spitzen Glatze reibt sich die Hände. Was ist denn großartig?

– Hier, Zigarette?

Ufermann greift nach der Zigarette, es ist seine Lieblingsmarke, ja richtig, er wollte sich doch eine Schachtel kaufen. Frau Köhler hält ihm dienstfertig ein Zündhölzchen hin, während der eifrige Herr Chefredakteur zu telefonieren beginnt.

– Verbinden Sie mich mal mit Herverder ... Hallo! Hier Lembke.

Wie? Was? Herr Herverder schon fort? ... Ach so, da muß er also jeden Augenblick kommen ... Das ist ja großartig. Sie müssen nämlich wissen, Herr von Ufermann, Herverder ist ganz besonders für unsere Sache interessiert. Nach seinem neuesten Erfolg ‚Triumph der Bestie', Sie kennen doch das Buch ... Hallo! Hallo! ... Nur einen Augenblick noch, Mr. Bell ...

Hallo! Was bleiben Sie denn nicht am Apparat? Fräulein ... schicken Sie Rehmann mal herüber ... er soll sich seine Stenotypistin gleich mitnehmen ... Hallo! Was ist? Nein, nein, kommt nicht in Frage, keine Zeit. Der Reichstag kann mir gestohlen werden ... Hallo! Vergessen Sie auch nicht den Fotografen – Hallo! Hier Lembke. Nein zum Teufel, ich bin für niemand mehr zu sprechen ... Hallo! Man soll die neue Auflage gleich vorbereiten ...

Mr. Bell versucht zu Wort zu kommen: – Ich denke, ich bin im Augenblick nicht notwendig –

– Was fällt Ihnen denn ein? Im Gegenteil, Herverder wird entzückt sein, Sie zu treffen. Das gibt der Sache erst realen Hintergrund.

Wir brauchen auch ein Bild von Ihnen. Und eine Äußerung, im Namen der amerikanischen Versicherungsgesellschaft – na Gott sei Dank, der Fotograf!

Es geht jetzt alles sehr geschwind. Das Blitzlicht blendet, eins zwei drei und noch einmal und von der Seite, Sie können die Augen auch gesenkt halten, das schadet gar nicht, Herr von Ufermann, so, so, so ist es richtig, ein wenig melancholisch, dabei zurückhaltend, ganz großartig. Frau Köhler, jetzt kommen Sie daran. Nein, nein, Sie brauchen Ihre Hände nicht zu falten. Wer ist denn das schon wieder? Rehmann. Richtig, Rehmann ist unser bester Interviewer, Herr Rehmann – Herr von Ufermann. Gestatten Sie, daß ich bekanntmache. Herr von Ufermann wird uns jetzt gleich das Wichtigste erzählen.

Das Wichtigste?

– Und Mr. Bell, nur einen Augenblick. Am besten im Profil. Zum Donnerwetter, schon wieder dieses Telefon … nein, nicht zu sprechen …

Das Interview soll kurz und sachlich sein. Mit großen Überschriften.

Vor allem, Herr von Ufermann, berichten Sie, wo Sie gewesen sind. Nicht allzu viel, nur ein paar Schlagworte –

– Wo ich gewesen bin –

Auf der blendend weißen Mauer vor dem Fenster treten plötzlich fette Buchstaben hervor in Druckerschwärze; die übelste Rolle spielt wohl der Reichsdeutsche von Schmitz … geflüchtet … Falsche Hundertschillingnote …

– Wo ich gewesen bin – daran kann ich mich leider nicht erinnern.

– Na hören Sie! Sie wollen uns doch nicht zum Narren halten. Sie sind doch Ernst von Ufermann? Frau Köhler –

– Ich schwöre es bei meiner Seele Seligkeit.

Einen Augenblick lang scheinen alle auf den Zehenspitzen zu stehen, selbst der zurückhaltende Mr. Bell, um den Mann in der Lederjacke anzustarren, der in sich zusammensinkt wie einer, dem die letzten Lebenskräfte eben ausströmen. Da wird die Tür aufgerissen und ein Herr in offenem Autopelz kommt herein.

– Tag. Was denn los?

Ja, das ist Herverder, der große, der berühmte Herverder. Forsch, Schneidig. Überlegen. Nicht zu verblüffen. Was, Ufermann will sich nicht interviewen lassen? Da hat er recht, vollständig recht. Was fällt euch ein? Ist das die Art, wen zu behandeln, der eben erst vom Tode auferstanden ist? Soll der nun gleich den Mund aufmachen. Nee, nee, der hat zu schweigen, zu schweigen wie sein eigenes Grab. Ein Foto? – Na, in Gottesnamen. Und höchstens ein paar Andeutungen. Wir sprechen noch darüber, Rehmann. Sie können jedenfalls auch mitteilen, daß ich, Hans Detlev Herverder, unseren verschwundenen Bankier gleich auf den ersten Blick erkannt habe –

– Sie haben mich erkannt?

Natürlich, wir trafen uns doch mal, erinnern Sie sich nicht, bei Ebel, bei der entzückenden kleinen Alice Ebel –

***

Wie Ufermann dann in einem erstklassigen Sportswagen auf weichen Pneus über den wieder schmeichlerisch gewordenen Asphalt der breiten Straßen fährt, denkt er vergeblich darüber nach, ob er den Menschen neben sich auch wirklich schon getroffen hat. Das kahle, gedunsene Gesicht, die kurze herausfordernde Nase, die etwas bläulich faulen Lippen – bei Ebels traf man immer so viel Leute und Frau Alice empfing besonders gerne Literaten. Herverder war damals noch nicht berühmt, sonst könnte er sich doch an ihn erinnern. Heut ist er jedenfalls ein großer Mann und auch, genau genommen, ein guter Mann. Oder? Erkennt einen gleich auf den ersten Blick und fordert einen auf, bei sich zu wohnen. Das ist doch freundlich. Oder? Rettet einen vor dem verdammten Interview, fragt nicht erst viel, sagt einfach: Sie brauchen Essen, ein heißes Bad und einen Anwalt und einen Arzt, das andere wird sich finden. Wozu denn einen Arzt? Was wird sich finden?

Wenn er nur hin und wieder zur Seite blicken wollte. Er starrt geradeaus, chauffiert beinahe automatisch und pfeift dabei, als säße er allein in seinem Wagen. Die nackten Bäume der Alleen zittern feucht in der Frühlingssonne. Nun wird es bald hinter den Hecken Veilchen geben. Herverder soll ein Dichter sein. ‚Triumph der Bestie' heißt sein letztes Buch. Peinlich, daß man es nicht gelesen hat.

Das Auto hält vor einer Villa, die ein paar großen weißen Würfeln gleicht. Vor dem schwarzen gewürfelten Gartengitter warten schon Pressefotografen, Herverder scheint sie nicht zu sehen. Er übergibt den Gast (denn man ist doch ein Gast?) gleich einem Mädchen in schwarzem Dreß mit weißem Häubchen. – Sie richten dem Herrn ein Bad. Das Zimmer –

– Herr Herverder –

– Ja bitte?
– Es ist ja ungeheuer liebenswürdig von Ihnen –
– Ach jetzt um Gotteswillen keine Redensarten.
– Ich möchte Sie nur fragen: Trafen wir wirklich uns schon bei Alice Ebel.

Herverder betrachtet Ufermann durch seine schwarz geränderten Autobrillen. Jede Pupille verwandelt sich zu einer erbarmungslosen kleinen Kamera.
– Bei Ebels verkehrte meines Wissens der Bankier Ernst von Ufermann.

***

Was soll die Antwort? Was soll denn überhaupt die ganze schnoddrige Form der Gastfreundschaft in einem Hause, in dem sonst alles mehr als korrekt zu funktionieren scheint? Im Badezimmer dampft das Wasser, das Mädchen bringt vorgewärmte weiche Tücher und frische Wäsche, die Riesenseife duftet nach Lavendel, Bürsten und Brausen, ein kleiner Heißluftapparat, Rasierspiegel und Gummimatten. Hier kann man nichts Besseres tun, als die Lederjacke von sich werfen, die verstaubten Schuhe, nur rasch, nur rasch, noch etwas Badesalz, es lösen sich die Glieder aus den Gelenken, die Poren eines Körpers, der nur allzu lange in sich verkrampft war, öffnen sich. Unter den spiegelnden Kacheln liegt jetzt kein Flüchtiger mehr, kein Vogelfreier, sondern ein Sohn des zwanzigsten Jahrhunderts, ein Zeitgenosse 1932, teilhaftig aller selbstverständlichen Bequemlichkeit einer verwöhnten Zivilisation. Das ist er selbst, da gibt es keinen Zweifel, das ist kein anderer und kein Javornik, das ist er wieder, Ernst von Ufermann, der sich zuhause fühlt, jawohl zuhause und geborgen in seiner eigenen Haut, die allen weichen Seifenschaum in sich zu saugen scheint.

Hätte das Mädchen nicht plötzlich an die Tür geklopft, so wäre er beinahe eingeschlafen (wobei man bekanntlich leicht ertrinken kann), nun aber fällt ihm ein, daß er die Brieftasche mit seinem Paß, nein, eben nicht mit seinem Paß, sondern mit dem eines gewissen Edwin von Schmitz, ganz einfach auf dem Tisch liegen ließ. Wenn nun das Mädchen –

Er stürzt in sein Zimmer, sperrt die Türe ab, um diesen Paß dann langsam, Blatt für Blatt über einem großen schwarzen Aschenbecher zu verbrennen. Wie eine Urne scheint ihm dieser Aschenbecher. Hier wird das Abenteuer Edwin von Schmitz verbrannt, dieses verrückte Märchen 1932, in dem das Räuber und Soldatenspiel unreifer Knaben zur Wirklichkeit geworden war. Kein Mensch braucht je davon was zu erfahren. Hauptsache ist, er, Ernst von Ufermann, ist wieder da. Und das kann niemand leugnen. Wäre ja lächerlich. Er wird doch nicht erst beweisen müssen, daß er noch lebt, und daß er auch bereit ist, dieses Leben mit allen Konsequenzen auf sich zu nehmen, was sind das schon für Konsequenzen? Die Schulden an die Versicherungsgesellschaft werden sich abbezahlen lassen, die Firma ist gerettet, und – eine alte und angesehene Firma – man trifft vielleicht einen Vergleich –

Das Mädchen klopft schon wieder, Herr Herverder läßt bitten. Der Anwalt ist gekommen. Und eine Zeugin.

Was für ein Anwalt? Was für eine Zeugin?

Es riecht nach verbranntem Papier. Ufermann öffnet das Fenster und läßt die verkohlten Blätter in den Garten hinunterfallen. Vor der Sonne liegt eine dicke graue Wolke. Es ist kalt geworden und auf einmal wieder Winter. Kein Wunder, daß man fröstelt im Bademantel.

***

Die Zeugin ist Lilo. Sie fliegt ihm um den Hals in Gegenwart von einigen Herren, die in riesigen tiefen Stahlfauteuils um einen Glastisch herumsitzen, Herverder betrachtet sich die Szene mit verschränkten Armen wie ein blasierter Regisseur.

– Ernst, Ernst! Ach endlich! Und warum hast du mir das angetan?

Noch immer hat sie ihr aufdringliches Parfüm, doch trägt sie heut ein glattes schwarzes Kleid mit einer weißen Blume an der Schulter, so wie im Film. Sie wollte ja immer so rasend gerne zu einer Rolle kommen, einer ganz kleinen nur.

Er schiebt sie sanft von sich: – Schon gut, Lilo.

Und einer von den Herren sagt: – Genügt.

Lilo hat wirklich Tränen in den Schlitzaugen. Sie tupft sie weg mit einem winzigen Taschentuch. – Ich kann es ja noch immer gar nicht fassen.

Ufermann aber sieht sich wieder an jenem Nachmittag in ihrem Atelier so wie in einer Schachtel ohne Luft, die sich loslöst und hinausschwebt über das Häusermeer der Stadt in einen dunklen und unendlichen Raum. Das war er selbst. Während jetzt hier vor all diesen neugierigen Augen ein Foto steht, ein Scheinwesen auf einer Filmleinwand, ein Objekt für Literaten und Reporter, dem man sein Leben glauben kann oder auch nicht.

Die Herren jedenfalls scheinen entschlossen, es ihm zu

glauben. Da ist vor allem Rechtsanwalt Mohn, der seine Interessen übernehmen will.

– Nein, um die Spesen brauchen Sie sich wirklich nicht zu sorgen, lieber Freund, die deckt einstweilen die Versicherungsgesellschaft. Wir haben doch den guten Mr. Bell, ganz abgesehen davon, daß Herverder Ihnen sein Haus mit allem, was drum und dran ist, zur Verfügung stellt. Sie haben nichts zu tun, als sich an uns zu halten, der Fall ist glänzend aufgerollt, so wie er heute in die Presse kam – lesen Sie doch die Abendblätter, die Gegenseite macht uns fast noch mehr Reklame, Paul Hennings interviewt und eines von Ihren Hausmädchen, dazu ein Bild der Villa, hier, sehen Sie mal –

– Ach, ich will das alles gar nicht sehen.

Nanu? Was hat der Mensch? Da reißt man sich seinetwegen beinah die Beine aus und er, er will das alles gar nicht sehen? Als ob es ihn nichts anginge. Rechtsanwalt Mohn wirft einen Blick auf Herverder, der nur die Achseln zuckt, die Herren strecken die Köpfe vor, aber da ist zum Glück noch Doktor Halle. Der springt jetzt auf.

– Natürlich will Herr von Ufermann das alles gar nicht sehen. Es ist ganz typisch, daß er in diesem Augenblick an Übersättigungserscheinungen leidet. So wie auch das Versagen der Erinnerung nur ein Symptom in dem Gesamtbild ist. Bei allzu großer psychischer Belastung bilden sich nämlich gewisse Lücken im Bewußtsein, die Wirklichkeit verblaßt –

Die Wirklichkeit verblaßt? Bei Gott, der Mann hat recht. Es lohnt nicht weiter anzuhören, was er da über gestörte Reaktionen des Seelenmechanismus sagt. Die Wirklichkeit verblaßt. Und alle diese Herren, die da plötzlich den Fall Ufermann in ihre Hand genommen haben und über ihn verfügen wollen, jeder zum eigenen Zweck und zum Gebrauch, sie werden zu farblosen Phantomen einer Scheinwelt, die nur mehr funktioniert und nicht mehr lebt. Ach meine Herren Phantome, was wollt ihr denn von mir, die ihr ja einen Menschen von einem Fall nicht unterscheiden könnt. Was mischt ihr euch in meine Angelegenheiten?

Und Ufermann richtet sich plötzlich auf und unterbricht den eifrigen Psychiater.

– Offen gestanden kann ich nicht begreifen, wozu so viel Betrieb. Ich werde doch nicht erst beweisen müssen, wer ich bin.

– Oho, das ist die Frage.

– Es gibt genügend Leute, die mich kennen.

– Wen meinen Sie zum Beispiel?

– Herrgott, da sind doch meine Angestellten.

– Ihre Angestellten? Einstweilen sind es die Angestellten von Herrn Hennings.

– Das ist doch gleich.

– Die werden sich hüten.

Ufermann betrachtet die Phantomgesichter, die ihm jetzt eines nach dem anderen im gleichen Tonfall antworten. Und eines fragt: – Wie wäre es mit Ihrer Frau?

– Davon kann nicht die Rede sein.

– Ja wenn Sie nicht wollen, daß wir Ihnen helfen.

Die Herren reden alle durcheinander, Herverder nur lehnt mit verschränkten Armen neben dem Gaskamin, der plötzlich wie eine riesige Feuerscheibe durch das blasse Zimmer strahlt. Doktor Halle sucht zu beschwichtigen und spricht von Nerven, Hypersensibilität und Bettruhe. Es ist kein Wunder, wenn ein Mensch nach solchen seelischen Erschütterungen –

– Was wissen Sie von meinen seelischen Erschütterungen?

– Mein lieber Herr von Ufermann, darüber sprechen wir ein anderes Mal. Unter vier Augen. Denn nur mit solchen seelischen Erschütterungen ist das Versagen der Erinnerungsmomente zu erklären. Es gab zum Beispiel einen Fall in Irland, wo ein Mann volle zehn Jahre seines Lebens vergessen hatte, spurlos vergessen, ganz einfach weil –

Da tritt Herverder vor.

– Was Ufermann vergaß oder auch nicht, ist uns jetzt schnuppe. Das wichtigste sind Zeugen, Zeugen, Zeugen. Sie wollen also mit Ihrer Frau nicht konfrontiert werden?

– Auf keinen Fall.

– Dann bleibt noch Ihre Mutter.

– Meine Mutter?

– Ja, Ihre Mutter. Vergaßen Sie vielleicht auch, daß Sie eine Mutter haben.

– Meine Mutter ist eine alte Frau. Es wird sie aufregen.

– Aber nur freudig. Sie verstehen: freudig. Hauptsache ist, daß man die alte Dame zu solchem Wiedersehen bewegt. Denn mit der Köhler und diesem Fräulein Lilo ist es noch nicht geschafft. Aber das Mutterauge und so weiter. Rechtsanwalt Mohn soll mal versuchen –

***

Rechtsanwalt Mohn telefoniert am nächsten Tag, daß Frau von Ufermann bereit ist, den Mann, der sich für ihren toten Sohn ausgibt, zu sehen. Da kann man nicht nein sagen. Da kann man sich nicht wehren. Obwohl man eben der eigenen Mutter dieses Zusammentreffen gern erspart hätte. In Gegenwart von fremden

Leuten soll sie als Zeugin dienen für den eigenen Sohn. Wie peinlich.

Sie ist schon alt, sie ist gebrechlich, sie hat so vieles mitgemacht. Den Tod von Gerhard hat sie bis heute noch nicht überwunden. Gefallen in Flandern. Der Lieblingssohn. Wenn er noch lebte, wäre alles anders. Er hätte die Firma rechtzeitig gerettet oder ein Bankguthaben in der Schweiz beschafft, er hätte gar nicht erst zum alten Hebenberth nach Frankfurt fliegen müssen und abstürzen, und doch am Leben bleiben, dann durch einen plumpen Versicherungsschwindel sogar noch Schande über seine Angehörigen zu bringen. Schande. Ein Wort, das es in der Familie Ufermann bis jetzt noch nie gegeben hat.

Aber was soll man tun, wenn Herverder einen selbst in seinem Wagen zu Rechtsanwalt Mohn bringen will, wo, wie er sagt, die alte Dame sitzen wird.

– Courage, Mensch! Auf diese kleine Szene kommt es an.

– Wie meinen Sie?

Weiche Pneus über dem weichen Asphalt, Geschäftshäuser, Radfahrer, der ferne Donner der Hochbahn, schaufensterspiegelnde Straßen, so nimm doch nur, es ist ja alles da, hier in der Frühlingsonne, greif zu und sei ein Kerl, es sind die unbegrenzten Möglichkeiten dieser hastenden, dieser jagenden, dieser sich selbst verzehrenden Millionenstadt, die auf dich warten. Courage, Mensch, hat Herverder gesagt.

– Herr Herverder, ich möchte Sie was fragen.
– Bitte.
– Wissen Sie wirklich, wer ich bin?
– Ist doch ganz gleichgiltig.
– Wieso?

– Aufs Mutterauge kommt es an. Die alte Dame soll übrigens sehr kurzsichtig sein.
– Sie halten mich also für einen Schwindler?
– Da sind wir. Nummer sechsundzwanzig. Es stimmt. Steigen Sie aus.
– Ich denke nicht daran. Ich bleibe hier in diesem Wagen, bis Sie mir meine Frage beantworten. Und eine andere Frage noch dazu.
– Bei Ihnen ist wohl eine Schraube los.
– Glauben Sie mir oder glauben Sie mir nicht?
– Ich glaube jedem, der sich aufs Lügen versteht. Aber wir werden doch nicht auf der Straße –
– Und warum versuchen Sie mir zu helfen, wenn Sie mir nicht glauben?
– Herr des Himmels, Sie können einen rasend machen.
– Ich steige nicht aus diesem Wagen –
– Es wird einen Roman geben, wenn Sie es wissen wollen. Auflage noch nicht dagewesen, Filmrechte bereits verkauft. Sie können meinethalben auch Prozente haben.
– Danke.
– So steigen Sie doch schon endlich aus.
– Ich möchte noch den Titel wissen, den Titel des Romans.
Herverder steht auf dem Fußsteig, öffnet den Wagenschlag und starrt auf den verrückten Menschen, der da vor ihm sitzt, bleich und mit einem merkwürdig nackten Blick.
– Der Titel? Warten Sie, der fällt mir eben ein. Erstklassig. Ausgezeichnet. Der Titel soll sein: ‚Kaspar Hauser 1932'.

***

In der offenen Tür des Kontors steht bereits ein Schreibfräulein und sagt mit halb erstickter Stimme: – Frau von Ufermann ist schon da. Sie wartet.

Die Mutter wartet. Der Sohn tritt einen Augenblick zurück. Sie wartet auf ihn, sie wird die Arme öffnen, ihn an sich ziehen, sie wird mit einem Aufschrei, einem kurzen, der Welt und allen diesen Herverders beweisen, wer er ist, das ist doch selbstverständlich, sonst wäre sie gar nicht gekommen.

Der Warteraum ist dunkel getäfelt. Kellerkühl. Sofort. Sofort. Ja gewiß. Eine Sekunde. Bitte, einzutreten.

Und dann sitzt die Mutter vor ihm, klein und geduckt, in tiefer Trauer. Warum in Trauer? Sie sitzt in einem fremden Zimmer vor einem fremden Schreibtisch. Neben ihr steht Sanitätsrat Jaksch und hält ihr den Puls. Weshalb hält er ihr den Puls? Man kann doch nicht auf sie zutreten, wenn er ihr den Puls hält.

Ein Stoß von Herverder, Rechtsanwalt Mohn putzt sich die Brillengläser.

Die alte Dame nimmt ihr Lorgnon.

– Sie sehen meinem Sohn wirklich sehr ähnlich. Gerhard hatte auch so tiefliegende Augen. Und der Mund. Ganz merkwürdig. Wirklich sehr ähnlich. Ganz wie bei Gerhard.

– Mutter!

Niemand hat das Wort gerufen. Aber irgendwo in dem fremden Bureauzimmer steht auf einmal zum Greifen nahe ein Gitterbett und in diesem Bett liegt ein fiebernder Knabe. Mutter, wo bist du! Eine Gouvernantenstimme sagt: Mama ist im Theater.

***

Herverder chauffiert wie verrückt. Wo rast er hin? Er nimmt sich nicht einmal die Mühe, dem Menschen neben sich auch nur zu sagen, weshalb er nicht nachhause fährt. Beinahe wäre er in einen Lastwagen hineingefahren. Die Straßen wimmeln, alles kommt soeben aus den Kontoren und Geschäften. Berlin ist fleißig, Berlin schläft nie, Berlin rüstet sich für den Abend, für die Nacht, Berlin ist unverwüstlich und so verschlingt es seine eigene Zeit. Wozu? Weshalb? Und wohin wollen Sie, Herr Herverder? Was streben Sie an mit dieser Fahrt, mit mir, mit meinem Leben, an das Sie gar nicht glauben und nie mehr glauben werden, seit es die eigene Mutter nicht zur Kenntnis nahm.

– Herr Herverder –

Er antwortet nicht, er tut, als wäre dieser Mensch da neben ihm, dieser armselige Kaspar Hauser, nicht vorhanden.

– Herr Herverder, ich möchte Ihnen etwas sagen.
– Was gibt es da noch viel zu sagen. Faule Sache.
– Ich möchte Ihnen die Wahrheit sagen.

Herverder reißt den Wagen herum und biegt ab in eine stille Seitenstraße.

– Ich pfeife auf Ihre Wahrheit. Sie haben sich benommen wie ein Idiot. Läßt sich da einfach abwimmeln.
– Was zwischen mir und meiner Mutter vor sich ging –
– Ihrer Mutter! Erst vergessen Sie, so wie so manches andere, daß Sie noch eine Mutter haben und dann –
– Ich habe nichts vergessen. Überhaupt nichts. Das ist es, was ich Ihnen eben sagen wollte. Und ich ersuche Sie, mich anzuhören, ruhig und höflich.

Der Wagen hält mit einem Ruck auf einem jener kleinen Plätze, von denen ringsum schnurgerade gleiche Straßen ausstrahlen. Es wird schon dunkel. Herverder blickt jetzt endlich durch seine schwarz geränderten Autobrillen auf den Menschen neben sich.

– Es wird Sie vielleicht interessieren, zu erfahren, wo Ihr Kaspar Hauser die ganze Zeit über gewesen ist.

Und Ufermann erzählt mit der eintönigen Stimme eines Vorlesenden von seinem Missgeschick erst auf dem Flugplatz, von Lilos Atelier, dem Telefongespräch, den achtzig Mark, die er an sich genommen hat, von dem Kino, dem Mädchen Hede, dem Boxer, den Windjacken, von dem gewissen Päckchen, es war kein Dynamit darin, nur falsches Geld, von der Reise mit einem falschen Paß und von dem Namen Edwin von Schmitz –

– Edwin von Schmitz! Mensch, sind Sie denn des Teufels?

Herverder fährt herum. Im Lichte einer eben angezündeten Bogenlampe scheint sein Gesicht ganz grün.

– Warum erschreckt Sie dieser Name? Was wissen Sie von diesem Schmitz?

– Was alle wissen. Es stand doch in den Zeitungen. Sie müssen es ja auch gelesen haben. Vor ein paar Tagen.

– Ich war nicht hier. Was war mit ihm?

– Man fand ihn eines Morgens ermordet in seinem Bett. So was kommt vor. Jedoch, in diesem Fall – die Täter wurden nicht gefunden.

– Dann wird es vielleicht wichtig sein, wenn ich mit meinen Aufklärungen –

– Sie werden diese Aufklärungen für sich behalten. Das alles ist ja Unsinn, Phantasie. Wer soll das glauben?

Und wenn Sie den Namen Schmitz jetzt auch noch in die Sache bringen –
Herverder kurbelt plötzlich den Wagen wieder an.
– Wollen Sie mich denn nicht zu Ende hören?
– Ein andermal. Es wird schon spät. Sie sind sehr überreizt. Kein Wunder. Nach solchen seelischen Erschütterungen. Die Mutter. Ich verstehe. Ich verstehe. Am besten ist, wir fahren jetzt nachhause. Ach bitte, lehnen Sie sich doch zurück.
Der Wagen rollt langsam, beinahe suchend durch den geordneten, den geometrischen Dschungel gleicher Straßen, da eine Ecke, noch eine Ecke, derselbe Platz und noch einmal derselbe Platz. Herverder pfeift vor sich hin. Mit ihm kann man nicht reden. Er faßt nicht auf, was er nicht wissen will, und deshalb weiß er nichts und ahnt er nichts. Er spürt das Beben nicht tief unter ihm, unter dem steinernen Häusermeer, den Kanälen, den Maulwurfsgängen der Untergrundbahn. Stillstand? Stumme Verzweiflung? Arbeitslosigkeit? Das ist nicht alles. Herr Herverder, Sie fühlen sich sehr sicher auf den bequemen Straßen dieser Ihrer Stadt, die Schattenwelt ihrer blutlosen Phantasie geistert vor Ihnen im Licht der Scheinwerfer auf dem Asphalt. Sie hören nicht ein fernes Grollen hinter all den Mauern – das sind die Raubtierstimmen aus der Urzeit. ‚Triumph der Bestie' heißt ihr letztes Buch. Fürchten Sie nicht, daß diese Bestie nun bald auch triumphieren könnte in einer Wirklichkeit, von der Sie und Ihre klugen Freunde gar keine Ahnung haben? Und daß man Sie und diese Ihre Freunde eines Morgens auch ermordet in ihren Betten finden könnte? So was kommt vor. Die Täter werden nicht gefunden. Man kümmert sich nicht darum und schreibt inzwischen einen neuen Sensa-

tionsroman, Filmrechte schon verkauft, rasende Auflage, Unsummen, ein neuer Autopelz, ein neuer Wagen, eine neue Würfelvilla, vielleicht sogar auch ein paar neue Frauen. Wozu, weshalb, noch ein Erfolg im Jahre 1932. Sie sind ein großer Mann, Herr Herverder. Sie sind ein dummer Mann. Was hören Sie mir denn nicht zu? Die Feigheit ist es, die Gleichgiltigkeit des Herzens –

Das Auto schießt ein in eine breite reklameüberflammte Straße. Herverder pfeift jetzt nicht mehr vor sich hin. Und plötzlich fragt er: – Der Paß von diesem Edwin von Schmitz ist also noch bei Ihnen?

– Nein. Ich verbrannte ihn.

– Natürlich. Ist ja klar.

Und Herverder fängt wieder an zu pfeifen.

***

Es kribbelt in allen Wänden der weißen Würfelvilla. Die hohen Glasfenster beben. Klingeln, hastige Schritte, eine Stimme, die plötzlich abbricht –

Ufermann hebt den Kopf und weiß, das alles gilt jetzt ihm.

Was werden sie entschließen, diese Bande von Reportern, Ärzten und Anwälten und Literaten, denen er diesmal in die Hände geriet? Was für ein Schicksal wollen sie nun über ihn verhängen? Er ist in einer Zwangslage, gewiß, aber die Herren irren, wenn sie meinen, daß sie ihn ganz nach Gutdünken benützen können. Noch lebt er, ja, er lebt, so wie vielleicht noch nie, denn in ihm bäumt sich mit aller Kraft der Wille auf, sich zu behaupten. Er wird sich nicht verhindern lassen, zu sagen, was er zu sagen hat –

Da klopft es an die Tür. Das Mädchen bringt Tee und Brötchen. Ausgezeichnet. Der Tee kommt ihm gerade recht. Rasch eine Tasse, danke Fräulein, kein Wasser, so dunkel, wie er ist. Schmeckt merkwürdig, bitter und fade auf einmal. Wenn er nur seine Wirkung tut.

Und Ufermann schenkt sich noch eine Tasse ein. Das braucht man, wenn man müde ist und im Begriff, den Herren einmal ordentlich den Text zu lesen. Was fällt Ihnen denn ein? Ich bin kein Bett, kein Teppich und kein Tisch, ich bin selbst hier in diesem Raum, den Sie mir anwiesen und wo alles so verflucht gebrauchbar ist, ein Mensch, ein Mensch, kein Gegenstand, ein Mensch, ich werde mich doch noch erinnern können, was ein Mensch ist, auch wenn ich es schon längst vergessen habe, ein Mensch ... was ist ... ein Mensch ...

***

Hallo! Hier Herverder! Na endlich ... ich klingelte schon dreimal an ... ganz miserabel ... faule Sache ... mein lieber Doktor Halle, der Fall ist mehr für Sie als wie für mich ... erlauben Sie, Wahnsinn ist gar nicht mein Ressort ... schon abgebraucht ... und außerdem, Sie ahnen nicht, was dieser Mensch jetzt alles angibt ... könnten Sie nicht mal zu mir kommen ... Lembke ist hier und Mohn und noch paar andere ... dann sehen Sie gleich nach dem Patienten, der Mann wird schon gemeingefährlich nein, nicht im Augenblick, ich gab ihm eben ein leichtes Schlafmittel ...

***

Ufermann erwacht drei, vier, fünfmal. Immer wieder betäubt ihn die schwere Stahlplatte, die auf seiner Stirn zu liegen scheint. Bis er endlich die Uhr erkennt. Zwei Uhr? Nachts? Mittag? Er springt aus dem Bett, schlägt die dunklen Gardinen zurück, der kahle Garten schwimmt im Nebel, die kahlen Wände des Zimmers verschwimmen mit. Er klingelt dem Mädchen. Drei, vier, fünf Mal. Er klingelt heftig.

Das Mädchen traut sich kaum zur Tür herein. Er starrt sie an. Was ist sie denn so ängstlich?

– Ist es denn wirklich schon zwei Uhr? Zwei Uhr Mittag?

– Ich glaube –

– Was heißt, Sie glauben? Und warum haben Sie mich nicht geweckt? Waren Sie abends noch in meinem Zimmer?

– Ich weiß es nicht –

– Sie wissen es nicht? Sie brachten mir doch diesen starken Tee.

Er beißt sich in die Lippen, spürt den faden und bitteren Geschmack, tritt auf das Mädchen zu.

– Ach bitte, lassen Sie mich wieder raus.

– Antworten Sie. Was war das für ein Tee?

– Ach bitte, Sie werden mir doch jetzt nichts tun –

– Was soll ich Ihnen tun?

– Ach bitte, gehen Sie doch fort von dieser Tür. Ich schreie, wenn Sie mich nicht hinauslassen –

Und weg ist sie. Was soll denn das bedeuten? Sie fürchtet sich, sie fürchtet sich vor ihm. Er blickt um sich. Die blassen Wände stehen jetzt starr in einem Krankenzimmerlicht, werden zu einer großen feindseligen Zelle, ist er denn wahnsinnig? Ach ja, das wäre eine Lösung des

Falles Ufermann, sehr einfach, unverschämt einfach. Für alle. Nicht zuletzt vielleicht sogar auch für ihn selbst. Da erklärt man, was er in Wirklichkeit erlebt, zum Albdruck eines Geisteskranken. Mein guter Mann, was bilden Sie sich ein, wir leben nicht im grauen Mittelalter, wo einst die Flüchtigen, die Vogelfreien nach einer Klosterpforte suchten für ihr Asyl. In unserem Zeitalter der Aufklärung sind alle Menschen gleich vor dem Gesetz. Wissen Sie das denn nicht? Vor Räuberbanden schützt die Polizei mit den Methoden moderner Organisation und Wissenschaft. Die Städte sind kein Dschungel, ein jedes Haus hat seine Nummer und ist registriert. Wir leben in einem Lande führender Kultur, in einem Staatswesen, so wohl geordnet, wie es wohl kaum ein zweites gibt, wir haben die besten Schulen, Forschungsinstitute, Krankenhäuser, Laboratorien, Irrenanstalten. Sie werden sehen, mit Hilfe einer raffinierten Seelenkunde wird man all Ihre sonderbaren Angstträume erklären –

Da klopft es an die Tür.

– Herein!

Es klopft noch einmal und eine Stimme sagt: – So sperren Sie doch auf.

– Ich habe nicht abgesperrt.

Ja, die Tür ist verschlossen. Eigentlich war das nicht anders zu erwarten, aber wer kann da draußen stehn und sich darüber wundern, wer rüttelt an der Klinke, wer dreht jetzt plötzlich von außen den Schlüssel im Schloß herum?

– Mr. Bell?

Mr. Bell legt den Finger an die Lippen.

– Ich habe mich von einer Konferenz da unten fortgeschlichen. Man telefoniert soeben wieder nach diesem

Doktor Halle. Ich fürchte, Sie sind ein hoffnungsloser Fall.

– Und trotzdem kommen Sie?

– Es ist wohl meine Pflicht.

– Dann nehmen Sie einstweilen Platz. Und Sie entschuldigen wohl, ich komme soeben aus dem Bett –

Ufermann nimmt einen Kamm und fährt sich durch das wirre Haar.

Dieser Amerikaner sieht so nett aus und scheint so bekümmert.

– Ich sollte eigentlich bereits verzweifeln. Aber die Summe ist zu groß. Und ich bin allein auf Ihrer Seite. Herverder läßt uns im Stich, der Mann hat Angst, warum, das weiß ich nicht. Lembke ist umgefallen, Rechtsanwalt Mohn scheint sehr zurückhaltend, Hennings arbeitet gut bei den Behörden und neue Zeugen sind nicht aufzutreiben, der einzige, der Ihnen noch etwas glaubt, bin ich.

– Das ist sehr freundlich, Mr. Bell. Rauchen Sie? Bitte. Aber warum glauben gerade Sie mir noch?

Der alte Herr zuckt die wohlgebürsteten Achseln: – Für eine Million Dollar glaubt man gerne etwas.

– Achso.

– Sie haben die Sache auf jeden Fall sehr ungeschickt begonnen. Wären Sie gleich zu mir gekommen. Die anderen Herren handeln mit Sensationen und das ist eine unsichere Ware. Meine Gesellschaft handelt mit ehrlichem Geld –

– Mr. Bell, ich habe einen Vorschlag. Sie wenden sich an die Behörden, fliegen mit mir nach Wien –

– Ach um Gotteswillen, erzählen Sie mir nicht auch die Geschichte von den Banknotenfälschern.

Und er steht auf, der alte Herr steht auf, er glaubt ihm auch nicht mehr, nicht einmal für eine Million Dollar will er die Wahrheit glauben. Wie kostbar muß doch diese Wahrheit sein.

– Mr. Bell, Sie fliegen mit mir nach Wien. Denn dort sind meine Zeugen, lebende Zeugen aus Fleisch und Blut. Sie sind der einzige, der mir noch helfen kann. Sie sehen ja, man sperrt mich hier schon ein als Geisteskranken, ich werde nie im Leben mehr beweisen können, wer ich bin. Mr. Bell, haben Sie vielleicht einen Sohn?

– Ich habe zwei Söhne. Warum?

– Mr. Bell, helfen Sie mir. Eine Million Dollar. Das steht doch dafür. Oder – fürchten Sie sich auch vor jener Falschmünzerbande, in deren Hände ich geraten war. Die Leute sind nicht ungefährlich.

Mr. Bell lächelt.

– Bei uns in Amerika fürchtet man sich vor Gangstern nicht.

**

Hallo! Lembke? ... hier Herverder ... tja, der Vogel ist ausgeflogen ... buchstäblich ausgeflogen ... bringen Sie vielleicht ne kleine Notiz, möglichst unauffällig ... mit Mr. Bell und einem Kriminalbeamten ... diese Amerikaner sind wirklich zu naiv ... gehts um ihr Geld, so sehen sie die Hand nicht vor den Augen ... kann uns ja gleich sein ... Hauptsache, daß wir aus der Affäre sind ... wenn er auch nur das geringste mit diesen Kreisen um Schmitz herum zu tun hatte ... Nicht daran rühren ... wahnsinnig? ... ach wo ... ein ganz gewöhnlicher Betrüger ... ich sage Ihnen, der Mann konnte nicht einmal Messer und Gabel halten ... spielt so den Herrn von Ufermann ... das war ein Reinfall, lieber Lembke ... Sie hatten mir die Sache erst etwas anders dargestellt ... na, nichts für ungut ... der Roman? ... Natürlich schreibe ich den Roman ... Sie wissen doch, Filmrechte bereits verkauft ... und eben deshalb rief ich an ... der neue Fall von diesem Lustmörder ... siebzehn Opfer ... Kleinigkeit ... der Mann gefällt mir ... hören Sie mal, ich brauche ehestens das Material ...

***

Wenn man Geld genug hat, ein Billet zu bezahlen, oder wenn ein freundlicher Mr. Bell es für einen auslegt, fliegt man über die Erde. Die Häuser werden winzig klein wie Kinderspielzeug, die Bäumchen stehen gleich Zinnsoldaten in schnurgeraden Alleen, und wenn ein Auto zwischen ihnen durchläuft, ist es nicht grösser als ein Käfer. Die Luft ist blau und hell, die Wolken schneeweiß wie dicke Schlagsahne, das Land zerfällt in lauter bunte Flecken, Gewässer flimmern gleich Taschenspiegeln, wie stolz ist doch der Mensch, der über diese Erde hinwegfliegt. Der Herr vor Ufermann liest seine Zeitung, er selbst pflegte auf solchen Reisen auch die Zeitungen zu lesen, nur heute scheint es ihm so gar nicht selbstverständlich, daß er auch fliegen darf, leben darf, da oben in der Luft. Es ist ja so viel Platz im lichten Äther. Doch nur für wenige. Der Javornik kommt nicht herauf. Der sitzt bei seiner Tante, der Hausmeisterin, in einem dunklen Loch und muß noch froh sein, wenn sie ihn haben will. Es sind zu viele unten, viel zu viele. Die Erde fliegt durch den Weltenraum. Auch ihre Passagiere müssen den Platz bezahlen. Das ist doch selbstverständlich. Mein Herr, was fällt Ihnen denn ein, Sie wollen ein Freibillet? Die Erde ist keine Wohlfahrtsinstitution. Sie wollen nur einfach leben, fliegen? Sie werden verhungern, Sie Bettler, verrecken. Nur fliegen? Fliegen verboten!

Mr. Bell erbricht immer wieder fein säuberlich in seinen Papiersack. Der Kriminalbeamte mit dem steifen Hut auf dem viereckigen Schädel blättert in einem Notizbuch. Das hübsche Mädchen links pudert sich die Nase. Das Flugzeug hebt sich fast senkrecht, schießt geradewegs in die Sonne hinein.

Wenn es nun abstürzen sollte, verbrennen?

***

Aber es kommt doch an in Wien, fahrplangemäß, und selbstverständlich fährt man sofort in ein Hotel. Alles ist selbstverständlich, sogar der höfliche Portier. Nicht ganz so selbstverständlich scheint nur, daß der Kriminalbeamte immer hinter einem her ist und jeden Schritt beobachten will. Mr. Bell füllt die Anmeldescheine aus. Was schreibt er wohl für einen Namen auf den einen? Nun, ist ja gleichgiltig.

– Die Adresse? Welche Adresse, Mr. Bell? Ja, natürlich weiß ich noch die Adresse der Familie Rameseder, und auch die Telefonnummer, Sie telefonierten schon? Es meldete sich niemand? Das verstehe ich nicht. Um diese Zeit ist immer wer zuhause.

Mr. Bell schüttelt sorgenvoll den Kopf.

– Am besten ist, wir gehen einfach hin. Es ist nicht weit. Sie werden sehen, ich kenne den Weg nur allzu gut.

***

Wer läutet denn da oben wie verrückt? Was fragen die denn nicht erst nach der Hausmeisterin. Da kann sie also die Stiegen hinauf hatschen, gerade wie sie sich ein bissel einen Kaffee wärmen will.

Was wollens denn da bei der Tür? Ist niemand zuhaus.

Und die Hausmeisterin, die Tante vom Javornik, steht keuchend vor den Herren auf der Treppe.

– Wieso? Wieso ist niemand zuhaus?

– Jessas! Der Herr von Schmitz.

– Was sagen Sie? Sie kennen diesen Herren?

Der eine neben dem Schmitz streckt den Zeigefinger nach ihr aus, als ob er sie verhaften wollte. Es ist nicht sehr viel Licht im Stiegenhaus. Die kommen wohl von der Polizei, so schaun sie aus, sogar der feine alte Herr mit seinen weißen Haaren. Als obs nicht schon Skandal genug gegeben hätt in letzter Zeit.

– Nein, nein, gehen Sie nur fort. Niemand zuhaus.

Der Schmitz steigt ein paar Stufen hinunter. Ja, ja, er ist es.

Er trägt jetzt einen hellen Mantel und ist käsweiß und hat ganz große Augen. Den haben sie eingetunkt.

– Wo sind denn alle?

– Die Frau Hofrat ist mit dem Herrn Rudi in Ungarn beim Onkel Admiral.

– Und der Hofrat?

– In einem Sanatorium wo am Land.

– Und die Mutz?

– Die ist auf einer Skitour mit der Schule.

Herrgott, sie ist auf einer Skitour. Da hat er die ganze

Zeit gedacht, sie steht im Vorzimmer, starrt auf den leeren Kleiderhaken, es klingelt, die Tür geht auf, da bin ich Mutz, ich bin noch da, ich lebe, das ist das wichtigste, erklär das doch einmal den beiden Herren –

Die Hausmeisterin wirft einen mißtrauischen Blick auf ihn.

– Was wollens denn noch? Ist niemand zuhaus.
– Die Monika?

Die Alte wendet sich ab.

– Wo ist die Monika?

Die Alte schüttelt den Kopf, humpelt die Treppe hinunter. Er geht ihr nach, sie schüttelt nur den Kopf. Aber im Hausflur stellt er sich vor sie.

– Wo ist die Monika?
– Das Mädel ist gestorben.

Ein schwarzer Vorhang fällt vor seinen Augen. Wie er den Kopf hebt, steht vor ihm im Tor der Javornik.

***

Die beiden geben sich die Hand. Sie sind gleich groß.
– Da sind Sie wieder. Ja, ja, ich weiß, Sie können nichts dafür. Ich mein wegen der Hundertschillingnote. Die Mutz hat mirs erklärt.

– Aber Javornik, warum, wieso? Wie kam das mit der Monika? Was hat ihr denn gefehlt?

– Mein Gott, was so einem Mädel halt fehlt.

– Was denn?

– Wenn Sie sie sehen wollen, sie ist noch aufgebahrt.

Noch sehen. Monika, die Zeugin aus Fleisch und Blut. Noch aufgebahrt.

Hinter ihm tuscheln die beiden Fremden mit der

Hausmeisterin. Der Kriminalbeamte macht sich Notizen. Mr. Bell nickt nachdenklich. Ufermann tritt mit dem Javornik hinaus auf die Straße. Wie ein warmes Band legt sich die trübe Luft um seine Stirn. Der Wind wirbelt den Staub auf.

– Halt! Halt! Wohin?
– So lassen Sie uns doch!

Der Kriminalbeamte packt Ufermann beim Ärmel.

– Mr. Bell, ich führe Sie zu einer Zeugin.

Mr. Bell nickt. Man kann also weitergehen, zu zweit und ganz allein. Daß hinter einem noch jemand folgt, ist gleichgiltig. Es ist ja alles so gleichgiltig.

Mr. Bell zieht den Kriminalbeamten beim Handgelenk zu sich zurück. – Stören Sie nicht und warten Sie es ab. Mr. Bell muß plötzlich an seine beiden Söhne denken, an John in Kapstadt und an Allan in New York. Sie haben ihm schon lange nicht geschrieben.

***

Oh diese Stadt! Da geht man zu auf ein bestimmtes Ziel, und welch ein Ziel, aber man schlendert. Der Javornik schlendert durch die winkeligen Gäßchen. Die Flanellpyjamas „zu erstaunlich billigen Preisen", der Bäckerladen, die Kirche, Schulkinder, ein Park voll Knospen, das Gitter, schwarz und glänzend, ein Krankenauto, was so einem Mädel halt fehlt, hat er gesagt, der Javornik. Er hält die Hände in den Hosentaschen, der Kopf hängt vor, die Augen sind halb geschlossen, der Mund verkniffen, als ob er nie mehr lächeln könnte mit seiner verschmitzten kleinen Zahnlücke.

– Wenn die hundert Schilling echt gewesen wären, hätt

ich sie vielleicht doch zu einer Hebamme geschickt. Ja, ja, ich weiß, Sie können nichts dafür. So aber, was hätte man machen sollen? Einmal ist es gut ausgegangen mit der Stricknadel, und da hat sie gemeint, jetzt geht es noch einmal. Kann sein, daß die Nadel auch nicht rein war.

– Mit der Stricknadel?

– Na ja, was hätt sie denn machen sollen? So ein Mädel darf doch kein Kind kriegen.

– Darf kein Kind kriegen?

– Wo wir doch selber nichts zu fressen haben. Ein Arbeitsloser mehr. Nein, so ein Kind darf gar nicht auf die Welt.

– So ein Kind darf gar nicht auf die Welt?

Der Javornik schneuzt sich.

An der Straßenkreuzung gegenüber dem Krankenhaus kauft er bei einem Blumenweib ein Sträußchen Schneeglöckchen mit dünnen, ausgehungerten Blütenblättern. Die Staubwolken wirbeln immer höher, der Himmel liegt grau auf den Dächern, man kann hier auch Bananen kaufen für die Kranken oder Äpfel oder rosa Bonbons. Die Straßenbahnen klingeln, ein paar Nonnen fliehen vor einem Autobus, bei der Haltestelle wartet ein Mann mit einem Holzbein, es riecht scharf nach Karbol, links das Geschäft mit den chirurgischen Instrumenten, ein paar Häuser weiter sind Grabsteine zu verkaufen, ein ganzes Lager von Grabsteinen, sie stehen auf dem offenen Platz.

– Wo sollen wir denn hin? fragt der Kriminalbeamte ungeduldig.

Aber Mr. Bell hält ihn zurück. Die beiden Javorniks gehen weiter, groß und hager, mit hängenden Schultern.

Bis sie durch ein breites Gittertor treten. Das Gebäude

dort ist kein Krankenhaus. Ein Haufen Studenten kommt ihnen entgegen.

– Seziert hat man sie auch.

In einer der kleinen Aufbahrungshallen, die wie Schilderhäuschen vor dem Gebäude stehen, liegt die Zeugin aus Fleisch und Blut zwischen brennenden Kerzen. Die Negerlöckchen sind streng zurückgestrichen.

– Versehen hat man sie auch. Und die Kerzen sind von der Hofrätin. Dafür gibts immer Geld.

Der eine Javornik legt die Schneeglöckchen auf die gefalteten toten Hände. Der andere tritt einen Schritt zurück. Eine Stricknadel wird ihm durch das Herz gestoßen.

***

Mr. Bell wartet geduldig neben dem ungeduldigen Kriminalbeamten vor dem Gittertor.

– Kann er uns hier wirklich nirgends entwischen?

– Aber er will uns doch gar nicht entwischen.

Diese Amerikaner sind zu vertrauensselig. So was kann einen paar Dienstjahre kosten. Also aufgepaßt! Und sich nur ja nichts vorflunkern lassen. Wer weiß, ob es dort hinten nicht einen Ausgang gibt. Und wenn – na Gott sei Dank, da kommt der Kerl doch endlich. Bell nimmt ihn unter dem Arm, Bell sagt beinahe tröstend: – Nun fahren wir nachhause, Herr von Ufermann.

Herr von Ufermann? So hat Bell noch nie gesprochen. Bell hat den Menschen die ganze Zeit über kein einziges Mal bei seinem Namen genannt. Und der Mensch reißt sich los und blickt auf Bell, als hätte er ihn in seinem Leben noch nicht gesehen.

– Ich bin nicht Herr von Ufermann.

Donnerwetter! Ein Geständnis! Nun haben wirs aber geschafft!

***

Mit diesem Amerikaner ist jedoch nicht zu reden. Er gibt nicht zu, daß das schon ein Geständnis war. Er leugnet es ganz einfach. Versucht, dem Menschen zu beweisen, wer er ist. Und zwar natürlich Ufermann. Der aber sagt, er ist der Javornik, irgendein Javornik, von Tausenden, von Hunderttausenden ein Javornik. Da soll einer sich auskennen.

Der Kriminalbeamte steht in dem Hotelzimmer neben den beiden und macht Notizen. Leicht ist es nicht, da nachzukommen. So ein Gespräch hat er noch nie gehört. Der Amerikaner hat einen roten Kopf und wird ganz aufgeregt. Der muß nicht schlecht Prozente kriegen von seiner Firma. Telefoniert mit Ämtern und Behörden, beruft sich auf die Aussagen der Hausbesorgerin und des Arbeitslosen, die diesen Ufermann erkannt haben, zwar nicht als Ufermann, aber als Schmitz. Na, ein Betrüger ist das jedenfalls. Das steht jetzt fest, gestanden hat er auch, am besten wäre, man brächte ihn gleich wieder nach Berlin. Stattdessen geht die Reise weiter. Nach Ungarn. Zu irgendeinem Admiral. Dort sind die Leute, die heut nicht zuhause waren. Weitere Schwierigkeiten, Anstrengungen. Zu dumm. Als ob so ein Geständnis nicht genügte.

Schlussbemerkungen

Nun ist es schon fünf nach halb acht und Boß kommt immer noch nicht nachhause. So was kann einen rasend machen, wenn man auch noch so geduldig ist, man kriegt es satt, nach dreiundzwanzig Jahren glücklicher Ehe kriegt man es satt. Und noch dazu an einem Tag wie heute. Man braucht doch jemanden, dem man sein Herz ausschüttet, wenn so etwas Entsetzliches passiert. Aber Lenchen, die hörte gar nicht zu, rannte nur rasch in ihre Tanzstunde. Wie süß sie aussah in dem neuen Blauen. Ein Glück, daß Boß nun endlich einmal in die Tasche griff, beinahe wollte er nicht. Schon wieder Angst um seine Stelle. Aber mit dieser Angst ist es jetzt Gott sei Dank vorbei, vorbei auf immer, denn nun ist das Entsetzliche passiert –

Also, da ist er endlich.

– Nun sag mal, Boß –

– Gibts was zu essen?

– Zu essen. Daß du von Essen reden kannst. Hast du die Abendblätter nicht gelesen. Ich kaufte diesmal selber eins. Wenn so etwas Entsetzliches passiert. Hast du noch Worte. Es gibt doch was wie eine Vorsehung. Deutlicher kann man es gar nicht verlangen. Das ist ja Gottes Fingerzeig –

– Auguste, bist du toll geworden?

– Toll geworden. Und du putzt dir nicht mal die Stiefel ab. Wirfst mir den Hut auf den gedeckten Tisch. Ich sag doch immer, die Sonne bringt es an den Tag und tue recht und scheue niemand. Nun kannst du deinen Glauben wiederfinden. Denn das war Gottes Fingerzeig. Da kommt der Mensch und will uns alle ins Unglück stürzen, die Witwe und den Scheff, die Angestellten, doch mitten drin tut Gott den Fingerzeig, der Kerl geht uns kaputt, ist mausetot, ganz wie der echte Herr von Ufermann. Fliegt mit der Brücke in die Luft –

– Jetzt sag nur noch, daß Gott das Attentat gemacht hat.

– Du brauchst gar nicht zu lästern, Boß. Und trink das Bier nicht gleich in einem Zug, du weißt doch, das bekommt dir nicht. Natürlich ist das Attentat ein gräßliches Verbrechen, aber daß es nun eben ihn erwischt, den Schwindler, den Betrüger, der uns ins Unglück stürzen wollte. Frau Raspe, die meint auch, wer weiß, ob ihn die Amerikaner sich nicht gekauft haben. Bei denen drüben ist alles möglich, wenns nur um ihre Dollars geht. Aber es gibt noch so was wie Gerechtigkeit und da tut Gott den Fingerzeig –

– Nun hältst du aber deine Schnauze.

– Erlaube mal –

Da macht einer ein Eisenbahnattentat, ein Dutzend Leute müssen daran glauben, war auch ein kleines Dreijähriges dabei, und du redest von Gottes Fingerzeig.

– Und du verdrehst einem das Wort im Mund. Her mit der Flasche. Nicht einen Schluck, eh du gegessen hast. Wer spricht denn von den anderen Leuten. Ich spreche doch nur von einem. Und daß der nicht mehr lebend nach Berlin zurückkam –

– Auguste!

Was hat er denn? Er ist ja grün und gelb und hebt die Fäuste. Und wendet sich dann um und geht zur Tür hinaus. Es wird doch nichts passiert sein in der Firma, jetzt, wo man endlich Ruhe hat und die Versicherung auf keinen Fall auskneifen kann. So viel versteht sie auch von den Geschäften.

– Boß!

Wo bleibt er nur? Sie bringt ja gleich das Essen, wenns ihm so wichtig ist.

– Boß! Was machst du denn im Schlafzimmer?

Da liegt er in seinen Kleidern auf dem Bett und starrt hinauf zur Decke.

– Fehlt dir etwas? Was denkst du denn?

– Ich denke nur, jetzt kann ich ihn nie wiedersehen.

– Wen denn?

– Den Menschen. Wenn es am Ende doch Herr von Ufermann war.

– Na hör mal, bei dir rappelts wohl.

– Ich hatte ja immer nur vor Hennings Angst. Und die Preisel auch. Dabei steht sein Bild auf ihrem Tisch, in Silber gerahmt, mit Blumen davor, ich sah es selbst, als sie unlängst krank zuhause lag. Da hätte sie ihn doch wenigstens mal ansehen können, den anderen, meine ich. Aber sie wollte nicht, sie sagte, es wäre gegen die Pietät.

– Ja, und da hatte sie auch recht. Du sollst dich schämen mit den dummen Flausen. Es steht doch schwarz auf weiß in allen Zeitungen, daß er gestanden hat. Dafür sind Zeugen da. Dem Kriminalmenschen ist nichts passiert und dieser Amerikaner kam auch mit einem blauen Aug davon. Die müssen es doch wissen.

– Ich wollte nur, ich hätte ihn einmal gesehen.

– Dann hätte Hennings dich vor die Tür gesetzt. Dann könntest du heute stempeln gehen. Du hast doch Weib und Kind. Hast du denn gar kein Pflichtgefühl?

Und keine Dankbarkeit für deinen Arbeitsgeber? Da reißt er uns die Karre aus dem Dreck, man hat sein Auskommen und seine Sicherheit an jedem Ersten. Sieh dir die Preisel an! Die machte es genauso. Und alle die andern im Kontor. Was willst du noch?
- Ich meine nur, er könnte es doch gewesen sein.
- Und wenn schon. Jetzt sag mir mal, was geht es dich an. In meinem Leben hab ich so was Verrücktes noch nicht gehört. Statt daß du glücklich und zufrieden bist. Das alles kommt nur von den Überstunden und weil du in letzter Zeit so schlecht geschlafen hast. Glaubst du, ich hätte es nicht gemerkt. Ich kenn dein Schnarchen und ich weiß genau, wann es nur künstlich ist. Jetzt stehst du auf und setzt dich an den Tisch, die Würstchen sind uns einstweilen sicher schon geplatzt.

***

Nun Paulchen, was ist? Irmgard zieht ihn zu sich in den Wagen. Seine Hände sind naß von Schweiß.
- Alles erledigt? Sprich doch endlich, Paulchen!
Bunte und strahlende Schaufenster gleiten vorbei.
- Erledigt? Was soll erledigt sein?
- Ich meine doch (ach bitte Paulchen, jetzt nicht rauchen), ich meine nur, was sagte denn der Mann? Ist er verläßlich?
- Einer der verlässlichsten Kriminalbeamten. Das Geständnis stimmt. Selbst Bell kann es nicht leugnen.
- Nun Gott sei Dank. Dann ist doch alles in Ordnung.
- Sonderbar ist nur, daß dieser Mensch in Wien als Schmitz erkannt wurde, während der echte Schmitz Berlin gar nicht verlassen hatte.

– Wer war denn dieser echte Schmitz? Und weshalb wurde er ermordet?

– Sprich nicht davon. Man weiß es nicht. Es sieht so aus, als hätte er sich von einer Aufgabe gedrückt und einen anderen für sich reisen lassen.

– Und dieser andere?

– War eben er.

– Wer?

– Ach Irmgard, frag nicht so viel.

– Du bist nicht freundlich zu mir, Paul.

– Möchte nur wissen (entschuldige, daß ich wieder rauche, du kannst das Fenster ja herablassen), möchte nur wissen, warum dieser Mensch mit einem Mal um keinen Preis mehr Ufermann sein wollte. Der Amerikaner hielt ihn für wahnsinnig und schwört jetzt Stein und Bein darauf, daß –

– Aber Paul?

– Daß er doch Ernst von Ufermann gewesen ist.

– Da ist er selbst wohl wahnsinnig.

– Bekam auf jeden Fall einen ganz ungeheuren Schock. Doppelter Schenkelbruch und sonst auch noch so allerlei. Konnte kaum einvernommen werden. Doch, wie gesagt, er läßt nicht locker.

– Das tut er nur wegen der Versicherung.

– Wieso denn wegen der Versicherung?

– Um uns in nächster Zeit mal nichts zu zahlen.

– Aber Schäfchen, das bleibt sich jetzt doch gleich. Darüber brauchst du dir keine Gedanken mehr zu machen. Verunglückt ist Ufermann nun unbedingt.

– Ja richtig.

– Schließ doch das Fenster wieder! Du zitterst ja. Du wirst dich noch erkälten.

– Paulchen?
– Ja?
– Dürfen wir beide nun endlich glücklich sein?
– Welch eine Frage. Hallo, Gierke! Bei dem Konditor dort an der Ecke machen Sie halt. Und Mäulchen her und nicht ein Wort mehr weiter.

Gierke schielt nach hinten. Die beiden feiern wohl, daß der arme Teufel nun endlich tot ist. Der falsche Ufermann und der echte natürlich auch. Ein bißchen tut es ja einem doch leid, und wenn man auch nur der Chauffeur ist. Hennings, der gibt jetzt mächtig an. Dem ist nichts gut genug, so wie es war. Das muß jetzt eine neue Ordnung sein im Haus und im Kontor und selbst in der Garage. Da wird nur kommandiert und rumgeschrien. Katinka möcht am liebsten kündigen. Sie wird sichs aber überlegen. Bei diesen Zeiten.

***

An Einschlafen ist heut natürlich wieder nicht zu denken. Sie wird den Doktor bitten um ein neues Pulver. Das alte hilft nichts mehr. Das sind die Nerven. Kein Wunder. Wenn man so viel Entsetzliches erlebt. Früher einmal hätte man eine Frau wie sie nach solchen Aufregungen auf Erholung geschickt, in das Gebirge oder auch ans Meer, nur Ruhe, Ruhe, nicht mehr daran denken. Aber jetzt, jetzt kümmert sich kein Mensch darum, woran sie denkt. Der eigene Mann liegt neben ihr im Bett wie ein Stück Holz. Du Rudolf! Nein, der rührt sich nicht, sie wird ihn auch nicht wecken. Sie wird geduldig sein und ihre Pflicht auch weiterhin erfüllen, stumm und ergeben, so wie sie es bis jetzt getan. Die Wirtschaft mit dem neuen Mädel. Der Javornik kommt ihr nicht mehr ins Haus, der war ja schuld an allem. Eigentlich gehört er eingesperrt. Sie hat ja immer schon gewußt, er treibt es mit der Monika, aber so wie die Mädeln heute sind, da gibt es keine Zucht. Die Hausfrau hat nichts zu reden, da hat ein jeder Schlampen seine Freiheit und plötzlich ist dann das Malheur geschehen, man kriegt die Polizei ins Haus. Die Polizei. Herrgott, wenns nur deshalb gewesen wäre. Nicht daran denken. Du Rudolf! Er hört sie nicht, er rührt sich nicht, er schlaft, obwohl es doch ihr Recht als Mutter wäre, zu wissen, was man ihm auf der Polizei gesagt hat. Denn er war heute wieder dort. Aber er spricht ja nicht mit ihr. Er ist so bös, als könnte sie an allem was dafür. Am liebsten hätte er den Buben nach Amerika geschickt, nicht nur nach Ungarn. Mein Gott, der Bub ist doch noch lange kein Verbrecher. Ihr Bub. Und das meint auch der Onkel Admiral. Es war doch nichts so Schlimmes. Heutzutag druckt auch der Staat nur falsches Geld, der Rudi hat ihr das ganz genau erklärt, Hauptsache ist, zu welchem Zweck man so was macht, jawohl, zu welchem Zweck, und diesmal war es ein idealer Zweck, das sagen alle, die was davon verstehen. Der Rudi war es auch nicht allein. Die beiden Wehrzahls, die kommen an eine feine deutsche Universität, hat sie gehört. Dem Ferdinand wird auch nicht viel passieren, der ärgste war wohl der Deutsche, dieser Herr von Schmitz, der hat die jungen Menschen alle miteinander nur verführt. Und wagt es noch, hier plötzlich wieder aufzutauchen. Läutet da eines Tages wie besessen an der Wohnungstür, die Hausmeisterin erzählt es einem jeden, sie schwört, daß ers gewesen ist, mit noch zwei Leuten von der Polizei, der Polizei – Herrgott, was hat ihr Mann denn wieder auf der Polizei gemacht? Sie hat die Vorladung doch selbst gesehen. Vielleicht war es gar nicht wegen dem Buben, vielleicht war es wegen dem Hochstapler, dem Schmitz, der gar kein Schmitz gewesen sein soll. Du Rudolf!

– Ja, Helene.

– Mach doch das Fenster auf! Die Luft ist zum Ersticken.

– Wenns sein muß.

Wie mager er in seinem Nachthemd ist. Und hustet schon wieder. Der Mann steckt auch in keiner guten Haut. Das Sanatorium scheint nicht viel genützt zu haben. Er kränkt sich sicher über den Buben. Aber er sagt ja nichts.

– Du Rudolf!

– Was denn?

– Ich mein nur, was war denn heute auf der Polizei?

– Ach gar nichts.

Da kriecht er unter seine Decke. Wenn es ihm nur nicht schaden wird, daß jetzt das Fenster offensteht. Es ist doch noch recht kalt.

– Gar nichts. Was soll denn das für eine Antwort sein.

– Sei froh, daß sie dich nicht auch verhört haben.

– Mich? ja weshalb denn?

– Wegen dem Herrn von Ufermann.

– Von Ufermann?

– Liest du denn keine Zeitungen?

– Du meinst den Ufermann, den Schmitz, der da zugrunde gegangen ist bei diesem Attentat auf dieser Brücke. Mir ist ganz schlecht geworden, wie wir vorbeigefahren sind, jetzt auf der Rückreise. Heutzutag ist man ja nirgends sicher, nicht einmal in der Eisenbahn. Das ist ja schlimmer noch als wie im Krieg. Da haben wenigstens Soldaten aufgepaßt. Du Rudolf!

– Was willst du denn?

– Hörst du nicht zu? Das Fenster darf doch nicht offenbleiben. Bei deinem Husten, ich kann zwar bei dieser Luft nicht schlafen.

– Soll ich schon wieder aufstehen?

– Ich zwing dich nicht. Ich mein nur, daß man nirgends sicher ist. Was soll das alles für einen Sinn haben? Weiß man schon, wer es war?

– Der Ufermann?

– Nein, der von dem Attentat.

Da steht er auf und macht das Fenster zu und wirft ihr eine Zeitung hin, weil er zu faul ist, um mit ihr zu reden. Soll sie jetzt in der Nacht noch Zeitung lesen? Als ob es nicht bei Tag genug zu tun gäbe.

Er aber kriecht unter seine Decke, er zittert und er friert und er schwitzt. Merkt sie das nicht? Was jagt sie ihn denn zweimal aus dem Bett? Merkt sie denn nicht, daß er kein Auge schließen kann? Und immer nur das ewige „du Rudolf"! Und diese schauderhafte Nachtfrisur. Da blättert sie jetzt in der Zeitung. Gleich wird sie wieder etwas fragen. Oh Gott, oh Gott, wenn man den Kopf so schon voll Sorgen hat. Er ist imstand und steht dann auf und legt sich in der Mutz ihr Bett. Das Mädel hat diesmal ja überhaupt noch nicht geschrieben. Es wird doch nichts passiert sein auf der Skitour. Daß ihm das jetzt noch einfallen muß. Er hat die ganze Zeit gar nicht daran gedacht. Sie schreibt doch sonst. Wie lange ist es her, daß sie jetzt weg ist? Daß man gar so viel Angst haben muß um seine Kinder. Daß man so gar nichts mehr von ihnen weiß. Die Frauenzimmer, die Stefanie und die

Helene, behaupten, sie ist verliebt gewesen, die kleine Mutz, in diesen langen Deutschen. Von dem weiß man ja auch so gut wie nichts. Und will auch gar nichts wissen. Die Herren von der Polizei hielten sich fast die Ohren zu bei dem Verhör. Als ob er ihnen was hätte sagen können. Er hat den Menschen ja wirklich nicht gekannt.

Das bißchen Bridge. Nein, einen schlechten Eindruck hat er dabei niemals auf ihn gemacht. Aber davon hat er schon lieber nicht gesprochen. So wie die Zeiten heute sind, ist es am besten, man schweigt und schweigt. Man kümmert sich um nichts, man kann ja doch nichts ändern, was kommen muß, das kommt. Hauptsache, daß der Bub jetzt eine Zeitlang noch in Ungarn bleibt –

– Du Rudolf!

Herrgott, schon wieder.

– Du Rudolf! Da steht: Der Attentäter ist zwar geständig, doch zeigt er keine Spur von Reue. Er behauptet, sein furchtbares Verbrechen im Auftrag einer höheren Macht verübt zu haben. Es diene – du Rudolf, hörst du zu? – es diene nur einem idealen Zweck.

– Möchtest du mich nicht schlafen lassen.

– Ich mein, was soll denn das schon wieder heißen?

– Kannst du nicht lesen. Es steht doch schwarz auf weiß, daß dieser Attentäter ein Geisteskranker ist.

– Ach so.

– Und lösch schon endlich aus. Es ist dreiviertel eins.

***

Aber Kinder, was soll ich mit den vielen Koffern? Ihr packt ja ein, als ginge es auf eine Weltreise.

– Vielleicht, Papa.

Und Else, seine große, sonst so zurückhaltende Tochter, legt plötzlich den Arm um ihn, während Susi mit ihrem vorwurfsvoll besorgten Blick das Bild der Mutter an der Wand betrachtet.

– Es sind ja doch nur ein paar Wochen. Die Vorträge, die ich zu halten habe –

– Bleib länger aus, Papa!

– Willst du mich loshaben, Else?

– Ja.

– Und ich denke soeben daran, meine Reise aufzuschieben.

Die kleine Susi zuckt zusammen und wendet sich mit einem Mal den Koffern zu, als gälte es, so rasch als möglich einzupacken. Was ist denn mit den beiden Mädchen?

– Papa, das darfst du nicht.

– Der Fall Ufermann hält mich hier fest. Das kannst du dir doch denken, Else. Je mehr ich mich mit dieser Angelegenheit befasse, umso klarer wird es mir, daß dieser Herr von Schmitz auch wirklich Ufermann gewesen ist. Und wenn das wahr ist, so gilt es, so gilt es, ein Verbrechen aufzudecken, vielleicht sogar auch mehrere.

– Aber Papa, der arme Mensch ist doch nun einmal tot.

– Ein Mensch kann sterben, Else, aber nicht sein Recht. Sein Recht zu leben.

– Ein solches Recht hatten auch alle anderen, die bei dem Attentat mit ihm eben zugrundegingen. Wenn du für jedes dieser Rechte einstehen wolltest –

– Das müßte man. Denn glaube mir, mein Kind, zwischen dem sehr grotesken Einzelfall des Bankiers Ernst von Ufermann und dem anscheinend völlig sinnlosen Eisenbahnattentat, dem so und so viel Menschen zum Opfer fielen, bestehen doch Zusammenhänge. Es ist ja immer wieder dasselbe Evangelium der Ausrottung, das sich hier kundtut. Verrecke, stirb, verschwinde! Das ist die Losung, mit der die Ware Mensch jetzt dezimiert werden soll. Darf man da schweigen?

– Nein, aber man darf sich eben deshalb auch nicht vorzeitig zu einem ewigen Schweigen bringen lassen.

– Was meinst du damit?

– Susi, wo ist der Brief? Gib ihn nur her!

– Hier Papa. Wir fanden das soeben unter deiner Post. Ein offenes Couvert. Du hast vergessen, hineinzusehen. Es sieht ja auch bloß aus wie eine Drucksache.

Susi tritt jetzt auf den Balkon hinaus. Die Tür bleibt offen. Eine laue verspielte Luft strömt in das Zimmer, über den offenen Koffern zittern Sonnenstäubchen, im Garten zwitschern die Vögel.

– Ein Drohbrief Else. Es ist nicht der erste.

– Umso schlimmer!

– Soll ich mich schrecken lassen? Ich werde diesen Brief wie alle anderen natürlich den Behörden übergeben.

– Was gar nichts nützen wird.

– Mein liebes Kind, ich weiß so gut wie du, was jetzt vor sich geht.

Gewiss, Papa, ich zweifle nicht daran. Du weißt es. Besser wahrscheinlich als die meisten anderen. Du weißt es. Aber du erfaßt es nicht.

– Was soll das heißen? Was meinst du damit?

– Ich meine, daß die Welt der Kolportage, von der du immer sprichst, für einen Mann von deinem Geist und deinem Bildungsgrad gar nicht erfaßbar ist. Du siehst sie, diese Welt, kannst sie vielleicht erklären und beschreiben, aber du lebst doch nicht in ihr. Und deshalb kannst du sie auch nicht bekämpfen.

– Das müßte ja bedeuten, daß ich die Waffen strecken soll. Willst du von mir verlangen, daß ich mich ganz jetzt zurückziehe in ein fremdes und friedliches Land?

– Es wird nicht lange mehr friedliche Länder geben. Und wenn sie heute noch friedlich sind, so schulden sie das nur ihrer Ahnungslosigkeit. Es ist mit ihnen nicht anders als mit dir: Sie können die Welt der Kolportage, die an ihren Grenzen lauert, nicht erfassen. Es fehlt ihnen die dazugehörige niedrige Phantasie. Du aber weißt doch wenigstens, was vor sich geht, du kennst die Tatsachen, du hast sie, man könnte sagen, beinahe registriert. Ich bitte dich, reis ab, sobald du kannst, bleib fort, solang es geht, komm überhaupt nicht mehr zurück, nimm als Programm ein Manifest: An alle, die feigen und gleichgiltigen Herzens sind! Erzähl, erzähl, berichte, warne, solange es noch Zeit sein kann. Und laß dich nicht zum Schweigen bringen, auch wenn man dir nicht glauben will!

– Und du? Und Susi?

– Ich bleibe. Einstweilen. Und Susi kommt dir nach.

Susi steht immer noch auf dem Balkon in der Sonne. Sie hat den Kopf gehoben und blickt hinaus über die weichen schwebenden Hügeln. In ihren Zügen spiegelt sich die sanfte Schwermut jener Landschaft, in der sie geboren wurde und zuhause ist. Der Vater tritt neben sie. Sein Zimmer scheint ihm plötzlich fremd geworden, die Bücher stehen nicht mehr am gewohnten Platz, die Koffer –

Wie lange, wie unendlich lange ist es her, daß er den Kindermädchen den Auftrag gab, die Töchter, seine beiden Töchter durch Märchen nicht zu schrecken. In seinem Hause gab es keinen schwarzen Mann und keine Hexen und keine bösen Räuber. Nun sind die Töchter

groß geworden und verbannen ihn aus einer Märchenwelt, die er vielleicht wirklich nicht mehr so ganz erfassen kann. Ach, wie beschämt man sich da fühlt, wie müd und alt.
– Papa!
– Ja, Else?
– Die Kriminalromane kannst du ja doch nicht alle mit dir nehmen. Willst du nicht eine Auswahl treffen?
– Sofort.
Die Vögel zwitschern, im Garten steigt der Krokus aus der warmen Erde und der Professor Frey wirft rasch noch einen Blick auf jenes Dach, unter dem Beethoven einst gewohnt hat.

***

Die Mutz hat den Kopf auf der Helli ihren Schoß gelegt, aber schlafen kann sie jetzt doch nicht, die Mädel machen einen so schauderhaften Lärm, auch wackelt der Waggon, daß man ganz seekrank werden könnte. Es ist sehr heiß, obwohl die Fenster offen sind, es riecht nach Wurst und Käse und Orangenschalen, nach Hautcreme, Rucksäcken und Bergschuhen. Der Himmel fliegt vorbei, rot, gelb, an langen spitzen Wolken kräuseln sich die Ränder, die Augen brennen, das ist noch vom Schnee, dem vielen Schnee auf vielen, vielen schwindelnden Abhängen. Ach ja, es war sehr schön, es war ganz wunderschön auf dieser Skitour, und wenn sie so auf ihren Skiern stand, dann konnte sie alles vergessen, beinahe alles, daß er jetzt fort ist und nicht wiederkommt, vielleicht nie mehr, nein, warum gleich nie mehr, auf jeden Fall sehr lange nicht. Da nützt es nichts, daß man sich jeden Tag halb tot sehnt, am besten ist, man denkt nicht weiter nach, man macht sich vor, daß alles ist wie früher. Man lernt, man liest, man trifft den Heini, geht spazieren oder auch ins Kino, und hört nicht hin, wenn sie zuhause auf den durchgebrannten Mieter schimpfen. Das war allein ein Grund gewesen, um auf den Skikurs mitzugehen. Obwohl es sonst auch schön war, wunderschön. So gut wie heuer ist sie überhaupt noch nie gelaufen. Zum Schluß hat sie sogar den ersten Preis gekriegt. Das wird dem Heini imponieren. Wenn sie sich nur ein bissel mehr darüber freuen könnte.

Aber es ärgert sie, daß niemand ihr geschrieben hat. Niemand? Sie war doch alle Tage auf der Post im Dorf. Niemand. Auch nicht die Monika. Und dabei hat sie ihr eine Ansichtskarte geschickt mit einem himmelblauen See darauf. Niemand. Natürlich kann er ihr nicht schreiben nach der Geschichte mit der Hundertschillingnote. Und daß sie da nicht einfach sagen durfte, was sie wußte. Aber dann hätte sie die anderen vielleicht auf seine Spur gebracht. Nein, nein, es war schon so am besten. Am besten war, daß sie auf diese Skitour ging, auf die verdammte Skitour, nein, wieso, es war doch wunderschön. Inzwischen haben sie sich zuhause schon beruhigt, sie werden höchstens etwas böse sein, daß sie gar nicht geschrieben hat. Vor allem der Papa, der ist doch immer gleich so ängstlich, besonders jetzt, wo er so krank gewesen ist. Wenns ihm nur besser geht und wenn nur überhaupt nicht wieder was passiert ist. Sie war ja so lang weg, und die verrückte Sonne da oben. Es prickelt sie noch jetzt am ganzen Leib. Wie sie nur ausschaut, braun wie Schokolade. Ob ihm das auch gefallen hätte, zu dumm, daß ihr die Lippen aufgesprungen sind, aber was schadet das, er sieht sie ja jetzt doch nicht. Ihr kanns auch gleich sein, ob sie einen neuen Sommermantel kriegt. Ihr kann ja alles gleich sein, gleich sein, gleich sein, wenn nur die Mädels nicht so schreien wollten. Was ist denn los, die Helli rührt sich auch, es wird ganz dunkel und plötzlich kalt, der Zug bleibt stehen mit einem Ruck. Das ist wohl eine größere Station.

– Wollt ihr Kaffee? ... Was ist denn, Mutz? Kommst du nicht auch hinaus? ... Gott, ist die faul ... so laßt sie doch ... es gibt auch Himbeerwasser ... und Zeitungen ... willst du was haben Mutz? ... Ja, Zeitungen ...

Sie greift nach einer Zeitung. Es ist so fad hier in der Bahn, der Zug hält ewig, schlafen kann man auch nicht. Wie lang ists her, daß sie gar keine Zeitung mehr gesehen hat. Es könnte doch wieder was Neues los sein auf der Welt –

Was hat die Mutz? Was ist denn? Ist ihr schlecht? Herrgott, was ist mit ihr? Da liegt sie der Länge nach auf der leeren Bank, schlägt mit der Stirn gegen das Holz, Mutz, Mutz, was ist, bist du verrückt geworden? ... Das sind ja Krämpfe, nein, das ist ein Anfall ... Sie hat den Sonnenstich ... Macht keine Witze ... Vielleicht ein bissel kaltes Wasser ... Mutz, willst du Kaffee? Ich hab auch einen Apfel ... ob man nicht doch die Lehrerin ... nein, lieber nicht ... Mutz, aber Mutz ... reg dich doch nicht so furchtbar auf ... was macht sie mit der Zeitung? ... sie beißt hinein ... Nehmt ihr die Zeitung weg ... vielleicht steht da was drin ... aber Mutz, du wirst dir noch die Stirn einschlagen ... hat eine von euch ein Pulver ... was für ein Pulver? ... irgendeines ... gebt doch die Zeitung her ... steht etwas drin ... das Attentat in Ungarn, was, dieses Eisenbahnattentat ... das kanns nicht sein ... das wissen wir schon längst ... davon hat doch der Wirt im Dorf erzählt ... Mutz, Mutz, so sag doch, was es ist ...

Sie aber heult weiter, schlägt mit den Füßen aus, man traut sich ihr ja gar nicht in die Nähe. Mutz, hör doch auf ... Tut dir was weh? ... So sag uns doch, tut dir was weh ...

Die Trude zieht die anderen mit sich auf den Gang hinaus. Sie sagt, sie kennt das Heulen, denn sie hat einmal einen Hund gehört, der Rattengift gefressen hat, es war dasselbe Heulen, grauenhaft. Die Eingeweide hat es ihm zersprengt. Wenn nur der Mutz nichts Ähnliches passiert ist. Man sollte einen Doktor suchen im Zug oder vielleicht am besten gleich die Notbremse ziehen. Die anderen müssen sie ordentlich zurückhalten, die Trude, sie ist ja immer gleich so übertrieben. Ein Glück nur, daß die Mutz nun endlich ruhiger wird, ja, sie wird ruhiger. So laßt sie doch, fragt nicht so viel. Die Helli hat ihren Kopf sich auf den Schoß gelegt. Das ist doch besser als auf der harten Bank. Noch eine Decke, stört sie nicht, pst, pst, sie weint nur mehr ....

Jetzt ist der Kleiderhaken auf ewig leer. Die Welt ist leer. Was ist das nur für eine Welt, in der man ihm nicht mehr begegnen kann? In der man sich nicht einmal mehr nach ihm sehnen kann? Denn jetzt ist er erst wirklich nicht mehr da. Und sie, die Mutz ist schuld daran. Da läuft sie Ski und freut sich an der Sonne und denkt an ihre braune Haut und schläft und ißt und kriegt sogar noch einen Preis, anstatt zuhaus zu bleiben und auf ihn zu warten. Sie hat ihn eben doch nicht lieb genug gehabt. Ja, sie ist schuld. Sie hätte wissen müssen, daß er wiederkommt, sie hätte in der Tür stehen müssen, wie er geläutet hat. Dann hätte niemand mehr gezweifelt, wer er ist.

Dann hätten sie ihn nicht nach Ungarn schleifen können. So aber haben sie ihn umgebracht. Nicht nur der Attentäter, die anderen auch. Das sind ja Mörder alle miteinander. Und sie, die Mutz, gehört zu diesen Mördern. Sie ist auch schuld. Sie hat ihn eben doch nicht lieb genug gehabt.

– Ist dir schon besser, Mutz? Bleib liegen, ich rühr mich nicht.

– Ja, danke, Helli.

Sie hat ihn nicht lieb genug gehabt. Sonst könnte sie doch jetzt nicht länger leben. Da liegt sie mit dem Kopf auf einem warmen Schoß und läßt sich auch noch trösten und bedauern. Sie müßte sich doch umbringen. Aber das kann sie nicht. Das wird sie bestimmt nicht tun. Heut weint sie noch und morgen, vielleicht auch übermorgen, und sie wird furchtbar traurig sein. Aber in ein paar Wochen wird sie vielleicht schon wieder lachen, wenn eine in der Schule was Dummes sagt. Ganz bestimmt, sie wird sich nicht zurückhalten können. Er aber bleibt die ganze Zeit lang tot und noch viel länger. Sie hat ihn eben doch im Stich gelassen. Nicht lieb genug gehabt.

Johann Sonnleitner

Kolportage und Wirklichkeit.
Zu Maria Lazars Roman *Leben verboten!*

Im Gegensatz zu vielen der im Dritten Reich verfemten und verfolgten österreichischen Autorinnen, die nach und nach wiederentdeckt wurden – wie Else Feldmann, Hermynia Zur Mühlen, Anna Gmeyner, Mela Hartwig und Veza Canetti – war Maria Lazar bis vor wenigen Jahren gänzlich vergessen. Die Neuauflagen der beiden Romane *Die Vergiftung* und *Die Eingeborenen von Maria Blut* im Wiener Verlag *Das vergessene Buch*, die durchwegs positive Kritiken erhielten, haben nun endlich eine signifikante Wende in der Rezeption dieser außergewöhnlichen Journalistin, Schriftstellerin und Übersetzerin zahlreicher Romane herbeigeführt. *Die Vergiftung* ist mittlerweile auch als Hörbuch (gelesen von Bettina Rossbacher) sowie in spanischer und dänischer Übersetzung[1] erhältlich, in der ORF2-Sendung *Kulturmontag* wurden neben Maria Lazar auch die im DVB-Verlag neu edierten Romane von Marta Karlweis und Else Jerusalem vorgestellt, und seit Dezember 2019 läuft im Wiener Akademietheater Maria Lazars Einakter *Der Henker*. Im Frühjahr 2021 soll dann am Staatstheater Karlsruhe Lazars Antikriegsstück *Der Nebel von Dybern* zur Aufführung gelangen. Am Wiener Institut für Germanistik wurden von mir bislang acht Diplomarbeiten zu Maria Lazar betreut. Sie wird nun in verschiedenen Zusammenhängen in neueren Publikationen vorgestellt.[2]

Davor gab es keinerlei Neuauflagen ihrer doch sehr bedeutsamen Werke[3], keine umfassende Biographie oder annähernd vollständige Bibliographie ihrer zahlreichen Beiträge in österreichischen, deutschen, schweizerischen, dänischen und schwedischen Periodika. Der Name Lazar fehlt in allen Literaturgeschichten und Fachlexika. Die löblichen Ausnahmen bilden hier Renate Walls *Lexikon deutschsprachiger Schriftstellerinnen im Exil 1933–1945* und das *Lexikon der österreichischen Exilliteratur*, herausgegeben von Siglinde Bolbecher und Konstantin Kaiser.

Grundlegende Informationen zu ihrem Leben und Werk bietet die dänische Exilforschung: Helmut Müssener präsentierte schon 1974 Maria Lazars *Das deutsche Antlitz*, eine satirische Gegenüberstellung von Nazi-Texten mit jenen deutscher Dichter und Philosophen.[4] Die fundiertesten und ausführlichsten Informationen zu Leben und Werk Maria Lazars liefert Birgit Nielsen, die noch Zugang zum Nachlass in Northampton bei London hatte, in zwei Aufsätzen. Sie ist auch Mitherausgeberin des Ausstellungskataloges *Geflüchtet unter das dänische Strohdach*[5]; viele Details aus dem Leben Maria Lazars vermittelt die von Beverly Driver Eddy verfasste Biografie über Karin Michaelis.[6]

Eckart Früh hat die zahlreichen Beiträge Lazars in Wiener Periodika bibliographiert und damit die Basis für weitere notwendige Arbeiten geschaffen.[7] Die Diplomarbeit Marion Neuholds bietet einen Überblick über die Forschungslage bis 2013 und eine Analyse der *Eingeborenen von Maria Blut*.[8] Eine neuere, konsequent psychoanalytische Deutung der *Vergiftung* unternimmt Brigitte Spreitzer in den *Texturen*.[9]

In den Autobiographien und Biographien jener Zelebritäten, mit denen Maria Lazar in Wien befreundet war, wird sie geflissentlich übergangen und verschwiegen. Lediglich Elias Canetti erwähnt sie im *Augenspiel*. Maria Lazar hatte in ihrer Wohnung eine Lesung aus der *Hochzeit* organisiert, aber Canettis Aufmerksamkeit konzentriert sich ausschließlich auf einen bedeutenden Mann unter den Zuhörern, nämlich auf Broch: „Ich sollte bei Maria Lazar, einer Wiener Schriftstellerin, die wir beide unabhängig voneinander kannten, mein Drama *Hochzeit* vorlesen. Einige Gäste waren geladen. Ernst Fischer und seine Frau Ruth waren darunter, ich weiß nicht mehr, wer die anderen Gäste waren. [...] Maria Lazar hatte Broch erzählt, wie sehr ich die *Schlafwandler* bewunderte, die ich während des Sommers dieses Jahres 1932 gelesen hatte."[10] Canetti erinnert sich aber nicht daran, dass Lazar auch eine Lesung aus der *Hochzeit* bei Genia Schwarzwald vermittelt hatte. Nicht zuletzt darum darf sie als Förderin des jungen Canetti und auch Hermann Brochs gelten, der sie in einem Brief an seinen Verleger Daniel Brody vom 23. Oktober 1932 als „durchaus begabte Dramatikerin" bezeichnet und zu berichten weiß, „daß sie ihr Drama, (von Fischer zwar verlegt, aber eben mit geringem Verve) selber und unabhängig von Fischer direkt in Kopenhagen placiert hat."[11] Der Verleger rät Broch daraufhin, sich um „die Fürsprache der Frau Lazar" zu bemühen, die „doch von gewisser Wichtigkeit zu sein" scheint.

Ernst Fischer übergeht sie in seinen *Erinnerungen und Reflexionen*.[12] Nur Friedrich Strindberg, der spätere Mann Lazars, findet bei Ernst Fischer eine eingehendere Charakterisierung. Auch Oskar Kokoschka, der Maria Lazar bei Schwarzwald kennengelernt und sie mehrfach porträtiert hatte, hat in seiner Autobiographie[13] keine Erinnerung an die Wiener Autorin. In Paul Lützelers Broch-Biographie[14] scheint Lazars Name ebenso wenig auf wie in Bernhard Viels Monographie über Egon Friedell[15], der mit Genia Schwarzwald und Maria Lazar befreundet war.

Die Aufzählung dieser merkwürdigen Absenzen ließe sich noch weiter fortsetzen. Als besonders befremdlich scheint doch die Falschmeldung im Registerband der *großen kommentierten Berliner und Frankfurter Ausgabe* der Werke Bert Brechts, worin Lazar zwar mit korrekten Lebensdaten, aber seltsamerweise als Schauspielerin ausgewiesen wird. Immerhin hatte Lazar, die Helene Weigel aus der Schwarzwaldschule kannte, die erste Bleibe der Brechts im Hause von Karin Michaelis auf Thurø vermittelt – ein Faktum, das den Herausgebern bekannt gewesen sein musste.

In der Anthologie des Wiener Expressionismus *Hirnwelten funkeln*[16], in der mit einer Ausnahme nur Männer vertreten sind, fehlt Lazar ebenso wie in dem voluminösen Sammelband zum *Expressionismus in Österreich*[17], was insofern erstaunt, als ihr erster Roman und ihr erstes Theaterstück fraglos dem Expressionismus zuzuschlagen sind. Dieses systematische Verschweigen und Verschwinden Maria Lazars in den Männer-(Auto)Biographien der Wiener Literatur kompensieren die Texte mehrerer Schriftstellerinnen; zum Beispiel einige Kapitel in den *Arabesken* Auguste Lazars und in den Erinnerungen der Schwedin Elsa Björkman-Goldschmidt, die, mit einem Wiener jüdischen Arzt verheiratet, die Zwischenkriegszeit in Wien verbrachte; die Würdigungen Karin Michaelis' in dänischen Zeitungen, und nicht zuletzt das wohlwollende Feuilleton Genia Schwarzwalds in der *Neuen Freien Presse*.

***

Im Roman *Die Eingeborenen von Maria Blut* wie auch in *Leben verboten!* nehmen Romanfiguren, die aus der nordöstlichen Peripherie der Monarchie stammen, eine überaus positive Rolle ein, die an Joseph Roths polemische Formulierung in der *Kapuzinergruft* gemahnt, Österreich sei nicht das Zentrum, sondern die Peripherie. Maria Lazar hätte sich ebenso wie Ödön von Horváth als „eine typisch altösterreichisch-ungarische Mischung"[18] bezeichnen können. Diese positive Einschätzung der Peripherie hat auch mit der Herkunft der Familie Lazar zu tun, die mithilfe von Pfarrmatrikeln und Adressbüchern zumindest in Teilen rekonstruiert werden konnte. Der Großvater väterlicherseits namens Alois, aus Leipnik in Mähren stammend, von Beruf Bahnbeamter (Kassier der Nordbahn), ist seit den frühen 70er Jahren in der Leopoldstadt, dem 2. Wiener Gemeindebezirk, gemeldet, sein Sohn Adolf Josef (1844–1910) macht zuerst bei den Privat-Bahnen, dann bei den Staatsbahnen, eine steile

Karriere, was sich auch in den Meldeadressen niederschlägt. Ab Mitte der 80er Jahre wohnt er mit seiner Familie im 1. Bezirk mit häufigem Wohnungswechsel bis 1902. Die nunmehr zehnköpfige Familie bezieht dann dauerhaft eine große Wohnung im Schottenhof (Freyung Nr. 6).

1875 heiratet Adolf Josef Lazar beim Seelsorgeamt der israelitischen Kultusgemeinde die achtzehnjährige Theresia Caesarine Seligmann (1857–1924) aus Stuhlweißenburg (Székesfehérvár) in Ungarn, in den folgenden Jahren konvertiert die Familie Lazar: Am 20. Mai 1881 lassen sich Adolf und Theresia Lazar mit ihren Kindern Erwin Josef, Caroline Anna und Louise Margarethe Eleonora in der Pfarre St. Laurenz (Schottenfeld) taufen und ihre Ehe nach katholischem Ritus erneuern. Im Zeitraum von weniger als 20 Jahren kommen acht Kinder zur Welt, deren Lebensdaten eruiert werden konnten.

Einige unter ihnen haben beeindruckende Karrieren vorzuweisen. Erwin Lazar (1877–1932) wurde ein berühmter Psychiater für Kinder und Jugendliche, Gutachter für Jugendgerichte und Kinderarzt am Wiener Allgemeinen Krankenhaus. Nach ihm ist die Lazargasse in Wien benannt. Ernst Alois August (1890–1976) führt eine Anwaltskanzlei im 1. Bezirk, sein Bruder Otto (1891–1983) promoviert an der Technischen Hochschule in Wien und arbeitet als Bibliothekar.

Unter den Töchtern profilierte sich neben Maria Lazar besonders Auguste (1887–1970) als berühmte Kinderbuchautorin, sie gilt als eine der Begründerinnen der sozialistischen Kinder- und Jugendliteratur in Deutschland. Ihrer 1962 erschienenen Autobiografie verdanken wir die ausführlichsten Informationen über ihre jüngere Schwester Maria. Die älteste der Schwestern, Caroline Anna (geb. 1877), verliert im 2. Weltkrieg ihr einziges Enkelkind.[19] Die beiden Schwestern Louise (geb. 1879) und Elisabeth (geb. 1884) bleiben unverheiratet und üben keinen bürgerlichen Beruf aus, sie leben mit ihrem jüngeren Bruder Otto bis 1942 im Schottenhof.

Am 31. August 1942 werden sie nach Maly Trostenets[20] deportiert und wahrscheinlich unmittelbar nach der Ankunft des Transports ermordet.[21] Im Taufbuch der Pfarre Schottenfeld findet sich zu Elisabeth Lazar der Nachtrag: „Lt Reichsstatth Wien Ia P 17721/40 v. 29.1.1943 hat Elis. Augusta den Judenzusatznamen Sara zu führen." Ähnlich lautende Zusätze finden sich bei Caroline und Louise.

Es handelt sich also um eine assimilierte, gut integrierte und durchaus wohlhabende Familie, in der die jüdische Herkunft keine Rolle mehr zu spielen schien, wie Auguste Lazar in den *Arabesken* festhält: „Nirgends in Deutschland konnte der Antisemitismus, eines der großen Propagandamittel der Nazis, so wirksam angewendet werden wie gerade in Wien, das nicht nur eine starke jüdische Gemeinde hatte, sondern auch zahlreiche Juden und Judenabkömmlinge, die mit jüdischem Glauben und jüdischem Nationalismus nicht im geringsten verbunden waren. Gerade unter der Intelligenz gab es eine Unzahl solcher sogenannter Assimilierter, ‚Vollblutjuden', halbe und viertel Mischlinge, vollständig verwachsen mit dem österreichischen Kulturgut, an dessen Pflege und Wachstum sie während der vergangenen Jahrzehnte erheblich beteiligt waren, die nicht imstande waren, anders zu fühlen und zu denken als eben österreichisch. Man darf sich nicht vorstellen, daß österreichisch fühlen und denken gleichzusetzen war mit monarchistisch fühlen und denken. [...] Zu dieser Art österreichisch, allzu österreichisch gewordener jüdischer Menschen gehörte meine Familie."[22] Die Frage der jüdischen Identität wird in der *Vergiftung* nur kurz gestreift, während sie in den beiden Romanen der 30er Jahre zunehmend an Bedeutung gewinnt.

Maria Franziska Lazar wird am 22. November 1895 in der Walfischgasse 11 im ersten Bezirk geboren und am 15. Dezember vom Kurator der Pfarre Schottenfeld, Pater Lambert getauft, von dem sie in den *Eingeborenen von Maria Blut* ein etwas maliziöses, aber durchaus sympathisches Porträt liefern wird. Als berufliche Position des Vaters wird „Inspector der Kaiserin Elisabeth Bahn" im Taufbuch der Pfarre St. Augustin (1887–1897) eingetragen, das auch den Austritt Maria Lazars aus der katholischen Kirche am 10. Juli 1923 vermerkt. 1902 erfolgt die Übersiedlung der Familie aus der Walfischgasse in den Schottenhof. Die historistische Pracht der elterlichen Wohnung beschreibt die Schwester Auguste Lazar: „Diese ganze alte Wohnung mit den schweren geschnitzten Möbeln in Stilarten vergangener Jahrhunderte, mit den Bronzeleuchtern, Teppichen, gerafften Portieren und Gardinen aus dickem Samt oder Seidenstoffen, gehört das alles nicht eigentlich auf eine Theaterbühne, wo ein Stück aus dem vergangenen Jahrhundert gespielt wurde?"[23]

Maria Franziska soll sich als das jüngste Kind von sieben Geschwistern „als unerwünschter Spätling" und von ihrer Mutter vernachlässigt gefühlt haben, so Auguste, die von der um acht Jahre jüngeren Schwester in ihrer kritischen Haltung gegenüber der bürgerlichen Lebenswelt geprägt wurde. Sie bewunderte an Maria „den für ein so junges Mädchen unwahrscheinlich kritischen Maßstab, den sie an ihre Umwelt anlegte; die Schärfe, aber auch die Anmut ihres Spottes, den sie an allem übte, was sie ‚bürgerlich' nannte; ich entdeckte ihren nie erlöschenden Haß gegen die Verlogenheit der bürgerlichen Gesellschaft, gegen die konventionelle Lüge. Mit Verwunderung erkannte ich ihren unbändigen, nie im Leben gezähmten und unzähmbaren Drang nach absoluter persönlicher Freiheit."[24]

***

Maria Lazar besucht im 1. Wiener Gemeindebezirk die vergleichsweise fortschrittliche Schule der aus Galizien stammenden Eugenie (Genia) Schwarzwald[25], an der u. a. Adolf Loos und Oskar Kokoschka unterrichten. Den berühmten Salon Schwarzwalds frequentierten so prominente Schriftsteller wie Jakob Wassermann, Egon Friedell, Robert Musil, Peter Altenberg, Elias Canetti, Béla Balázs sowie die Komponisten Arnold Schönberg und Egon Wellesz.[26]

Egon Friedell und Alfred Polgar vermitteln in der Satire *Ein Stündchen bei einer Philanthropin* einen Eindruck vom modernen Zuschnitt dieses fortschrittlichen Mädchengymnasiums: „Eine Schar junger Mädchen, die Wangen gerötet von der Einführung in die neuere deutsche Literatur, die ihnen soeben von der verehrten Frau zuteilgeworden, stürmt durch den Korridor zum Schönberg-Kurs. Ihnen begegnet eine leidenschaftliche Gruppe, die nach Verlassen des Hörsaals für Psychoanalyse und erste Hilfe in den Raum strebt, wo Meister Adolf Loos' Kanzel von Hörern umlagert ist. Den jungen Leuten steht die Verachtung des Ornaments auf der offenen Stirne geschrieben."[27]

Im Hause dieser aufgeschlossenen Pädagogin Eugenie Schwarzwald, der Maria Lazar zeitlebens freundschaftlich verbunden bleibt, fertigt Kokoschka 1916 von ihr das berühmte Porträt *Dame mit Papagei* an. Schon als Gymnasiastin verfasst sie Lyrik von hinreißender „Reife und Formschönheit". Während die blutrünstige, patriotische Kriegslyrik die Wiener Buchläden füllt, trägt sie bei einer Weihnachtsfeier der Schule ein engagiertes Antikriegsgedicht vor, das Auguste Lazar in den *Arabesken*[28] wiedergibt. Hier lernt sie auch den deutschen Widerstandskämpfer Helmuth James Graf von Moltke und die populäre dänische Autorin Karin Michaelis kennen, die der jungen Lazar ebenfalls besonderes Talent und ungewöhnliche Reife attestiert: „Sie hatte eine erstaunliche Begabung für Sprachen und war eine außerordentlich begabte Schriftstellerin, deren erste Gedichte, die sie mit zwölf Jahren geschrieben hatte, schon ihr Talent offenbarten. In vielen Dingen war sie mit vierzehn erwachsener als ich mit vierzig. Maria und ich wurden Freundinnen."[29]

Eugenie Schwarzwald war es auch, die die schriftstellerischen Fähigkeiten des jungen Mädchens entdeckte und nachhaltig förderte. Ihrer Schülerin und späteren Freundin widmete sie 1934 in der *Neuen Freien Presse* ein treffendes Feuilleton: „Es war einmal – vor ganz kurzer Zeit – in Wien ein Mädchen, von dem sagten alle Menschen, als sie noch ein Schulmädchen, und später, als sie schon eine Studentin war: ‚Die ist eine Schriftstellerin.' Und das war sie auch. Sie schrieb, nicht weil sie wollte, sondern weil sie mußte, nur wenn ihr etwas einfiel, und das in knappsten Worten. Sie zog niemand in die Ecke, um ihm ihr neuestes Opus vorzutragen, hielt nicht in Kaffeehäusern [...] Reden darüber, sie drängte sich in keine Clique ein. Sie wollte nur schreiben. Als sie aber schon ziemlich viel geschrieben hatte, wurde sie von dem begreiflichen Ehrgeiz ergriffen, gedruckt zu werden. Dieser Wunsch ging ihr in Erfüllung, nachdem sie das Abitur gemacht hatte. Ein jungen Talenten geneigter Wiener Verlag nahm sich ihres Jugendwerkes an."[30]

***

Die angehende Jungautorin arbeitet fallweise als Lehrerin an den Schwarzwaldschulen in Wien und am Semmering, wo die Zwanzigjährige in wenigen Monaten *Die Vergiftung* verfasst, die aber erst Anfang 1920 bei E. P. Tal erscheinen kann. Dieser Verlag hatte sich um die junge österreichische expressionistische Literatur besonders verdient gemacht.[31] Am 21. Februar 1920 schickt Ernst Peter Tal ein Exemplar des Romans an seinen „stillen Teilhaber" Carl Seelig nach Zürich.[32] Maria Lazars erster Roman *Die Vergiftung* schildert eine untragbare Familiensituation aus der Sicht des zwanzigjährigen Mädchens Ruth. Die Familie Lazar soll den Text als Schlüsselroman gelesen haben, wie Auguste Lazar berichtet, die selbst fatalerweise eine biographische Lektüre nahelegt: „Marias Abkehr vom Elternhaus – besser gesagt vom Hause meiner Mutter, denn sie war erst dreizehn, als mein Vater starb – begann schon zu einer Zeit, als sie noch zu Hause lebte. [...] In ‚Vergiftung' wird das bürgerliche

Familienleben in den schwärzesten Farben geschildert. Meine Mutter und meine Geschwister, Schwäger und Schwägerinnen gerieten darüber in das größte Entsetzen. Sie fühlten sich getroffen. Mein Mann und ich suchten zu vermitteln, wir betrachteten das Buch objektiver. Jedenfalls war es eine starke Talentprobe."[33]

Diesen Text als Schlüsselroman, als öffentliche Abrechnung Lazars mit der eigenen Familie zu lesen, verfehlt den Gehalt des Textes vollkommen, denn es gibt nur zwei Details, die sich mit den Realien decken, nämlich der frühe Tod des Vaters der Protagonistin und die Konversion zum Katholizismus. Karin Michaelis weiß auch zu berichten, dass Maria Lazar zu ihrer Mutter ein herzliches Verhältnis hatte.

Über Lazars erste Buchveröffentlichung äußert sich Robert Musil in einem Referat über *Wiener Theaterereignisse* etwas zwiespältig, aber nicht ohne Anerkennung: „Aber Maria Lazar hat 1920 im Verlag Tal ein Buch *Die Vergiftung* erscheinen lassen. Darin ist jugendlicher Ellenbogen, manchesmal rücksichtslos unbefangener Blick, reicher Einfall und behende Kraft im Figuralen. Doch fehlte darin noch fast alles an Persönlichkeit und geistigem Zusammenhalt; ein sehr nervöser Egoimpressionismus ist nicht als Ersatz zu rechnen. Darum ist es ärgerlich, wenn sich die begabte Verfasserin versketscht."[34] Trotz der Einwände ist diese Äußerung Musils gegenüber einer jungen Anfängerin ein gewaltiges Lob. Natürlich misst er den Text an seiner eigener philosophisch-reflexiven Romankonstruktion, die er im *Mann ohne Eigenschaften* vorlegen wird.

Karin Michaelis hatte den Roman Thomas Mann zukommen lassen, der dann im Tagebuch am 17. April 1920 angewidert notierte: „Ging gestern Abend wieder in den Park, saß zum ersten Mal wieder lesend unter einem Baum. Begann mit einem Roman *Vergiftung* von Maria Lazar, den Karin Michaelis geschickt, lese aber nicht weiter. Penetranter Weibsgeruch."[35]

In den Wiener Zeitungen konnte ich trotz beharrlicher Suche nur eine einzige Rezension finden.[36] *Die Vergiftung* bietet nicht etwa eine konventionelle und nacherzählbare Geschichte weiblicher Emanzipation aus der Perspektive der Protagonistin, sondern lediglich Ausschnitte aus einem immer wieder sistierten Kontinuum mit zahlreichen Rückblenden und Leerstellen, die dem Leser ein hohes Maß an Konzentration abverlangen. Der Roman arbeitet mit Übertreibungen und scharfen Gegensätzen zwischen den verfehlten, in den Konventionen verharrenden und den – allerdings nicht realisierbaren – richtigen Lebensentwürfen, wobei es immer wieder zu Phasen der Regression und Rückfällen Ruths kommt.

Nicht nur wegen seines revolutionären, antibürgerlichen Pathos ist der Text bemerkenswert und einzigartig, er evoziert zugleich eine bedrückende Atmosphäre, die gleichsam die Gewalt, von der Ruth sich ständig erdrückt fühlt, auf die gesamte Lebenswelt ausdehnt. Licht, Straßen, Gebäude, das Wetter, Einrichtungsgegenstände, kommunikative Rituale beim Essen – alles schießt zu einem bedrohenden und erstickenden Szenario in einer unheimlich verdichteten Sprache zusammen, sodass man fallweise von einer lyrisch-ekstatischen Prosa sprechen könnte. Die Autorin ersetzt die im Expressionismus kurrente Konstellation des Vater-Sohn-Konfliktes durch jenen zwischen Mutter und Tochter; ein Konflikt, der mit aller Härte und Unerbittlichkeit ausgetragen wird.

Das Studium der Philosophie und Geschichte an der Universität Wien gibt Lazar bald auf, um sich ausschließlich auf die Literatur und den Journalismus zu konzentrieren. Im März 1921 wird an der *Neuen Wiener Bühne* ihr expressionistischer, im Münchner *Drei Masken Verlag* erschienener Einakter *Der Henker* aufgeführt. Ein zum Tode verurteilter Mörder wünscht seinen Henker kennenzulernen, der seinen Beruf ohne jegliche Empathie und Emotion ausübt. Um ihn aus der Fassung zu bringen, tötet eine Prostituierte, die sich Zugang zur Zelle des Mörders verschaffen konnte, den Sohn des Henkers, der zwei Sexarbeiterinnen ermordet hatte. Erst als der Henker die blutige Krawatte seines Sohnes erblickt, zeigt er Emotionen: Er lässt das Beil fallen und taumelt zurück.

Die zahlreichen Rezensionen bescheinigen der Verfasserin, die in der *Reichspost* abschätzig als „kleine Kommunistin"[37] apostrophiert wird, zwar Talent, bleiben aber doch meist reserviert oder zwiespältig wie jene Robert Musils: „Auf der Neuen Wiener Bühne durchlebte man während dessen unter der kommandogewaltigen Spielleitung von G. W. Pabst die letzte Nacht eines zum Tode verurteilten Expressionisten. [...] Es fehlt darin der Kopf schon vor der Hinrichtung."[38]

Alfred Polgar zollt der jungen Dramatikerin in der *Weltbühne* verhaltene Anerkennung: „Dann kam: Der Henker, ein Akt von Maria Lazar, die eine junge Dichterin von starker Begabung sein soll. Der Henker reichte nicht aus, vom Gegenteil zu überzeugen. So gekünstelt, lau und langweilig die diabolische Inbrunst des Spiels, so wenig seine großen Gesten erraffen, so minderwertig die pretiöse Modernität der Mache – es schwingt doch ein geistig Licht durch den Akt, das nicht entlehnt ist, und das, gesammelt, ausreichen könnte, dichterisches Leben zu wirken."[39] Im *Neuen Wiener Tagblatt* wird das Stück durchaus wohlwollend als „blutrünstiger Streich" bezeichnet: „Und man war nicht wenig erstaunt, als eine niedliche junge Dame den Beifall ihrer zahlreich anwesenden ungarischen Landsleute dankend quittierte. A. F."[40] Nach dem Ende der ungarischen Räterepublik im Sommer 1919 flüchteten viele Ungarn nach Wien, wo die ungarische Tageszeitung *Becsi Magyar Ujsag* von 1919 bis 1923 erschien. Einer der Redakteure dieser Wiener ungarischen Zeitung hieß Jenö Lazar. Das wäre ein möglicher Grund für dieses Missverständnis, Maria Lazar für eine Ungarin zu halten. Weshalb sind aber ungewöhnlich viele ungarische Emigranten im Publikum? Seit Anfang 1920 soll

Maria Lazar eine komplizierte „Geschwisterbeziehung" mit Béla Balázs unterhalten haben, dessen Stück *Tödliche Jugend* im Februar 1920 ebenfalls auf der *Neuen Wiener Bühne* aufgeführt wurde. Sie lernen einander im Salon der Genia Schwarzwald kennen, und Balázs geht gleichzeitig eine Liaison mit Karin Michaelis ein; die beiden verfassen gemeinsam den Tagebuch-Roman *Jenseits des Körpers*, der 1920 in Wien in ungarischer Sprache erscheint.[41] Man kann also annehmen, daß der gut vernetzte Balázs zahlreiche Freunde zur Uraufführung mitgebracht hatte.

***

Ende 1922 beginnt sie an der renommierten Wiener Zeitung *Der Tag* mitzuarbeiten, die so prominente Beiträger wie Alfred Polgar, Hugo Bettauer, Robert Musil, Joseph Roth und Béla Balázs vorweisen konnte. Sie steuert bis 1933 über hundert Beiträge zu diesem linksliberalen Blatt bei, veröffentlicht auch fallweise in der *Arbeiter-Zeitung* und in weiteren, meist der Sozialdemokratie nahestehenden Blättern. Binnen weniger Jahre erarbeitet sie sich zwar den Ruf einer exzellenten und scharfsichtigen Journalistin, aber die sporadischen Beiträge reichen für den Lebensunterhalt kaum aus.

In ihrem ersten Aufsatz für den *Tag* artikuliert sie ihr künstlerisches und journalistisches Selbstverständnis: „Jung sein heißt, jeden Tag und jedes Ereignis unmittelbar erschauen können, unbeirrt durch Ziele, Zwecke und Erfolge. Jung sein heißt, das Leben sehen, wie es ist, gegenwärtig, nackt, grausam. Und deshalb heißt jung sein, Kritik üben müssen, unbarmherzig und gerecht. Das alles sind unbequeme Eigenschaften. Es ist außerordentlich peinlich, fortwährend als Sprengstoff herumzulaufen, manchmal sogar lächerlich. Die einen geben nach, die andern zersplittern sich in schlechten Gedichten und wieder andere spielen Fußball. Das ist schade."[42]

1923 heiratet Lazar Friedrich Strindberg (1897–1978), den

Sohn Frank Wedekinds und Frieda Uhls. Uhl war früher mit August Strindberg verheiratet. Björkman-Goldschmidt zeichnet im Gegensatz zu Auguste Lazar in den *Arabesken* ein recht ausgewogenes Bild von „Friedl" und der kurzen Ehe: „Er war ein charmanter junger Mann und wie Maria Lazar ein eifriger Sozialdemokrat. Sie trafen sich oft, die Liebe flammte auf und es endete mit der Hochzeit. Als man noch ahnungslos und sanguinisch in Wien lebte, wurde Marias und Friedrichs Tochter, Judith, geboren, gemeinhin Lutti genannt. Judith Strindberg wurde wie eine Prinzessin gepflegt. Alle Freunde Marias, die ihrer Fähigkeit, ein Kind zu pflegen, tief mißtrauten, überhäuften die Mutter mit Ratschlägen und das Baby mit Geschenken, und Genia Schwarzwald wurde eine allerdings sporadisch, jedoch enthusiastisch auftretende Großmutter. Gegen alle Vermutung erwies sich Maria als hingebungsvolle und vernünftige Mutti. Dasselbe positive Urteil wurde kaum dem Vater des Kindes zuteil, der sehr oft aus dem Hause floh und, soweit ich mich erinnern kann, es schließlich ganz verließ. Die Ehe wurde nach einigen Jahren aufgelöst – wie ich glaube ohne boshafte Gefühle von beiden Seiten. Als Friedrich Strindberg in einem von Koestlers Büchern als Nazispion bezeichnet wurde, verteidigte Maria ihn offen. Sie wußte, wie die Sachen standen und daß Koestler einen Fehler machte."[43]

Arthur Koestler hatte in seinem populären *Tagebuch* über den Bürgerkrieg in Spanien Strindberg auf groteske Weise als Denunzianten diffamiert: „Am dritten Tag meines Aufenthalts in Sevilla traf ich einen ehemaligen Redaktionskollegen aus Berlin, der sich in Gesellschaft von einigen deutschen Kriegspiloten befand. Der Mann hieß Strindberg, war, nebenbei bemerkt, August Strindbergs Sohn und Kriegsberichterstatter einer nationalsozialistischen Zeitung in Spanien. Er denunzierte mich bei Bolin [Mitglied bei der Phalange, J. S.] als deutschen Emigranten."[44]

Auf welche Weise Maria Lazar ihren ehemaligen Mann öffentlich verteidigt hat, konnte noch nicht eruiert werden.

Friedl Strindberg hatte gemeinsam mit seiner zweiten Frau in Berlin 1942–43 unter Lebensgefahr ein von der Gestapo verfolgtes jüdisches Paar in seiner Wohnung versteckt und wird deshalb in Israel als „Gerechter unter den Völkern" geehrt[45], also sind Koestlers Angaben wenig glaubhaft. Ihre kurze Ehe verschafft der Autorin immerhin die schwedische Staatsbürgerschaft, die im späteren Exil in Schweden ab 1939 hilfreich sein wird.

Vor allem nach der 1927 vollzogenen Scheidung hat die alleinerziehende Mutter und Schriftstellerin mit massiven pekuniären Problemen zu kämpfen. Die Honorare für Beiträge im *Tag* und in der *Arbeiter-Zeitung* reichen zum Überleben nicht aus. Ein weiteres Standbein stellen die sporadischen Übersetzungen dar, wobei die Abfragen im *Karlsruher Virtuellen Katalog* unzuverlässige Ergebnisse liefern, da der Name von Übersetzern nicht immer angegeben ist. Nachweisen kann ich bislang dreizehn Bücher, die Maria Lazar im Zeitraum 1921–1936 ins Deutsche übertragen hat, darunter Werke so klingender Namen wie E. A. Poe und F. Scott Fitzgerald.[46] Dazu kommen wahrscheinlich noch mehr als ein halbes Dutzend Romane von Karin Michaelis, die Lazar aus dem Dänischen übertragen hat. Allein in den beiden Jahren 1927/28 übersetzt sie sieben Romane.

Die besorgte Genia Schwarzwald bittet in einem eindringlichen Brief Karin Michaelis um Unterstützung: „Sie [Maria Lazar] ist von der Unsicherheit ihrer Lage derzeit in solchem Grade mitgenommen, daß sogar ich, die ich an ihre Zukunft fest glaube, beunruhigt bin. Der Herr Drömer [Sc. Knaur-Verlag] hat sie aufsitzen lassen, hat ihr für die letzte Arbeit 400 Mark abgezogen und gibt ihr keine weitere Arbeit mehr, wozu er eigentlich verpflichtet wäre. Krell, der ihr ein Buch zum Übersetzen versprochen hat, rührt sich nicht, Friedl Strindberg, der nicht für Maria, wohl aber für das Kind eine kleine Summe monatlich zu zahlen hat, ist einer Frau wegen nach Berlin gezogen und läßt nichts von sich hören. [...] Das alles schreibe ich Dir, um Dich zu fragen, ob Maria Dein nächstes Buch zum Übersetzen bekommen kann und ob Du nicht in der Lage wärest, ihr bei Kiepenheuer, bei Fischer, oder sonst wo eine Übersetzung zu verschaffen."[47]

1929 beauftragt der Zsolnay-Verlag Lazar, „neue und beste skandinavische Literatur" zu suchen, es kommt allerdings zu keinen Abschlüssen, vergeblich bietet sie auch ihre ungedruckten Roman-Typoskripte *Viermal ich*, *Protokolle*, *Mystifikationen* und *Leben verboten!* Zsolnay und Schweizer Verlagen an.[48]

***

Der Kiepenheuer Verlag hingegen bekundet tatsächlich Interesse für Übertragungen aus dem Dänischen und Schwedischen. Lazar greift zu der erfolgreichen List, ihren nächsten Roman *Veritas verhext die Stadt* unter dem nordischen Pseudonym Esther Grenen vorzulegen und sich selbst als Übersetzerin aus dem Dänischen anzuführen. Der Kiepenheuer-Verlag bringt den Roman zwar nicht als Buch heraus, bietet den Text aber mehreren Zeitungen erfolgreich zum Abdruck an. Lazar wird diesen Namen für fast alle ihre späteren Werke beibehalten. Diese Taktik ist auch als Antwort auf die abwartende Haltung großer Verlage angesichts des heraufziehenden Nationalsozialismus und Antisemitismus zu sehen.

So wurde beispielsweise Veza Canetti vom Chefredakteur der *Arbeiter-Zeitung* beschieden, er könne nicht derart viele Texte jüdischer Verfasser annehmen, woraufhin die Autorin zu vielfältigen Pseudonymen griff. Auch der Zsolnay-Verlag zeigte sich gegenüber Publikationswünschen jüdischer Schriftsteller immer ablehnender. Was heute als kluge Finte erscheinen mag, ist lediglich als erzwungene Reaktion auf ein zunehmend bedrohlicher werdendes kulturpolitisches Klima in Deutschland und Österreich zu werten: „Ihre Schwierigkeit, ein Buch unter ihrem eigenen Namen unterzubringen, war zum großen Teil auf das Heraufdämmern des Hitlerismus zurückzuführen."⁴⁹

Veritas verhext die Stadt wird Anfang 1930 im *Berliner Tageblatt* und ab dem 15. November 1931 in der Wiener Illustrierten *Der Kuckuck* als Fortsetzungsroman abgedruckt. Eine anonyme Briefschreiberin zerstört die vermeintliche Idylle einer Kleinstadt, falsche Anschuldigungen und Verdächtigungen führen sogar zu einem ungesühnten Mord. Trotz erfolgreicher polizeilicher Ermittlungen glauben die Menschen lieber ihren Vorurteilen und vorgefassten Meinungen als den augenscheinlichen Fakten. Murray G. Hall beschreibt die aggressiven Werbetechniken der Illustrierten *Der Kuckuck*, der ein „Großes Roman-Wettrennen" veranstaltet: „WER IST VERITAS? Heraus mit Ihrer Meinung! Schreiben Sie sofort an die ‚Kuckuck'-Redaktion [...], wen Sie von den Personen des Romans für den Verfasser der anonymen Briefe halten.' Die Redaktion scheute keinen Aufwand, es wurde sogar ein großes ‚Veritas'-Rennen-Wettbüro eingerichtet, und jede Woche wurde auf einer Tafel die Stimmenanzahl für die einzelnen Personen des Romans, die für die Verfasser der anonymen Briefe gehalten wurden, hochgezogen. Es winkten Geld- und Buchpreise für die richtige Antwort."⁵⁰

Ähnlich konstruiert ist *Der Fall Rist. Protokolle, Dokumente, Zeitungsausschnitte, herausgegeben von Esther Grenen*. Auf einer kleinen dänischen Insel brennt ein Badehäuschen nieder, ein junges lebenslustiges Mädchen verschwindet. Vor allem die weibliche Bevölkerung hat rasch den Schuldigen ausgemacht, nämlich einen geheimnisvollen jungen Fremden, der sich aber lediglich als kleiner verzweifelter Bankdefraudant entpuppt. Auch diesem dezidiert neusachlichen Roman ist beträchtlicher Erfolg beschieden. Er wird 1930 im *Berliner Vorwärts* und ab März 1931 in der Wiener *Arbeiter-Zeitung* veröffentlicht, so daß sich Literaturkritiker und dänische Verleger auf die Suche nach der ominösen Esther Grenen machen. In kürzester Zeit übersetzt Michaelis

Veritas verhext die Stadt ins Dänische[51], um die vorerst erfolgreiche Verschleierung der Autorschaft aufrecht zu erhalten. Erst 1932 enthüllt Michaelis nolens volens das Pseudonym, als ein deutscher Übersetzer überzeugend darlegt, dass nur ein „Wiener Kind" der Verfasser dieser Romane sein könne.[52] Weniger Anklang beim Publikum findet die schwedische Verfilmung des *Veritas*-Romans durch Per Lindberg (1941).

Eugenie Schwarzwald führt weitere nachvollziehbare Gründe und Motive für den Namens- und Identitätswechsel der Autorin an: „Es kamen schlechte Zeiten für Maria Lazar, so hieß das Mädchen. Niemand wollte ihr Buch [sc. *Die Vergiftung*] kaufen und lesen, und so kam es dahin, daß sie bald auch nicht mehr die Mittel gehabt hätte, nachts ihre guten Bücher zu schreiben, wenn sie nicht tagsüber die Bücher anderer mit Sorgfalt [...] übersetzt hätte. Aus dem Ertrag dieser Tätigkeit fristete sie ihr Leben und das ihres Werkes. Zehn Jahre ging es so. [...] Sie erzählte faszinierend. Aber was sie erzählte, war nicht geeignet, den Leuten zu gefallen. Mit tiefem Zeitgefühl begabt, war es ihr nämlich unmöglich, an den Ereignissen des Tages achtlos vorüberzugehen. So war ihre Stoffwahl nicht genehm. [...] Nirgends hingehören, eigene Gedanken haben, eine eigene Überzeugung, einen knappen Stil, der zum Nachdenken zwingt – so was hat keinen Marktwert. Trotzdem hatte ihre Erzählerkunst etwas Zwingendes: jeder attestierte ihre Begabung, jeder versicherte sie seiner Bewunderung. Aber sie bekam keinen Verleger für ihre Bücher und keine Bühne für ihre Stücke. [...] Da beschloß sie eines Nachts – so kann man sich das vorstellen –, sich ihrer schöpferischen Kraft zu entäußern, sie in eine andere Person hineinzulegen. In dieser Nacht schuf sie eine dänische Schriftstellerin und nannte sie Esther Grenen. Die sollte von jetzt ab ihre Werke schreiben!"[53]

Auch als Dramatikerin macht die Autorin wieder von sich reden. *Der Nebel von Dybern*, ein Stück um den folgenreichen Unfall in einer belgischen Giftgasfabrik, nimmt der S. Fischer Verlag als Bühnenmanuskript in seine Theaterabteilung auf. Der *Wiener Tag* beginnt am 1. Jänner 1933 mit dem Abdruck des antimilitaristischen Dramas, das in Stettin einige erfolgreiche Darbietungen erlebt, die nach Hitlers Machtantritt allerdings sofort abgesetzt werden.

Auguste Lazar berichtet darüber: „Wenige Tage vor dem 27. Februar war in Stettin die Premiere eines leidenschaftlichen Antikriegsstückes gewesen, *Der Nebel von Dybern*. Seine Verfasserin war meine Schwester Maria, der Theaterdirektor, der den Mut gehabt hatte, einen derartigen Protest gegen die Hitlersche Kriegspolitik fünf Minuten vor zwölf herauszubringen, hieß Erich Sielaff. Die braune Schlammflut spülte das Stück hinweg und den Theaterdirektor von seiner Stelle. Bitter war das. Ich fühlte tief mit Maria die Enttäuschung, daß ihrem *Nebel von Dybern* nur ein so kurzer Erfolg beschieden war."[54]

Dafür gelangt das Stück aber in Kopenhagen und London zur Aufführung, wie der *Wiener Tag* am 24. Dezember 1933 berichtet: „Esther Grenens Nebel von Dybern in London. ,The Stage Society', die größte Versuchsbühne Londons, hat, wie wir erfahren, das Drama *Der Nebel von Dybern* [...], das kurze Zeit vor dem Umsturz in Deutschland am Stadttheater in Stettin zur deutschen Uraufführung kam, erworben. Die englische Uraufführung wird noch im Jänner stattfinden. Gleichfalls zu Beginn des kommenden Jahres kommt das Stück in dänischer Sprache am Betty Nansen-Theater in Kopenhagen zur Aufführung."[55]

Damit ist Maria Lazar eine international anerkannte Theaterautorin, was sie dazu ermutigt, den Roman *Der Fall Rist* für das Grazer Stadttheater zu dramatisieren. Sowohl der *Wiener Tag* als auch die *Wiener Allgemeine Zeitung* berichten im Sommer 1933, dass die Komödie zur Uraufführung angenommen worden sei. Im September 1934 behauptet der *Wiener Tag* erneut: *„Die Weiber von Lynö"* von Esther Grenen (Maria Lazar) kommen am Stadttheater in

Graz heraus."⁵⁶ Weshalb diese zugesagte Aufführung nicht zustande gekommen ist, muß noch erforscht werden. Nicht auszuschließen wäre, daß die geplante Aufführung an der ständestaatlichen Kulturpolitik gescheitert ist.

***

Dass das Ende der Weimarer Republik und die Zerstörung der Ersten Republik in Österreich für eine Autorin wie Maria Lazar einen tiefgreifenden Einschnitt und auch eine existentielle Bedrohung für sie selbst und für ihre jüdische Familie bedeutete, ist evident. Nach dem Reichstagsbrand am 28. Februar 1933 bittet sie Karin Michaelis um Hilfe für ihre Tochter Judith, Helene Weigel, Bert Brecht und deren Kinder Stefan und Barbara: „Wir alle fragen Dich nun, was es ungefähr kosten würde, ein Haus für uns (Helli, ihr Mann, ich, die drei Kinder) für viele Monate zu mieten, denn wir möchten gerne eine Zeit nach Thurø. Und wie hoch veranschlagst Du die Kosten einer, sagen wir, sechsköpfigen Familie? Das Leben ist doch nicht teuer bei Euch? Und wie denkst Du überhaupt über diesen Plan? Bitte, schreib uns gleich, wir sind ungeheuer gespannt auf Deine Antwort."⁵⁷

Karin Michaelis lädt natürlich ihre Freundin mit ihrer Tochter und die Brechts auf die Insel Thurø ein. Die Emigration aus Österreich nach Dänemark erfolgt gemeinsam mit ihrer Tochter, Helene Weigel und deren beiden Kindern im Juni 1933 mit der Bahn über Dresden, wo Auguste Lazar zusteigt. Auguste wird dann vier Monate auf Thurø bleiben, wie Victor Klemperer im Tagebuch festhält: „Denselben Abend waren Blumenfelds bei uns und Gusti Wieghardt, diese nach vier Monaten zurück aus Thurø, wo sie mit ihrer Schwester Maria bei Karen Michaelis gelebt hat. Dort scheint eine kleine Emigranten- und Kommunistengruppe beisammen. Gestern abend war Gusti dann allein bei uns, und morgen sollen wir bei ihr sein. Man erzählt sich viele

Einzelheiten, Greuelmärchen, ‚Märchen' natürlich. Die Meinungen über die Dauer des Zustandes divergieren, an rasche Änderung glaubt niemand, was danach kommt, weiß niemand. Sicher ist, daß sich der Terror täglich verstärkt."[58]

Laut Adolph Lehmanns *Wohnungs-Anzeiger* bleibt Maria Lazar von 1932–1942 an der Adresse Gonzagagasse 23 gemeldet, sie hat entweder nach der Emigration ihre Mietwohnung behalten, oder der Eintrag bei Lehmann wurde von ihr nicht gelöscht. Dass sie bis 1938 mehrfach nach Wien gefahren und bei ihrer Schwester Auguste in Dresden Halt gemacht hat, kann man aus Klemperers Tagebüchern rekonstruieren: „Gusti Wieghardts Schwester Maria Lazar ein paar Tage hier. [...] Maria Lazar lebt in Dänemark bei Karin Michaelis. Ihre Lutti [sc. Tochter Judith] geht dort zur Schule. Sie selbst ist angesehene Schriftstellerin und Autorin (mit kommunistisch-sozialistischer Tendenz): ihr pazifistisches Stück ‚Der Nebel von Dubeln' [sic!] (gasvergifteter Ort) ist in London und Kopenhagen gespielt worden."[59] Ende April 1936 notiert er: „[...] wir verbinden diese Besuche mit anderen Zielen, dem Zahnarzt, heute dem Bahnhof, wo wir Maria Strindberg auf der Durchreise begrüßten."[60]

In dem von Karin Michaelis zur Verfügung gestellten Haus auf der Insel Thurø, auf der Maria Lazar bis 1935 bleibt, beherbergt sie auch einen Teil der Bibliothek Walter Benjamins, die dieser aus seiner Berliner Wohnung fortschaffen lässt, wie der Briefwechsel zwischen Margarete Steffin, Brecht und Benjamin im Frühjahr 1934 belegt.[61]

Die Jahre in Dänemark sind für Lazar ungemein produktiv. Das Stück *Der blinde Passagier*, das die teils ablehnende und indolente Haltung der dänischen Bevölkerung gegenüber den aus dem Dritten Reich fliehenden und vertriebenen Emigranten kritisch beleuchtet, bleibt allerdings selbst in abgeschwächter Form ungedruckt und unaufgeführt. Sie revidiert in dem nach Kriegsende nur auf Dänisch erschienenen Roman *Det kam af sig selv* (Es entstand von selbst) diese Kritik, denn der Widerstandsbewegung gelang es, die überwiegende Mehrheit der dänischen Juden vor der nazistischen Vernichtung zu retten. Sie verfasst mehrere Dutzende Beiträge in dänischen, schwedischen und Schweizer Medien.[62] In den folgenden zwei Romanen widmet sie sich dem Aufstieg des Nationalsozialismus in Österreich. Für *Leben verboten!* findet sie keine Verleger in der Schweiz oder in Österreich. In der Übersetzung ins Englische unter dem Titel *No right to live*[63] (1934) fehlen einige Passagen, die Birgit Nielsen, welche das deutsche Typoskript ebenfalls einsehen konnte, in ihrem Aufsatz zitiert.

Ein Kapitel aus dem Roman *Die Eingeborenen von Maria Blut*[64] gelangt 1937 in der berühmten Exilzeitschrift *Das Wort* (Moskau) zum Abdruck, die von Bert Brecht, Lion Feuchtwanger und Willi Bredel herausgegeben wurde.[65] Lazar bewirbt sich 1937 beim literarischen Preisausschreiben der *American Guild for German Cultural Freedom*. Wie vorgesehen, reicht sie unter dem Pseudonym Hermann Huber das Typoskript der *Eingeborenen von Maria Blut* ein, das dann der Wiener Richard A. Bermann (1883–1939), bekannter unter seinem Pseudonym Arnold Höllriegel, begutachtet. Das Preisausschreiben scheitert letztendlich wegen interner Meinungsverschiedenheiten unter den Juroren. Das Gutachten ist als online-Ressource im Katalog der Deutschen Nationalbibliothek angeführt, allerdings versehen mit dem Zusatz: „Exemplarbezogene Daten stehen derzeit nicht zur Verfügung. Die Online-Bestellung von Medien ist deshalb nicht möglich."

Aus den frühen 30er Jahren überliefert Auguste Lazar einen pessimistischen Kommentar ihrer Schwester Maria in Bezug auf die Zukunft ihrer Heimat: „‚In Österreich wird es geradeso kommen wie in Deutschland', pflegte sie zu sagen, ‚ich will den Hitlerismus dort nicht erst abwarten. Er dämmert schon ganz hübsch herauf – seit Jahren schon. Ich habe es am eigenen Leibe gespürt.' Damit hatte sie recht. […] Wie gut Maria ihr Vaterland gekannt und seine Entwicklung vorausgesehen hat, hat sie in einem Roman gezeigt, der bis zum heutigen Tage noch nicht veröffentlicht worden ist." Und es ist das Verdienst Auguste Lazars, dem Buch *Die Eingeborenen von Maria Blut* 1958 zum Druck verholfen zu haben, einem Roman, der nicht einmal im Verbundkatalog der österreichischen Bibliotheken gelistet ist. Der 1935 in Kopenhagen fertiggestellte Roman „schildert das Heranreifen des Nazismus in Österreich. Sie hat es österreichischen wie Schweizer Verlagen angeboten; keiner wollte es drucken. Ein Schweizer Verleger schrieb ihr einen begeisterten Brief darüber, doch könnte er die Herausgabe nicht riskieren, schon aus dem Grunde, weil der ‚Markt' dafür zu eng geworden wäre."[66]

Eine dezidiert antinazistische Literatur konnte im klerikalfaschistischen Ständestaat nicht mehr veröffentlicht werden oder wurde aufgrund der Repressalien des Dritten Reichs sofort wieder aus dem Handel genommen, wie sich an Hermynia Zur Mühlens *Unsere Töchter die Nazinen* (1935) belegen läßt.[67]

Der Titel des Romans *Die Eingeborenen von Maria Blut* hat etwas Provokant-Irritierendes; er verweist implizit auf das Feld der Ethnographie und etabliert von Beginn an eine verschworene Gemeinschaft, die alles Fremde, von außen Kommende abwehrt, das die althergebrachte Ordnung der ‚Eingeborenen' gefährden könnte. Das Pandämonium dieser wirtschaftlich heruntergekommenen Provinzstadt bietet allerdings nicht eine starre Dichotomie, die auf der einen Seite die antidemokratische Reaktion – Klerikalfaschisten und Nazis – vereint und auf der anderen Seite den oft namenlosen und vereinzelten Widerstand versammelt. Der Roman versucht, die Prädispositionen der katholischen Provinz für den Faschismus zu ergründen. In ihrer sozialpsychologischen Diagnose ist Maria Lazar durchaus auf der Höhe der Zeit, indem sie Trieb- und Sexualverzicht, lustfeindliche Religiosität und Wunderglaubigkeit mit autoritären Charakterstrukturen in einen Zusammenhang bringt. Armut und soziale Deklassierungsängste nehmen genauso zu wie die Erlösungshoffnungen einer politisch und wirtschaftlich nach dem Börsenkrach von 1929 verunsicherten Bevölkerung – Erlösungssehnsüchte, die der Stammtisch an die Politik, an irgendwelche Wunderheiler, an vermeintlich ingeniöse Erfinder mit ihrer Raum- oder Urkraft oder an Führer adressiert, die sich dann aber als Schwindler und Scharlatane entpuppen. Der Roman zeichnet penibel den Zusammenhang zwischen wirtschaftlicher Insekurität und der zunehmenden Prädisposition der ‚Eingeborenen' für faschistoide Tendenzen nach: „Die Eingeborenen wollen ihren Messias haben" (S. 53), so Meyer-Löw, und es sollten nur wenige Jahre vergehen, bis sie ihn dann tatsächlich bekommen sollten.

***

1939 ist Lazar gezwungen, mit ihrer Tochter vor der vorrückenden deutschen Wehrmacht nach Schweden zu flüchten, wo sie sich weniger heimisch als in Dänemark fühlt. In der Stockholmer Emigrantenszene nimmt sie eine bedeutende Rolle ein und hinterlässt eindrückliche Spuren in einem der großartigsten Romane des 20. Jahrhunderts, nämlich im zweiten Band der *Ästhetik des Widerstands* von Peter Weiss: „Lazar und Weigel standen umschlungen, die Kinder neben sich. Lazar gab immer noch ihrer Empörung Ausdruck, daß den Beamten nicht ihr Schriftstellername, Esther Grenen, bekannt war, mit einem Sohn Strindbergs und Frieda Uhls war ich verheiratet, rief sie, einer der Beamten aber winkte nur ab. Einzig Steffin arbeitete ruhig weiter, legte die gebündelten Papiere in numrierte [sic!] Mappen aus grauer Pappe. Die Polizisten konnten nichts finden, was ihnen verdächtig schien. [...]

Und im Atelier war Streit ausgebrochen zwischen Brecht und Maria Lazar, die, Sozialdemokratin, die kommunistische Politik für die entstandne Situation verantwortlich machte. Eure Parteizeitung, rief sie, hat die britische

Minensperre eine Herausfordrung genannt, und schon im voraus den deutschen Gegenschlag verteidigt. Deutschland muß zum Schutz Dänemarks und Norwegens kommen, so heißt es bei euch, ich versteh nicht, warum ihr so aufgescheucht seid, es kommen doch die Freunde und Verbündeten der Sowjetunion. Brecht sprang ihr entgegen, als wolle er sie schlagen, Weigel nahm sie, die ihr wie eine Zwillingsschwester glich, in Schutz, sie fuhr Brecht an, doch es handelte sich schon um etwas andres [...]."

Deutlich sichtbar werden hier Lazars Selbstbewusstsein als Dichterin und die couragierte Verteidigung ihrer politischen Überzeugung gegen Brecht. Sie kommt zum Stockholmer Hafen, um sich von den Brechts zu verabschieden, die im April 1940 Schweden verlassen: „Dieses Innehalten war es jedoch, das am siebzehnten April die Abfahrt des nach Helsingfors bestimmten Schiffs von der Stockholmer Skeppsbro zuließ. Matthis, der, mit Santesson, Lazar und den Goldschmidts, Brecht und dessen Gefolge zum Kai begleitet hatte, beschrieb mir den Augenblick. Brecht sei, links, auf dem Blasieholm, vom Gebäude der deutschen Botschaft, und rechts, am Stadsgårdhafen, von den deutschen Frachtern, wehen die Hakenkreuzfahnen, beim Weg über die Laufbrücke zusammengebrochen, mußte gestützt, fast getragen werden an Bord."[68]

1943 publiziert Lazar die exzellent recherchierte Satire *Det tyska ansiktet* (Das deutsche Janusgesicht), der der angemessene Erfolg allerdings versagt blieb. Daß nach 1945 keine deutsche Ausgabe zustande kam, hat sie zutiefst verbittert. Bruno Schlögl bietet im Anhang seiner Diplomarbeit fast den vollständigen Text auf Deutsch.[69] Der schwedische Exilforscher Helmut Müssener machte schon vor Jahrzehnten auf die Bedeutung dieser satirischen Collage aufmerksam: „Es ist eine Art Anthologie, in der Bilder von deutschen Klassikern wie Goethe, Schiller und Kant bis Heine denen von Machthabern wie Hitler, Göring, Goebbels und Streicher auf den Umschlagseiten einander gegenüber gestellt werden. Diese Technik wird im Buch selbst auch auf Zitate erweitert, und sie erzielt geradezu mörderische Wirkung, wenn Gegensatzpaare wie Schopenhauer-Hitler, Lichtenberg-Rosenberg, Bismarck-Hanns Johst und Grillparzer-Göring auftauchen oder Herwegh, Börne, Nietzsche, Büchner, Lessing Herren wie Darré, Streicher und unbekannte Größen des Nationalsozialismus, Offizieren und Professoren gegenübergestellt werden. Zitate aus den Nürnberger Gesetzen treffen auf solche Nietzsches, Texte aus Besatzungsproklamationen auf Kants ‚Vom ewigen Frieden' und das Reichsgesetzblatt auf Hölderlin. Nach einem ständigen Crescendo schließt das Buch mit einem Grillparzer-Zitat: ‚Der neue Bildungsweg geht von Humanität durch Nationalität zur Brutalität' [sic!], dem die ‚Bekanntmachung vom 10. 6. 1942 in den tschechischen Gebieten' gegenübersteht, in der die Vernichtung des Dorfes Lidice bekanntgegeben wird: ‚Die Häuser des Dorfes wurden dem Erdboden gleichgemacht, und der Name der Gemeinde ausgelöscht.'"[70]

Eine Rückkehr in das befreite Österreich nach 1945 zieht sie nicht nur aus gesundheitlichen Gründen nicht in Erwägung, wie aus einem ihrer letzten Gedichte, *Die schöne Stadt*, hervorgeht, das Björkman-Goldschmidt aus dem Nachlaß der Schriftstellerin abdruckt:

Ich sehe in den Straßen meiner Vaterstadt
die Toten, die man mir ermordet hat.
Ich seh sie furchtbar deutlich, tagesklar
im Park, der meiner Kindheit Landschaft war.
Ich sehe sie vor Palästen, Kirchentoren
der schönen Stadt, die einst auch sie geboren.
[...]
Ich seh sie – und der süße Blütenduft
der schönen Stadt wird zu Verwesungsluft.
Ich seh sie hinter jedem Fenster
der schönen Stadt als ständige Gespenster.

Und wird kein Stein mehr auf dem andern stehen,
so werden sie doch durch die Straßen gehen.
Sie sagen nichts von all dem, was geschah,
sie klagen nicht, sie sind nur einfach da.
Verpestet ward mir die Erinnerung
an alles, was ich liebte, als ich jung.
Aus meinem Herzen riß man mir heraus
das schöne alte Kindeswort ‚zuhaus'.
Und über Grenzen, über Meere, Lande
empfind ich nur die ungeheure Schande
der wunderschönen großen Vaterstadt,
die ihre Toten selbst ermordet hat."[71]

Zwei ihrer unverheiratet gebliebenen Schwestern, Louise und Elisabeth, wurden Ende August 1942 im Vernichtungslager Maly Trostenets von der deutschen Waffen-SS ermordet: „Daß zwei unserer Schwestern, zwei alte Frauen, so elend hatten sterben und verderben müssen, hatte Maria eine Wunde geschlagen, die nicht heftiger hätte schmerzen können, wenn die größte geschwisterliche Zärtlichkeit sie mit ihnen verbunden hätte."[72]

An einer unheilbaren Krankheit (Morbus Cushing) leidend, unterzieht sie sich einer langwierigen Behandlung in London, wobei sie von ihrer Schwester Auguste unterstützt wird. Sie nimmt sich am 30. März 1948 in Stockholm das Leben. Diesen für die Tochter Judith so schmerzhaften wie unnachvollziehbaren Entschluss begründet sie in ihrem letzten Brief an ihre Freundin Björkman-Goldschmidt:

„Liebe Else, [/] Abschiedsbriefe zu schreiben liegt mir nicht. Stattdessen schicke ich dir ein paar Gedichte, die ich im Winter in Stockholm gemacht habe. Du weißt, daß ich viel von dir gehalten habe. Dir muß ich nicht erklären, daß ich keine Lust habe, auf die Dauer kümmerlich mein Leben zu fristen [...] mir fehlen in jeder Hinsicht die Kräfte, noch eine Behandlung auszuhalten und dann zu warten, warten, warten... Ich mache Schluß, weil mir das das einzig Vernünftige scheint. Daß ich bis jetzt gewartet habe, beruhte auf deiner letzten Hilfesendung (Eine kleine Summe, die ich nur vermittelt hatte). Danke dafür. [/] Ich bin sehr zufrieden, noch eine Zeit mit Lutti zusammen gewesen zu sein. Sie ist sehr nett gewesen. Ich lege sie dir ans Herz. Ich weiß, daß sie sich immer an Dich wenden kann, und ich danke auch dafür."[73]

***

Die vorliegende Ausgabe ist die deutsche Erstausgabe. Es ist Maria Lazar nicht gelungen, für diesen in mehrfacher Hinsicht außergewöhnlichen Roman einen österreichischen oder schweizerischen Verleger zu interessieren. Wie schon oben erwähnt, hatte sie ihn auch dem Wiener Zsolnay-Verlag angeboten, der sich aber in den späten 20er Jahren zunehmend opportunistisch verhielt und unkonventionelle und moderne Literatur grundsätzlich ablehnte.

1934 erschien beim Londoner Verleger Wishart die englische Ausgabe in der Übersetzung von Gwenda Davis. Bereits im Februar 2015 hatte sich auf meine Bitte hin Murray G. Hall bemüht, beim Verlag etwas über den Verbleib des Typoskripts in Erfahrung zu bringen – leider ohne Erfolg. Die Übersetzung weicht von der uns in Kopie vorliegenden Version etwas ab. Die Kapitel sind etwas anders strukturiert, zum Teil heißen die Figuren anders, und der Abschnitt am Semmering ist ausführlicher gestaltet. Eine genaue Beschreibung differenter Versionen dieses Romans kann erst dann sinnvoller Weise vorgelegt werden, wenn der gesamte Nachlass Maria Lazars zugänglich ist.

Das Typoskript umfasst 266 engbeschriebene Seiten und enthält kein scharfes ‚ß'. Auch die Umlaute wurden in fast allen Fällen aufgelöst. Das würde darauf hindeuten, dass unser Typoskript für einen Schweizer Verlag gestaltet worden ist. Fast jede Seite enthält Sofort- und Spätkorrekturen sowie nachträgliche handschriftliche Eingriffe, sodass eine

Texterfassung mittels OCR-Programmen nur sehr eingeschränkt möglich war und sich als sehr langwierig gestaltete. Orthographisch wurde der Text heutigen Gepflogenheiten angepasst, lediglich bei der ß-Schreibung wurden die in den 30er Jahren gültigen Standards beibehalten.

Die unterschiedliche Zahl der Punkte wurde auf jeweils drei vereinheitlicht. Auf eine Eigentümlichkeit sei aufmerksam gemacht: Die Autorin verwendet bei direkter Rede keine Anführungszeichen, sondern markiert deren Beginn mit einem Gedankenstrich. Allerdings nicht deren Ende, sodass sich oft fließende Übergänge zur erlebten Rede und zum Bewusstseinsstrom ergeben. In *Das Jubiläum von Maria Blut. Szenen aus dem Roman ‚Die Eingeborenen von Maria Blut'*, in der Exilzeitschrift *Das Wort* 1937 abgedruckt, hatte sie sich derselben Technik bedient.[74]

Schon der Titel des Romans *Leben verboten!* ist ungewöhnlich und lässt aufhorchen. Die Handlung setzt damit ein, dass die Hauptfigur Ernst von Ufermann, ein Berliner Bankier, in den Morgenstunden, von Albträumen und Kindheitserinnerungen geplagt, immer wieder aufwacht. Er muß zu einem unangenehmen Termin nach Frankfurt fliegen, um für seine marode Bank neue Kredite zu erhalten und seinen Lebensstandard zu bewahren: Er lebt mit seiner leicht kränkelnden Frau Irmgard, die sich immer wieder zur Kur in Davos aufhält, und seiner betagten Mutter in einer weitläufigen Villa in Berlin. Sein älterer Bruder Gerhard ist im 1. Weltkrieg gefallen, er selbst hat ihn überlebt. Das gibt einen Anhaltspunkt, um sein Alter einzugrenzen, er muß zwischen 1931 und 1932 mindestens an die 35 Jahre alt sein.

Zwei Dienstmädchen, Katinka und Grete, sorgen für ein bequemes Leben im großbürgerlichen Ambiente, das er nun zu verlieren droht. Auch hat er eine mondäne Geliebte namens Lilo. Gierke, sein Chauffeur, bringt ihn zum Flughafen; im Gedränge beim Eingang werden ihm Geldbörse, Pass und Ticket gestohlen, sodass er den Flug nach Frankfurt versäumt. Er ruft noch die Sekretärin seines Teilhabers Paul,

Frau Köhler, an. Das Flugzeug stürzt ab und alle Insassen verbrennen, sodass eine Identitätsfeststellung der Opfer nicht mehr möglich ist. Schon nach wenigen Stunden berichten die Zeitungen von dem Unglück, mit Nachruf und Foto des Bankiers.

Ufermann, der als prominentes Opfer dieser Flugzeugkatastrophe gilt, könnte sich jetzt seelenruhig nach Hause chauffieren lassen, aber die Sache hat einen Haken: Aufgrund einer immens hohen Lebensversicherung bekommt seine vermeintliche Witwe Irmgard als Hinterbliebene eine gigantische Summe, mit der ja das altehrwürdige Unternehmen Ufermann & Co gerettet werden könnte. Also zögert er, fährt mit der Bahn in die Stadt, hat aber Angst, aufgrund der Fotos in den Zeitungen erkannt zu werden, und damit hat er – vorerst unbewusst – die Entscheidung getroffen unterzutauchen.

In einem Kino lernt er eine junge Prostituierte kennen, Sie ist mit einem Boxer liiert, der zu einer zwielichtigen Bande gehört: „[...] alle diese merkwürdig knabenhaften Gestalten, in Windjacken und mit Boxerfäusten, jeder ein Soldat und Feldherr auf einmal, jeder voll von beinahe militärischem Gehorsam und voll von einer gefährlichen Überheblichkeit, waren die wirklich?" (S. 63) Dieser Boxer scheint ihm vorerst zu helfen: Er verschafft ihm einen Pass lautend auf den Namen Edwin von Schmitz, wie wir den Protagonisten in der Folge nennen wollen. Als Gegenleistung soll dieser ein mysteriöses Päckchen nach Wien bringen. Er kennt allerdings nicht den Inhalt des Päckchens, das, wie sich später herausstellt, eine große Summe von gefälschten Schillingnoten enthält, die eine künstliche Inflation[75] erzeugen sollen. Er fährt mit dem Zug durch die Tschechoslowakei nach Wien, wo er von einer Bande „Windjacken" empfangen wird, die angeblich im Dienste einer „höheren Sache" stehen, und gerät damit „von der Berliner jetzt in die Wiener Unterwelt." (S. 80)

Hier lernt er ein bedrohliches Wien kennen: „Ist er auch

wirklich in Wien und nicht durch irgendeinen unvorstellbaren Irrtum in eine andere Stadt gekommen, eine fremde, eine wilde östliche Stadt" (S. 81), eine gnadenlose Stadt der Gewalt, der Brutalität, der Nötigung und Erpressung, der unglaublichsten Verbrechen, und nicht die „Stadt meiner Träume".[76]

Die Windjacken – es sind ihrer vier – sind allesamt Burschenschafter, die ihn auf ihre Bude führen und Verhaltensregeln vorgeben. Zuerst soll er sofort nach Berlin zurück – er möchte aber in Wien bleiben, und der etwas umgänglichere Rudi Rameseder bietet ihm ein Zimmer zur Untermiete in der Wohnung seiner Eltern an. So lernt dieser eine ehemals gutbürgerliche vierköpfige Familie kennen, bestehend aus dem Vater, einem resignierten gealterten Hofrat, dessen Frau Helene, einer verbitterten Generalstochter, die der guten alten Zeit nachhängt und jetzt an wildfremde Leute ein kleines Zimmer vermieten muss, dem auf Abwege geratenen Sohn Rudi und der Tochter „Mutz", einer erfrischend rebellischen Gymnasiastin.

Sie belauert ihren neuen Mieter argwöhnisch, denn er hat Umgang mit ihrem Bruder, den beiden Wehrzahls, Söhne eines national gesinnten Professors für Geschichte an der Universität Wien, und dem Ferdinand Kaiser, der Schmitz auf den Semmering nachgefahren ist, um ihn zu überwachen. Ferdinand Kaisers Vater, ein ehemals erfolgreicher Hutmacher, ist arbeitslos und versucht, durch Selbstverstümmelung – er hackt sich einen Finger ab – von einer Versicherung Schadenersatz zu bekommen. Mutz verabscheut diese dubiosen Freunde ihres Bruders zutiefst. Als dieser einmal eine antisemitische Bemerkung macht, wirft sie ihm ein Buch an den Kopf (S. 160).

Schmitz erkrankt einmal ernsthaft und wird sorgfältig gepflegt. Zu Weihnachten verbringt er ein paar Tage auf dem Semmering, wo er den jüdischen Professor Frey und seinen beiden Töchtern Else und Susi, eine Schulfreundin der Mutz kennenlernt. Mit diesem führt er eingehende

Gespräche über Kolportage und Wirklichkeit. Als das Wetter umschlägt, fährt er nach Wien zurück. Das Geld beginnt ihm allmählich auszugehen, und er muss widerwillig seine Rückkehr nach Berlin planen, denn er hatte fallweise Empfindungen von Geborgenheit in diesem kleinen Kabinett, wohlumsorgt vom Dienstmädchen Monika, die wiederum mit dem Arbeitslosen Javornik liiert ist.

Mutz beobachtet einen heftigen Streit zwischen ihrem Bruder Rudi und dem rätselhaften Mieter, wodurch dieser ihre Achtung und auch Zuneigung gewinnt. Um den Windjacken zu entkommen, wird zu einer von Monika, Mutz und Javornik ausgeheckten List gegriffen: Schmitz – er hat inzwischen Mutz seine wahre Identität offenbart – kann spät abends in der Kleidung Javorniks und in Begleitung Monikas das Haus unbemerkt verlassen. Er fährt mit einem Lokalzug bis Prag und dann mit einem Schnellzug nach Berlin, seine Rückkehr hat er Irmgard telegrafisch angekündigt.

In den schäbigen Kleidern Javorniks läutet er an seiner Villa, Katinka öffnet und erkennt ihn ebenso wenig wie ein Polizist. Sie halten ihn für einen aufdringlichen Bettler, er wird weggewiesen. Ebenso wenig Glück hat er in der Kantine einer Baustelle, vor der die Aufschrift ‚Betreten verboten' angebracht ist. Ufermann sucht seinen Kompagnon Paul auf, der inzwischen Irmgard geheiratet hat und als alleiniger Eigentümer der Firma auftritt. Die Konfrontation der beiden endet damit, dass Paul versucht, ihn mit einer beträchtlichen Abfindung zum Verschwinden zu bewegen. Ihm gelingt es auch, den Wiedergekehrten in den Zeitungen und bei der Polizei als Schwindler zu denunzieren.

In einer anderen Zeitung wiederum wird das Gerücht aufgriffen, Ufermann müsse ja das Unglück überlebt haben; Beleg dafür sei das Telefonat mit Frau Köhler. Es werden Zeugen gesucht, die etwas über diesen verschwundenen Ufermann wüssten. Das ruft auch die amerikanische Versicherungsgesellschaft auf den Plan, die den liebenswürdigen

Anwalt Mr. Bell nach Berlin schickt. Ufermann begibt sich in das Redaktionsbüro, er wird von einem prominenten Journalisten und Erfolgsschriftsteller, dem Verfasser von ‚Triumph der Bestie' umsorgt.

Ein Treffen mit Lilo, der Geliebten Ufermanns, wird organisiert, das wie erwartet verläuft. Lilo stürzt ihm in die Arme. Die Mutter Ufermanns hingegen attestiert ihm zwar Ähnlichkeit mit ihrem ersten Sohn Gerhard, erkennt ihn aber nicht wieder. Ufermann gelingt es also vorerst nicht, seine frühere Identität wiederzuerlangen. Seine früheren Angestellten würden aus Angst, ihre Arbeit zu verlieren, nicht für ihn aussagen.

In Begleitung von Mr. Bell und eines Kriminalbeamten fliegt er nach Wien, um wenigstens seine Erzählung über die Monate in Wien, seinen Aufenthalt bei der Familie Rameseder belegen zu können. Mutz ist aber auf Skikurs, ihre Eltern sind mit ihrem Sohn Rudi, der verdächtigt wird, an der Ermordung eines jüdischen Schriftstellers beteiligt gewesen zu sein, zu einem Onkel nach Ungarn gebracht. Lediglich die Hausmeisterin Sikora und Javornik erkennen ihn als Herr von Schmitz wieder. Monika ist an einem mit einer Stricknadel herbeigeführten Abortus verstorben.

Er setzt seine Gespräche mit Prof. Frey fort, möchte sich ihm als Ufermann zu erkennen geben und das Versteckspiel beenden. Für diese Eröffnung ergibt sich aber nicht die passende Gelegenheit. Freys Töchter raten ihrem Vater, der immer häufiger Drohbriefe erhält, dringend, das Land zu verlassen, und das Ausland über die beängstigenden Entwicklungen in Österreich aufzuklären.

Mit seinen Begleitern reist er den Ramesders hinterher. Bei der Rückfahrt von Budapest nach Wien sprengt ein Attentäter eine Bahnbrücke in die Luft, wobei Ufermann umkommt. Mr. Bell und der Polizist überleben. Mutz, die in Ufermann verliebt war, liest während ihrer Rückreise vom Skikurs den Zeitungsbericht über das Bahnattentat und macht sich schwere Vorwürfe. Wäre sie in Wien geblieben, so hätte sie seine Identität bezeugen können, und Ufermann wäre nicht nach Ungarn gefahren und daher noch am Leben.

***

So die reichlich vertrackte und genial erfundene Geschichte, die einem Albtraum gleicht, aber dicht mit Realien vor allem der österreichischen Zeitgeschichte gesättigt ist. Die Jahre nach dem Börsenkrach (1929) waren geprägt von einer katastrophalen Wirtschaftskrise und einer immens hohen Arbeitslosigkeit. Darauf sind wohl auch die Turbulenzen der Firma Ufermann & Co zurückzuführen. Ufermann gerät in Berlin rasch in die Halbwelt der Straßenmädchen, der Boxer, der jungen Nazis, die den wirklichen Herrn Schmitz ermorden, weil er einen Auftrag abgelehnt hat, und mit dessen Papieren sie Ufermann nach Wien schicken. Die Wiener Unterwelt, die ja weit bedrohlicher wirkt, repräsentieren die verkommenen rassistischen Couleur-Studenten, die die Universität nur betreten, um die linken und vor allem jüdischen Kommilitonen zu drangsalieren und zu verprügeln, wobei die Polizei mit fadenscheinigen Begründungen jede Hilfestellung unterlässt.

Bei diesen brutalen Ausschreitungen im realen Wien kam es immer wieder auch zu schweren körperlichen Verletzungen, wie in manchen Autobiografien und Memoiren von Absolventen der Universität Wien nachzulesen ist. Stefan Zweig hat diesbezüglich nur negative Erinnerungen: „Schon der bloße Anblick dieser rüden, militarisierten Rotten, dieser zerhackten und frech provozierenden Gesichter hat mir den Besuch der Universitätsräume verleidet; auch die anderen, wirklich lernbegierigen Studenten vermieden, wenn sie in die Universitätsbibliothek gingen, die Aula und wählten lieber die unscheinbare Hintertür, um jeder Begegnung mit diesen tristen Helden zu entgehen."[77]

Hilde Spiel übt sich in nobler Zurückhaltung: „An der Universität war es ein bißchen anders. Da gab es manchmal häßliche Szenen, denn unter den Studenten war ein recht hoher Anteil Deutschnationaler oder Nationalsozialisten. Aber im normalen Leben habe ich es wirklich nicht empfunden."[78]

Hugo Huppert, der berühmte Übersetzer Wladimir Majakowskis, studierte in Wien Anfang der 20er Jahre Staatswissenschaften u. a. bei Hans Kelsen. In seiner Autobiografie lesen wir den folgenden ungeschminkten Bericht: „Den Ton gaben immer die Söhne wohlhabend-saturierter Unternehmerkreise an. Man brauchte sich bloß die buntbemützten Fratzen der wöchentlich beim Samstagrummel im Arkadenhof promenierenden Bummelfritzen, der Burschenschafter aller schlagenden und nichtschlagenden ‚Verbindungen' anzuschaun, darunter manche vom Mensurschmiß entstellte Visage. [...] Beim Bierkommers, auf dem Fechtboden, beim Wochenend-Aufmarsch trugen die meisten auch Schärpe und Degen. Das reinste Mittelalter. [...] Jetzt erlebte ich, in einer Vorlesung Karl Grünbergs sitzend und mein Kollegheft füllend, daß plötzlich ein Trillerpfiff dem Professor ins Wort fiel, worauf etwa dreißig Hörer aufsprangen und die vorbereitete Schrei-Attacke gegen den ‚Juden und Marxisten' Grünberg starteten: ‚Schluß und raus!' [...] Ähnliche Exzesse trugen sich an allen Hochschulen zu, in allen Fakultäten und Instituten. [...] Oft genug mußte ich die Uni durch ein Hinterpförtchen an der Reichsratsstraße betreten, weil vorn die Aula von Rowdys besetzt war, die Spalier bildeten und Tafeln trugen: ‚Für Hunde, Juden, Marxisten kein Eintritt!' Man mußte Spießruten laufen und riskierte, niedergeboxt zu werden. Kleinmütige Studenten ließen sich einschüchtern und trachteten, sich auf sich selbst zurückzuziehen und in sieben Sprachen zu schweigen."[79]

Einen damit übereinstimmenden Bericht bietet Bruno Kreisky in seinen Memoiren, der auch den Niedergang der Wiener Universitäten in der Zwischenkriegszeit beleuchtet: „Symbolhaft für den Ungeist und die Intoleranz des damaligen wissenschaftlichen Lebens erscheint mir bis heute die Ermordung des Begründers des sogenannten Wiener Kreises, Moritz Schlick. Obwohl sich diese Schule um politische Neutralität bemühte, hat es dennoch unterirdische Strömungen hinüber zu den sozialistischen Theoretikern gegeben; den Rechten jedenfalls war Schlick ein Dorn im Auge. Aus Wien gingen in diesem Jahrhundert übrigens auch drei Große in der Philosophie hervor: Ludwig Wittgenstein, dem ein entscheidender Durchbruch in der angelsächsischen Welt gelang, Kurt Gödel, der heute als einer der größten Mathematiker und Logiker betrachtet wird [...] und als dritter Karl Raimund Popper, dem ich zu meinem Glück noch begegnen konnte. Daß alle drei, sobald sie konnten, weggingen, zeigt, in welch üblen Dunstkreis die österreichische Wissenschaft geraten war."[80]

Dieser Niedergang der österreichischen Wissenschaften ist auch auf die systematische Behinderung und Verhinderung von Habilitationen jüdischer oder als Sozialdemokraten bekannter junger WissenschaftlerInnen zurückzuführen. An der Hauptuniversität hatte sich ein geheimer Kreis von nationalen und katholischen Professoren gebildet, der unter dem Decknamen „Bärenhöhle" gegen jüdische oder als links punzierte BewerberInnen erfolgreich agitierte.[81]

Der Historiker Heinrich von Sbrik, eines der prominenteren Mitglieder der „Bärenhöhle" (ab 1938 Mitglied der NSDAP), ist möglicherweise im Roman verewigt: In der Vorlesung des deutschnationalen Historikers Wehrzahl kommt es zu Ausschreitungen, eine jüdische Studentin wird schwer verletzt. Seine Söhne Lothar und Dietrich setzen sich nach Deutschland ab. Im Roman macht sich die Baronin Stefanie, die Schwester der Helene Rameseder, über die Wehrzahls und deren slawische Herkunft lustig: „Wer sind denn überhaupt diese Wehrzahls? Keine Familie. Böhmische Schneider aus Brünn. Haben alle miteinander einmal Wrzal geheißen. Das weiß ein jeder." (S. 127)

Wer sehr die Wiener Professorenschaft von der völkischen und rassistischen Ideologie geprägt war, belegt eine skandalöse Formulierung des prominenten Germanisten Josef Nadler. Er verteidigte die Ermordung des populären jüdischen Schriftstellers Hugo Bettauer (1872–1925) in der 4. Auflage seiner Literaturgeschichte: „Es war eine sinnvolle Handlung, als Hugo Bettauer 1925 seines schmutzigen Handwerks wegen von einem jungen Mann erschossen wurde."[83] Walter Muschg apostrophierte diese Literaturgeschichte zu Recht als „ein ragendes Monument einer dem chauvinistischen Rassenwahn verfallenen Literaturwissenschaft".[82]

Auf die Ermordung Bettauers nimmt der Roman unverkennbar Bezug. Der jüdische Intellektuelle Frey beobachtet die politische und rassistische Radikalisierung mit großer Sorge, die Nachricht vom Tod des befreundeten Schriftstellers, mit dem er gemeinsam die Schule besucht hatte, trifft ihn besonders. Anstatt aber um sein eigenes Leben zu fürchten, greift er in seiner Reflexion den Titel und das zentrale Thema des Romans auf, nämlich einem Menschen willkürlich das Leben zu verbieten. Er ist darüber bestürzt, „daß ein bekannter Schriftsteller und Journalist (ein ehemaliger Schulkollege übrigens) heute Mittag einem Attentat zum Opfer fiel. An seinem Schreibtisch sitzend ... abgeschossen wie ein wehrloses Wild ... jugendliche Fanatiker ... der Täter verhaftet..." (S. 187) Und etwas weiter: „Ach, es war kein großer Geist gewesen [...], ein kleiner Nutznießer von billigen erotischen Theorien, ein Feuilletonist [...] er liebte dieses Leben und es gehörte ihm. Wer wagt es, solch ein Leben zu verbieten?" (S. 188) Der Mörder Bettauers, der Zahntechniker Otto Rothstock[84], wird vom prominenten Nazi-Anwalt Walter Riehl verteidigt und kommt in einem der vielen Skandalurteile der ersten Republik glimpflich davon, denn Richter, Staats- und Rechtsanwälte waren im nazistischen Deutschen Klub gut vernetzt.[85]

Beim Bridgespiel wird auch auf den Vorfall am Anatomischen Institut verwiesen, der sich am 9. Mai 1933, also am Tag vor der Bücherverbrennung im Dritten Reich ereignet hatte.[86] Einen ausführlichen Bericht mit der Überschrift „Nazi-Überfall im Anatomischen Institut" bietet die *Arbeiter-Zeitung*: „Gestern hat es in verschiedenen Universitätsinstituten Ausschreitungen von Nazistudenten gegeben, die alles bisherige Maß an Gemeinheit und Rohheit, das man bei diesen Strolchen schon gewöhnt ist, weit übertreffen. [...] Mit Totschlägern, Stahlruten und Gummiknütteln schlugen sie die anders denkenden Studenten blutig und verletzten viele von ihnen schwer. Die feigen Burschen schämten sich nicht einmal, Mädchen zu schlagen, auf Verletzte, die schon aus vielen Wunden bluteten, stürzten die Unmenschen noch los und hieben weiter auf sie ein. [/] Die Währinger Straße hallte wider von den Hilferufen und Schmerzensschreien der Ueberfallenen, an den Fenstern des Anatomischen Instituts zeigten sich die Opfer der braunen Bestien, viele Studenten sprangen blutüberströmt aus den Fenstern, um den Verfolgern zu entgehen [...] Einige hundert braune Strolche waren da versammelt, der Großteil hochschulfremde Leute, auch besonders viele reichsdeutsche Naziagitatoren [...] Erst bildeten die Nazis ein Spalier, durch das sie die Studenten gehen ließen, dann fiel die Bande johlend mit schweren nägelbeschlagenen Stöcken, Stahlruten, Totschlägern und Gummiknütteln über die Studenten her. [...] man hörte die Hilferufe geschlagener Frauen, schließlich wurden die Fenster geöffnet und einige besonders übel zugerichtete Studenten sprangen auf die Straße. [...] Hunderte Menschen sammelten sich an und forderten in erregten Rufen, daß die Wache eingreife. [...] Als ein Pferdefuhrwerk mit Gerüstleitern an dem Institut vorüberfuhr, forderten die Leute den Kutscher auf, einige Leitern anzulegen, um die Eingeschlossenen zu befreien. Der Kutscher und sein Begleiter waren dazu bereit, aber sie wurden von den Wachleuten mit den Gummiknütteln weitergetrieben. [...] Die Verletzungen von siebzehn Studenten waren so schwer, daß sie auf die Unfallstation gebracht werden mußten. Gegen Ende der Schlacht fuhr ein Ueberfallsauto der Polizei vor dem Institut vor. Aber auch diese Mannschaften wurden nicht gegen die Strolche, sondern gegen die Menschen auf der Straße eingesetzt."[87] Das Skandalon bestand darin, dass weder Universitätsleitung noch Polizei sich bemühten, diesem Terror wirksam Einhalt zu gebieten, Identitätsfeststellungen vorzunehmen und die Schläger zu verhaften.

Maria Lazar arbeitet weitere, unglaubliche und daher kolportagewürdige Verbrechen in der Ersten Republik ein, nämlich jene der ‚Autofallen'. Immer wieder wurden dicke Baumstämme auf kurvenreiche Straßen gelegt, um einen Unfall zu provozieren und den Fahrer dann auszurauben; die noch lebensgefährlichere Variante bestand darin, ein Drahtseil über die Straße zu spannen: „Nicht weit von hier treibt ein Wahnsinniger, oder vielleicht sind es auch mehrere, sein Unwesen. Ein Draht über die Straße gespannt – es ist nicht lange her, da wurde ein Mann in seinem offenen Wagen buchstäblich geköpft. Die Welt der Kolportage, lieber Freund, ist gar nicht gar so weit entfernt von jeder Wirklichkeit, wie Sie es meinen. Ich könnte Ihnen Dinge erzählen – " (S. 165)

Das sind keine grellen Erfindungen eines paranoiden Intellektuellen, sondern schockierende Zeitungsberichte: Die *Kleine Volks-Zeitung* berichtet 1928 von einem derartigen Fall: „Donnerstag nachts fuhr der Taxi-Unternehmer Karl Bock mit seinem Auto und mit Passagieren von Mödling gegen Gumpoldskirchen. Im Gemeindegebiet von Guntramsdorf war über dem Straßenniveau in einer Höhe von einem Meter ein Drahtseil gespannt. Das Seil wurde durch das Auto abgerissen und der Wagen fuhr unbeschädigt bis Gumpoldskirchen weiter, wo die Anzeige von dem Vorfall erstattet wurde. [...] Es wurde festgestellt, daß der vier Millimeter starke Eisendraht in einer Höhe von 1,3 Meter über die Straße gespannt gewesen war. An der einen Seite war er an einer Telegraphenstange, an der andern Seite an einem Eschenbaum befestigt. Wäre der Draht höher gespannt gewesen, so hätte ein großes Unglück herbeigeführt werden können, der Draht hätte sogar die Insassen des Autos köpfen können."[88]

Auch das Eisenbahnattentat unweit von Budapest, das Ufermann nicht überlebt, ist nicht erfunden, sondern rekurriert auf einen realen Vorfall am 13. September 1931. Der in Wien als Immobilienmakler arbeitende Ungar Sylvester Matuschka hatte die Eisenbahnbrücke bei Bia-Torbágy gesprengt, zwei Dutzend Tote und viele Schwerverletzte des Nachtzuges Wien-Budapest waren zu beklagen. Schon davor hatte er allerdings weniger folgenreiche Anschläge in Deutschland und Österreich verübt. Mitte Juni 1932 beginnt in Wien das Gerichtsverfahren gegen ihn, worüber die Zeitungen in großer Aufmachung und sehr detailliert berichten.[89] Er wird zu vier Jahren Haft verurteilt und an Ungarn ausgeliefert. Ein plausibles Motiv für die Anschläge konnte nicht eruiert werden.

Doch nicht genug der grausigen Verbrechen, die beim gemütlichen Bridgespiel kolportiert werden: „Und jeden Tag ein neuer Mord oder gleich mehrere, wie heißt doch der, der Deutsche, der das Menschenfleisch dann auch noch verkauft hat, eingepökelt sehr ordentlich, und aus der Menschenhaut hat er sich Hosenträger gemacht, irgendwo bei Breslau. In Österreich sind wir noch nicht so weit, da spannen sie nur einen Draht über die Straßen, fahrt man im Auto vorbei, ist der Kopf auch schon weg." (S. 128)

Auch das ist keine krasse Erfindung, sondern war in Theodor Lessings Gerichts- und Sozialreportage *Haarmann. Geschichte eines Werwolfs* (1925) nachzulesen: „In einem von mehreren Parteien bewohnten Wohnhaus nahe der Stadt Münsterberg, an der Strecke Breslau-Glatz in Schlesien, lebte durch lange Jahre der Landwirt Karl Denke, ein als frömmster Kirchengänger des Sprengels bekannter und geehrter Einsiedler, 54 Jahre alt. Am 20. Dezember 1924 sprach ein vorübergehender Handwerksbursche [...] den Mann um eine Gabe an und wurde eingeladen, ins Haus zu kommen. Als er am Tische Platz genommen hatte, wurde er plötzlich von Denke mit einer Spitzhacke überfallen, doch gelang es ihm, zu entkommen. Nunmehr wurde Denke in Schutzhaft genommen, erhängte sich aber im Untersuchungsgefängnis. Darauf nahm die Polizei eine Haussuchung im Gehöft des Denke vor. Man fand zahlreiche Papiere von verschwundenen Handwerksburschen, sowie in der Scheuer Töpfe mit gepökeltem Fleisch, das von den Gerichtsärzten einwandfrei als Menschenfleisch festgestellt wurde. – Man konnte feststellen, dass der Mann seit mindestens 20 Jahren sehr viele Menschen, Mädchen und Jünglinge, tötete, aß, verschlang oder ihr Fleisch auf Märkten verkaufte."[90]

Lessing hatte dem Bericht über den Massenmörder und Polizeispitzel Haarmann eine fast apokalyptisch anmutende Studie über Hannover in den ersten Nachkriegsjahren vorangestellt: „Wahres Höllenchaos aber setzte ein, als dies preußische Machtreich zerbrach, und eine an Töten und ‚Requirieren' gewohnte, im fünfjährigen Weltkriege verwilderte Jugend, alle Zucht und Form abschüttelnd, in die völlig armgewordene, ausgesogene Heimat zurückkehrte. 14 Millionen Tote! Im Osten Hungersnöte, welche ganze Länderstriche dahinrafften und schließlich dahin führten, daß Eltern ihre Kinder, Kinder ihre Eltern fraßen. Entartung, Verarmung, Verwirrung ohnegleichen. Das deutsche Geld auf dem Weltmarkt so entwertet, daß nur durch das immer neue Drucken und Hinausschleudern immer neuer wertloser Papierfetzen ein trostloses Scheinleben von Tag zu Tag gefristet wurde. In dieser sogenannten ‚Inflationszeit', anhebend mit dem Zusammenbruch der deutschen Heere im Weltkrieg und den Stürmen der deutschen Revolution, begann die Bedeutung der Stadt Hannover als eines internationalen Durchgangs- und Schiebermarktes plötzlich zu wachsen. [...] An drei Stellen der Stadt erhob sich ein Gauner-Hehler- und Prostitutionsmarkt ohnegleichen, dessen die Behörden nicht mehr Herr wurden."[91]

Es kann einem kaum ein drastischeres und schonungsloseres Bild der ökonomischen und moralischen Verelendung der deutschen (und der österreichischen) Nachkriegsgesellschaft begegnen, wie es diese Schilderung Lessings bietet. Am 30. August 1933 wird Theodor Lessing im tschechischen Kurort Marienbad von drei Nationalsozialisten durch das offene Fenster erschossen.

Lessings Diagnose einer hemmungslosen Entmenschlichung und Barbarisierung der Nachkriegsdeutschen korreliert mit dem Motto aus Hölderlins Roman *Hyperion oder der Eremit in Griechenland*: „... ach! töten könnt ihr, aber nicht lebendig machen, wenn es die Liebe nicht tut, die nicht von euch ist, die ihr nicht erfunden."[92] Der Anfang des Zitats wird als Überschrift des achten Kapitels verwendet, in dem ein jüdischer Schriftsteller ermordet wird. Lazar hatte aus dem vorletzten Brief Hyperions an Bellarmin ausführlicher in der satirischen Zitatensammlung *Det tyska ansiktet* (Das deutsche Antlitz) zitiert. Hier seien lediglich zentrale Passagen dieser Anklage angeführt, um eine Kontextualisierung zu ermöglichen: „So kam ich unter die Deutschen. [...] Barbaren von alters her, durch Fleiß und Wissenschaft und selbst durch Religion barbarischer geworden, tiefunfähig jedes göttlichen Gefühls, verdorben bis ins Mark zum Glück der heiligen Grazien, in jedem Grad der Übertreibung und der Ärmlichkeit beleidigend für jede gutgeartete Seele, dumpf und harmonielos, wie die Scherben eines weggeworfenen Gefäßes [...] ich kann kein Volk mir denken, das zerrißner wäre, wie die Deutschen. Handwerker siehst du, aber keine Menschen, Denker, aber keine Menschen, Priester, aber keine Menschen, Herrn und Knechte, Jungen und gesetzte Leute, aber keine Menschen – ist das nicht, wie ein Schlachtfeld, wo Hände und Arme und alle Glieder zerstückelt untereinander liegen, indessen das vergoßne Lebensblut im Sande zerrinnt?"[93]

***

Die fiktive Geschichte des Ernst von Ufermann klingt für sich genommen schon unglaublich, sodass sie die zweifelhafte Dignität der Kolportage[94] beanspruchen kann. Was bedeutet der Begriff? Darunter verstand man in früheren Jahrhunderten den ambulanten Vertrieb von Druckwaren, von Kalendern, Moritaten, später auch von Romanen zweifelhafter Qualität (Hintertreppenromane), von Schauer- und Gespenstergeschichten, Geschichten, die das Tageslicht scheuen. Darauf scheint Walter Benjamin – allerdings ohne den Terminus zu bemühen – in den einleitenden Sätzen zu seinem Essay über Karl Kraus anzuspielen: „Alte Stiche haben den Boten, der schreiend, mit gesträubten Haaren, ein Blatt in seinen Händen schwingend, herbeieilt, ein Blatt, das voll von Krieg und Pestilenz, von Mordgeschrei und Weh, von Feuer- und Wassersnot, allerorten die ‚Neueste Zeitung' verbreitet."[95]

Ernst Bloch hat in mehreren Versuchen[96] der Kolportage ein positives Residuum des Utopischen nachgesagt und sie damit vom Kitsch abgehoben: Die Art des „wilden Märchens als Kolportage" sei „überhaupt wenig angesehen, nicht sowohl deshalb, weil sie leicht zum Schund abfällt, als weil die herrschende Klasse tätowierte Hänsel und Gretel nicht liebt. Das reißende Märchen also ist die Abenteuergeschichte, sie lebt am besten heute als Kolportage fort. Auf ihrem Gesicht liegt der Ausdruck eines anerkannt unfeinen Wesens, und ist auch öfters so. Doch zeigt die Kolportage durchgehends Märchenzüge [...] Der Traum der Kolportage ist: nie wieder Alltag; und am Ende steht: Glück, Liebe, Sieg. Der Glanz, auf den die Abenteurergeschichte zugeht, wird nicht wie in der Magazingeschichte durch reiche Heirat und dergleichen gewonnen, sondern durch aktive Ausfahrt in den Orient des Traums."[97] Der Kolportage in *Leben verboten!* ist jedes utopische Moment ausgetrieben.

Im Roman drängt nun das Okkulte an die Oberfläche, der Albtraum ist Wirklichkeit geworden. In den ernsthaften Diskussionen zwischen Prof. Frey mit seinen Töchtern und mit Ufermann wird immer wieder dieser Begriff bemüht, um die immer bedrohlicher werdenden Zeiten zu benennen. Sie sind die einzigen, die die Veränderungen offenen Auges wahrnehmen und sich nicht zu Verharmlosungen und Verdrängungen hinreißen lassen, während Ufermann nur langsam hellsichtiger wird. Lange Zeit wehrt er sich dagegen, den Zeitdiagnosen des Prof. Frey zu glauben, er hält beharrlich am Bild einer moralisch intakten Wirklichkeit fest. Wie die wöchentliche Bridgerunde bei der Familie Rameseder bagatellisiert auch er anfänglich die Umtriebe der Windjacken.

Als ein tschechischer Mitreisender von verständlichen scharfen Zollkontrollen berichtet, da vor kurzem ein Paket Dynamit in einem Zug gefunden worden sei, bemüht sich Ufermann zu entdramatisieren: „[...] der einzelne verliert die Zuversicht, aus jedem Unfall wird ein Attentat, aus jedem Päckchen eine Bombe, und selbst die harmloseste Alltagsszene verwandelt sich zu wilder Kolportage." (S. 75) Aber immerhin kommt ihm der Begriff in den Sinn. Ähnlich defensiv und kalmierend verhält er sich in seinem ersten Disput mit Frey, der sich ja nur für „diese ewigen Morde, die Katastrophen und Verwicklungen" interessiere, für die „eintönige Arithmetik der Verbrechen" und die „blutrünstige und falsche Welt der Kolportage, fern von jeder Wirklichkeit. [...] Höchster Luxus, tiefste Armut, Gräuel und schlechte Menschen, wie es sie gar nicht gibt." (S. 163)

Frey stellt diese Entgegnung aber sofort in Frage und verweist auf die ominöse, in der Absicht errichtete Autofalle, unschuldige Menschen zu köpfen. Ufermann glaubt dennoch, nichts damit zu schaffen zu haben. Er sei „ein Privatmann und weit entfernt von allem, was sich Verschwörung oder Kolportage nennt." (S. 172) Aber nach und nach schließt er sich der Einsicht Prof. Freys an, indem er das

Selbstbewusstsein eines (ehemaligen) Bankiers verliert und sich als bedrohtes und verfolgtes Opfer, „ein Opfer dieser Zeit" (S. 217) versteht. Liegt die Vergangenheit „nicht um Jahrhunderte zurück, heute, im Jahre 1932? Ist sie nicht längst zu einem Traum geworden, zu einer Phantasie? Während die andere, die Welt der Kolportage zur Wirklichkeit geworden ist für einen, der sich als ihr gehetztes Opfer fühlt." (S. 220) Die Erfahrung der Flucht wird immer wieder mit der historischen Verfolgung der Juden in Europa verknüpft, und damit reflektiert der Text auf indirekte, aber sehr eindringliche Weise die Erfahrung von Vertreibung und Exil.

Der dramatische Disput zwischen Prof. Frey und Ufermann gipfelt in der Einsicht, „daß die Welt der Kolportage dann [...] zur Weltgeschichte wird" (S. 223), zwei Dialogfetzen, die auch der Optimist und der Nörgler in Karl Kraus' *Letzten Tagen der Menschheit* hätten sprechen können.

Freys Tochter Else macht aber auch auf die Grenze des Kolportagebegriffs und auf die Ohnmacht ihres gelehrten Vaters aufmerksam, denn „ein Mann von deinem Geist und deinem Bildungsgrad" könne diese Welt zwar „erklären und beschreiben" aber nicht bekämpfen, da er nicht in ihr lebe. Gleich einer Kassandra befürchtet sie das Schlimmste: Die friedlichen Länder „können die Welt der Kolportage, die an ihren Grenzen lauert, nicht erfassen. Es fehlt ihnen die dazugehörige niedrige Phantasie. [...] Erzähl, erzähl, berichte, warne, solange es noch Zeit sein kann. Und laß dich nicht zum Schweigen bringen, auch wenn man dir nicht glauben will!" (S. 317)

Birgit Nielsen bringt die Stoßrichtung der Romane *Leben verboten!* und *Die Eingeborenen von Maria Blut* einleuchtend auf den Punkt: „Unter den interessantesten Arbeiten, die Maria Lazar geschrieben hat, sind die politischen Romane und Essays zu nennen, die die Entwicklung in Österreich behandeln. Ihre Auffassung ist, daß der Faschismus nicht nur ein preußisch-deutsches Phänomen ist, und nicht so sehr auf Bismarck und Friedrich den Großen zurückgeführt werden kann – wie es allgemein angenommen wird – sondern daß er eine wichtige Grundlage in dem deutschsprachigen Bevölkerungsteil der österreichisch-ungarischen Doppelmonarchie hat, bei dem der Antisemitismus und der Haß auf die slawischen Völkerschaften in Verbindung mit einer ausgeprägten Herrenvolkmentalität in Blüte standen. Einer der Essays heißt bezeichnend genug *Made in Austria* – und es ist der Faschismus, an den sie denkt. Die zwei Romane über Österreich [...] verdienen es, daß sie heute im Zusammenhang mit den Reflexionen über die Vergangenheit in Österreich neu aufgelegt werden."[98]

***

Der Berliner Bankier Ufermann ist anfänglich eine etwas blasse Figur, zurückhaltend, unentschlossen, zögerlich, ein zwar stattlicher, großgewachsener Mann in den besten Jahren, in besten Verhältnissen lebend, aber ein Mann ohne Konturen. In seiner Bank scheint ja auch sein Kompagnon Paul eher das Sagen zu haben. Dass es seiner Bank schlecht geht, hat nicht mit seinem Unvermögen zu tun, sondern mit den globalen Verflechtungen des Finanzwesens und der Wirtschaft.

Er ist der ungeliebte zweite Sohn, auch die Beziehung zu seiner Frau Irmgard ist eher als distanziert und kühl zu beschreiben. Er fühlt sich nicht wohl in seiner Haut und neigt immer wieder zu infantilen Regressionen, aus der schützenden Hülle des Bettes möchte er nicht heraus. Aber die Verkettung unglücklicher Zufälle beendet diese transitorisch anmutende Existenz, und man hofft als LeserIn, dass dieser blasse Ufermann etwas Farbe und Charakter gewinnt. Ihm liegt nicht nur daran, durch sein Untertauchen seine Bank zu retten, sondern auch daran, aus diesem unbefriedigenden Leben auszubrechen. Er lässt sich – wie ein Blatt im Wind – treiben, und er fügt sich einem Schicksal, das immer andere über ihn verhängen. Um mit wenig Geld und ohne Papiere Berlin verlassen zu können, nimmt er aus freien Stücken das Angebot des Boxers, der wohl einer nazistischen Organisation angehört, nach Wien mit falschen Papieren und einem mysteriösen Päckchen zu reisen. Dessen Inhalt interessiert ihn nicht, wie überhaupt sein Verhältnis zur Welt, zur Politik, zu seinen Mitmenschen durch Indolenz, durch fehlende Empathie gekennzeichnet ist.

Erst als er Wien auf der Strasse die Schreie „Juda verrecke!" hört, setzt ein Wandlungsprozess ein: „Er biegt ab in eine schmale Straße, ihm entgegen kommt ein Trupp Burschen marschiert. Ihre Schritte klingen hart auf dem Asphalt. Sie sagen im Takt – was sagen sie da nur im Takt – Juda verrecke! [....] Es geht ihn gar nichts an. Aber verrecke ist ein häßliches Wort. Irmgard würde solch ein Wort niemals in ihren Mund nehmen. Selbst Paul würde ganz einfach sagen: Stirb! Hinweg mit dir! Fort! Und verschwinde! Du bist ja einer von den viel zu vielen. In allen Nebenstraßen lauern sie. Betteln verboten! Sie füllen die Hörsäle der Universität. Denken verboten! Oder sie wollen ganz einfach essen, ohne zu arbeiten, all diese Überflüssigen. Leben verboten! [...] Da steht einer allein in einem Park und weiß: Es geht ihn etwas an." (S. 207f.)

Diese gnadenlose Indolenz gegenüber den Pauperisierten und Verfolgten teilt auch die ehemals gutbürgerliche Gesellschaft der Bridgerunde, die Mord und Terror des rechten Lagers als Lausbubenstreiche verharmlost und den Arbeitslosen, das Recht zu leben, abspricht. Dummheit, Arroganz, von der rechten Presse und Politik geschürter Klassenneid, Proletarisierungsängste und ein stupides Statusdenken prägen den Horizont dieser Gesellschaft, gegen die sich die wenigen positiven Figuren behaupten müssen.

Da ist das Dienstmädchen Monika, die sich einmal diesem Herrn Schmitz hingibt und am Ende an einer mißglückten Abtreibung umkommt. Ihr Kind hätte in dieser Gesellschaft keine Überlebenschancen, wie der Arbeitslose

Javornik, auch eine der wenigen integren Figuren, Ufermann erklärt. Zu diesen positiven Gestalten gehört auch Mutz Rameseder. Sie lebt mit ihrer Mutter, mit ihrem rechtsnationalen Bruder auf Kriegsfuß, dem ihr Jugendfreund Heini, der der Sozialdemokratie nahesteht, einmal eine Ohrfeige verpasst. Die kompromisslose und aufmüpfige Mutz glaubt an eine andere Gesellschaft, eine der Solidarität, der Egalität, der Demokratie. Sie glaubt daran, dass „alle Menschen gleich sind und so weiter. Und daß ein jeder alles haben soll und daß man keinem was verbieten darf, Sie wissen schon. Unlängst erst, vor ein paar Tagen, erwisch ich meine Tochter, die Tochter vom Herrn Hofrat Rameseder, bei der Hausmeisterin. Politisiert dort mit dem Javornik. Sie kennen ihn, den Arbeitslosen." (S. 146f.) So die Klagen der Mutter, die eben meint, wer nicht arbeite, solle auch nicht essen.

Damit beginnt der Titel des Romans, sich nicht nur auf das individuelle Schicksal der Hauptfigur, sondern auf jene Kollektive der hunderttausenden ‚Überflüssigen' zu beziehen, denen die konservative Politik der Christlichsozialen zunehmend die materielle Existenzgrundlage (Aussteuerung, Deflationspolitik) entzieht, und auf die Gruppe der angefeindeten jüdischen Minderheit (Ermordung eines jüdischen Schriftstellers, Ausschreitungen gegen jüdische Studierende).

Der Roman nimmt dadurch eine gesellschaftliche Totalität in den Blick, sodass das merkwürdige Schicksal des Ufermann sich als Parabel auf die politischen Krisen der frühen 30er Jahre in Österreich lesen lässt. Ufermann legt ja nicht nur seine (falsche) Identität als Edwin von Schmitz ab, sondern auch jene des Bankiers, am Ende gelangt erst im Spiegelbild als Javornik, als Arbeitsloser und Überflüssiger in einer Gesellschaft, die seinesgleichen nicht mehr bedarf, zur Selbsterkenntnis, zu seiner wahrhaften Identität. Deshalb stellt er am Ende gegenüber Mr. Bell in Abrede, Ernst von Ufermann zu sein.

Dem apokalyptischen Bild Österreichs setzt Lazar in ihrem Roman gleichsam en passant eine andere Welt entgegen, die sich durch Hilfsbereitschaft und Solidarität, die ja das österreichische Bürgertum vermissen lässt, auszeichnet. Und diese Erfahrung von Humanität und Empathie erfährt Ufermann auf seiner Zugreise durch die Tschechoslowakei, er wird von einem wildfremden Herrn eingeladen, ihn in seiner Stadt zu besuchen, ein junges Mädchen versteckt das ominöse Päckchen Ufermanns in ihrem Reisenecessaire. Die Reisenden im Abteil sorgen sich rücksichtsvoll um das Wohl eines weinenden Kleinkindes: Hier ist das Leben noch erlaubt. Auch die Hausmeisterin Sikora und der Arbeitslose Javornik führen slawische Namen. Diese slawische Lebenswelt, die auch die Wiener Unterschichten bis zum Ende der Monarchie prägte und zu der wohl auch das Dienstmädchen Monika gehört, kontrastiert eine gespaltene österreichische Gesellschaft. Die erste österreichische Republik radikalisiert sich nach den krisenhaften Erfahrungen des Justizpalastbrandes (1927) und dem Börsenkrach von 1929. Sie steuert auf die Katastrophen der Errichtung einer klerikalfaschistischen Diktatur, des Bürgerkriegs im Februar 1934 und des nazistischen Putschversuches im Juli 1934 zu.

***

Die Risikobereitschaft des Verlegers Albert C. Eibl und mein editorisches Engagement haben sich gelohnt. Dank der beharrlichen Bemühungen des Wiener Großneffen Judith Lazars, Markus Ch. Oezelt, gelangte Mitte Februar 2020 das Typoskript des Romans an den Verleger, bei dem ich mich auch für die Korrekturlektüre bedanke. Meiner Kollegin am Institut für Germanistik, Kira Kaufmann, bin ich ebenfalls Dank schuldig für wertvolle Hinweise und die aufmerksame Durchsicht der Druckfahnen.

Der Nachlass Maria Lazars befindet sich weiterhin in Northampton bei London im Privatbesitz der Erben von

Judith Lazar, die im Jänner 2020 verschieden ist, und es wäre dringlich, diesen einer öffentlichen Institution zu übergeben.

Der Leiter des Österreichischen Literaturarchivs an der Nationalbibliothek hat mehrfach sein massives Interesse am Erwerb dieses Nachlasses bekundet. Weitere wünschenswerte Editionsprojekte oder auch eine philologisch fundierte Gesamtausgabe hängen von der Zugänglichkeit des Nachlasses der Dichterin ab, deren Texte ja von einer manchmal geradezu bestürzenden Aktualität sind.

Anmerkungen

1 Maria Lazar: *Envenenamiento*. Übers. v. Pilar Mantilla. Verl. Báltica Editorial 2018. – Maria Lazar: *Forgiftet*. Oversat af Helge Scheuer Nielsen. Kopenhagen: Kvinder Skriver 2019.
2 Vgl. u.a. Doris Tropper: *Das Spiel mit der Identität: Biografiearbeit am Beispiel faszinierender Persönlichkeiten.* Komplett-Media 2016 (nur e-Book), S. 28f. – Barbara Denscher: *Lesereise Dänemark: Von Wikingern und Brückenbauern.* Wien: Picus Verlag 2017, S. 87ff. – Anne E Dünzelmann: *Stockholmer Spaziergänge: Auf den Spuren deutscher Exilierter 1933–1945.* (book on demand) 2017.
3 Eine Ausnahme stellt Lazars Erzählung *Die Schwester der Beate* dar, in der Anthologie *Die rote Perücke: Prosa expressionistischer Dichterinnen.* Hrsg. v. Hartmut Vollmer. Hamburg: Igel Verlag, 2010, S. 97–107.
4 Helmut Müssener: *Exil in Schweden. Politische und kulturelle Emigration nach 1933*. München: Hanser 1974, S. 315.
5 Birgit Nielsen: *Maria Lazar*. Eine Exilschriftstellerin aus Wien. In: *Text und Kontext*, Jg. 11 (1983) H. 1, S. 138–194; Dieselbe: *Frauen im Exil in Dänemark nach 1933 – beleuchtet anhand einiger einzelner charakteristischer Schicksale*. In: Hans Uwe Petersen (Hrsg.): *Hitlerflüchtlinge im Norden Asyl und politisches Exil 1933–1945.* Kiel: Neuer Malik Verl. 1991, S. 145–166, zu Lazar S. 162–165. Willy Dähnhardt und Birgit Nielsen: *Geflüchtet unter das dänische Strohdach. Schriftsteller und bildende Künstler im dänischen Exil nach 1933*. Ausstellung der Königlichen Bibliothek Kopenhagen in Zusammenarbeit mit dem Kultusminister des Landes Schleswig-

Holstein. Heide in Holstein: Westholsteinische Verlagsanstalt Boyens & Co. 1988.
6 *Karin Michaelis: Kaleidoskop des Herzens.* Eine Biografie von Beverley Driver Eddy. Übers. v. Vikebe Munk u. Jörg Zeller. Wien: Edition Praesens 2003.
7 Eckart Früh: *Noch mehr. Hermann Schwarzwald: Gelegenheitsgedichte. – Maria Lazar: Knorke und andere Beiträge für sozialdemokratische Blätter.* Wien 1996. – Ders.: *Maria Lazar.* Wien 2003 (Spuren und Überbleibsel 49).
8 Marion Neuhold: *Maria Lazar (1895–1948). Analyse ihres Exilromans ‚Die Eingeborenen von Maria Blut'.* Wien 2013.
9 Brigitte Spreitzer: *Texturen. Die österreichische Moderne der Frauen.* Wien: Passagen-Verl. 1999, S. 179–185.
10 Elias Canetti: *Das Augenspiel. Lebensgeschichte 1931–1937.* München: Hanser 1985, S. 26f. Ähnliche lautende Berichte über diese Lesung finden sich in seinen Briefen an Manfred Durzak (24. 7. 1968) und an Herbert Göpfert (18. 3. 1970), in denen Maria Lazar immerhin als „Wiener Dichterin", als „gemeinsame Freundin" apostrophiert wird, die „unter dem Namen Esther Grenen schrieb." In: Elias Canetti: *Ich erwarte von Ihnen viel: Briefe.* A. d. Nachlass hrsg. v. Sven Hanuschek u. Kristian Wachinger. München: Hanser 2018.
11 Hermann Broch – Daniel Brody: *Briefwechsel 1930–1951.* Hrsg. v. Bertold Hack u. Marietta Kleiß. Frankfurt 1971 (Sonderdruck aus dem Archiv für Geschichte des Buchwesens XII), Sp. 393 u. 445.
12 Ernst Fischer: *Erinnerungen und Reflexionen.* Reinbek: Rowohlt 1969.
13 Oskar Kokoschka: *Mein Leben.* Vorw. v. Remigius Netzer. Wien: Metro Verl. 2008.
14 Paul Michael Lützeler: *Hermann Broch. Eine Biographie.* Frankfurt: Suhrkamp 1985.
15 Bernhard Viel: *Egon Friedell. Der geniale Dilettant.* München: C. H. Beck 2013.

16 Ernst Fischer/ Wilhelm Haefs (Hrsg.): *Literatur des Expressionismus in Wien*. Salzburg: Otto Müller Verl. 1988.
17 Klaus Amann / Armin A. Wallas (Hrsg.): *Expressionismus in Österreich. Die Literatur und die Künste*. Wien, Köln, Graz: Böhlau 1994.
18 Ödön von Horváth: *Fiume, Belgrad, Budapest, Preßburg, Wien, München*. In: *Sportmärchen, andere Prosa und Verse*. Frankfurt: Suhrkamp 1988, S.184f.
19 Auguste Lazar: *Arabesken. Aufzeichnungen aus bewegter Zeit*. Berlin: Dietz Verl. 1962, S. 237: „Diese Schwester mußte die schauerliche Groteske erleben, daß die Nazis zwei ihrer Schwestern ermordeten und daß dieselben Nazis ihren einzigen Enkel in die Uniform der Wehrmacht steckten und unter dem verfluchten Hakenkreuzbanner auf sowjetische Erde schleppten, wo er für die schlechteste Sache der Welt fiel."
20 Vgl. yadvashem.org: Deported with Transport 39, Train Da 225 from Vienna, Austria to Maly Trostenets,Camp, Belorussia (USSR) on 31/08/1942.
21 Waltraud Barton, IM-MER (Hrsg.): *Ermordet in Maly Trostinec. Die österreichischen Opfer der Shoa in Weißrussland*. Wien: new academic press 2012.
22 Auguste Lazar, *Arabesken*, S. 235.
23 Auguste Lazar, *Arabesken*, S. 236.
24 Auguste Lazar, *Arabesken*, S. 52.
25 Deborah Holmes: *Langeweile ist Gift. Das Leben der Eugenie Schwarzwald*. St. Pölten: Residenz Verlag 2012.
26 Deborah Holmes: „*Genia" Schwarzwald and Her Viennese „Salon"*. In: *Austrian lives*. Hrsg. v. G. Bischof, F. Plasser u. E. Maltschnig. Innsbruck: University press 2012, S. 190–211.
27 Egon Friedell / Alfred Polgar: *Goethe und die Journalisten. Satiren im Duett*. Hrsg. v. Heribert Illig. Wien: Löcker Verl. 1986, S. 157f.
28 Auguste Lazar, *Arabesken*, S. 54f.

29 Karin Michaelis: *Der kleine Kobold. Lebenserinnerungen.* Freiburg: Kore 1998, S. 261.
30 Genia Schwarzwald: *Esther Grenen, oder: Wie kommt eine Wienerin zu Erfolg?* In: *Neue Freie Presse* (15.5.1934), S. 9.
31 Vgl. Murray G. Hall: *Österreichische Verlagsgeschichte 1918-1938.* Wien, Köln: Böhlau 1985, Bd. 2, S. 415–437.
32 Vgl. Freya K. Schmiedt: *Der E. P. Tal-Verlag. Eine Edition der Korrespondenz E. P. Tal-Carl Seelig.* Dipl. Arbeit. Wien 2002, S. 118. Der Umschlagentwurf stammt von Rudolf Geyer. Der Text soll Schmiedt zufolge den Untertitel „Ein kleiner Roman" führen.
33 Auguste Lazar, *Arabesken*, S. 56.
34 Robert Musil: *Wiener Theaterereignisse* (30. März 1921) in: *Gesammelte Werke in neun Bänden.* Hrsg. v. Adolf Frisé. Reinbek: Rowohlt 1981, Bd. 9, S. 1475f.
35 Thomas Mann: *Tagebücher 1918–1921.* Hrsg. v. Peter de Mendelssohn. Frankfurt: S. Fischer 1979, S. 420.
36 Hermann Menkes: *Wiener Erzählungen.* In: *Neues Wiener Journal* (6.5.1920), S. 3.
37 *Reichspost* vom 25. 3. 1921: „Eine blutrünstige, sketchartige Dreistigkeit, deren Autorin, eine kleine Kommunistin, oftmals erschien, um für den entsprechend stürmischen Beifall der Parteifreunde zu danken."
38 Musil, *Wiener Theaterereignisse.*
39 Alfred Polgar: *Wiener Theater.* In: *Die Weltbühne* 14 (7. 4. 1921), S. 389–391 (in der verdienstvollen Bibliographie Eckart Frühs nicht angeführt).
40 *Neues Wiener Tagblatt* (26.03.1921), S. 8.
41 Hanno Loewy: *Béla Balázs: Märchen, Ritual und Film.* Berlin: Vorwerk 8 2003, S. 265f.
42 *Der Tag* (Beilage Tag der Jugend) 10.12. 1922 , S. 11.
43 Mappe Maria Lazar, Literaturhaus Wien.
44 Arthur Koestler: *Ein spanisches Testament.* (ED 1938) Europaverlag 2018 (e-Book), keine Pagina.
45 https://righteous.yadvashem.org/?search=Strindberg%

20Friedrich&searchType=righteous_only&language=en&itemId=8069098&ind=0
46 Seit 2019 in der *Süddeutsche Zeitung Edition* wieder erhältlich.
47 Zit. nach Nielsen, *Lazar*, S. 189.
48 Vgl. Murray G. Hall: *Der Paul Zsolnay Verlag. Von der Gründung bis zur Rückkehr aus dem Exil.* Tübingen: Niemeyer 1994, S. 190f.
49 Auguste Lazar, *Arabesken*, S. 164.
50 Murray G. Hall: *Literatur im Bild*. In: Stefan Riesenfellner und Josef Seiter: *Der Kuckuck. Die moderne Bild-Illustrierte des roten Wien*. M. e. Beitrag von Murray G. Hall. Wien: Verl. für Gesellschaftskritik 1995, S. 164–169, Zit. S. 167.
51 Esther Grenen: *Veritas forhekser Byen*. Kopenhagen 1931.
52 Vgl. Nielsen, *Lazar*, S. 150.
53 Schwarzwald, *Grenen*, S. 9.
54 Auguste Lazar, *Arabesken*, S. 51
55 Maria Lazar: *Fog over Dybern*. Typescript. British Theatre Museum Association. [ca. 1930]
56 *Der Wiener Tag* (9.9.1934), S. 9
57 *Karin Michaëlis. Kaleidoskop des Herzens.* Eine Biographie v. Beverley Driver Eddy. Deutsche Übers. v. Vibeke Munk und Jörg Zeller. Wien: Edition Praesens 2003, S. 212f.
58 Victor Klemperer: *Ich will Zeugnis ablegen bis zum letzten. Tagebücher 1933–1941.* Hrsg. v. Walter Nowojski unter Mitarbeit v. Hadwig Klemperer. Berlin: Aufbau-Verlag 1995, S. 59. Für den Hinweis danke ich Iris Harter, die in einem Mail vom 17.1.2017 zu den *Eingeborenen von Maria Blut* schrieb: „Ich habe selten so etwas Dichtes, Rhythmisches, Blitzgescheites gelesen. Die Sprache so direkt und heutig, die Gedanken messerscharf, genial gebaut. Sehr, sehr schön. Ein unglaublich wichtiges Buch."

59 Klemperer, S. 182 (Februar 1935).
60 Klemperer, S. 259.
61 Margarete Steffin: *Briefe an berühmte Männer. Walter Benjamin – Bertolt Brecht – Arnold Zweig*. Hrsg. v. Stefan Hauck. Hamburg: Europäische Verlagsanstalt 1999, S. 116–118.
62 Für die Hinweise auf 13 Beiträge in der schwedischen Tageszeitung *Tidevarvet* (1929–1946) sei Tomi Tapani Pajasmaa gedankt, für die Bibliographie der 29 Artikel Grenens in der *Basler National-Zeitung* (1937–1942) danke ich Bettina Braun.
63 Esther Grenen: *No right to live*. Translated by Gwenda Davis. London: Wishart & Co. 1934.
64 Esther Grenen: *Die Eingeborenen von Maria Blut*. Roman. Rudolstadt: Greifen Verl. 1958. Weiterführende Informationen in meinem Nachwort zur Neuauflage (Wien: DVB Verlag 2015).
65 Esther Grenen: *Das Jubiläum von Maria Blut. Szenen aus dem Roman ‚Die Eingeborenen von Maria Blut'*. In: *Das Wort* (Moskau). Literarische Monatsschrift, Heft 2 (1937), S. 68–73.
66 Auguste Lazar, *Arabesken*, S. 164.
67 Vgl. Hall, *Österreichische Verlagsgeschichte* II, S. 184ff.
68 Peter Weiss: *Die Ästhetik des Widerstands*. Roman. Frankfurt: Suhrkamp 1983, 2. Bd., Zitate S. 316, 319 und 326.
69 Bruno Schlögl: *Die politische Satire bei Maria Lazar, dargestellt am Beispiel ihrer beiden Werke: Die Eingeborenen von Maria Blut (1935) und Det tyska ansiktet. Uttalanden av ledande tyskar (1943)*. Wien: Dipl.Arbeit 2018, S.72–106.
70 Helmut Müssener: *Exil in Schweden. Politische und kulturelle Emigration nach 1933*. München: Hanser 1974, S. 315. Das berühmte Epigramm Grillparzers lautet korrekt: „Der Weg der neuern Bildung geht / Von Humanität / Durch Nationalität / Zur Bestialität." Vgl. Franz

Grillparzer: *Sämtliche Werke. Ausgew. Briefe, Gespräche, Berichte.* Hrsg. v. P. Frank u. K. Pörnbacher. München: Hanser 1960ff., Band 1, S. 500.
71 Elsa Björkman-Goldschmidt: *Es geschah in Wien. Erinnerungen.* Hrsg. v. Renate Schreiber. Wien, Köln, Weimar: Böhlau 2007, S. 350f.
72 Auguste Lazar, *Arabesken*, S. 372.
73 Literaturhaus Wien, Mappe Maria Lazar.
74 Grenen, *Das Jubiläum*.
75 Vgl. S. 274: „Soweit wir unterrichtet sind, hatten diese tollen Wirrköpfe nämlich die Absicht, durch fortgesetzte Banknotenfälschungen eine künstliche Inflation zu erzeugen, um so der Verwirklichung ihrer phantastischen Ideale näher zu kommen."
76 Rudolf Sieczyński (1879–1952): *Wien, du Stadt meiner Träume.* Wien: Robitschek 1912: „Wien, Wien, nur du allein / Sollst stets die Stadt meiner Träume sein! / Dort, wo die alten Häuser stehn, / Dort, wo die lieblichen Mädchen gehn! / Wien, Wien, nur du allein / Sollst stets die Stadt meiner Träume sein! / Dort, wo ich glücklich und selig bin, / Ist Wien, ist Wien, mein Wien!"
77 Stefan Zweig: *Die Welt von Gestern. Erinnerungen eines Europäers.* Frankfurt: S. Fischer 2003, S. 117.
78 Hilde Spiel: *Die Grande Dame. Gespräch mit Anne Linsel in der Reihe "Zeugen des Jahrhunderts".* Hrsg. v. Ingo Hermann. Göttingen: Lamuv 1992, S. 34.
79 Hugo Huppert: *Die angelehnte Tür. Bericht von einer Jugend.* Halle/Saale: Mitteldeutscher Verlag 1976, S. 465ff.
80 Bruno Kreisky: *Zwischen den Zeiten. Erinnerungen aus fünf Jahrzehnten.* Berlin, Wien: Siedler Verlag und Kremayr & Scheriau 1986, S. 168ff.
81 Klaus Taschwer: *Geheimsache Bärenhöhle. Wie ein antisemitisches Professorenkartell der Universität Wien nach 1918 jüdische und linke Forscherinnen und Forscher vertrieb.* In: Regina Fritz, Grzegorz Rossoliński-Liebe, Jana

Starek (Hrsg.): *Alma mater antisemitica: Akademisches Milieu, Juden und Antisemitismus an den Universitäten Europas zwischen 1918 und 1939.* Wien: new academic press 2016, Bd. 3, S. 221-242.
82 Walter Muschg: *Die Zerstörung der deutschen Literatur.* Bern: Francke 1958, S. 300.
83 Josef Nadler: *Literaturgeschichte des Deutschen Volkes. Dichtung uns Schrifttum der deutschen Stämme und Landschaften.* Bd. 4. Berlin 1941, S. 469.
84 Vgl. Murray G. Hall: *Der Fall Bettauer.* Wien: Löcker 1978.
85 Vgl. Andreas Huber, Linda Erker und Klaus Taschwer: *Der Deutsche Klub. Austro-Nazis in der Hofburg.* Wien: Czernin Verlag 2020.
86 S. 128.: „Unlängst erst ist die Feuerwehr gekommen und hat ein paar Juden mit der Leiter zum Fenster heraus geholt beim anatomischen Institut. – Mein Gott, ein paar Juden. – Heut sind die Juden dran. Und morgen?"
87 *Arbeiter-Zeitung* (10. 5.1933), S. 3. Zwischentitel wurden entfernt.
88 *Die Kleine Volks-Zeitung* (5. 5. 1928), S.2f.: „Ins Drahtseil gefahren. Autofalle bei Guntramsdorf."
89 Z. B.: *Der Abend* (15. 6. 1932), S. 1-3.
90 Theodor Lessing: *Haarmann. Die Geschichte eines Werwolfs und andere Gerichtsreportagen.* Hrsg. v. Rainer Marwedel. München: dtv 1995 (ED Berlin1925), S. 82.
91 Lessing, *Haarmann*, S. 52f. Ähnliche Formulierungen finden sich in Roman: „Aber heutzutag wird ja das Unterste zu oberst gekehrt. Kein Mensch arbeitet was, wozu denn auch, das Geld ist nichts wert, die besten Aktien nur ein paar Papierfetzen, die Häuser werfen höchstens noch die Ziegelsteine ab und alle Augenblick fliegt eine große Bank in die Luft, man weiß nicht wie, es gibt eben keine Sicherheit." (S. 127)
92 Friedrich Hölderlin: *Sämtliche Werke und Briefe.* Hrsg. v. Günter Mieth. Darmstadt: WBG 1989, Bd. 1., S. 737f.

93 Hölderlin, *Werke*, S. 737.
94 Vgl. *Reallexikon der deutschen Literaturwissenschaft* [...] Bd. 2. Gemeinsam mit Georg Braungart, Klaus Grubmüller, Jan-Dirk Müller, Friedrich Vollhardt und Klaus Weimar hrsg. v. Harald Fricke, Berlin, New York: de Gruyter 2000, S. 286–289.
95 Walter Benjamin: *Karl Kraus*. In: Walter Benjamin: *Gesammelte Schriften* II.1 (=Werkausgabe 4). Unter Mitwirkung von Theodor W. Adorno u. Gershom Scholem hrsg. v. Rolf Tiedemann u. Hermann Schweppenhäuser. Frankfurt: Suhrkamp 1980, S. 354–367, Zitat S. 354.
96 Ernst Bloch: *Urfarbe des Traums*. In: *Die Literarische Welt* (3. 12. 1926). Nachdruck in: *Jahrbuch der Karl May-Gesellschaft* (1971), S. 11–16. – Ders.: *Über Märchen, Kolportage und Sage*. In: *Erbschaft dieser Zeit*. Frankfurt: Suhrkamp 1981 (Ed 1935), S. 168–185.
97 Ernst Bloch: *Das Prinzip Hoffnung*. Frankfurt: Suhrkamp 1982, Bd. 1, S. 426.
98 Nielsen, *Frauen im Exil in Dänemark*, S. 162ff.

WEITERE ENTDECKUNGEN

IM VERLAG

DAS VERGESSENE BUCH

Maria Lazar (1895–1948)

DIE VERGIFTUNG

Maria Lazars expressionistischer Erstlingsroman ist eine faszinierende Mischung aus Sittenroman und autobiographischer Familiengeschichte. Zugleich ist es eine Tour de Force literarischer Selbstbehauptung. In dreizehn, zyklisch angeordneten Kapiteln umkreist das Werk das Leben der zwanzigjährigen Protagonistin Ruth, erzählt von ihren Ängsten, Hoffnungen und Unzulänglichkeiten, von ihrer zerstörerischen Liebe zu einem namenlosen, älteren Mann und ihrem mit brutaler Vehemenz ausgetragenen Kampf gegen die Vereinnahmungsversuche der überdominanten Mutter. Lazar schrieb ihn 1915, als sie gerademal zwanzig Jahre alt war, in einer mächtigen, vernichtenden Wendung gegen die moralisierend-restaurative Lebenswelt des Wiener Großbürgertums vor Beginn des Ersten Weltkriegs; eine Welt, die sie als das jüngste Kind einer vermögenden, jüdischen Wiener Familie bestens kannte, in der sie sich aber niemals wirklich heimisch fühlte.

„Man fragt sich, warum und wie das Werk ein Jahrhundert lang der Aufmerksamkeit entgehen konnte."

– Sandra Kerschbaumer, **Frankfurter Allgemeine Zeitung**

„Eine so eigenwillige und eine so starke Sprache hat man lange nicht mehr vernommen, [...]."

– Michael Rohrwasser, **Wiener Zeitung**

„Ein Antibürgerbuch. Ausdrucksstark, expressionistisch [...]"

– Peter Pisa, **Kurier**

DIE EINGEBORENEN VON MARIA BLUT

Schon im dänischen Exil, wohin sie bereits 1933 zusammen mit ihrer Tochter Judith emigrierte, schrieb Maria Lazar an ihrem großen Zeit- und Widerstandsroman *Die Eingeborenen von Maria Blut*, den sie bereits 1937, durch die Vermittlung Ihres Freundes Bertold Brecht, in der bekannten Moskauer Exilzeitschrift *Das Wort* veröffentlichen konnte. Der Roman spielt im fiktiven österreichischen Provinzstädtchen Maria Blut und schildert auf beängstigend eindrückliche Weise das Heranreifen des Nationalsozialismus in Österreich. Vergeblich hat sie es österreichischen wie Schweizer Verlagen angeboten; keiner wollte es drucken. Ein Schweizer Verleger schrieb ihr sogar einen begeisterten Brief deswegen, doch könne er die Herausgabe nicht riskieren, schon aus dem Grunde, „weil der ‚Markt' dafür zu eng geworden wäre".

„[...] ein trefflich böser satirischer, nun neu edierter Roman über das Heraufdämmern des Nationalsozialismus in einer kleinen österreichischen Provinzstadt."

– Franz Haas, **Neue Zürcher Zeitung**

„[...] ein kleines literarisches Wunderwerk."

– Thomas Mießgang, **DIE ZEIT**

Marta Karlweis (1889–1965)

SCHWINDEL
GESCHICHTE EINER REALITÄT

Mit ihrem letzten Roman *Schwindel*, der 1931 bei S. Fischer erscheint, zeichnet Marta Karlweis mit Verve und viel Sinn für soziale Abgründe ein erschütterndes Bild des ökonomisch deklassierten Bürgertums im noch kriegstraumatisierten Österreich der Ersten Republik. Über drei Generationen hinweg verfolgt sie das Schicksal einer höchst exemplarischen Kleinbürgerfamilie, deren ganze Existenz auf einer langen Kette aus Betrügereien zu fußen scheint. Dabei arbeitet Karlweis bewusst mit satirischen und grotesken Überzeichnungen und begründet damit eine Tradition weiblichen Schreibens, die Veza Canetti in der *Gelben Straße* aufgreift und die später bis zur Schreibpraxis der Nobelpreisträgerin Elfriede Jelinek führen wird.

"'Schwindel' ist ein Roman von großer Wucht, vom ersten Absatz an."

– Bettina Eibel-Steiner, **Die Presse**

"Das Raffinierte am 'Schwindel' ist, wie klug und weitsichtig Marta Karlweis das Unglück von Ungebildeten schildert."

– Hedwig Kainberger, **Salzburger Nachrichten**

"In 'Schwindel' erzählt Marta Karlweis souverän und mit satirischer Schärfe die Verfallsgeschichte einer Familie."

– Karl Wagner, **Der Falter**

EIN ÖSTERREICHISCHER DON JUAN

Marta Karlweis' 1929 erstmals erschienener Roman entlarvt auf psychologisch raffinierte Weise die Heuchelei und moralische Doppelbödigkeit der herrschenden Schichten zur Zeit der ausgehenden Habsburgermonarchie: Der wohlhabende Wiener Baron Erwein von Raidt ist ein Frauenheld, wie er im Buche steht. Sein Verhältnis mit der schönen Witwe Löwenstein lässt er schnell fallen, als er ihrer bezaubernden 21-jährigen Tochter Cecile begegnet. Nachdem diese schwanger wird, bricht er auf der Stelle den Kontakt zu ihr ab. Um sich selbst zu schützen, verkuppelt er sie mit einem nichtsahnenden deutschen Industriellen. Als die junge Cecile endlich den wahren Charakter Erwein von Raidts durchschaut, ist sie bereits unheilbar krank. Für den einstigen skrupellosen Frauenhelden und Bonvivant vergehen die Jahre weiter mit Liebesabenteuern, Verführungen und Eroberungen – bis ihn schließlich seine letzte Geliebte verwandelt und zu ihrem hörigen Sklaven macht.

„Ebenso wie Joseph Roth gilt Karlweis' eigentliches Interesse dem Untergang der k.-u.-k.-Monarchie. Doch liegt ihr jede Nostalgie fern. Entlarvt wird eine bigotte, misogyne Operettengesellschaft."

– Florian Welle, **Süddeutsche Zeitung**

„Es ist ein Abgesang auf die vermeintlich heile Welt von gestern, den Marta Karlweis hier anstimmt – ein glänzend geschriebener, bitterböser Roman, der die Wiederentdeckung der Autorin und ihres Werks befeuern sollte."

– Michael Omasta, **Der Falter**

DAS GASTMAHL AUF DUBROWITZA

1921 erscheint im renommierten Verlag S. Fischer in Berlin Marta Karlweis' einziger historischer Roman. Das ungewöhnliche Buch behandelt die berühmte Fahrt der russischen Kaiserin Katharina der Großen durch ihr Reich. In ihrer Vorstellung sieht sie es in voller Blüte und will sich jetzt, auf dem Höhepunkt ihrer Macht, selbst ein genaues Bild davon machen. Um der Kaiserin den Reichtum und die Fortschrittlichkeit ihres Reiches vorzugaukeln, bedient sich ihr Günstling Fürst Potemkin eines perfiden Tricks. Er lässt schmucke Holzfassaden fiktiver Dörfer und Städte hinter ihr abbrechen und immer wieder neu vor ihr aufstellen, je weiter die Reise geht. Diese Maskerade lässt sich jedoch nicht ewig aufrechterhalten. Das Lebenswerk der Zarin, das ihrem Volk lang andauernden Segen und Wohlstand hätte bringen sollen, bricht irgendwann wie ein gigantisches Kartenhaus donnernd in sich zusammen.

„*Marta Karlweis schreibt ohne Weichzeichner, manchmal distanziert, fast spöttisch, dann wieder mit großer Nähe zu ihren Figuren.*"

– Bettina Eibel-Steiner, **Die Presse**

„*Ein echtes Kind seiner Zeit und des ausklingenden Expressionismus [...]*"

– Franz Haas, **Literatur & Kritik**

Else Jerusalem (1876–1943)

DER HEILIGE SKARABÄUS

Bis die Gestapo ihn 1933 beim S. Fischer Verlag in Berlin beschlagnahmte und kurz darauf verbrannte, hatte der Skandalroman *Der heilige Skarabäus*, der erstmals 1909 erschienen war, bereits 22 Neuauflagen erlebt. In diesem als Unsittenroman verdammten Buch eröffnet die damals schon bekannte Verfasserin einen schonungslosen Blick auf die Vergnügungssucht und das Laster des Bürgertums im Wien des ausgehenden 19. Jahrhunderts. Anhand des buntbewegten Treibens im sogenannten „Rothaus", das von einer üblen Absteige bald zu einem der vornehmsten und bestbesuchtesten erotischen Salons der Stadt wird, schildert sie nicht nur den Aufstieg und Untergang eines einzelnen Bordells, sondern entwirft auch gleichzeitig eine kritische wie hellsichtige Sozial- und Gesellschaftsstudie. Das ausführliche Nachwort der bekannten Germanistin Brigitte Spreitzer führt zum ersten Mal ein in Leben, Werk und Wirkung einer der umstrittensten und zugleich faszinierendsten Literatinnen der österreichischen Moderne.

„Ein Skandalroman über das Wiener Rotlichtmilieu, der kurz nach seinem Erscheinen im Jahr 1909 für Furore sorgte."

– Anna Steinbauer, **Süddeutsche Zeitung**

„Jerusalems Text lässt sich [...] als eine Art Gegenentwurf zu einem der berühmt-berüchtigten Dirnenromane der Wiener Jahrhundertwende lesen, der 1906 anonym erschienenen Josefine Mutzenbacher."

– Clemens Ruthner, **Der Standard**

Alexander Pschera (*1964)

VERGESSENE GESTEN

Das Leben konkretisiert sich in seinen Gesten. Sie sind Atem und Rhythmus der Existenz. Ein Reichtum von Gesten gibt ein volles Leben zu erkennen, umgekehrt erscheint ein gestenloses Leben stummer als stumm. Viele altbewährte Gesten, Handbewegungen, Mimiken, Gewohnheiten und Aussprüche sind im letzten Jahrhundert dem Vergessen anheimgefallen. Das liegt daran, dass unser Alltag einförmiger, monotoner und gegenstandsloser geworden ist: Wer keinen Hut hat, kann ihn nicht lüpfen, wer keine Nelken mehr pflückt, kann sie sich nicht ins Knopfloch stecken. Alexander Pschera unternimmt es in seinen weit verzweigten essayistischen Miniaturen, die schönsten Gesten des alten Kontinents vor dem Vergessen zu retten und zugleich deutlich zu machen, was noch alles mit ihnen verloren zu gehen droht.

„[...] Alexander Pschera hat gerade ein Buch über all die schönen Dinge geschrieben, die er ‚Vergessene Gesten' nennt: Zeitungsartikel ausschneiden, Urlaubsfotos einkleben, Gedichte auswendig lernen, etwas im Lexikon nachschlagen, vor sich hin pfeifen, Ansichtskarten schreiben, jemandem die Tür aufhalten, im Bahnhofsrestaurant essen, sich bekreuzigen und vieles mehr."

– Alexander von Schönburg, **BILD am Sonntag**

„Eine[ ] Sammlung kurzer Nekrologe auf allerlei reizende Konventionen, die von der Furie des Verschwindens aus dem Alltag vertrieben werden oder bereits vertrieben worden sind."

– Michael Klonovsky, **Acta diurna**

COMING SOON

Carl Laszlo (1923–2013)

FERIEN AM WALDSEE

Carl Laszlo wuchs als Sohn einer assimilierten großbürgerlich-jüdischen Familie im ungarischen Pécs auf. Er besuchte das Zisterzienser-Gymnasium seiner Heimatstadt und wandte sich danach schnell dem Studium der Medizin zu. 1944 fiel der größte Teil von Laszlos vielköpfiger Familie dem Holocaust zum Opfer. Wie durch ein Wunder überlebte er selbst dagegen den mörderischen Aufenthalt in mehreren Konzentrationslager, darunter Auschwitz, Sachsenhausen und Buchenwald. Nach dem Krieg etablierte sich Laszlo erfolgreich als Psychoanalytiker und Kunsthändler in Basel. Seine unter die Haut gehenden fiktionalisierten Erinnerungen an seine Zeit im Konzentrationslager Auschwitz, die er 1955 im Selbstverlag unter dem düster-ironischen Titel *Ferien am Waldsee* publizierte, sind seit dem Zeitpunkt ihres erstmaligen Erscheinens zu Unrecht völlig in Vergessenheit geraten.

„Also glaube ich, daß Ihr Buch Waldsee wichtiger ist als aller desperater Überschmus, wie er jetzt international im Schwung ist."

– Hans Arp

„Jemand, dem widerfuhr, was Carl Laszlo erlebt hat, ist auf dieser Welt alles erlaubt."

– E. M. Cioran

Mit einem Nachwort zu Leben und Werk Carl Laszlos von Bestsellerautor ALEXANDER VON SCHÖNBURG

Erscheinungstermin: September 2020

Ausgeschieden
Stadtbücherei Köln